소설 · 수필보다 재미있고 용기와

한국인이여
생각하며 살자

\<한국인에 고함\>

편저 : 서재순

영어저술작가가 세계각국을 돌며 우리문화와 비교한 기고문

이제는 우리의 참모습을 둘러보며
그 속에서 참된 '우리'를 찾아
그 참 소리를 소리높이 다시 외쳐 본다

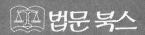

법문북스

소설 · 수필보다 재미있고 용기와 희망을 주는

한국인이여
생각하며 살자

〈한국인에 고함〉

편저 : 서 재 순

영어저술작가가 세계각국을 돌며 우리문화와 비교한 기고문

이제는 우리의 참모습을 돌러보며
그 속에서 참된 '우리'를 찾아
그 참 소리를 소리높이 다시 외쳐 본다

 법문 북스

책머리에

햇빛이 먼저 드는 환한 나라 대한민국에 사는 우리들이 사는 모습을 되돌아 볼 때 늘 이대로가 좋은가 라는 생각이 머리를 떠날 줄 모른다. 나 자신의 발자취를 더듬어 보더라도 때로는 나 혼자 자신에게 잘했노라고 자위 또는 칭찬하면서 잠시 스쳐가는 희열 또는 행복감을 주체하지 못 할 때가 없었던 것은 아니지만, 대부분의 시간이 통렬한 회한으로 다가오거나 어느 대목들은 없었던 일로 해서 지워버리고 싶은 일이 훨씬 많았음을 고백하지 않을 수 없다. 자신의 모습을 거울에 비추어 보거나 지나 온 발자취를 더듬어 볼 때 거기에는 반드시 '나' 라는 개인의 입장을 넘어 '우리' 라는 공동체의 모습이 비쳐질 것이고 거기에는 애타게 주인의 손길을 기다리며 절규하고 있는 소중한 그 무엇이 눈에 들어오고 있는데도 우리가 애써 외면하고 있다는 생각을 지울 수 없다. 아름답고 환한 나라 대한민국 국민의 한 사람인 개인으로서의 나 자신이 이러한 감정을 담아 어느 지역의 언론사에 기고한 이 작은 외침을 모아 또 그 소리를 크게 외쳐보고자 한다.

다행인지 불행인지는 따질 것 없이 우리 세대는 해방 전에 태어나 초등학교 시절에 6.25 전쟁을 맞았고, 정치권의 과도기 또는 격동기를 거치면서, 세계 최하위 계층에 속하는 소득 수준의 끼니 걱정이 떠날 수 없었던 가난뱅이 나라에서 오랜 세월의 박정희 대통령 시절에 비약적인 경제발전을 이루어 내는 그 중심에 우리가 서 있었고, 이어 지금의 우리가 사는 모습에 이르렀다. 격동의 시대를 살던 우리 세대에게는 앞만 보고 달려야 하는 바쁜 삶의 연속이었지만 바로 지금은 우리에게 생각하며 살아야 할 때가 온 것 같다.

모든 것이 우리에게 깨달음으로 다가오는 순간 그것이 곧 지혜이자 앞으로의 삶에 큰 힘으로 다가 올 것이기 때문이다. 우리에게는 보이거나 보이지 않는 수많은 올가미들이 항상 우리를 괴롭히고 있다. 그런 모든 올가미들은 그냥은 절대로 벗겨질 수가 없고 코가 좀 벗어지고 귀가 좀 찢겨지고 턱이 부서지는 한이 있더라도 벗어내야 한다. 불덩이가 그대로는 목구멍에 넘어가지 않지만 눈을 딱 감고 혀를 데이고 목구멍을 좀 데이면서 꿀꺽 삼켜야 한다. 개인의 발자취 속에서, 또는 역사적 사건의 뜻에서, 불덩이를 삼키고 올가미를 벗겨야 한다. 이에 걸맞게 지킬 것을 지키고 보존할 할 필요도 있다. 모든 일에는 뜻이 담겨있으니 반드시 자신의 쓰라린 경험으로만 그 뜻이 다가오는 것은 아니다. 그 뜻을 알고 사는 것이 우리 인간임을 잊지 말아야 할 일이다.

이른바 선민(選民 elite)으로 자처하는 이스라엘은 그 자존심 하나로 전 세계를 움직일만한 힘을 가지고 있는데, 우리는 이들보다 훨씬 더 오랜 찬란하고 자랑스러운 천손(天孫)인 조상들의 역사가 있는데도 우리 스스로 외면한 채 스스로 자기비하에서 벗어나지 못하고 있는 모습은 그대로 볼 수가 없다. 우리 조상들이 일군 찬란한 역사는 본문으로 가름하기로 하고, 이제는 우리의 참모습을 둘러보며 그 속에서 참된 '우리'를 찾아 그 참 소리를 소리높이 다시 외쳐 본다.

'한국인이여, 생각하며 살자!'

2016년 5월
서 재 순

나의 삶에서 나의 외침에 이르기 까지

유년 시절

내 삶이 무엇이며 내가 밟아 온 발자국이 어디 있다고 할 것도 못 되고, 무엇 하나 내세우게 이루어 놓은 것도 없고, 그나마 도 남들에게 별로 들키고 싶지도 않고, 더구나 내가 나 자신을 잘 아는 대목으로 표현한 초은(草隱)이라는 호의 고독을 사랑하는 인 생으로 끝나가고 있지만, 그래도 이 땅 대한민국을 사랑하는 데는 누구에게도 뒤지고 싶지 않은 열정이 식지 않은 그 삶을 되돌아보 면서, 이 땅과 함께 길이 남을 큰 메아리를 고대하는 이 작은 메 아리의 시작을 울려 보기로 한다.

아무리 고독해도 친구는 있는 법이니 초은(草隱)이 말해주는 풀(草)의 친구라면 주어진 분수를 아는 나무(木)를 빼면 없을 것 같 다. 아는 것이라고는 고독 밖에 없는 풀과 나무에게도 친구는 있다. 풀과 나무는 안개에 잠긴 아침의 고독을 알고, 구름에 덮인 저녁의 고독을 안다. 고독한 여름밤을 같이 지내고 가는 의리 있는 다정한 친구다. 보슬비 내리는 가을저녁의 고독도 알고, 함박눈 펄펄 내리는 겨울의 고독도 안다. 나무와 풀은 꼼짝 않는 한여름 대낮의 고독도 알고, 별 얼고 들 우는 동짓달 한 밤의 고독도 안다. 풀이나 나무는 어디까지든지 고독에 견디고 고독을 이기고 또 고독을 즐기고 사는 그 모습이 나의 삶과 크게 다르지 않다는 말이다.

내가 태어 난 곳은 경상남도 고성군 삼산면 병산리 이니, 동네의 남쪽은 바다로 되어 있고 바닷가에서 서북쪽으로 4km 정도 뻗은 좁은 산골짜기 동네로 남쪽인 바다 외에는 그다지 높지는 않지만 험준한 산으로 에워싸여 있어 농토는 그다지 많은 편이 못된다. 아버지(徐炳環)는 일정시대 당시로서는 시골에서 보기 드물게 서울에서 중동고보를 다니다가 할아버지의 명에 따라 귀향하여 어머니(許泰蓮)와 결혼하고 통영 군청에 근무하시다가 고성으로 전근하여 삼산면 사무소에 근무하셨다. 아버지는 오직 청렴개결(淸廉介潔)만을 생명으로 아는 선비였으니 살림살이가 어떻게 돌아가는지에 대한 관심은 없고, 의협심 하나로 '50년의 6.25 전쟁을 겪던 시절, 찌들게 어려 운 면민들을 위한 헌신적 봉사에만 온 몸을 바치셨다. 어찌 선비가 이해관계를 따질 것이랴. 오직 예의, 염치가 생명이었다. 인(仁)과 의(義)에 살다가 인과 의를 위하여 죽겠다는 정신, 그 선비 정신의 화신이셨다. 그러니 우리 여섯 남매 모두가 그런 정신을 이어 받을 수밖에 없고, 그 선비 정신으로 우리 모두를 고등학교 까지 보내신 것이다. 사실 당시 까지만 해도 한 집에 한 사람이라도 중학교 이상을 보내면 부모의 허리가 휜다는 시절이었으니 아버지의 재력이 넉넉해서가 아니라 자신이 물려받은 선비정신을 우리에게 평생 유산으로 물려주려고 하신 것이다.

아마 다섯 살 아니면 여섯 살 때 쯤 이었을 것이다. 소를 몰고 산으로 올라가 산허리쯤에서 동네의 다른 소들이 미리 와 있는 곳에서 풀어놓았다. 조금 머뭇거리다가 아래로 내려오려는데 위에서 여우 세 마리가 나를 에워싸면서 슬금슬금 다가오고 있었다. 겁에 질리니 다리가 후들거리고 어쩔 줄 모르다가 아래를 향해 소리를 질렀다. 용기를 내어 손에는 돌을 지어들어 팔매질을 했다. 여우들은 어린 애였던 나를 얕잡아 보고 점점 가까이 오고 있었다. 또 고함을 질러댔다. 이번엔 당황한 가운데도 약간은 당찬 목소리였을 게다. 어린 아이인 나를 겁 낼 리 없는 여우는 가까이 오더니 내 주변을 빙빙 돌면서 막 공격하려고 뒷발을 움츠리고 덤벼들 태세일 때 산 아래에서 사람들의 고함 소리가 들려왔다. 여우들이 약간 멈칫거리고 있을 때 동네 사람들이 나를 구하려고 올라와 이 사건은 막을 내렸다. 이맘때 쯤 또 한 번은 아버지와 작은 아버지가 험한 산에 밤을 따러 산으로 가실 때 형과 나도 따라 갔다. 해가 지고 어둑어둑해 질 무렵 나와 형은 어느 지점에 있다가 형은 슬슬 앞으로 가면서 내 귀에는 '꼼짝 말고 거기 있어라' 는 말을 남기고 가는 것 같았다. 어두움이 내리고 밤새 소리, 짐승 소리만 들려오는 밤이 되어 아무도 없는 산속에 미아가 된 것이다. 가끔씩은 노루 우는 소리가 들리더니 얼마 지나자 여우 소리들이 들려오기 시작한다. 노루와 여우의 울음소리가 비슷하긴 해도 확실히 구별할 줄은 안다. 또 다시 공포와 절망감에 싸여 한참을 지났을 때 산 밑에서 아버지와 작은 아버지가 소리를 지르며 나를 부르고 있었다. 나도 겁에 질려 있으면서도 위에서 마주보고 소리를 질러대는 것으로 이 사건 또한 끝을 맞았다.

　　나이가 좀 더 들면서 중학생 정도 됐을 때 마을 아이들과 함께 산에 소를 먹이는 것이 학교에 다녀 온 후의 어김없는 일과다. 모두 같이 소를 산 위에 풀어놓고 자치기, 때기 치기, 제기 차기, 씨름하기 등으로 즐기며 놀기도 하지만, 그 어느 놀이보다 즐거운 일과가 있었으니 바로 내 이야기보따리가 풀리기를 기다리며 귀를 쫑긋 세운 아이들이다. 당시의 고성읍에는 '희망서점'이라는 단 하나의 서점이 있었는데, 그 서점에는 책도 사지 않는 내가 늘 거기 꽂혀있는 책들을 매일 슬금슬금 읽기 시작하여 삼국지연의, 서유기, 수호지, 이솝 이야기, 각종 탐정소설 등을 다 읽어 치웠고 그 이야기에 얼마나 심취했던지 책의 자구 하나도 틀리는 법 없이 다 욀 수 있었으니, 이보다 더한 이야기보따리는 어디에도 없었을 것이다. 어릴 때부터 길러져 있었던 독서의 습관은 학교 공부와는 아무 상관도 없는 책들 쪽으로 쏠리면서 고등학교 때에는 학교 도서관에 있던 거의 모든 책이 내 머리 속에 입력되어 있었고, 성인이 되고서도 그대로 이어져 갔다.

성장과 시련 속에서 꿈을 키워가며

그래도 내가 중학교에 갈 때 까지는 그런대로 남들과 별로 다를 것 없이 학교를 다녔지만, 고등학교에 들어가면서부터 문제가 발생하기 시작했다. 아버지가 우리 모두를 하나도 탈락시키지 않고 각 급 학교로 다 보내고 있기는 한데 형과 나에게는 제 때에 학교에 낼 공납금을 못 대주는 형편에 이른 것이다. 한약방을 하시던 할아버지가 돌아가신 이후 살림살이를 맡으신 아버지가 농사일을 전혀 모르고 해마다 농사를 망치니 돈이 나올 데가 없고, 그렇다고 대학도 아닌 중, 고등학교에 보내면서 토지까지 팔기에는 자존심이 허락지 않아서 이었을 것이다. 그래서 학교에서 쫓겨 오기가 태반이었으니 공부와는 멀어질 수밖에 없었다.

나이가 스무 한 살에 들면서 육군에 입대하였다. 남자라면 누구나 한 번씩 겪는 일이지만 군 생활이란 참으로 어렵고 힘든 일이었다. 처음 입대했을 때에는 고향 친구들과 같이 훈련소에 입소했으나, 1월의 추운 날씨에 훈련을 받고 보니 손에 심한 동상이 걸려 군 병원으로 후송되면서 그들과 헤어지게 되었고, 나중에 훈련소를 나올 때에는 주로 경기도 친구들과 같이 의정부의 백일 보충대를 거쳐, 전방 철원의 보병 부대로 가게 되었다. 그것도 남북을 갈라놓는 군사 분계선 안에 있는 민정경찰이 된 것이다. 우리의 근무지 정면에는 북한의 오성산, 약간 비스듬한 왼 편으로는 백마고지다. 그러던 어느 날 나와 함께 같이 근무하던 병사 중 하나가 월북하여 매일 적의 휴전선 대남 방송에 나와 육성으로 '남조선 괴뢰도당들이 이렇게 못 된 짓을 한다. 여기는 지상 낙원이니 너희들도 빨리 휴전선을 넘어 오너라'라는 내용으로 밤낮을 가리지 않고 귀가 따갑게 방송을 해대니 우리 신병들을 믿지 못하게 되었고, 사실상 민정경찰에서 퇴출당하고 말았다.

얼마 후 사단 본부에서 영문도 모르는 시험을 본다기에 갔더니 내게는 전혀 뚱딴지같기만 한 영어시험이라는 것이다. 백지를 낼 수는 없어서 시험지를 보았더니 시험 문제라는 것이 GP, GOP, CP, DMZ. BOQ, OP 등등이 무슨 뜻의 약자(略字)인가를 묻는, 영어시험이라고 하기에는 좀 유치하다는 감이 들면서도 답안을 써 나갔다. 부대에 돌아왔더니 뜻밖에 '카투사(KATUSA) 후보자'로 선발되었다는 것이다. 그 날로 다시 백일 보충대를 거쳐 지금의 포천군 영북면 운천리(산정호수 있는 곳)에 있던 미 7사단으로 배속 된 카투사의 일원이 된 것이다. 비무장 지대에서 퇴출당한 것이 전화위복이 된 것이다. 촌닭이 장에 끌려 온 것 같이 모든 게 어색하고 어리둥절하기만 한 카투사의 첫날, 식탁 위에 하얀 가루가 있기에 당연히 설탕으로 알고 듬뿍 반찬에 넣었다가 음식이 소태같이 짜서 하나도 입에 넣지도 못한 것이 그 시작이다. 미군들은 모든 물자가 풍족하고 그들의 태도 하나하나에 품격이 있고 질서가 있고, 게다가 우리 한국인만의 전유물로 생각하는 인정도 있었다. 거기에 비해 우리 카투사들이나 군속, 장사꾼, 하우스보이, 양공주 아가씨들은 그저 비열하고 비굴한 존재였다는 것이 솔직한 고백이고, 이 모두가 너무 큰 빈부의 차이에서 오는 것이라 그들 또한 넉넉한 아량으로 우리를 대해 주었다. 걸핏하면 우리 카투사 동료가 '슬리커 보이(slicker boy 도둑놈)'으로 몰리기가 일쑤여서 체면이 말이 아닐 때 마다 내가 가서 해결해 주었다. 사실 나 또한 여기 오기 전 까지 영어라고는 한 마디도 몰랐고 학교애서 배웠다는 것도 백지 상태 이었지만 매일 쉬지 않고 당시 유일한 회화 교재였던 로버트 박의 '생활영어'를 열심히 공부한 효과를 발휘하여 서투른 통역에 까지 이른 것이다. 한번은 무심결에 아주 몸집이 크고 사납게 생긴 흑인 분대장 앞에서 혼잣말로 '칩 스케이트(cheap-skate 구두쇠)'라고 해 주자 갑자기 그가 내게 달려들어 멱살을 휘어잡고 박살이 나게 때릴 번 하다가 참은 사건이 있다. 실은 그에게 모욕을 주려는 것이 아니라 책에서 배운 영어가 과연 맞는 건지 시험해 보기 위함이었으니 그 분대장의 화 난 얼굴에서 내심 큰 희열이 왔다.

또 '유 캔 프랙티스 유어 코리언 온 미(You can practice your Korean on me 넌 나를 상대로 한국어를 연습하면 돼)' 한다는 것이, 코리언(Korean)이 들어갈 자리에 잉글리시(English)로 바꾸는 실수 바람에, 그 뜻대로라면 내가 그들의 영어선생이 되는 셈이니, 자연스럽게 나의 멋진 유머로 받아들여져 모든 미군들에게 소문 날 정도의 유머가 되기도 했다. 여기 온 지 며칠 안된 어느 날 미군의 대대적인 기동훈련이 있었으니, 아마 지금의 '키 리졸브'에 해당하는 대단위 기동훈련이었을 것이다. 우리 대대의 모든 카투사들은 가상 적진의 기습 침투조가 되어 적 차량을 파괴하라는 명을 받았다. 다른 병사들은 모두 짝을 지어 나갔지만 나는 혼자 추운 겨울 날씨에 파커를 입고 손에는 흰 페인트 통을 쥔 채 살살 숨어 가상 적 차량의 집결지인 모터 풀(motor pool)로 접근하였다. 미군 보초병들이 있었지만 멋지게 따돌리고 거기 있는 모든 차량(탱크, 장갑차, 트럭, 수송차 등)들에 페인트칠을 다 했다. 돌아오다가 몇 군데 더 들러 또 수십 대의 차량에 페인트칠을 하는데 성공하였다. 나중에 보니 다른 카투사 동료들은 나가자마자 붙잡히거나 침투를 저지당하여 적 차량을 한 대도 파손시키지 못하여 훈련 전과가 없던 카투사 전체가 그야말로 초상집 분위기였을 때 내가 돌아온 것이다. 내가 파괴한 적 차량이 정확하지는 않지만 백 서른 몇 대였으니 이것만으로 우리 모든 카투사는 침통한 분위기에서 갑자기 큰 환호성으로 바뀌게 된 것이다. 이로서 훈련 평가회에서 우리 카투사는 엄청나게 높은 점수를 받게 되었고 연대장으로부터 거액의 상금(삼백만원정도로 추정)이 내려와 훈련의 수훈갑인 내게 내려진 것이다. 나는 이 상금을 우리 대대 카투사 우두머리인 김중위에게 내밀면서 '우리 대대 전 카투사 동료들이 애 쓴 결과이지 어찌 저 혼자의 공이겠습니까'하며 쾌척하여 대대 내의 모든 카투사들의 사기를 도우는 회식비로 들어갔다. 놀랍게도 그 날부터 우리 카투사에 대한 미군들의 태도가 확 달라졌다. 보초를 서기 전 주의사항이나 전달사항을 전할 때, 일반 학과 교육 시, 카투사 대상의 군법 회의(Court Martial)시, 늘 나는 우리 소 단위에서나마 통역으로 배석하였고, 우리 동료들 모두에게 찬사와 부러움을 사기에 충분 했다. 제법 고참이 되어 병장이 되었을 때 분대장이 되어 미군들 막사에 관리 책임자가 된 것이다. 각 분대에는 막사(barracks or hooch) 단위로 되어 있고 막사 안에 별실 칸막이로 된 로 된 분대장실이 있고, 분대 단위의 장갑차(PC or Personal Carrier), 그리고 다른 차량 몇 대도 있었다. 한 번은 미군 병사 앞에서 '아이 해프터 풋더 스크루 투 유 (I have to put the screw to you 넌 기합 좀 받아야 겠어.)'했더니 그 병사 깜짝 놀라 얼굴이 노래지면서 살려달라고 두 손을 싹싹 비는 모습을 보고서야 책에서 배운 영어가 그대로 통한다는 자신감을 더욱 굳히기도 했다. 곧 이어 미군의 창군 기념일을 맞아 우리 카투사들의 가족들을 부대에 초청하게 되었고, 아버지, 작은 아버지, 그리고 집안 형님 한 분이 같이 우리 부대를 방문하게 되어, 나의 병영생활을 돌아보신 다음, 흐뭇한 미소를 머금은 채 돌아가셨다. 그 후 몇 달이 지나지 않아 제대가 가까이 오자 구체성 있는 계획이나 대책은 떠오르지 않았지만, 막연한 가운데도 사회가 절실히 필요로 하는 유능한 일꾼이 되어야겠다는 꿈을 소중히 할 때 반드시 좋은 성과가 있을 건이라는 신념 속에 군 복무는 추억 속으로 멀어져 갔다.

사회의 일원으로

군에서 제대한 다음(1966년) 서울의 어느 회사 입사시험에 합격하여 오라는 통지를 받았으나 미적거리다가 그만 둔 후 곧 (1967년) 농림부에서 공무원을 모집한다는 공고가 있었다. 내 실력을 스스로 잘 알기에 도저히 가망이 없을 것으로 여기면서도 시험을 보았다. 그런데 뜻밖에도 모집자 중 수석합격으로 농림부 장관으로부터 전체 합격자들을 대표하여 임명장을 받았다. 당시의 주산업이래야 농업뿐이었고 바로 그 농업 발전(食糧 增産)을 위한 기반이 올바른 농업통계에서 온다는 정부의 방침에 따라 전국의 각 시.군에 근무할 현장 조사원이 된 것이다. 사회의 초년병인 나에게 큰 스승이 두 분 있었으니 한 사람은 전형적인 탐관오리라 해야 할, 기회만 있으면 이권과 재물을 탐하는 그에게서 반면교사로서의 큰 교훈을 얻은 것이 그 첫째다. 또 한분은 영현면 봉발리 출신 강 인수 면장님이신데 이 분은 일정 때부터 통영 세무서에 근무하다가 더러운 돈을 만지기 싫어서 자청하여 고성군청으로 전입하신 분이고 줄곧 우리 계장이었으니 나의 나 된 것은 나의 부모 다음으로 그 분의 은혜였던 것으로 지금도 존경한다.

군청 근무가 시작되면서 내 평생 최대의 강행군이 시작된 것이다. 병산리에서 고성읍까지 산길로 이십 리(8km)이니 시간에 늦지 않게 출근하기가 여간 힘든 일이 아니었고 현장 출장 시엔 백리(40km) 정도를 걸어야 하니 아무리 젊었다 해도 파김치가 되는 건 당연한 일이다. 당시에 같이 일하던 동료들이 내게 붙여 준 별명이 '축지법 도사'이었으니 그럴 법 하다는 생각이 들기도 한다. 그래도 내겐 그 때야 말로 무엇과도 바꿀 수 없는 혼자만의 기쁨이 있었으니 당시 월급 전액 육천 칠백 원을 봉투 째 아버지에게 드릴 수 있었고 아버지는 그 돈으로 동생들인 정요와 정용이를 진주와 마산에 대학과 고등학교에 보낼 수 있게 된 것이 그것이다. 후에 정요는 졸업과 동시에 7급 농촌지도 공무원 시험에 합격하여 농촌진흥청 과장을 끝으로 정년 하였으며, 정용이는 한일합섬 연구직에 합격하여 산업전사로 일하게 되었다.

그 해 겨울 대가면 함안 이 씨 지금의 아내(李淑子)와 결혼하여 세 아이를 두었다. 얼마 후 농림부 소속인 우리 팀은 군청에서 분리된 별도의 출장소에서 일하게 되었다. 얼마 후 무슨 바람이 불었는지 도내의 각 출장소 마다 몇 명씩은 서울로 전출 가는 사람들이 많아졌고 부산으로 가는 사람들도 생겨났다. 나도 아주 뒤 늦은 '79년도에 가서야 서울의 농림부 수산통계 담당관실로 가게 되었다. 와서 보니 농림부와 유엔(UN) 등의 국제기구를 상대로 하는 국제자료 처리를 위한 인력 보강의 일환으로 나를 선발한 것이다. 오래 전에 카투사에서 약간의 영어공부를 했다지만 영어원문으로 된 문서들을 처리하기에는 어림없이 부족한 실력임을 절감하자 다시 열심히 공부하게 된 동기가 된 것이다. 농림부로 온지 세 달 만에 유학시험에 괜찮은 성적으로 합격하고 이듬해 5월에 인도(India)의 캘카타에 있는 국제 통계 연수원으로 가서 일년 가까이 각종 통계학에 대한 본격적인 연수 과정에 들어갔다. 원래 통계학은 응용수학이어서 수학적 기초가 좋아야 하는데 그게 안 되어 있으니 어려울 수밖에 없지만, 그런 백지상태에서도 같은 연수생 동료인 인도의 친구에게 기초수학을 별도로 배워가며 열심

히 공부하여 괜찮은 성적으로 수료할 수 있었다.우리에게 가장 열
정적이고도 자상하게 가르쳐 준 선생님이 '바타차리아 박사'님이신
데, 그 분은 영국 켐브리지 대에서 최우수 성적으로 졸업한 수재
인 동시에, 인도인 중에서도 보기 드문 애국자였고, 수학이나 통계
학만이 아니라 역사, 언어, 과학 등 다방면에 박식하다고 들었다.
그 선생님을 통하여 인도의 역사에 대한 단편적인 지식도 상당히
얻을 수 있게 되었다. 귀국에 앞서 당시 까지만 해도 우리나라에
서는 엄청나게 비싼 열대과일 바나나가 거기서는 거의 거저 주는
값이니, 이 바나나를 아이들에게 주면 얼마나 좋아할까를 떠올리
며, 무거워 들기 어려울 정도로 잔뜩 넣어가지고 왔다. 돌아오니
그 때 우리가 다가구에 살고 있어 이웃을 못 본 척 할 수도 없고
모두 나누고 보니 몇 개 되지도 않았지만 이웃 사람들에게도 좋은
일을 한 것이니 서운할 일은 아니다. 귀국 당시에 살던 응암동에
오기 전 미아리에서 이사 오려고 하였을 때, 집 주인이 전세금을
떼어먹고 달아나는 것을 붙잡아 애를 먹다가 손해를 보아가며 겨
우 받아내어 이 곳 응암동으로 온 것인데, 여기서는 연탄가스를
마셔 전 가족이 몰사할 번한 일도 두 세 차례 있었다. 그 동안 나
는 농림부에서 재경부 조사통계국으로 전입하였고, 우리 공무원들
중 무주택인 사람들에게 여러 차례 신규 아파트 분양권이 차례대
로 주어지던 중 고덕동의 제일 작은 평수인 방이 두 개 있는 아파
트에 분양권을 얻으면서 겨우 셋방을 면하게 되었다.

집념의 소산

'84년에야 겨우 새 집에 들게 된 첫 월급을 받는 날, 12월 24일이어서 내일이 크리스마스이니 그날따라 과장이 크리스마스 선물이라며 푸짐한 선물을 안기고 달력이니 뭐니 해서 양 손에 들고 고덕으로 가는 만원 버스에서 이리 저리 치이고 쏠려가며 집으로 돌아왔다. 짐을 내려놓고 주머니를 열어보니 연말 상여금을 포함한 월급봉투 째 소매치기를 당한 것이다. 당시에는 통장 제도가 아닌 현금 지급이었는데 잡다한 공과금은 물론 아파트 부금이며 아무 것도 내지 못했고 심지어는 밥을 지을 쌀도 없었다. 크리스마스 다음 날 통근버스에 오르니 곧바로 라디오에서 홈런 출발'이라는 방송이 흘러나왔다. 그 방송의 요지인 즉 자신이 세상의 멋쟁이에게 부러운 마음이 일어난다면 바로 그 멋쟁이 자리를 누구에게도 양보하지 말고 너 자신이 멋쟁이가 되라는 메시지다. 내가 바라는 멋쟁이가 누구이며 어떤 사람인가에 생각이 미치자 영어를 잘하는 사람이 맨 먼저 그림 속에 떠올랐다. 그렇다면 가장 속성 (速成)으로 그 영어를 잘 할 수 있도록 이끌어 주는 사람이 내게는 가장 멋쟁이가 되는 것이다. 그렇다. 그 멋쟁이 자리를 남에게 절대 뺏기지 말자.

그 날로부터 나게는 일생일대의 대 장정이라 할 만 한 어찌 보면 그보다 더 미련할 수 없는 나의 첫 작품 'Vocabulary 77,000 and Word origins'의 작업이 시작 된 것이다. 밤을 새워 가며 시작된 이 작업이 5년여에 걸쳐서야 끝을 보게 되었는데 직장에서도 매우 중요한 고비인 사무관 시험도 있고 보니 이루 말할 수 없이 마음이 조급한 가운데 이루어진 것이다. 오천 매 가까이 되는 원고지를 싸 들고 무작정 시사영어사로 찾아갔더니 편집진에서 대번에 안색이 변할 정도로 당황해 하면서 딱 잘라 거절했다. 이름 있는 영문학도도 아니고 영문학 계통의 대학 교수도 아니고 영어 학원의 강사도 못 되는 주제에 한국 최고의 영어 본산인 시사영어사 이름을 빌려 출판이라니 될법한 얘기가 아니라는 이유에서 이었다.

다음으로 법문 출판사의 김현호 대표를 만나 출판을 부탁하자 괜찮다고 생각하면서 대신 그 필기체로 쓰인 원고를 알아보기 쉽게 활자체로 써 오라는 것이다. 몇 달이 더 걸린 작업 끝에 드디어 원고는 세상에 나오게 되었다. 지금까지 난무하고 있는 독창성이라고는 없는 서로가 서로를 모방한 수많은 Voca계의 책들과는 판이하게 다른 나만의 창의력에다 수많은 동계열의 원서들을 독파하여 외우다시피 한 정수를 정리한 결과인 것이다. 책의 부피가 천 쪽 정도이나 약간 커서 전부 정독하여 독파하기에는 상당한 끈기를 요하나 지금까지의 우리나라에서 나온 어느 책보다 훌륭한 책임을 자부한다.

온 힘을 다해 분전하여 싸워서 사지(死地)에서 벗어나야만 할 궁지, 겹치고 연속된 불운과 고통, 언 듯 보기에 좌절감이나 불행으로 포장돼 있지만 진짜 보물이자 행복이 그 속에 감추어져 있음을 터득하기란 그리 간단하거나 쉬운 일만은 아닌 듯하다. 그 후에도 출판은 계속되어 일곱 종에 이르는 영어 학습서를 만들기에 이르렀다. 첫 작품의 원고 마감 후 머리말 초안을 어느 교수이게 보이자 그가 보내 준 과분한 격려의 말 '평생 가르치고 싶거든 강단에 서고 영원히 가르치고 싶거든 책을 써라'에 용기를 얻어가며 그 실현을 보게 된 것이다.

　　나 개인으로서는 책을 쓰는 데 여념이 없으면서도 사무관 시험에 대한 두려움의 압박 속에 있던 중 동생 정요가 사는 수원으로 갔더니 내가 올 줄을 알고 미리 암행어사 마패(모형)를 사 두었다가 내게 선물로 주면서 이번 시험에 꼭 합격하라고 격려해 주었다. 참으로 의미 있는 격려라 큰 힘을 얻을 수 있었다. 그리고는 이내 시험에 합격했다. 이어 곧바로 고향으로 부모님에게 인사 차 들렀다가 올라오는 길에는 매부와 여동생이 앞자리에, 나와 우리 큰 딸이 뒷자리에 앉아 오다가 충북 옥천 근처에 왔을 때, 그 때만해도 운전면허를 막 딴 초보 운전자인 매부가 차선을 막 바꿀 때 뒤 따르던 대형 버스의 거센 바람에 차가 휙 날리면서 제어불능 상태에 빠져 길옆으로 차가 삐어져 나가 벽을 들이 받고 한 바퀴 공중제비하면서 길 가에 거꾸로 떨어지니 그 순간 '내겐 사무관조차 못하라는 운명' 이라는 억울함이 스치면서 모든 것을 체념하고 있는데, 몸에는 별 탈이 없어 보여서 비집고 일어나면서 옆과 앞에 모두를 불러 보니 모두 다 무사하다는 것이다. 물론 차는 아주 못 쓸 정도로 망가졌지만 사람들은 큰 부상 없이 무사했던 것이다. 그 후 허리가 몹시 아파 걸음을 걸을 수 없었고 다리가 마비될 지경에 이르렀으나 추나 요법 등의 끈질긴 치료 끝에 완쾌되었다. 당시에 경남에서 내가 서울로 왔을 때를 전후하여 3-40명 정도가 올라왔고 대부분은 나보다 먼저 사무관 시험을 보게 되었지만 합격한 사람은 마산 출신인 한 사람 뿐이었고 그나마도 다른 길로 가버렸지만, 나 까지 둘 뿐이었다. 시험에 실패한 그들은 각각 다른 길로 살 길을 찾아가 잘 된 사람들이 대부분이어서 서울로 온 것 자체가 실패인 것은 아니지만 한 우물만 파서 끝장을 보게 된 사람이 나 혼자가 된 것이다.

후반부의 정리 단계

　　사무관이 된지 얼마 안 됐을 때 충남 지청장으로 발령을 받았다. 부임 첫 날 146명에 이르는 직원들로부터 모두 소주 한 잔씩을 받고서도 끄떡없이 버티어 내었다. 모든 잔이 가득 찼던 것은 아니지만 웬만한 잔은 누구의 술잔도 사양하지는 않았다. 약한 모습을 보이고 싶지 않은 오기에서 이었을 것이다. 사무실에는 항상 차량 세 대가 대기되어 있고, 기사들이 이때가 기회이니 넓은 운동장 같은 곳에 가서 운전을 배우라고 여러 번 권유했지만 네게는 또 다른 일 '영어 숙어란 무엇인가'의 출간을 앞두고 원고지와 씨름해야 했기에 시간이 없었다. 또 KBS, MBC 등 여러 방송매체, 그리고 각 신문, 잡지사 등의 대중매체에서 나의 영어 학습서 발간을 주제로 한 방송 촬영을 요청 받거나 기사 취재를 포함하여, 우리 통계청 자체의 업무상 홍보를 위한 방송 출연 등으로 그만한 시간 여유가 없기 때문이기도 했다. 한 기관의 장이 되어 인간 관리의 경험을 맛보는 것도 꼭 필요한 과정의 하나로 보인다.

　　지방 근무가 끝나고 본청으로 들어간 첫 날부터 세계보건기구(WHO)가 발간하는 세계 질병 사인(死因)분류 번역작업에 들어갔다. 수 천 족에 달하는 헤아릴 수 없이 많은 의학 전문 용어로만 되어있는 분류체계를 우리말로 번역하여 우리 체계에 맞추는 일이니 여간 난공사가 아니다. 몇 달이 걸려 이 작업을 해내고 나니 다시 유엔(UN)의 표준산업분류를 포함한 산더미 같이 많은 분류체계들이 해묵은 채 나를 기다리고 있었고 이 모든 일들은 내

손을 거쳐 말끔하게 정리되었다. 이어 뒤늦게나마 서기관으로 승진되어 몇 부서를 거쳐 '03, 6월 정년을 맞았다.

　　어느 날 우리 아파트에 마주보고 사는 사람이 내게 어디로 바람 쐬러 가자고 제안했다. 갈까 말까 망설이는데 아내가 이상하게 자꾸 따라가라고 등을 떠민다. 그 사람 차를 타고 야외로 나갔더니 거기에 누군가 우리 앞집 사람을 아는 사람이 기다리고 있었고, 몇이 만나 초대면 인사를 나누다가 바둑을 두게 되었다. 알고보니 우리 집사람을 포함한 이들 모두가 모의하여 그 때 까지만 해도 교회라면 안가겠다는 고집불통인 나를 사로잡아 교회에 앉혀 놓으려고 치밀한 작당을 한 것이다. 그 후 같은 아파트에 살던 사람은 떠났지만 두 번째 만났던 사람은 나와 참으로 절친한 우정을 나눌 수 있는 우리 교회의 문 이주 장로다. 무신론자인 일반인들이 보기에 교회란 매우 거대한 장벽에 가로막혀 있는 것으로 보일 수 있지만, 밖에서 보는 것 같은 특별한 곳은 아니고 삶이 곧 죄일 수밖에 없는 우리의 모습을 성경(교회)에 비추어 끊임없이 올바른 방향으로 나아갈 궤도수정의 지침을 제공한다는 데서, 내 언행을 그 틀에 넣어 재조명해 볼 수 있는 기회를 얻은 것이다.

공직 떠난 야인이 외치는 소리

퇴직 직전 1년은 이른 바 공로연수 기간이라 사실상 집에 있으면서 날자만 기다리는 시간이다. 이 때 고향의 어머니가 노환을 겸한 병이 났다. 한 동안 진주의 병원에 입원하기도 했지만 장기간 입원 할 일도 아니어서 집으로 모시고 왔다. 대소변을 받아내며 식사당번 까지 해야 하는 당번을 내가 자청했다. 다른 모든 형제들에게 여기는 전혀 걱정 말고 가정이든 직장이든 각자의 생업에만 열중하라고 했음은 물론이다. 내가 미리 예견이라도 한 것처럼 옛 노래 원창 가수들이 부른 녹음테이프들을 대량으로 구입하여 어머니 귀에 꼭 들려드리고 싶은 노래로만 따로 편집한 다음 소형 오디오 까지 갖추어 들려드렸더니 몸이 아파 누웠을 망정 즐겁게 음악을 들으셨다. 간간히 내가 노래방에서 녹음한 노래까지 곁들이니 마냥 어린 애 처럼 즐거워하시던 기억은 지금도 선하다. 인명에는 한계가 있는 것인지 '05년에 어머니는 저 세상으로 가셨다. 이어 아버지 또한 누군가 수발해 드려야 하는데, 이번에도 내가 자청해 나섰다. 하루에도 고성읍에 다섯 번씩이나 택시로 병원을 왕복하기가 보통이고, 또 차타기를 좋아하시는 아버지 소원대로 택시를 대절하여 거제 대교를 수 없이 갔다 왔고, 남해대교, 남해 일주, 하동, 남원, 구례, 지리산 등 곳곳을 누비고 다녔다. 물론 이 경비는 아무에게도 말하지 않은 내 몫이다. 아버지가 젊었을 때 할머니 회갑을 맞아 잔치 대신 전국일주 여행을 떠나 평양, 금강산, 경주, 광주, 서울, 부산 등으로 관광을 해 드렸다는데 이 정도를 못해 드리겠느냐는 생각도 들었다. 도 몇 년이 흘러 '09

년에 이르러 그 아버지를 떠나보냈다. 이제 서운함은 뒤에 두고 서울로 가려는 준비를 하고 있는데, 찢어지게 어렵게 살아온 동생 정용이가 논에다 양계장을 짓고 닭을 기르게 되면서 일손을 좀 도와 달라 청하니 차마 뿌리치지 못한 채 또 몇 년이고 눌러 있게 된 것이 지금의 내 삶이다. 여기 있을 동안 한 번은 통계부문 전문가로 선발되어 남미 에콰도르에 1년간 그 곳 통계청 자문관으로 열심히 일하고 왔다.

인간이 현명한 가 둔한가에 상관없이 자신의 앞에 놓인 어느 하나를 선택할 때 거기에는 늘 지금의 선택이 아닌 다른 선택을 했을 경우와의 득실관계로 정의되는 기회비용(機會費用)을 피해 갈 수는 없다. 어떤 누구의 인생살이도 예외 없이 미완성과 회한(悔恨)을 빼고는 남을 것이 없겠지만, 그렇더라도 인간의 눈으로 보기에 천지에 널려있는 불완전한 전제를 주어진 여건으로 하여 각자 나름대로 최선을 다한 결론을 얻으려는 노력이 인생살이의 전부일 것이다. 내게 잃어버린 기회비용이 있다면 '02'년부터 지금에 이르는 십 수 년 간 고향 시골에서 밥 먹고 잠자는 것만큼이나 내 생활의 일부가 되어있는 독서를 할 수 없었다는 것이 무엇보다 아까운 손실이지만, 그래도 생각할 수 있는 나 혼자만의 공간을 만들어, 우리의 역사에 대한 지식이라 기 보다 깊은 내성과 성찰에서 얻은 결론으로, 단순히 '나'라는 개인이 아닌 '우리'라는 공동체(겨레)가 이대로는 안 된다는 절실한 심경을 여기에 토로하려는 것이다.

어떤 민족이거나 자기의 주체성을 잃었을 때 언제나 외국의 지배를 받는 불행을 겪게 되어 있다. 여기서 토로하고자 하는 내용이 바로 주체성을 잃고 비틀거리고 있는 우리들의 자화상이 그대로 드러나고 있는 현실에 대한 우려에서 이다.

　　우리는 우리의 참 역사와 전통문화의 뿌리가 끊어져 그 뿌리가 썩거나 파내어 져도 깊은 관심을 가지는 사람을 찾기 어려운 세상에 살고 있다. 뿌리가 없는 나무에 다른 나무를 접목할 수 없듯이, 전통문화를 잃어버린 민족에게는 남의 문화를 무비판적으로 수용할 수밖에 없으니 문화의 식민지가 될 수밖에 없다. 물질적 풍요, 과학기술의 발달 같은 것이 국력의 척도가 됨은 부인할 수 없지만, 그 근본적인 힘의 원천은 그 나라를 사랑하고 계속 육성 발전시키고자 하는 변함없는 국민의 의지와 기상, 도덕성, 올바른 가치관, 건전한 공동체 의식일 것이고 이 모든 것이 올바른 역사교육 없이는 안 되는 일이다. 학교의 교과서에서 비뚤어지고 거꾸로 뒤집어진 그대로 가르치고 있는 역사를 그대로 보고 있을 수 없어, 역사의 지식을 쌓으려는 것이 아니라 역사에 대한 올 바른 인식체계 확립이라는 바탕이 있을 때 제대로 된 국가관과 가치관 확립으로 이끌어 갈 수 있으리라는 생각에서이다.

　　언제나 누구에게나 예외 없이 따라다니는 모순인 말로는 쉽고 행하기는 어렵고, 게다가 실행력이 없는 사람일수록 말만으로 남에게 가르치려는 모순투성이 인간상을 피해 갈 수 있는 사람은 없는 것 같다. 후반부의 내 삶은 내 방식대로 말이 아닌 실행을 앞세우고자 함에 있지만, 어찌 보면 가장 바보같이 살아 온 전형이라 해도 할 말은 없다, 이렇게 풀 섶에 숨어 조용히 살고 싶은 나에게는 일관되게 외쳐 온 소리가 있다. '우리가 사는 이 땅을 사랑하자' 외치고 또 외쳐 온 세상에 울려 퍼질 때 까지.

차 례

굳세어라 금순아

옛 가락국에 아홉 사람의 부족장(九干)들이 수백 명의 사람들과 함께 모여 자기네들을 통치해 줄 통치자를 맞이하기 위해 산으로 올라가 가무를 행하였다. 깨끗한 산에 올라가 '자리'를 마련하고 많은 사람들이 함께 춤추고 '놀애(노래)'를 행한 것이다. 군중이 한 동안 '놀애'를 하자 하늘로부터 동아줄이 내려오는데 금으로 된 상자가 매달려 있었다. 그 상자 속에는 황금 알 여섯 개가 들어 있었으며, 그 속에는 여섯 아기 즉 여섯 가야 통치자가 나왔는데, 그 중 한 사람이 김수로왕인 것이다.

이 얘기는 신화 특유의 허구지만, 그 기본 사상은 허구가 아니다. 즉 신을 불러 모심으로 써 환란을 이기고 복락을 누리고자 했던 생각, 신과 교감 교통할 수 있는 좋은 지도자를 얻기 위해서 깨끗한 자리와 좋은 날을 보아 군중이 함께 가무(노래와 춤)하였던 일은 사실이라는 말이다. 그 당시에 이미 그런 사상과 풍속이 민중을 지배하고 있었던 것이고 그런 보편화 된 인식인 건국 신화의 온상이 마련되어 있었다는 말이다. 여기서 우리 민족의 노래에서 '여러 사람의 입은 쇠도 녹인다.'는 원시음악의 정신인 중구삭금(衆口鑠金) 사상이 그 바탕임을 보여 주기도 한다.

신라 성덕왕 때 순정공(純貞公)이라는 사람이 강릉 태수로 부임하면서 그이 부인(水路 : 수로)과 함께 바닷가의 길을 가다 임해정(臨海亭)애 이르러 점심을 먹을 때, 바다의 신이 나타나 수로부인을 끌고 바다 속으로 들어가 버렸다. 순정공이 안절부절 못하고 잇을 때 한 노인이 나타나 말했다. '옛 사람들 말에 사람들의 입은 쇠도 녹인다(衆口鑠金) 했으니 어찌 사람들의 입을 두렵게 여기지 않겠습니까?' 하니 그 말대로 순정공이 경내의 백성들을 모아 노래를 지어 부르고 막대기로 언덕을 치며 부인을 찾았다. 한 목소리를 내는 사람들의 노래는 신(神)을 움직이는 막강한 힘을 발휘하여 해룡이 수로 부인을 내놓게 되었다는 얘기도 있다. (거북아 거북아 수로를 내 놓아라. 남의 부녀 빼앗아 간 죄 얼마나 클까. 네 만약 거슬러 내놓지 않으면 그물을 넣어 잡이 구워 먹겠다)

전라도 고부군 조병갑 군수의 학정에 반기를 들어서 시발된 동학란은 동학 농민군 우두머리 녹두장군 전봉준이 체포됨으로써 종말을 고하게 되는데 이 때 누구라 할 것도 없이 백성 모두의 입에서 만들어져 불린 '새야 새야 파랑새야 녹두밭에 앉지 마라 녹두꽃이 떨어지면 청포장수 울고 간다' 라는 단순하고 서글픈 가락이 전국을 휩쓸었고, 가요사에서는 이 노래를 근대 형 가요의 효시로 보기도 한다. 세계열강들이 앞 다투어 식민지 개척에 광분하는 가운데 허약한 조선 조정의 갈팡질팡하는 혼란, 암흑의 일제 시대 .연이어 터진 6.25 전쟁의 참상 속이기에 오히려 저 신화속의 중구삭금(衆口鑠金)의 노래들이 면면이 이어져 오게 되었으니 그 중 하나가 '눈보라가 휘날리는' 으로 시작되는 '굳세어라 금순아' 이다. 북한의 기습 남침에 부산, 제주를 제외한 전 국토가 유린당하다가 유엔군과 합세한 국군이 압록강과 두만강 까지 밀어 붙여 통일이 눈앞에 온 줄 알고 기뻐하고 있던 바로 그 때 백만의 중공군이 압록강 두만강을 넘어 전쟁에 개입함으로써 눈보라치는 한 겨울 함경도 흥남부두의 악몽 같은 한 맺힌 일사(一.四) 후퇴, 그로 인해 부모 형제, 처자식의 생사를 모르게 된 헤아릴 수 없는 이산가족들이 용케도 남쪽 항구 부산으로 피난 와서 장사치기가 된 사나이가 영도다리 난간 위에서 금순이를 부르며 울고 있던 그 모습이 노랫말이 되어 세월이 지난 후에도 중구삭금의 전 국민적 노래(강사랑 작사, 박시춘 작곡, 현인 노래)가 된 것이고, 이 외에 도 대한민국 국민이면 누구나 열창한 많은 전쟁 관련 국민가요가 태어나게 된다. 근래에는 한국 가요가 국지성을 탈피한 장족의 발 전으로 세계화하여 한류 열풍이 세계를 휩쓸고 있어 참으로 기쁜 일이나. 국민의 일부 연령층을 제외하고는 한류 열풍의 음악에 아 예 담을 쌓고 있다는 점을 인정한다면 대중음악과 점점 멀어지기 만 하는 서글픈 현실을 무엇으로 설명해야할지 모를 일이다. 세계 사조에 고립되지 않고 세계의 무대를 주도해 나가는 한류 열풍이 야말로 어쩌면 가장 바람직한 모습이긴 하나 남녀노소를 아우르는 한 목소리를 담은 전 국민적 음악으로 승화한다면 얼마나 좋을까 하는 생각을 떨쳐버릴 수 없다.

1700년대에 북 유럽에서 인구 팔백만의 아일랜드 섬이 영 국(잉글랜드)의 식민지로 합병된 직후 당시 주된 산업이던 감자 농사가 감자 썩음 병으로 인해 극심한 식량 부족으로 중앙정부에 지원을 요청하였으나 거절당하게 된다. 인구 팔백만 중 백만 명이 굶어 죽고 백만 명은 굶주린 배를 채워 볼 기대감으로 당시의 신

대륙으로 알던 북 아메리카로 이민을 가게 되었고, 초기의 갖은 고생 끝에 지금은 이들이 미국 삼억 오천만 인구 중 12%를 차지하게 되고, 백인 중 45%를 차지할 정도로 번성하고 있다. 이들 중에는 잭슨, 케네디, 레이건 같은 대통령도 있으며, 특히 레이건 대통령은 자신이 아일랜드 출신임을 자랑스러워했다 한다.

그들이 인류 역사에 길이 남을 큰 업적을 남겨서가 아니라 굶어죽을 정도의 어려움 속에서도 굴하지 않고 억척스럽고 굳세게 살아 온 그 모습에 자부심을 느낀다는 말일게다. 조선조 세종 때 4군 6진 개척으로 최윤덕과 함께 크게 공을 세운 김종서가 나중에 중책을 맡은 여러 왕들의 측근 신하로 봉직할 때의 일이다. 성삼문, 신숙주 등과 더불어 세종대왕의 한글 창제를 크게 도왔던 정인지가 김종서의 집을 방문한 일이 있었고, 그의 방에는 칼집에서 뽑아낸 칼의 끝이 벽 쪽이 아닌 사람 쪽을 향하여 놓여있는 것을 보고는 주인(김종서)에게 칼에 대하여 물었다. '집에서 한가로운 시간을 보내게 되니 긴장감이 사라져서 게을러지고 주의력이 흩으러 짐을 경계하기 위해서 랍니다' 김종서의 대답이다. 한가하고 여유로울수록 어려웠을 때를 잊지 말고, 여유로울수록 자신을 지난날의 긴장감으로 몰아넣을 줄 아는 것이 '굳세어진 금순이'의 참 모습이 아닌가 한다.

길(道)과 농경문화(農耕文化)

　　아무리 험한 산 고개일지라고 사람이나 짐승이 다니고 또 다니면 머지않아 그 곳이 반질반질해 지고 마침내는 길이 생기고 만다. 이렇게 만들어진 길일지라도 인간이나 동물의 발길이 끊어지고 나면 얼마 안 가서 풀이며 나무와 덤불이 어우러진 원래의 모습으로 되돌아간다. 보통의 산이나 들과는 다르게 사람이 다닐 수 있게 만들어진 통로를 '길(gil)'이라 부른다. '길'이란 사람(동물)이 다닐 수 있게 구별된 한정된 통로라는 말이 될 것인데 이는 '땅을 가르(갈)다'의 예에서 볼 수 있는 '가르(갈)다(구별하다)'라는 말과 같다(길=기르=가르). 다시 말해 길은 땅을 왼쪽과 오른쪽이라는 양편으로 길고 길게 갈라놓는다는 뜻이다.

　　길은 원래 긴(long) 것이기에 '기르다(raise)', '자라다(grow ㅈ=ㄱ 즉 길어진다는 뜻)'등이 같은 계열의 말이다. 우리말의 길(gil)또는 가(기)르다(gar or gal)계열의 말은 유럽으로 건너가 'ㄱ(g)'보다 된소리인 'ㅋ'소리의 콜(col), 컬(cul 땅을 '갈다'의 음가)로 약간 변형되면서 컬처(culture 문화), 애그리컬처(agriculture 농업), 칼러니(colony 식민지), 컬티베잍(cultivate 경작하다)등에서 보여주듯 땅을 갈아 경작하거나 문화(식민지)를 일구어 나간다는 뜻으로 된다.

한자(漢字) 문화권에 근세 들어 처음 유럽 언어인 culture 가 들어 왔을 때 적절한 말로 번역 할 수 가 없어 상당 기간 동안 고심 끝에 겨우 '문화(文化)' 라는 말로 정착되기에 이른 것을 보면 다른 언어 간의 의미 전달이 만만치 않음을 말해 주는 것 같다. 동 서양 모두 한두 번 다녀서가 아니라 수 없이 반복적으로 다녀서 만들어진 '길' 이 우리 인간의 습관이자 생활 자체가 이르는 단계에 이르렀을 때 이를 '문화' 라고 부르게 됨을 말해주고 있다. '흉해서 사람과 생물을 죽임이 공정하지 못하다' 는 서융(西戎), '교만해서 임금과 신하가 같은 냇물에서 목욕하고 서로 매우 없인 여기는' 남만(南蠻), '편벽해서 부자와 수숙(嫂叔)이 한 굴에서 살며 그 행실이 도리에 벗어나는' 북적(北狄)등 경멸의 뜻을 담은 글자로 표시한 것과는 달리 '어질어서 만물을 살리기를 좋아하는 동이' (東夷)'. 동이란 만주를 포함한 한 반도에 살던 옛 조상들의 별칭 이고, 위의 예문은 사서삼경 중 하나인 예기(禮記)의 일부이다.

요즈음 '동북 공정' 이니 뭐니 해서 남의 땅 침탈은 물론 남의 민족 시(기)원 까지를 자신들의 입맛에 맞추어 마음대로 뜯어 고치는 중국인들이 자기네들은 천자 국이고 주변 국가들에게 온갖 경멸스러운 이름을 갖다 붙이는 가운데도 우리 옛 조상들의 인간다운 삶의 '길(道)' 이 살아있는 모습으로 내린 평가의 한 대목이다.

눈에 보이는 것만이 길은 아닌 것도 많다. 올바를 길 하나를 찾아내기 위해 천 번도 넘는 실패의 길을 좌절 없이 걸었던 발명왕 에디슨이며, 만 가지도 넘는 풀(나무)잎을 혀끝으로 맛보고 무엇이 인체에 이로운지 해로운지를 일일이 기록하여 동양의 농업과 의학의 선구가 된 신농(神農), 그 외에도 열거할 수 없는 수많은 사람들이 인류에게 밝음의 길을 열어놓았기에 오늘의 인류가 편안하게 그 길을 가고 있는 것이다.

그렇다고 반드시 사람들의 눈에 확 들어오거나 세상을 깜짝 놀라게 할 만한 일이라야 길을 연다고 할 일은 아니다. 이백 여 년 전 미국의 어느 정원에 아름다운 화초가 하나 있었다. 이를 본 이웃 사람들은 정원의 주인을 정서가 풍부한 이웃으로 칭송하였는데, 어느 날 보니 정원 주인이 그 아름답고 탐스러운 화초의 열매를 따 먹는 게 아닌가. 이웃 사람들은 깜짝 놀라 아까운 이웃 한 사람을 잃게 되었다는 탄식을 금할 수 없게 된다. 강한 독성이 있어 따 먹으면 죽는 것으로 알고 있는 바로 그 열매를 태연하게 따 먹고 있었기에 나온 탄식이었던 것이다. 그 주인이 죽기는커녕 누구보다 못지않게 건강한 모습으로 오래 살아 있는 모습을 보고서야 너도 나도 그 열매를 먹게 되었으니 그 이름 '토마토(tomato)'가 바로 그것이고, 토마토 식용의 선두 주자인 정원 주인은 당시 군 복무 중이던 존슨(Jonson) 대령이었던 것이다.

산야와 바다에서 수렵(狩獵)과 채포(採捕)로만 살아오던 원시 시절 '길'의 의미는 오늘과 같지는 않았을 것이고, 농경문화가 생활방식으로 정착하면서 비로소 반복적인 방식(길)으로서의 길 다운 길(way)이 열렸을 것이다.

특정 산업의 중요성을 흔히 '국민 총 생산(GNP)'에 대한 그 산업의 비중으로 평가하는 경향이 있지만, 국민경제에 차지하는 비중에 불문하고 인류의 생명을 책임지는 생명의 보고(寶庫)를 끊임없이 채워주는 식량 생산, 인류 생명의 근원인 농업 (agriculture)을 무시한다면 인간의 생명을 무시한다는 얘기밖에 안 될 일이다.

　　이제 본격적인 농사철로 접어 든 이 때, 우리 인간을 먹여 살리는 동식물들을 우리의 가족처럼 아끼면서 기르고 살리고 보살피는 일을 더욱 발전시켜나가는 길이야말로 인간의 생명과 함께 영원히 계속되어야 할 것이며, 다른 어떤 일에게도 자리를 내 주고 뒷전으로 물러 날 수 없는 보람찬 '길'이 될 것이다

역사야, 역사야, 피맺히게 절규한다

　　영국 런던의 어느 광장, 평소에도 시민들이 즐겨 찾는 명소이자 크리스마스 때면 거대한 트리가 세워지고 세모의 심야에는 합창단의 음악으로 메아리치는 광장, 그 곳이 바로 트라팔가(Trafalgar) 광장이다. 1841년 완성된 이 광장에는 높이 50m에 이르는 넬슨 해군제독의 탑이 있고, 내셔널 갤러리, 세인트마틴 인 더필드(St. Martin in the field) 교회, 분수와 어우러져 모여드는 비둘기 떼 등, 상당한 볼거리들이 있지만 다른 무엇보다 사람의 눈을 끄는 것은 영국 해군이 프랑스의 나폴레옹이 이끈 함대를 격파하고 노획한 전함과 무기 중 적(프랑스)의 포신(砲身)을 녹여 만든 전승 기념물이다. 패배를 모르던 불세출의 전쟁 영웅 나폴레옹이 넬슨 해군 제독이 이끄는 영국 해군을 맞아 트라팔가(1805) 해전에서 궤멸되어 엘바 섬으로 유배된 다음, 재기하여 십년 후에 다시 영국 해군을 이끈 웰링턴의 함대에게 워털루(Waterloo)에서 다시 참패함으로써(1815) 나폴레옹 시대의 종말을 고하게 된다. 영국과 프랑스의 해전은 당시 세계의 관심과 이목이 집중된 가운데 결과에 대한 궁금증이 매우 높았을 것임은 자명한 일이다. 통신 수단이 거의 없었던 이 때 전쟁 당사국 아닌 제 삼국이 목숨을 걸고 전쟁에 참전 아닌 개입에 나선 무리들이 있었으니 당시 이천년이 넘게 나라 없는 백성으로 살아가던 이스라엘 사람들이다. 그들은 양군이 싸우는 전황을 지근거리에서 탐색한 즉시 소식통을 이스라엘 동포들에게 신속하게 전달한다. 그리고는 재빨리 세계 각국 소식통들에게 '영국 해군 전멸' 이라는 긴급 뉴스를 송전하는 한 편으로, 순식간에 휴지 조각 만큼이나 값이 떨어진 영국 주식을 있는 대로 사 재기 함과 동시, 천정부지로 치솟은 프랑스 주식을 남김없이 팔아 치우면서 그야말로 천문학적 떼돈을 벌게 된다. 얼마 후 이들은 이 돈으로 영. 미. 프랑스. 독일 등 여러 나라의 유력자들에게 접근하여 구약성경에 나와 있는 여호와와 아브라함(이스라엘 인 조상) 간의 약속에 근거한 땅(나라)에 대한 소유권 주장에 힘입어 나라를 세우게 되고, 또 한 그 돈으로 국민의 조세 없이 정부의 세출 예산만 편성하여 운영하기에 이른 것이다.

관심 있는 사람이면 누구나 다 아는 일이고 게다가 우리 역사도 아닌 남의 역사를 끌어들여 뭘 하자는 거냐는 반문도 나올 법 하기에 이제는 우리의 이야기로 돌려 보고자 한다. 이상하게도 우리나라 역사가들은 스스로 이웃 일본이나 중국에서 모르고 있거나 또는 그들이 알고 있는 역사적 사실보다 훨씬 더 땅을 넓혀주고 있어 못 이기는 척 하면서 '네 말이 맞다' 로 맞장구를 치고 있다. 좀 더 구체적인 예를 들면 이른 바 우리들 스스로 일컫는 '한사군' 문제인데, 한무제(유 철)가 위만조선의 우거왕을 쳐서 멸망시킨 것은 사실이고, 점령지에 군현을 설치하여 다스리려 한 것도 사실이나, 고구려와 부여 등 고조선 제후국들의 반격으로 뜻을 이루지 못하고 물러가버린 전쟁이었고 이 전쟁을 치루는 과정을 지켜보면서 누구보다 전쟁의 결말을 잘 아는 한나라의 사가 사마천(司馬遷)이 한사군 얘기를 한 마디도 한 일 없고 후대 중국 사가들이 슬쩍 끼워둔 것을, 현재 우리의 사가들은 한사군이 사백여년 존속하였다 하니 중국인들은 옳다구나 하고 더욱 더 주변국가 침략근성에 기름 붓고 불붙이는 결과가 될 수밖에 없는 일이다. 유방이 세운 한나라는 얼마 못 가서 유학에 심취한 왕망이 이상적 왕위 승계 절차인 선양(禪讓)이라는 이름으로 정권을 탈취하여 신(新)나라를 세우고 그 후 유방의 9세손인 광무제 유수(劉秀)가 나라를 되찾아 허약한 후한(後漢)으로 명맥만 이어간 것이 중국의 역사이며, 유방의 건국 초기부터 고조선의 제후국 흉노에게 패하여 막대한 조공이며 심지어 공주까지 흉노에게 바쳐가며 구겨진 체면으로 얼굴을 들 수 없었던 명색만의 한나라가 강력한 고구려를 상대로 점령지를 유지할 수 없었을 것 또한 뻔한 일이다. 게다가 그들 스스로도 위만조선 영역이 지금의 란하 유역과 갈석산(산동 반도와 요동반도 중간 지점 정도) 근처임을 잘 알고 있는데, 우리 쪽에서 기어이 평양을 위만조선의 수도라고 우기니 또 못 이기는 척 하면서 슬쩍 자기네들 역사에 써 넣는다. 이리하여진 시왕 당시보다 명나라 시대에 훨씬 더 동 쪽으로 늘어뜨려 쌓았던 만리장성을 이제는 더 동쪽으로 늘어뜨려 아예 평양이 자기들의 영토였던 것으로 하여 늘어뜨리고 있을 뿐 아니라, 지금 중국의 대외 홍보 책자 등에 북한이나 대한민국은 역사성이라고는 눈곱만큼도 없이 2차 대전의 부산물로 생겨난 신생국가인 것으로 소개하고 있다. 고조선을 이은 고구려와 발해를 두고서는 그 굴욕적 역사를 감출 수 없는 그들은 이 땅을 고유의 중국 땅이라고 우기는 작태가 중국의 동북공정인 아니겠는가.

　　옛날 중원의 북산에 우공(愚公)이라는 90세 된 노인이 살고 있었다. 그가 살고 있는 집을 태행산(太行山)과 왕옥산(王屋山)이라는 거대한 산이 가로막고 있었기 때문에 드나들기에 여간 불편한 것이 아니었다. 그래서 그는 온 가족을 불러 의논하였다. '이놈의 산이 우리 집을 떡 가로막고 있어 드나들기가 여간 불편하지 않다. 우리들이 힘을 합해 이 산을 다른 곳으로 옮기는 것이 어떻겠느냐?' 우공의 자손들은 모두 찬성하였다. 결정되자마자 흙을 파는 사람은 흙을 파고, 흙을 삼태기에 긁어모으는 사람은 쓸어 담고, 파서 모아 놓은 돌과 흙은 모두 힘을 합해 날라다 버리는데 반년이 걸리는 발해(渤海)까지 가면서 계절에 맞추어 솜옷을 입었다 얇은 옷을 바꿔 입었다 해가며 날랐다. 하루는 하곡(河曲) 땅에 사는 지수(智叟)라는 사람이 찾아와 이렇게 고생하는 것을 보고 웃으면서 우공을 가로막으며 말했다. '영감님, 좀 숨 돌리시구려. 바람 앞에 꺼질듯 한 이 연세에 어떻게 저렇게 거대한 산을 옮기신단 말씀입니까?' 우공이 화를 버럭 내며 대답했다. '여러 말 하지 말게. 내가 죽더라도 아들이 있고, 또 아들이 죽으면 손자가 있지 않은가. 손자는 또 아들을 낳고, 또 그 손자도 아들을 낳을게 아닌가. 우리가 이렇게 자손 대대로 계속 일을 해 나간다면 제 아무리 높고 큰 산이라 한들 어찌 평평해지지 않을 수가 있겠나.' 지수는 말을 잃고 말았다. 우공이 이렇게 말하고 있을 때 손에 뱀을 들고 있던 천신(天神)이 뜻하지 않게 구름 끝에서 이를 듣고 정말로 우공이 이렇게 우직스럽게 계속해 나아간다면 마침내 거대한 두 산이 평지로 변해버릴까 두려웠다. 천신은 나는 듯이 달려가

옥황상제(玉皇上帝)에게 이 사실을 고하였다. 상제는 깜짝 놀라는 한 편 우공의 정성과 끈기에 감동하였다. 그래서 천제는 과아씨(夸蛾氏)의 두 아들을 보내 우공을 위해 거대한 두 산을 짊어지워 하나는 삭방(朔方) 동쪽에다, 다른 하나는 옹주(甕州)의 남쪽에다 옮겨 놓았다. 태행산과 왕옥산은 본래 나란히 이어져 있었던 산이었으나, 이 때 부터 두 산은 남과 북으로 떨어져 있게 되었다. 어떠한 난관에도 굴하지 않고 꿋꿋하게 대자연에 도전하는 유명한 우공이산(愚公移山)의 이야기다.

한에게 망한 위만조선의 위치를 지금의 대동강 유역이라고 고집스럽게 우기는 지금의 이른 바 정통 사학자들은 우리나라 태고의 역사를 기술한 환단고기(桓檀古記) 등을 조선 말 또는 일정시대에 애국심을 고취하기 위한 근거 없는 사서라하여 교과서의 내용으로 채택하지 않고 있다. 비교 또는 검증 방법이 없는 기독교의 구약성경은 절대적인 것으로 인정되어 전 세계가 심취하여 따르고 있는 종교가 되어있다. 어째서 구약성경은 진실을 말해주고 있고 환단고기는 믿을 수 없는 내용으로 되어 있다고 생각하는가. 오히려 환단고기야 말로 논리로나, 당시의 정황으로나, 다른 사료와의 비교 또는 검증 자료로 더 없이 정확한 자료인데 우리 스스로 이를 버리려 하니 참으로 통탄하지 않을 수 없는 일이다. 사람에게는 가치 있는 삶의 목표나 과제가 주어지고, 숨이 붙어 있는 한 끊임없이 목표를 향해 나아가는 건강하고 보람된 삶을 가꾸어 나가는 의미 있는 삶이 되어야 할 일이 아니겠는가.
구체적으로 말하면 하루 빨리 국론통일을 기반으로 한반도의 통일이 이루어져야 할 것이고, 더 나아가 우리 조상들의 본향인 만주를 되찾아야 할 일이 아니겠는가. 현실적으로는 터무니없는 얘기지만 우공(愚公)의 정신, 그리고 일치된 목표 아래 우공보다 몇 십 몇 백 갑절의 끈질김을 보여 준다면 하늘이 반드시 우리의 편을 들지 않을 수 없게 될 것이다.

인디언과 춤을

　　인도(India)라 하면 불교를 연상하게 되고 불교의 큰 집인 힌두교를 떠올리게 된다. 원래 힌두(Hindu)의 h(ㅎ 환하다)는 '희다(白 white)'의 근간이 되는 의미인 희고 맑다는 데서 온다. 인간 삶에 있어서 마음을 맑고 밝게 정화해 나가는 일은 세상이 끝 날 때 까지 늦추어서는 안 된다는 과제라는 데서이다. 다시 풀이하면 힌두(Hindu)에서 인두(Indu)가 되고 여기서 오늘의 인디아(India 인도)가 된 것이다. 1492년에 이르러 당시 인도와의 교역을 간절히 열망하던 이탤리 콜럼버스(Christopher Columbus)가 포르투갈 정부에 인도 항해에 필요한 지원을 청하였다가 거절당하자 다시 스페인 정부에 지원을 요청하여, 새로운 발견지의 종신 총독 임명 등을 조건으로 3척의 배에 120명의 승무원과 함께 길고도 먼 대서양 항해 끝에 산 살바도르(San Salador)를 발판으로 당시 그가 인도 땅이라고 생각한 지금의 아메리카 발견(1492)을 계기로 남북 아메리카 원주민들을 인디언(Indian)이라 부른데서 아주 엉뚱한 곳에서 인디언 아닌 '아메리칸 인디언' 으로 불리어지게 된 것이다. 사실 이들 아메리칸 인디언들은 러시아의 동 쪽 끝에서 알라스카의 서 쪽 끝으로 걸어서 건너간 사람들의 자손이다. 약 일만여 년 전에는 아시아와 아메리카 양 대륙의 끝이 육지로 연결되어 있어서 배를 타거나 얼음 위로 건널 필요 없이 걸어서 건널 수 있었다 한다. 이들 인디언들 부족들의 추장들은 이 사실을 지금도 후손들에게 명확히 전해주고 있다.

　　서구인들이 말하는 신대륙 발견 이후 백년 정도 지났을 무렵 기독교에서 종전의 절대적 교황 권 등에 반기를 든 개신교의 일파인 청교도들이 북 아메리카에 첫 발을 디디고는 현지인(아메리칸 인디언)들의 친절한 도움 속에 정착을 하게 되었고, 청교도들 자신이 농사를 지어 첫 수확의 기쁨인 추수감사절을 현지인들과 함께 즐기기도 하였다. 신 주민과 현지인들의 밀월관계는 잠시일 뿐, 어느새 손님들의 주인 행세에서 이제는 원래의 주인이 노예로 전락하거나 원래의 풍요로운 땅에서 몰리고 쫓겨나 갈 곳이 없게 되어 인디언 보류지(Indian reserves)라는 극히 한정된 지역에 내몰려 멸종 위기로 몰리는 형국에 이르러 있다. 뿐 만 아니라 나중에는 일손을 구한답시고 새로운 주인이 된 정착민들은 아프리카 원주민들을 잡아와 노예로 부려먹기도 하게 된다. 이러한 배경에서 생겨난 '일 시키는 사람만 있고 일 할 사람이 없다(We have all chiefs and no Indians)'라는 미국인 특유의 어법이 생겨나게 된다. 이제 배부른 새 주인들에게는 일을 시키는 것이 자신의 소임이고 손으로 직접 일 하는 것은 인디언들 몫이라는 말이다.

　　이제 우리의 모습을 들여다 볼 때인 것 같다. 일 할 사람이 없는 '올 치프스 앤드 노 인디언스(all chiefs and no Indians)'의 사회라면 결국 자멸로 가는 자화상을 들여다보고 있는 모습임을 말해준다. 해내야 할 일인가 아닌가가 뒤로 밀려나고 하고 싶은가 싫은가가 그 자리를 차지할 때 자명한 결과를 지켜볼 수밖에 없다는 말이다. 우리 동양사회를 수 천년동안 가르쳐 온 유학(儒學)은 우리가 흔히 알고 있는 공리 공론적인 이론이 아니라 말이 필요 없는 실천을 기본으로 한다. 태고시대를 상고할 때 우리 단군왕검과 동 시대 화하족(華夏族)의 우두머리였던 요(堯)를 유학의 시원으로 한다. 요 임금은 자신이 손수 농사를 지어 자신을 비롯한 왕족들의 생계를 책임지고, 국가가 하는 일은 치안과 국방을 위한 조세가 거의 없는 최소의 정부를 구가하였기에 일반 백성들은 왕이 있는지 없는지 어떻게 생긴 사람인지 모른 채 자신의 생업에만 열중할 수 있었던 사회가 그 시원이자 모델인 것이다. 후일 유학을 정리한 공자가 이르기를 자신의 의견을 한 마디도 덧붙이지 않았으며 타고난 성품대로 행동할 때 조금도 예(禮)를 벗어나지 않는 성인(聖人)으로 추앙 받는 요와 순(舜)에서 시작된 유학이 주 문왕과 주공단에 의해 다듬고 정리된 것이 유학이라고 하지 않았던가.

우리는 그 어느 때 보다 경제가 어렵다는 지금이야말로 일을 시키는 우두머리(chief)가 아닌 인디언(Indian)이 되어 다 같이 일하고 다 같이 춤출 때인 것 같다. 당연한 얘기지만 아무런 목표나 요령도 체계도 없이 무턱대고 일 만 한다면 노력에 비해 결과가 참담할 수도 있다. 하지만 현실 세계를 보면 사람은 많은데 일 할 사람이 없는 우리의 자화상은 결코 바람직한 모습은 아님을 누구나 공감한다. 이제는 마음 한 구석에 웅크리고 있는 공감대를 불러내어 '시키는 사람 없어도 일만 잘 하는(all Indian and no chiefs)' 우리의 사회에서 직접 할 일을 찾아 저마다의 일에 열중하는 가운데 참다운 행복이 찾아오지 않을까 한다.

일본아 답하라

　　이웃을 사랑하라는 만고불변의 가르침이 있지만 가까이 하기 어려운 이웃, 중국과 일본이다. 힘이 좀 있다고 역사도 마음대로 고치고 남의 땅을 마음대로 짓밟거나 합병하는 못된 이웃들이라는 말이다. 우리 한반도는 땅덩어리만 있었고 이 땅을 다스릴 주인이 없으니 미개한 토착민들을 위해 다스려 주는 것이 그 토착민들을 위한 일이라는 궤변을 늘어놓는다. 이제 한국과 일본 간의 굵직굵직한 사건을 더듬어 가면서 일본이 우리 한국에게 무엇을 답해야 할지 돌아보기로 한다. 단군조선(47대 2096년 존속) 제 3대 가륵(嘉勒)단군 시대인 기원전 2173년, 요동 근처의 두지주(斗只州)의 예읍(濊邑) 추장 소시모리(素尸毛利)가 반란을 일으켰다. 대장군 여수기(余守己)가 단군의 명을 받고 소시모리를 추격했다. 아사달의 신군(神軍)을 맞은 소시모리는 겁에 질려 도망치기에 급급했다. 소시모리는 장졸들을 잃으면서도 항복하지 않고 끝까지 도망치다가 여수기의 창에 찔려 죽었다. 소시모리의 오른팔 격인 협야노(陜野奴)가 부하들을 데리고 일본 큐슈로 도망을 쳐, 일본의 원주민들을 치고 천황이라 선포함으로써, 조선인의 왜(倭) 정벌 제 1호가 된다.

삼국시대의 백제는 지금의 중국 산동성을 중심으로 하는 지역, 한반도의 서남해안 지역, 그리고 일본 지역이라는 세 곳에 걸친 큰 나라였기에 일본인들은 백제(百濟)를 '쿠다라' 라고 발음한다. 제 아무리 예외적인 발음법을 적용하더라도 백제를 '쿠다라' 로 발음할 음운 체계는 없고, 큰 집 또는 부모의 집에서 분가한 후 분가 전의 집을 큰 집이라 하듯, 종주국인 백제를 '큰 나라' 로 발음한다는 것이 일본식 발음인 '쿠다라' 가 된 것으로밖에 풀이할 수 없다. 이 큰 집 또는 큰 나라 백제가 나. 당 연합군의 협공으로 망하자 일본에 있던 백제인들이 조상들의 묘에 성묘도 못하게 된 큰 충격의 통곡과 분루 속에 이만 칠천 명의 대군과 400척의 전함으로 백강(동진강) 하구에서 유인궤가 이끄는 당군에게 네 차례나 패하여 전멸 당함으로써 그들의 목적이 수포로 돌아간다. 이제 연합군이 왜의 본토로 쳐들어 올 것을 우려한 왜 정권은 670년에 이르러 국호를 '일본' 으로 고치고 '나라가 해 뜨는 곳에 가까워 이렇게 지었다' 고 하면서, 나,당 양국에 이를 통보한다. 이미 망해 없어진 백제 연고권 주장을 막아보려는 것이고 자기들이야말로 한알님(하느님)의 자손인 천손족(天孫族)임을 선포한 일이기도 하다. 근세에 이르러 대륙 침략에 혈안 된 일본은 오래 된 고조선 역사는 차치하고라도 일본열도에 왕권이 확립된 연대에 비해 훨씬 오래 전에 건국한 신라, 고구려, 백제의 연대가 일본에 비해 훨씬 앞서자 이를 엉터리라는 이유로 트집 잡아 백제의 13대 근초고왕을 창업주인 시조라 하고, 신라의 17대 내물왕을 시조라 하면서 한반도의 남부지역은 일본이 다스린 땅이라는 적반하장인 엉터리 주장을 내놓고 있고, 중국 또한 고구려가 자기네들의 지방정부라느니 하면서 이 문제에 있어서는 일본에 맞장구를 치고 있다. 근초고왕이 왜국 야마다 왕권을 도와 일본 전체를 통일하기도 했으니 빼어 놓기에는 양심에 찔렸음인지도 모른다.

실제 지금의 중국은 화하족(華夏族)이라고 내세울만한 뿌리가 없고, 오히려 우리와 동족인 동이족(東夷族)이 지배층이 되어 이끌어 온 역사인 즉, 고대의 삼황오제(三皇五帝)는 물론, 주나라의 창업자 문왕과 무왕도 동이족 뿌리인데다가, 고조선의 후예 선비족 이연과 이세민 부자가 세운 당(唐)을 비롯하여, 조선족인 요, 금, 청 등의 만주족과, 고조선의 일족 몽골의 원나라 등을 빼면 겨우 한, 명 그리고 지금의 중국 정도에 불과하다. 그래서 들고 일어난 사건이 명 태조 주원장의 민족주의가 고개를 들게 되면서, 주로 옛 날의 신라방(新羅坊) 지역을 중심으로 대대적인 동이족 색출로 박해를 가하자 삶의 터전을 잃은 이들이 사방으로 탈출하게 되었고, 그 중에서도 그들의 동족이 사는 우리 한반도로 대대적으로 도망쳐 오게 되니 이들을 우리 역사서에서는 '왜구(倭寇)'라 하고 고려 말에 이르러 그 피해가 막심하기에 이른다. 고려에서는 최영, 이성계 등 명장들을 보내어 이들의 토벌에 막대한 국력 낭비가 따르게 된다.

이제 먼 동해바다 독도를 돌아보자. 전국 곳곳에 돌섬(石島) 또는 대섬(竹島)이라는 이름의 작은 섬들이 삼면의 바다에 널려있다. 독도의 옛 이름 석도(石島) 또는 돌섬은 이 고독한 섬에 풀이나 나무가 별로 없는 돌로 된 섬이라는 것을 말해준다. '돌

(石)'에서 '도' '대' 등으로 발음 되면서 실제 돌섬이 난데 없는 대섬(竹島)으로 이름만 탈바꿈한 곳이 상당수다. 실제 대(竹)가 뿌리내려 살았던 곳은 한 곳도 없다. 이 '대섬'이라는 소리를 도둑질해 간 일본인들의 이른바 족보에도 없는 '죽도(竹島, '다케시마'로 발음)'가 탄생한 것이다. 우리말의 도끼(斧 '돌'로 만들어진 도구)의 '독' 또는 '돍'으로 불렸던 돌의 옛 말에서 온 그 '독'이 독도(獨島)라 이름 짓는 데 영향을 주었을 것으로 보이나, 망망대해 속에 홀로 서 있는 섬이라는 데서 한자(漢字)인 '독(獨)' 자를 붙였을 게다. 신라의 이사부 장군과 조선 후기의 안용복 사건, 그 외에도 고 지도 고 문헌 등에서 우리 땅임을 명확히 하고 있음에도 막무가내인 까닭을 일본이 답해야 한다. 더 이상 족보에도 역사적으로도 전혀 근거가 없는 '다케시마'를 들고 나와 스스로 날강도임을 드러내면서, 세상의 웃음꺼리가 되지 말고, 역사성이 아니고도 한국어의 언어 구조상 확실한 증거로 보여주는 '돌섬'에 대하여 이제는 일본이 답해야 할 차례다. 그리고 고대로부터 오늘에 이르는 헤아릴 수 없게 많은 왜곡된 역사를 자신들의 양심이 명하는 대로 바로잡아놓는 것이 답이 될 것이다.

공중에 한(큰大) 알(알 卵)이 만물을 비춰 줄 때 비로소 어두움이 물러가고 광명이 찾아온다. 이 큰 알이 바로 공중에 뜬 태양이라는 말이다. 또한 이 '한 알' 이 '하늘' 이니 원래의 하늘은 창공이 아니라 태양을 가리키는 것이었음을 말해주고 있다. 태양은 광명만이 아니고 모든 생명의 생성이 태양의 덕분임을 잘 아는 우리 조상들은 그 생명의 근원인 태양을 숭배하는 천손족(天孫族)임을 만 천하에 자랑으로 여기며 살아왔다. 하느님으로부터 천, 지,인(天地人)이 나왔다는 뜻이고, 백 여 년 전 우리나라에 기독교를 전한 전도사들도 우리의 이러한 근원사상에 대한 이해를 바탕으로 '바로 당신들의 그 하느님이 기독교가 신앙하는 여호와신' 임을 내세움으로써 순조로운 선교가 이루어진 것이기도 하다. 여기서 인류가 어디서 어떻게 발생했느냐 하는 주제를 다루려는 것은 아니고 많은 학자들이 아프리카 탄생 설을 주장하는 것도 사실이나, 우선 우리 조상들의 시원적(始原的) 발자취를 더듬어 보면, 파미르 고원의 마고성(麻姑城)에서 인류 문화가 비롯되고, 이 씨족들이 동서남북으로 이동하면서 역법, 거석, 세석기, 빗살무늬 토기, 신화, 종교, 음악, 수학 등이 전파되었음을 보여주고 있다. 마고성에서 출발하여 중국 신강의 천산(天山)을 넘고, 알타이 산맥 넘고, 돈황을 거쳐, 흥안령 넘고, 요하와 송화강 근처에 널리 퍼져 살다가 한 갈래는 러시아의 동쪽 끝 베링해에서 알라스카로 건너가 아메리칸 인디언이 되고, 일부가 동남 쪽 한반도로 퍼져 살게 된 칠 만년에 걸친 대 장정 끝에 우리들이 이 땅에 살고 있는 것이다.

우리 조상들이 이주해 온 경로를 보면 햇살이 조금이라도 먼저 뜨는 동쪽으로 끈질기게 이주해 온 발자취임을 보여준다. 지금의 만주 아사달(朝陽)에 도읍한 고조선을 포함한 후대의 삼국시대, 고려, 조선에 이은 대한민국이 그것이다. 우리는 전통혼례의 예식 중 '북향재배(北向再拜)'란 대목이 있는데, 혹 어떤 사람들이 잘못 알고 있는 북쪽의 임금님에게 절을 올린다 는 뜻이 아니라, 떠나온 땅이자 조상들의 땅인 북쪽으로 절을 해서 경의를 표한다는 말이다. 우리나라만이 유일하게 '죽는다.' 는 말의 경칭어로 '돌아가시다' 라고 하는 것도 몸은 비록 못 가더라도 영혼은 본향인 북쪽 고향으로 '돌아간다.' 는 말이고 돌아가신 시신 또한 북으로 머리가 향하게 함이 기본인 것 또한 이를 말해주고 있다.

오늘의 주제 우리 민족의 얼이 담긴 '아리랑' 에 가까이 가기 위해 지금까지 지루할 정도로 변죽을 울린 것 같지만, 의미를 제대로 이해하기 위한 부득이한 과정으로 이해하여야 할 것이다. 먼저 우리의 아리랑은 알(卵), 이(者), 랑(峠)이란 세 글자로 구성된다. 알(卵)은 불(火) 또는 밝(光)에서 앍, 알로 이어지는 과정에서 보 듯 불덩어리 알인 태양이다. 다음 이(者)는 이이(者), 그이(者)와 같은 '바로 이것' 또는 '바로 이 사람' 할 때의

'이(this)'를 말한다. 랑(峠)은 '벼랑', '낭떠러지', 도 '랑', 고 '랑'에서 보여주는 뚝 덜어지는 절벽을 말한다. 따라서 아리랑은 해 뜨는 따뜻한 땅을 찾아 험준하게 벼랑 진 산 준령을 넘고 또 넘어 오는 '고갯길'이 아리랑이라는 말이다. 주로 노래로 널리 알려져 있는 이 아리랑은 이제 전 세계에 널리 알려진 우리 대한민국의 상징이지만, 정작 우리 자신이 그 의미에 대해서는 무관심해 왔던 것도 사실이다. 나의 가장 나다운 그 모습이 세계화의 지름길임을 우리는 잊기 쉽다는 것을 말해 주는 일이기도 하다. 기본을 세 박자에 두고 있는 우리 전통음악을 무리하게 두 박자나 네 박자에 맞출 필요는 없을 것 같다. 우리 음악의 리듬과 음률을 살펴보면 두 박자인 트롯(trot), 지르박(jitterbug), 블루스(blues) 등의 어느 장단(박자)이든 포용할 수 있는 넉넉함이 그 속에 있기 때문이다. 특히 트롯은 양반들의 보통 걸음걸이 속도 그대로여서 우리 전통음악과는 너무 잘 맞아 조선말의 태동기를 거쳐 과 일정시대를 거쳐 오늘 날에도 널리 애창되고 있다.

　　일정시대를 거치면서 서양의 선율과 접목된 새로운 유형의 창작극 아리랑이 선보이기도 한다. 이른바 신민요라고 불리어겼던 이 노래들은 타령류의 노래들과 더불어 전래의 굿거리 등의 다양한 장단에 어우러져 새로운 분야를 만들어 내기도 한다. 나운규의 영화 '아리랑'(1926)이 대중들에게 열광적인 인기를 얻으면서 주제가 격인 아리랑이 신민요 탄생을 선도하는 계기가 된 것이다. 신 민요는 일제 치하라고 하는 민족 특유의 얼과 문화가 말살되어 가는 상황에서 한국인의 고유한 정서에 기반을 둔 민족성을 자극하는 노래로 대중의 사랑을 받았다. 일제가 아리랑을 비롯하여 민족성이 강한 신민요 등을 부르지 못하게 하였을 때에도 국민들의 사랑을 받을 수 있었던 것은 신 민요의 정통성이 대중들에게 강한 호소력이 지녔기 때문이리라. 축음기와 라디오 등 새로운 형태의 대중매체의 등장으로 음악이라는 소리 요소를 채집하여 기록성을 유지하게 함으로써 새로운 전기를 맞이하면서 오늘에 이르게 된 것이다. 이제 우리는 우리의 것을 소중히 할 줄 알고, 우리의 얼을 상징하는 아리랑을 더욱 사랑하고 영원히 보존하는 데 힘 쓸 때인 것이다.

실향민

　　삶의 터전을 떠나야 한다는 건 참으로 안타까운 일이 아닐 수 없다. 이 땅에 지금 살고 있는 우리들 모두가 실향민들의 후예라 할 수도 있지만 이미 한 덩어리가 되어 오랫동안 이 곳에 살고 보니 이미 여기가 우리들의 고향이 되어 버리고도 오랜 세월이 흘렀다. 우리 민족 태초의 고향인 파미르 고원의 마고성 또는 도중의 바이칼호(지금의 러시아) 같은 태초의 본향 또는 고향 얘기는 접어두고 뚜렷한 민족 공동체를 이루어 살던 단군조선 말기부터의 실향민 사를 들추어 보고자 한다.

　　우리 고(단군)조선은 진한, 마한 변한의 삼한으로 되어 있었는데, 이 중 하나인 변한 지역은 지금 중국의 난하와 갈석산 지역 또는 하남성, 하북성, 산동 성을 중심으로 북경 까지 미치는 지역이었다. 변한의 기준왕은 유방이 세운 한나라의 제후국 연나라에서 망명한 위만에게 국경 수비를 맡기게 된다. 이 때 변한 땅에는 이보다 앞선 진시 왕 시대의 고된 노역과 학정에 못 이겨 수많은 사람들이 도망하여 정착해 살고 있었던 때이고 보니 이들 세력을 규합하여 은밀히 군사훈련을 시켜오던 위만이 갑자기 변한을 기습하여 기준 왕을 몰아내고 왕이 된다. 한나라 창업 때 고조 유방이 북쪽 흉노를 정벌하러 출정하였으니 오히려 흉노에게 완전히

포위되어 고립무원에 빠지자, 잔꾀를 써 가며 화친으로 얻은 결과
는 유방의 목숨을 건질 수 있었다는 것 외에 헤아릴 수 없이 과중
한 조공을 해마다 흉노에게 바치는 것 외에도 한나라 공주를 흉노
에게 공물로 바쳐야 하는 치욕적인 협상이었고, 그 후 7대 왕인
무제(劉徹)때에 이르러서야 자중지란에 빠진 흉노정벌에 이어 위
만의 손자인 우거왕 때 정벌에 나선다. 이 때 위만조선 또한 내분
이 있어 이를 호기로 여긴 무제가 수륙 양면으로 진격하였으나 참
패만 거듭한 끝에 회군하여 수군제독 양복과 육군 사령관 순체를
비롯한 관련자와 책임자들을 모두 처형해 버렸다. 한 무제가 얻은
것은 흉노와 위만조선에 바쳐오던 조공을 면할 수는 있었다는 것이
다. 변한의 뒤를 이은 위만조선은 한(漢) 쪽으로 기울어질 우려가
있었던 정권인데 한 무제의 군사행동으로 오히려 확실한 고조선의
일부로 흡수되는 계기가 된 것인데, 우리 교과서는 무제가 평양으로
쳐들어와 한사군을 설치하여 사백여 년을 다스렸다고 가르치고 있
으니 이 얼마나 통탄할 일인가.

변한에 이주(실향)민이 많았다는 것은 주나라 말기 춘추 전
국시대의 난맥상이기도 하지만 주로 뒤 이은 진시왕의 만리장성
축조와 과중한 조세 및 병역 의무에 짓눌린 탓이다. '하룻밤을
자도 만리장성을 쌓는다.' 는 말을 흔히 들을 수 있는데, 대개의
경우 남녀 간 하룻밤의 연분이라도 영원히 그 정을 고이 간직하여
변치말자는 일편단심쯤으로 이해하지만 이와는 너무 거리가 먼 얘
기일 뿐이다. 진시 왕 때 조금이라도 힘을 쓸 만한 남자 장정이
눈에 띄기라도 한다면 즉시 잡아서 만리장성 쌓기의 노역장으로
끌려가야하니 장가 들 남자들이 씨가 마를 세상이 된지라 자손을

보고 싶어 하는 부모로서는 아들이 남자 구실을 할 만하기 무섭게 하룻밤 장가라도 들여 손자를 보게 될 가능성 있는 계기를 만들고 서야 노역장에 끌려가도 그 설움을 덜 수가 있었다는 데서 온 말인 것이다. 원래 진시왕의 근거지인 진(秦)나라는 주로 우리 동족인 동이족(東夷族)이 주류가 되어 벼농사가 잘 지었기에 절구통 모양에다 벼(禾)가 들어있는 모양을 상형화한 '진(秦)'이 그 국호가 된 것이며, 주로 진나라에서 도망친 실향민들은 변한에서 유리걸식하다가 한반도로 내려와 신라 건국의 주역이 되었다. 고구려와 백제 건국의 주역들도 이들 실향민들이었다. 박 혁거세가 세운 신라의 첫 국호는 진(秦)과 같은 음가의 진(震)으로 정한 것도 이와 무관하지 않을 것이다.

　　고구려를 창업한 추모 동명성왕 때의 소서노, 비류, 온조 등을 포함한 큰 무리의 이주 집단이 있었으니 이 또한 실향민 집단으로서는 빼 놓을 수 없는 큰 사건 중 하나가 될 것이다, 고구려가 망할 때 지도층이었던 고씨, 양씨, 부씨의 세 성씨의 제주 삼성혈 전설을 동반한 제주도 안착 또한 소집단의 실향민 집단 중 하나이다. 삼국시대에 문무왕이 삼국을 통일하자 많은 백제 왕족을 포함한 유민들이 서둘러 일본으로 떠나기도 했다.

　　오랜 세월 화하족(華夏族)들이 염원하던 순수 화하족 출신이라고 내세우는 주원장(朱元璋)이 창업한 명나라는 개국 하고 얼마 되지 않아 대대적인 동이족(東夷族) 색출, 박해, 추방 작전에 나서자 이들은 사방으로 흩어지거나 신분을 숨기고 살게 된다. 이들 중 제일 큰 집단이 고려로 오게 되고 이들을 고려에서는 왜구(倭寇)라 부르게 되는데, 이유인즉 이들 중 고려에 정착하지 못한 사람들 일본으로 가서 정착하거나 일본에서 군사력을 길러 고려와 조선의 해안지역을 노략질하였기 때문이다. 고려 조정의 시중 직위에 있던 최영은 이들을 토벌하는 한 편으로, 이들을 회유하여 고려군에 편입시키고 이성계와 조민수 등에게 요동 정벌을 명한다. 당시 내정이 어수선하여 언제 누가 변란을 일으킬지 모르는 불안한 상황을 안정시키기 위해 최영은 도성에 머물면서 때가 되면 정벌군에 합류할 예정이었던 것이다. 그 이후 사실상 명나라에 있던 고려 교포들로 된 왜구의 난동이 사라지게 됨은 물론이다. 고려에 이은 조선 초기의 산발적인 왜구 내침이나 조선 영토인 대마도 정벌 등은 내란 평정의 교통정리 이상의 사건은 아니다.

앞에 열거한 그 어느 사건에 비해 가장 큰 실향민을 내게 한 사건이 한국전쟁(6.25)이고 아직도 남북에 흩어져 생이별의 아픔을 안고 살아가는 수많은 실향민들과 우리는 더불어 살아가고 있다. 이제 이 슬픔을 딛고 치유와 새로운 희망의 세계를 열어 갈 일만 우리를 기다리고 있다.

만주(滿洲)야, 네 주인을 말하라

　　조선(朝鮮)의 옛 이름 또는 별칭으로 숙신(肅愼), 식신(息愼), 직신(稷愼),주신(州愼) 등으로 쓰였고, 주로 만주가 본거지였던 금나라에서는 주리신(朱里愼이이라고 하였는데, 이 주리신이 후에 축약형으로 여진(女眞)으로 불리게 되기도 한다. 우리말에 '먼저(先)' 또는 '먼(遠 far)' 이라는 말이 있는데 지금 내가 있는 여기와는 앞서거나 떨어져 있다는 말이다. 앞서 말한 숙신이나 주신의 앞에 '먼(far)'이라는 수식어를 붙인다면 '먼 주신'이 되고, '먼주'를 거쳐 오늘의 만주(滿洲)로 된다. 이는 고구려의 '구려' 앞에 '먼(몽)'을 붙여 '몽골'이 되는 것 또한 같은 용례가 된다. '구려' 중에서도 선임이자 으뜸이자 뿌리 깊은 종족임을 보여주고자 한 '몽골(골을 곧 구려의 준 말)' 이라는 말이다. 원래 '가라, 구려, 가야' 등으로 불리던 우리말의 한자(漢字)식 독음을 위해 '맥(貊)' 이라는 글자를 슨 일도 있다.

　　우리 민족의 고유성을 말해주는 '구려(원래 城邑이라는 뜻)'는 '거룩'과 같은 위대하고 구별 되는 종족이 어울려 사는 집락(集落 또는 城邑)이라는 말이다. 구려가 고구려이고, 거란, 말갈, 가락(가야),고려 등의 고조선 종족 이름으로 쓰이게 된다. 또한 지명으로도 널리 쓰이게 되니 구리시, 가리봉동, 구로동 등이고, 경남 고성의 거류산, 거류면, 가려리 등도 그 용례가 된다. 논에서 일하던 농부가 움직이는 산을 보고 놀라 '어, 산이 걸어가네('걸어 '가' 거류 '로 되었다 함)' 하자 걸어가던 산이 지금의 거류산 자리에 멈춰 서 버렸다는 얘기는 재미있는 우스갯소리일 뿐, 구별되게 성스럽고 위대하다는 원래의 뜻과는 전혀 무관한 얘기다.

우리는 흔히 고구려가 삼국통일을 했다면 얼마나 좋을까 라고 통한의 아쉬움을 토로하기도 하고, 신라의 삼국 통일로 만주가 우리 손에서 영영 사라져버렸다고 통탄하는 사람들을 보게 된다. 일리는 있으나 어느 왕조든 영원할 수는 없으니 강성했던 고구려도 종말을 고하게 되었지만, 신라가 고구려 땅 만주 인수하였다가 얼마 후 신흥세력인 발해에게 넘겨주게 된다. 만주에서 신라의 흔적, 경주의 별칭 '계림(鷄林)'이 지금도 약간 변형된 발음의 '길림(吉林)'으로 남아 있음이 이를 말해주고 있지 않은가. 실은 그 후에도 만주는 발해, 거란(遼), 금(金), 원(元), 청(靑) 등으로 겉포장만을 바꾸면서도 우리의 공동체였던 고조선을 고스란히 잃지는 않았음에도 우리 스스로가 만주를 버린 땅으로 치부하고 있으니 이제는 그 생각부터 고쳐야 할 때다.

여기서는 만주의 긴 역사를 고찰하고자하기 보다는, 발해 멸망과 함께 잃었다고 생각하는 부분만 살펴보기로 한다. 앞서도 밝힌 발해의 다음 주인 거란 또한 우리의 종족이며, 이어 금나라가 들어서서 거란을 몰아내고 중국사의 중요부분을 차지하는 송(宋)을 일찌감치 강남으로 몰아내고 지금 중국의 중북부를 차지하고 있다가 원나라에게 싹쓸이로 넘겨주게 된다.

이제 만주의 주인으로 한 시대를 풍미했던 금(金)나라의 실체를 돌아볼 때다. 신라가 고려에 망하고 마지막으로 마의태자의 경순왕에게 끝까지 저항하자는 눈물어린 하소연이 수포로 돌아가자, 강원도 인제 등에서 신라의 부흥운동을 시도했으니 여의치 않아 만주 지역으로 북상하게 된다. 마의태자로부터 몇 세대 흐른후 이들이 나라를 세우니 이 나라가 신라 왕족 경주김씨의 성씨를 딴 금(金)나라인 것이다. 고려조 성종, 목종, 현종 때 여러 차례에 걸친 거란 침입이 있었을 때 과부가 된 헌애왕후(일명 천추태후)와 통정하여 아들을 낳기도 했던 김치양(金致陽)이 이들 중 한 사람이었다고도 한다.

금나라가 원나라에게 넘겨준 만주는 얼마간 주원장의 명나라에 넘어가게 된다. 완전히 꺾였다 싶었던 '금(金)'이 다시 고개를 들고 일어나니 이 세력이 누르하치(奴兒哈赤)가 세운 후금(後金)인데, 물론 이전의 금나라와 구별하기 위하여 후(後)자만 더 붙인 것이다. 금의 색깔이 누르니 '누르'라 한 것이니 여전히 경주 김씨임을 선포한 것이다. 심양의 동쪽 흥경 지방에 은거하고 있었던 건주좌위의 부장이었던 그는 아타이 지역이 명나라 군사에게 토벌 될 때 아버지와 할아버지를 동시에 잃었다. 그는 속마음을 숨기고 명나라에 대해서는 극히 공손한 태도를 취하면서, 주위의 여러 부를 차례로 합병하고 통합하였다. 그 후 명을 멸하고 나라 이름만 청(靑)으로 바꾸고 명에 이은 중국 대륙의 주인이 된다. 청 왕조의 성씨가 네 글자로 된 애신각라(愛新覺羅)이니 '신라를 사랑하고 신라를 잊지 말라'가 말해 주듯 그 뿌리를 잊지 말자는 뜻이다.

고려 말 위화도 회군을 단행하여 고려왕조의 충신 최영과 정몽주를 죽이고 왕이 된 이성계는 건국 전부터 명 태조 주원장에게 칭신(稱臣)하면서 개국 하였던지라 자기들의 속국으로 여기는 조선으로 침공할 일은 물론 없다. 임진왜란 후 정묘호란이나 치욕의 병자호란은 얼마든지 피할 수 있었는데, 정세도 모르고 유학 타령만 하고 국방에 대한 대비라고는 전혀 없던 결과이고 보니 참담한 결과일 수밖에 없었던 것이다.

기회 있을 때마다 침략 근성을 드러내고 있는 일본은 거대한 중국대륙을 삼키고자 1931년 만주 철도 폭파사건을 일으켜 중국의 소행으로 뒤집어씌우면서 1945년 까지 15년에 걸친 중일전쟁으로 이끄는 단초를 만들었고, 그 야욕이 더 큰 야욕을 낳아 제2차 대전의 서곡이 되기도 한다. 이러한 긴 여정 속의 만주가 이제는 누가 주인인지를 말 할 때다. 그 주인을 부를 때 즉시 대답하고 달려가야 한다. 무한한 영겁으로 본다면 중국 땅이 되어있는 이 현실은 한 순간에 불과할 뿐이지만, 올바른 주인이 정당한 소유권을 되찾아야 한다는 반드시 풀어야 할 대물림의 숙제를 잊지 않고 있다면 틀림없이 그 기회가 찾아 올 것이다.

장수(長壽)의 요건

　　무병장수(無病長壽), 이 얼마나 누구에게나 바라고 바라는 소망 중 하나이겠지만, 지금까지 살다 간 사람도 지금 살고 있는 사람이나 앞으로 태어날 사람 그 아무도 도달할 수 없는 소망이기에 더욱 바라는 소망일지도 모를 일이다. 필자는 대외원조 프로그램의 일환으로 얼마 전 중남미 에콰도르(Ecuador)에 다녀 온 일이 있다. 그 때 그 어느 명승지 보다 더 가보고 싶었던 전 세계의 이름난 장수촌의 하나인 빌카밤바(Vilcabamba vilca=celebration, bamba=valley)에 간 일이 있다. 외부인의 발길이 잦아지면서 이 산골 원주민들이 더 깊은 산 속으로 피신해 장수하는 노인들을 찾아보기 어려운 것이 오늘의 현실이다. 이들 원주민들에게 빌카밤바란 꿈에 그리는 이상향(Utopia)이며, 이웃 칠레, 페루 등 여러 나라에도 빌카밤바란 지명이 있다. 거기에는 보아하니 우리의 음식점이나 식품점, 또는 시골장터 같은 분위기 속에 뒤섞인 사람 가운데 털 복숭이 건장한 사람에게 사진을 같이 찍자고 청한 것이 게기가 되어 몇 마디 얘기를 나누게 되었는데, 이 사람은 미국인으로, 이곳이 너무 좋아 한 달을 여기에 머물고 있는데 언제까지나 떠나고 싶지 않다는 얘기였다.

　　사람에게 행복과 장수(長壽)의 요건이 뭐냐는 질문에 '워킹

하드(Working hard)'라는 대답이다. 여기서는 세상사를 잊고 산골에서 농사일에만 열중하니 자연히 오래 삶과 행복이 찾아 왔을 것 아니냐는 것이다. 누가 뭐라 해도 장수(長壽)의 요건으로 물과 공기를 빼 놓을 수는 없다. 그렇더라도 한국에서 이 빌카밤바로부터 물을 수입한다 하니 그건 좀 지나치다는 생각도 든다.

　　우리 인간의 삶에 있어서 실제로는 장수(長壽) 같은 부자들의 사치품은 그만 두고라도 병들지 않고 건강하게만 살았으면 좋겠다는 작은 소망이라도 누리고 싶어 하는 가운데 일생을 보내는 것이 보통이다. 세계 각국의 흥망성쇠와 전쟁사 중 질병과 관련된 몇 가지 사건들을 보면, 먼저 B.C 1340년 경 그리스의 아테네와 스파르타간의 전쟁을 떠올릴 수 있다. 농촌과 산악지역인 스파르타로서는 인구의 규모로나 병력 동원 능력으로나 도저히 아테네에게 이길 수 없어 번번이 패하기만 하다가 이 마지막 아테네와의 전투를 승전으로 장식했다. 이 전쟁의 승패는 군사력이 아닌 마마, 두창 등의 질병을 판가름 났고, 스파르타처럼 사람들이 흩어져 사는 곳에서는 설혹 전염병이 걸렸다 해도 감염자만 피해를 입을 뿐 전염 현상은 별로 심하지 않지만, 아테네 같은 도시국가는 상황이 달랐기 때문이다. 그 후 로마시대에 유럽을 무인지경으로 휩쓴 흉노(Huns)족의 침입 또한 전투보다 천연두 전파로 전투력을 잃은 로마 제국(서 로마)의 멸망을 이끌기도 한다. 아시아와 유럽에 걸쳐 역사상 세계 최대의 왕국을 건설했던 원나라의 킵착한국 군이 유럽 진출의 교두보인 카파(Kaffa)항을 공격할 때 적의 끈질긴 방어에 철군할 수밖에 없었는데, 이 때 원군(元軍)은 흑사병으로 죽은 우군의 시체를 투석기에 매달아 성 안으로 쏘았다. 이 성안에 있던 사람들 대부분이 흑사병에 감염되었고, 감염 사실을 모르고 있던 병사들은 저마다 뿔뿔이 고향으로 돌아 간 것이 전 유럽으로 병을 옮기는 결과가 되어 당시 유럽 인구에서 삼분의 일이 죽어 나갔다. 이 결과 파리 시내 온 길거리가 시체 더미와 오물로 뒤덮여 그 더러움을 피하기 위한 하이힐(high heels)이 생겨나고, 그 하이힐 또한 돈 있는 사람에게나 살 수 있는 일이고 보니 하이힐(high-heeled 돈 많은)이 돈 많은 '부자'라는 뜻을 만들어 내기도 한다. 1500년대에 이르러 스페인의 코르테스와 피사로가 각각 고작 600명, 170명의 병사만 데리고 가서 현재 미국의 일부와 멕시코 이남의 전 중남미 대륙에서 아즈텍, 마야, 잉카 제국들을 무너뜨리고 손쉽게 식민지 문화를 건설하기도 한다. 영국을 떠난 청교도 또한 수백 명 인력으로 아메리칸 인디언들을 제압하고 미국 전체를 손에 넣는 교두보를 쉽게 마련한다. 이 모두가 이미 천연두에 면역된 서구인들이 질병 생소한 질병에 부방비로 노출 된 치명적인 취약점을 안고 있었기 때문이다. 새로운 개척지를 건설함에 있어서 절실히 필요한 현지인들의 노동력을 사용할 수 없게 되자 아프리카의 흑인들을 노예로 잡아와 혹독하게 부리면서 일구어 낸 이른바, 그들이 말하는 '신대륙 개척사'인 것이다.

이제 인간이 얼마나 오래 살고 싶어 했는가를 보여주는 동방삭 이야기를 돌아보기로 한다. 동방삭이 어릴 때 한 맹인에게 못된 짓을 하자 화가 난 맹인이 동방삭의 점을 쳐 보니 동방삭이 단명하다는 것을 알게 되고 이를 동방삭이 알게 되자, 동방삭이 맹인에게 백배 사죄하고 생명을 연장할 방법을 간곡히 청한다. 그러자 맹인은 서운함을 풀고 그에게 저승사자를 잘 대접하라 한다.

맹인으로 부터 저승사자를 분별할 수 있는 방법을 터득한 그는 먼 길을 오느라 지치고 배고파 있는 저승사자에게 후하게 음식 대접을 한다. 동방삭을 잡으러왔던 그가 인정상 잡아 갈 수 없어 18세로 되어 있는 그의 수명을 삼천갑자로 늘인 18,000년으로 하여 더 살게 한다. 삼천갑자를 살면서 온갖 도술을 배운 그를 저승으로 잡아 들이기 어렵게 되자 한 꾀를 쓰게 된다. 저승사자가 사람이 많이 다니는 개울가에서 숯을 물에 씻고 있었다. 그러자 동방삭이 묻는다. '지금 뭐하는 거요 ?'   '숯을 씻으면 하얗게 된다오.'   '내가 삼천갑자를 살아도 숯을 씻어 희게 만든다는 소리는 처음 듣소.'   그러자 저승사자가 동방삭을 잡아 채 저승으로 데려갔다.

이제는 오래 살기가 아닌 '내가 살아 있을 동안 무엇을 하는 것이 가치 있는 삶인가' 를 생각할 때다. 이제 옛날에 비해 늘어 난 수명으로 값진 그 무엇을 설계하고, 남이 보기에 지극히 하찮은 일일지라도 그 일에 매진하는 데 여생을 보내는 것이 보람되고 멋진 인생이 아닐까 한다.

환인(桓因), 환웅(桓雄), 단군(檀君)

　　사람의 삶이란 어쩌면 잃어버린 나를 찾아 헤매는 과정으로
끝나고 말 수도 있다는 생각이 든다. 선조들이 물려 준 한 핏줄과
언어, 그들이 창조하고 개척한 유산인 문화와 문명으로 뭉쳐서 면
면이 이어오는 공동체를 우리는 겨레라 부르는데, 과연 이러한 겨
레의 개념이 우리에게 있는가 하고 자문해 보기도 한다. 뿌리가
없는 나무에 다른 나무를 접목시킬 수 없는 것 같이 자신들의 고
유한 전통문화를 잃어버린 민족에게는 남의 문화가 무비판적으로
밀려들 수밖에 없고, 그 결과 문화의 식민지로 전락 할 수밖에 없
음은 너무 빤한 일이다. 우리는 외국의 강압 또는 자기비하의 사
대사상으로 주체성을 잃고 그 뿌리마저 잘라 왜곡시킨 채 남의 나
라 것은 무조건 높이고 받아들여 굽실대는 비열한 습성마저 생겨
나고 있다는 점에서 통탄을 금할 수 없다. 1910년의 경술국치(庚
戌國恥)후 무단정치로 이름 높았던 초대 데라우찌(寺內) 총독이
실패하자, 뒤를 이어 부임한 2대 사이또(齊藤實) 총독은 무단정치
대신 문화통치를 내걸고 조선 사람을 위한 교육 시책으로 조선 역
사 말살에 들어간다.

　　그 첫째, 조선 사람들에게 그들의 진정한 민족사를 알지 못
하게 하라는 것. 둘 째, 조선이 조상들의 무능과 악행 등을 과장하

여 폭로할 것. 셋 째, 일본 제국의 역사상의 사적, 문화 및 위대한 인물 등을 크게 소개할 것. 일본인 역사편수관 이마니시(今西龍)를 주축으로 한 역사 조작단들은 고 사서들을 일본의 침략을 정당화 하는데 주도적 곡필에 앞장을 섰고, 슬프게도 해방 후에도 이들이 쓴 조선사(朝鮮史)가 어엿한 대한민국의 국사로 둔갑하여 오늘에 이르고 있는 실정이다. 땅 속에 있는 초목의 뿌리를 끊어 생명을 시들게 하고 민족의 유래를 끊어 민족의 자존성, 자각, 사명, 이상, 그리고 긍지의 근원을 없애려는 이들의 역사 조작은, 먼저 통일신라 이후만을 역사 시대로 하고, 인류 문명을 선도했던 대부분의 민족사를 배제하여 그 이전의 마고, 환인, 환웅, 단군 등을 삭제해 버리거나 우스꽝스러운 신화 정도로 하여 말살해 버린다. 오로지 침략에 혈안 된 그들의 논리로는 원초적으로 통치 능력이나 통치권 부재의 조선 반도는 빨리 접수하는 것이 그들의 임무이고 미개한 조선인들을 개화시키는 것 또한 그들이 해야 할 일이라는 것이다. 그들은 우리 민족사를 한반도로 축소시킴과 동시, 민족의식을 말살하여 독립운동의 싹이 트는 것조차 막으려 했던 것이다. 우주 속에 삼라만상의 생성과 구성, 그리고 하늘의 이치에 따라 이루어지는 진화, 그리고 만들어 진 것은 모양이 있고, 천지를 창조하신 하느님은 모습이 없으니, 아무 것도 없는 데서 만들고, 운행하고, 진화시키고, 기르는 이가 곧 하느님이오, 형상을 빌어 나서 살다가 죽고, 즐기고 괴로워하는 것들이 사람과 만물이라는 우리의 고유 사상이 송두리째 말살된 것이다. 다시 말해 파미르 고원에서 천산(天山)에 이르는 B.C 67080-7198년에 이르는 마고와 유인(有因)시대, 적석산의 B,C 7198-3898년에 이르는 환인시대, 태백산의 B.C 3998-2333년으로 이어지는 환웅시대, 아사달의 B.C 2333-295년으로 이어지는 단군시대와 그 이후의 부여, 고구려 등을 포함한 칠만 년 역사가 고작 천 몇 백 년으로 단축 된 것을 역사라 하여 가르쳐 온 것이다. 역사가 없는 민족은 미래가 없다 는 말을 그냥 흘려듣기만 할 일은 아닌 것이다.

　　여기서 그들이 말하는 신화라고 치부하는 단군(檀君)과 그 이전의 발자취를 간략하게 더듬어 보기로 하자. 칠만 년 전 출발지인 파미르('파르' 는 '밝다' 의 뜻이고 '미르' 는 '물' 또는 '뫼山' 이라는 뜻) 고원의 우리 조상 마고(麻姑) 족은 여러 갈래로 나뉘어져 사방으로 흩어져 이동하게 된다. 사람(아이)으로 태어나 처음 만난 '어마어마' 하게 큰 사람을 '엄마' 라 하듯, '마고' 란 '엄청난' 등의 일족 과 같이 크고 위대하고 거룩하다는 뜻이다. 그러기에 서구인들은 'ㅁ(m) '계 단어들인 mother (엄마), major(주요한), macro(거대한), may(할 수 있다), magnificent(참으로 훌륭한) 등이 이를 잘 말해주고 있다. 부계사회인 유인(有因)를 거치는 육만 삼천 여 년 후인 환인(3301년 간)의 환국(桓國) 시대에 이르러서 국가로서의 형태가 뚜렷해 진 것이고, 이어 환웅(18대 1565년 간)의 배달국(配達國) 시대에 이어 단군(47대 2096년간)의 단군조선 시대, 삼국시대 이후를 합하여 칠만 년이라는 얘기다. 우리 민족이 동 쪽으로 이동해 오는 가운데 만주 근처에 먼저 도착한 무리들에게는 곰과 호랑이를 각각 토템(totem)으로 숭배하는 두 개의 무리로 나뉘어져 있었다. 얼마 후 약간 뒤에 쳐졌다가 늦게 이주해온 또 다른 집단이 있었으니 이들에게는 동물 토템이 아닌 태양신을 섬기는 토템이 있었다. 뿌리가 같고 출발지가 같지만 약간의 시차를 두고 도착한 이들 간에 모종의 타협이 이루어졌으니, 이것이 바로 혼인을 통한 화합이자 재회(再會)인 것이다. 선주민 곰 족 여성(웅녀)과 후래자 태양족 남성('환'한 태양이란 뜻의 '환웅') 사이의 혼인으로 이루어진 동족 간 화합이 우리가 알고 있는 이른바 신화 아닌 실화인 '단군신화'의 실상이니, 더 이상 이 사건을 '신화'라 부르는 것 자체가 역사 왜곡임을 우리 스스로 분명히 해 두어야 할 일인 것이다. 일본인들은 서양인들의 제우스나 주피터 정도에 해당하는 '환인'이 환웅을 낳고, 환웅이 단군을 낳았다면서, 육천년에 이르는 환인, 환웅, 단군을 삼대에 걸친 신화속의 인물로 만들어 버리고, 특히 곰의 자식이라느니 하여 경멸하고 비하하는데 사용한다. 단군에 한하여 1098년간 제위에 있다가 신선이 되었다고 기록함으로써 인간의 수명이 아닌 신화 속의 인물로 만들고 있는 것이다.

　　조상을 숭배하고, 부모에게 효도하며, 사람을 사랑하고, 특히 지상의 모든 인류를 널리 이롭게(弘益人間)하면서 함께 더불어 살자는 민족정신도 우리 역사 말살에서는 찾을 길이 영영 없음을 분명히 하는 것이 그 시작이 될 것이다.

예의와 에티켓

　　수천 년 동안 동 아시아에서 정신적 지주 또는 생활 지침이
되어 온 유학(儒學)에서 그 근간을 인(仁)에 둔다고 생각하는 사
람들이 많다. 인(仁)에서 위의 획인 한 일자(一字)는 하늘, 아래쪽
의 한 일자는 땅을 가리키고 그 사이에 서 있는 사람(人)인 나는
하늘과 땅을 모두 내 품속에 품고 사랑할 줄 아는 큰 사람(大人)
이 되라는 하늘의 소명이니 이 어찌 중요하지 않다 할 수 있겠는
가. 공자님 또한 인(仁)을 대단히 중요한 덕목으로 제자들에게 널
리 가르쳐 온 것이 사실이나, 그 인을 마음속에 품고 있다는 것만
으로는 부족하니 이를 실행에 옮기는 행위인 예(禮)를 더욱 중요
시함과 동시 늘 예를 행함에 게으름이 없도록 자신을 다독이고 채
찍질함을 조금도 늦추지 않은 여생을 보내었다. 예(禮)에서 왼 쪽
변의 보일 시(示)는 제상(祭床) 위에 놓인 고기 덩어리를 상형화
한 그림이고 오른 쪽은 풍년 풍(豊)자이니 제사에 올릴 제물이 풍
성하다는 뜻이지만, 조금 더 풀이하자면 물질(제물)의 풍성함을
넘어서서 풍성한 사랑(仁愛)을 실행한다는 말이 된다. 사흘을 굶
은 사람이 남의 담을 넘어 도둑질 하지 않을 사람이 없을 것이라
는 말이 있다. 의식주가 부족함이 없이 풍성해야 비로소 예의를
차릴 여유가 생긴다는 말일게다. 치자(治者)가 백성들이 배를 주

리던지 풍족하게 사는지 돌보지도 않고 굶주린 백성들이 도둑질했다 하여 잡아 가둔다면 바다에 그물이나 통발을 치고 물고기가 걸리기를 기다렸다가 닥치는 대로 잡아들이는 것과 무엇이 다르겠는가. 인(仁)의 실체는 어버이를 섬기는 것이고, 의(義)의 실체는 형을 따르는 것이며, 지(知)의 실체는 이 두 가지를 알고서 거기서 벗어나지 않는 것이고, 예(禮)의 실체는 이 두 가지를 조절 문식(文飾)하는 것이라고 풀이하기도 한다. 옛날 우리 민족을 가리킬 때 예(穢), 예(濊), 예(禮), 예맥(濊貊) 등으로 표기한 것을 보면 우리 민족 고유의 고귀함을 표하는 '밝' 또는 '거룩' 등을 표하기 위한 이두식(吏讀式)으로 소리를 표시하기 위한 차음(遮音)에 불과할 수는 있으나, 될 수만 있다면 그 의미까지 포함하려 했다는 점에서 예(禮)를 얼마나 중요시 했는가를 말해주는 일이기도 하다. 세계의 모든 언어 중 한글만이 존대 말을 태고 때부터 체계 있게 사용해 오고 있다는 것만으로도 좋은 예가 될 것이다.

프랑스의 장엄한 베르사유 궁전이 당초의 설계로는 황제 한 사람만 사용할 수 있는 단독 화장실이 있었고 중신들이나 궁인 또는 내방자들은 화장실 등 편익시설이 없어 곤란하기 그지없었다. 후세에 독일의 수장 히틀러가 혹시라도 이 아름다운 궁의 한 모서리라도 포탄을 맞아 손상될까봐 프랑스와의 전쟁을 망설이고 주저하고 또 망설였던 궁이기도 하다. 편익시설이 없으니 자연히 남의 눈을 피해 슬쩍슬쩍 볼일을 보거나 쓰레기를 버리기도 하여 궁 전체가 악취가 나고 지저분하기 짝이 없는 난장판이 되어갔다. 그러자 이 난장판이 된 궁전 관리를 위한 질서를 세우기 위해 말뚝을 땅에 박아 궁을 깨끗이 관리할 여러 가지 수칙들을 그 말뚝 (stick) 위에 적어 공시하게 된다. 거기에는 대소변을 아무데나 볼 수 없다거나, 쓰레기를 함부로 버릴 수 없다거나, 복장을 단정히 하라거나 하는 갖가지 수칙이 적혀 있었을 것이다. 이 말뚝 stick 에 et라는 지소사(指小辭)가 붙으면 sticket이 되고 여기에 앞 쪽 의 s가 없는 ticket(표)가 되고 ticket의 앞에 e를 붙이면 철자가 조금 변형된 etiquette(예의)이 된다. 그러니까 베르사유 궁의 편 익시설 부족이 에티켓(etiquette)으로 까지 이끌었다는 말이다. 여 기서 점차 궁내에서 만이 아니라 사람으로서 마땅히 지켜야 할 예 법이 이 말뚝으로부터 생겨나게 되었다는 말이다. 그래서 영어에 서는 'That's the ticket(당연히 그래야지)' 라는 말이 생기게 되 는데, 이는 'That's the etiquette(그건 예법에 맞아)'와 같은 말 이니 당연하다 할 수 있으며, 그래서 ticket에 '마땅한 일' 등의 뜻 이 있음은 역시 말뚝(stick)에서 비롯되고, 그 말뚝 위에는 만 사 람이 볼 수 있는 공지사항을 '붙인다'하여 stick에는 '붙이다'라는 의미가 생기기도 하여 스티커(sticker 붙이는 쪽지) 등으로 쓰이 기도 하고, stick to(집착하다, 달라붙다) 등으로 쓰이기도 한다.

동양인들의 예의나 서양인들의 에티켓이 근원적으로 다를 것은 별로 없다. 예의나 에티켓이 상대방을 규율하는데 사용되어 서는 그 본질이 어긋나는 일이니 자신의 내면을 규율하는 데 한하 여야 한다는 것이 그 본질이다. 식탁에서 후룩후룩 소리를 내어가 며 먹는 서양식 에티켓에 어긋나는 행동이며, 어른 아이 할 것 없 이 비 존대어를 쓰는 서구인들의 예의 없는 행동은 상대에 대한

인(仁愛)을 표현하는 방식의 차이일 뿐이라는 점을 이해하여야 한다. 남의 제사상의 동쪽 편에 밤(栗)을 놓고 서쪽 편에 대추를 놓았다 하여, 예를 아느니 모르느니 하거나, 평소에 먹던 밥상대로 제사상을 차리거나 찬 물 한 그릇으로 대신하거나 이것도 저것도 안 차린다하여 예가 없다고 지적할 일이 아니라는 말이다. 어떤 상대든 내게 어떠한 무례 또는 결례를 범하고도 무례로 느끼지 않을 수 있게 해주는 너그러움이 없고서는 '예(禮)를 논할 수가 없을 것이다. 언젠가는 자연스럽게 자신의 무례를 깨달아 고칠 때가 있을 것이다. 혼자 살 수 없는 어울림의 사회에서 예의란 형식이 아닌 마음, 그리고 그 따뜻한 마음을 슬기롭게 표현하는 것이 예의 본질이라는 말이다.

두 물건을 붙일 때 쓰는 강력 접착제를 한국형 외래어인 '본드(bond 끈 또는 紐帶에서 glue or adhesive의 의미로 쓰임)' 라 부른다. 이 본드는 결합시키고 단합시킨다는 의미에서 bind(묶다), bound(묶은), bondage(속박) 등의 의미는 물론, 묶어야 할 둘 개(two) 라는 데서 combine(묶는 것과 탈곡하는 '두' 가지 일을 동시에 하는 농기계), combination(연합)이 되기도 한다. 여기서 조금 더 나아가면 '존재 한다(be=bine=bound)' 는 의미의 be(exist=is=are=am) 또한 '존재가치' 를 말해주는 확대된 의미가 된다.

사람의 존재는 동물의 세계에서 보는 적자생존이 아니라, 두 사람 이상이 단합하여 살아간다는 먹이사슬 아닌 '의존 사슬' 의 힘으로 살아간다는 말일 것이다. 우리 끼리 상대를 거꾸러 뜨리고 이 땅에서 사라지게 만들어야 직성이 풀릴 것 같은 지금 우리들 모두의 작태를 볼 때 이렇게 사는 것이 동물의 삶인가 인간의 삶인가를 의심케 하고, 어떤 면에서는 동물보다 못한 모습도 없지 않다 해도 마땅한 반론도 내놓지 못할 것만 같은 개탄을 지울 수 없게 한다. 지극히 통쾌한 느낌을 주면서도 우리 자신 모두를 망치는 목적지 없는 분노, 지극히 소상하게 살피는 것 같으면서도 남의 말을 거슬러 모두가 돌려받게 되는 불행, 지극히 박식하면서도 그 박식함으로 남을 헐뜯는데서 되돌려 받는 궁색함, 겉으로 깨끗해 보이면서도 왜곡된 속에서 밖으로 비어져 나오는 가중된 혼탁, 아무리 말을 잘 해도 남과 다투려는 데 만 쓰려는 데서 나오는 도무지 이해되지 않는 혼자만의 논리, 남을 억압하려는 데서 나오는 혼자만의 꿋꿋함, 남을 상해(傷害)하려는 데서 나오는 겉치레 청렴, 이 모든 일들을 어찌 남의 일이라고 할 수 있겠는가 자문하고 싶다. 상대방을 몰아세우려는 모략과 중상 그리고 정보의 독점, 상대방을 디디고 올라서려고 하는 지략과 권모술수, 이런 것들이 다 누구를 위한 것들이란 말인가? 고기가 썩으면 벌레가 나오고 생선이 마르면 좀 벌레가 생기듯, 자기 통제가 없고 게으르면서도 자신의 행태를 잊고 있다면 화나 재앙이 준비되어 있음을 몰라서는 아닐 것이다. 어찌하여 죄과를 멀리하고 사리를 밝히는 데 힘 쓸 수 없게 되었는지, 분수에 맞는 부귀에 기뻐하고 골고루 나누어 베풀어짐을 즐겨할 수 없는지, 총명하고 지혜로우면서도 남을 궁하게 몰아대지 않을 수 는 없는지, 모르면서 묻지도 않고 능치 못하면서도 배우지 못할 이유라도 있는 것인지 어느 하나도 시원한 답이 나올 것 같지 않은 소리들만 늘어놓은 것 같아 안타까움만 더 할 뿐이다. 단합 아닌 분열은 모든 것이 박살난 후 뿔뿔이 제 목숨만이라도 건지려고 도망칠 때에나 필요한 일일지도 모른다.

어떤 사람이 지나가다가 폐허가 된 옛 성터를 보게 된다. 옛 날의 화려했던 성의 모습을 떠올리며 이상하게 생각한 그는 그

지방에 사는 노인에게 물었다.

　　'이 성터가 무슨 성터인지 아십니까?'

　　'예, 이 성터는 예전에 있었던 곽국(郭國)의 성터입니다'

　　'곽국의 성터가 어찌하여 이렇게 폐허가 되었습니까?'

　　'그건 선을 좋아하고 악을 미워했기 때문입니다.'

　　'선을 좋아하고 악을 미워한 건 잘한 일인데, 그 때문이라니 무슨 말입니까 ?'

　　'선을 좋아했으나 실행에 옮기지 못했고, 악을 미워했으나 제거하지 못했기 때문입니다'

　말만 앞서는 정의나 사랑이 어떤 결과를 가져 오는 지를 말해주는 것 같다.

　한 끼 식사에 밥을 한 술 떠 입에 넣을 때만 해도 나를 위한 수많은 사람들의 피땀 어린 결정체인 '의존사슬'을 우리는 너무 쉽게 잊고 사는 것 같다. 그 수많은 사람들이 나를 위해 수고와 봉사해 준 덕분에 한 끼 밥을 먹게 되었을 때, 자신도 그들을 위해 그 한 끼 이상에 해당하는 봉사를 제공하고 있는가 하는 자신의 존재가치이자 필요가치를 말이다. 어째서 공기와 물, 필요한 동식물 등의 만물과 모든 사람들은 나를 위해 존재하여야 하고 나를 위해 봉사해야 하는 것으로 기대해야하며, 나 자신은 그들을 위해 필요한 존재가 되지도 못하고, 해 주어야 할 일마저 제대로 해 주지 못 하는 데 대해 이리도 관대하단 말인가. 사람은 명예를 구하려는 욕심으로 인해 오히려 그 명예를 잃게 되며, 여유 없는 마음에서 음흉한 꾀만 생겨나고, 서로 다투려는 데서 세속적인 지식만 늘어나고, 되지 못한 고집에서 마음만 막히고, 남의 편의를 봐 준다는 데서 부정부패만 만연한 가운데, 고요한 침묵을 지키면서 모든 욕심을 버릴 때 모든 병이나 늙음이 저절로 물러감을 잊고 산다는 말이다. 이미 여러 번에 걸쳐 대한민국 국민에게 주어진 한시도 잊어서는 안 되고 자손 대대로 물려주어야 할 사명, 즉 국민적 단합을 근간으로 하는 남북 평화통일, 나아가 조상님들의 본향 만주 땅 회복이 그것인데, 무엇보다 먼저 이루어져야 할 일이 전 국민의 결집이자 단합의 선행이 요건임은 두 말 할 필요가 없다. 우리는 작은 일에서 벗어나 이제는 우리 모두의 보다 크고도 귀중한 목적에 이끌려 가는 삶으로 궤도를 수정해 나아갈 때가 이미 벌써 우리 앞에 와 있다는 것을 잊어서는 안 될 것이다. 늦었다고 생각되는 그 때가 제일 이른 때라는 말이 참으로 의미 있는 가르침을 주는 것 같다.

'잠을 깬 사람에게는 밤이 짧고, 피곤한 사람에게는 십리 길이 멀고, 참 된 이치를 모르는 바보에게는 인생이 길다. 만일 내가 지내 온 인생을 다시 되풀이해야 한다면 내가 지내온 인생을 다시 살고 싶다. 과거를 후회하지도 않고, 미래를 겁내지도 않을 것이니 말이다'.

원대한 목적에 이끌리는, 지모 있는 삶을 찾기에 바빠야 할 우리들에게 주변의 모든 적들만 이롭게 하고 파괴적이기만 하고 아무 소득 없는 소모전으로 끝날 집안싸움일랑 제발 이제 그만두고, 정말 가치 있고 우리 모두에게 필요한 일에만 매진할 때가 되었음을 우리들 자신 모두에게 간곡히 호소하는 바이다.

감주(甘酒)와 차례(茶禮)

　　병자호란이 지나간 지 얼마 후 어느 시골마을에 최씨성을 가진 청년의 이야기다. 같은 마을에는 거의 아버지 벌 되는 지관(地官)이 있었는데 논도 없고 벌이도 시원찮고 보니 겨우 하루하루 끼니만 때우며 살고 보니 그토록 좋아하는 술 한 모금 목에 넘길 여유가 없었다. 그런 어려움을 누구보다 잘 아는 최씨는 자신의 살기에도 급급한 가난 속에서도 자주 그 지관을 찾아 술이며 밥을 사곤 했다. 그러던 어느 날 최씨 아버지의 죽음을 맞이하여 지관에게 묘 자리를 부탁한다. 그러자 그 지관, 자신이 죽었을 때 묻히려고 남몰래 봐 되었던 자리를 내 주면서 하는 말이다. '자네가 내게 베풀어 준 그 친절을 이제야 갚게 되었군. 자네에겐 아들이 없지만, 외손이 귀히 될 자리라네' 아들이 없던 최씨(최효원)의 딸이 궁에 들어가 장희빈의 질투 속에서도 숙종의 총애를 받아 아들을 낳게 되니 그가 조선의 영조(1694-1776 82년 재위)이다. 영조가 등극한지 얼마 안 되어 실각한 소론의 강경파와 남인이 합세하여 영조와 집권당인 노론이 짜고 선왕 경종을 독살하였다는 이유를 들어 소현세자의 적파손(嫡派孫) 탄(坦)을 왕으로 옹립코자 청주 지역을 중심으로 한 이인좌의 난을 겪게 되었으며, 소론파의 원조 최규서의 고변으로 쉽게 제압할 수는 있었으나 후유증은 적지 않았다. 대전에 끌려 온 이인좌에게 영조가 묻는다. '넌 나를 내 부왕 숙종의 아들이 아니라고 했다. 넌 내 얼굴을 본 일이 없지만 숙종대왕은 본 적이 있으니 이제 얼굴을 들어 내 얼굴을 똑똑히 보아라' 그제 서야 눈을 들어 왕의 얼굴(용안)을 보니 그림 같이 숙종과 닮은 영조의 모습을 보고는 고개를 숙이게 된다.

이처럼 자신의 출신에 대한 열등의식을 평생 떨쳐버리지 못하게 된 영조는 그러나 백성들을 위한 보기 드문 선정을 베풀었고 특히 신분이 미천하다는 이유로 벼슬을 못하거나 억울한 일을 당하는 일이 없도록 하는 데 최선을 다하였다. 백성들의 어려움을 생각하는 왕의 수라상에는 평생 세 가지 또는 네 가지의 찬만 올렸고 매사에 근검절약을 실천으로 선도함을 정책의 우선과제로 삼았다. 왕은 또 식량소비 절감을 위한 금주령을 선포하면서 기제사(忌祭祀)또는 명절 차례(茶禮)등에 돌아가신 조상들에게는 술 대신 식혜를 올리게 했다. 귀신(조상신)을 속이려는 것이 아니라 '자손이 잘 되어 번창하라'는 것이 조상의 염원일 터이니 조상신에 대한 약간의 소홀함은 자손이 잘 되는 것으로 보상한다는 뜻이고, 그렇다 하더라도 술은 빠질 수 없으니 지금부터는 제상에 올리는 식혜를 '감주(甘酒 = 단술)'로 부르라고 명하였고, 그로부터 알콜 성분이라고는 전혀 없는 달콤한 음료인 식혜가 '단술'로 불리게 됐으니, 단술을 볼 때마다 애민 제일주의 사상의 영조대왕을 생각하지 않을 수 없게 한다.

우리 대한민국 국민들의 조상의 나라 고조선 시절에는 지금의 중국 갈석산에서 북경에 이르는 위만조선 지역은 물론, 해안선을 따라 남쪽으로는 대만을 거쳐 지금의 베트남 국경정도 까지 뻗은 중국 땅이 강역이고 지금 중국 인구 80%가 이 지역에 살고 있으니, 중국 속의 백제 땅(산동반도 근처)과 그 후 제대로 관리하지 못한 통일 신라 시대의 신라방(新羅坊)이 그 흔적이다. 우리 조상들이 지금의 중국 땅에 살 때 그 당시에도 식수 사정은 매우 나빴다. 물에 세균이 많다거나 물이 귀한 것이 아니라, 물속에 석회를 포함한 유해 광물질이 너무 많이 들어 있고 보니 그냥 마실 수가 없어 끓여 마시거나 모든 반찬을 튀김 또는 볶음으로 하여 먹어야만 탈이 없었고, 지금도 중국 음식에 튀김이 많다는 것은 튀김이 좋아서가 아니라 부득이한 사정 때문인 것이다. 따라서 그곳에서는 차(茶)를 즐겨 마셨고 조상들에 대한 제사에도 명절에는 술 대신 차를 올렸다. 긴 세월 속에 지금의 옛 조선(지금의 중국 땅) 땅에서 동 쪽 한반도로 이주해 온 우리 조상들은 옛 관습대로 명절에 차를 제사상에 올렸으나 나중에는 차를 구하기도 어렵게 된 데 다 주로 물을 정화하기 위한 수단으로 쓰던 차 마시는 풍조가 사라지면서 명절에도 술을 올리게 된다. 옛 날 차를 올리던 관습은 언어 속에 그저 화석으로 '차례(茶禮)' 만 남게 된 것이다. 지금의 중국 내부에 있던 우리 조상들의 땅이 주로 삼한시대의 마한(馬韓)이고, 후에 우리 조상들이 한반도로 이주하면서 한반도 남부에 잠시 삼한이 생기게 되었는데 이를 우리 국사에서는 삼한의 시원이자 실체인 것처럼 가르치고 있는 것이다. 진주, 함양, 청주, 경주 등 많은 지명들이 그 곳에 살던 조상들이 중국 지명을 그대로 가져왔고 한반도에서 넓은 중국 땅의 축소판을 만든 것임을 잊고 있는 것이다. 중원의 삼한에서 이주해 온 후 삼한 진한,

마한, 변한을 백제와 신라가 계승하게 되고 원 삼한의 본거지인 진한 땅에서 고구려가 일어서게 되었음을 중국 사서들을 포함한 모든 사서들이 말해주고 있는데도, 유독 우리나라 교과서에서는 잠깐 있다가 사라진 모조 판(축소판) 후 삼한 만을 교과서에서 가르치고 있으니, 이 피맺힌 절규를 어쩌란 말인가. 이 추석절의 절규가 환희의 함성으로 메아리쳐 올 날을 기대해 본다.

어느 수상과 원님

약간 오래 된 이야기지만, 영국 런던의 어두컴컴한 지하철 안에서 한 나이 든 신사와 초등학생이 옆 자리에 앉게 되어 이런 대화가 오간다.

'애, 넌 이다음에 커서 어떤 사람이 되고 싶니 ?'

'위대한 정치가가 되고 싶어요.'

'옛날이나 지금이나 정치가는 많은데, 구체적으로 누구와 같은 인물이 되고 싶은지 말해줄 수 있겠니?'

'예, 우리나라의 맥밀란(Macmillan) 수상과 같은 훌륭한 정치인이 되고 싶습니다.'

'넌 맥밀란 수상을 본 일이 있니 ?'

'아뇨'

'내가 바로 그 맥밀란 수상이니 내 얼굴을 좀 봐'

'수상이라면 화려한 행렬과 삼엄한 경호원의 호위를 받아 가며 관용인 승용차로 다닐 텐데 이런 침침한 지하철을 타고 다니는 사람이 수상일 수 있나요 ?'

'공무로 다닐 땐 관용차로 다니기도 하지만 공무가 아닌 퇴근길인데 개인 용무에 기름 한 방울이라도 더 쓸 수 있겠니 ?'

이렇게 주고받는 대화를 그 옆 자리에서 듣고 있던 승객들은 정말 훌륭한 수상을 뽑았다는 자부심(pride or 自矜心)으로 가슴 뿌듯해 했다는 얘기다. 인간에게 자존(긍)심은 가히 생명과 맞먹을 정도의 의미를 지닌다. 이토록 중요한 자긍심도 그에 걸 맞는 인간의 품위가 있을 때 향유할 수 있는 산물이다. 다시 말해, 프라이드(pride)란 높은 자리에 앉아 근엄하게 낮은 자리에 있는 사람들을 위압하는데서 오는 것이 아니라, pri or pre(in front of 의 앞에)와 de(be=exist '이다 또는 존재하다'의 뜻)의 결합으로 이루어진 것으로서, 나라를 위한 전투에 임하여 맨 앞장(pri) 서서 몸(de)을 던져 적과 싸우는 데서 생겨난다는 말이다. 역시 약간 오래 전 얘기인 영국과 아르헨티나 간의 포클랜드(Falkland) 전쟁 때, 영국의 귀족, 특히 금지옥엽의 왕자가 뱃머리에 앞장 서 전쟁터로 나아가 전쟁을 승리로 이끈 일이야말로 pride의 진수를 보여주는 사건일 것이다. 유사시에 자신의 존재 가치를 보여 준다는 데서, pride의 일족인 pro(in front of)와 ve(be)의 합성어, prove(증명하다)가 있고, 한 걸음 더 나아가 prowess(무용), improve(개선하다)도 이들의 일족이다. 위기에 처하여 자신의 몸을 던진다는 pride 본래의 뜻이 우리들의 머릿속에 자리 잡고 있는지, 또 남에게 자랑할 만한 pride가 얼마나 있는지 되돌아 볼만한 일이다. 지금 우리는 짧지 않은 경제적 불황으로 온갖 어려움이 우리를 기다리고 있다. 이보다 더 큰 상처가 우리를 괴롭히고 있으니, 바로 그 생명처럼 소중한 자존심 상실의 시대를 살아가야 하는 안타까움이다. 그러면서도 예의 그 '모두가 네 탓' 증후군에서 벗어나지 못한 채 모두가 누구를 탓하기에만 열이 올라, 어떻게 그 악몽의 수렁에서 벗어나야 할지에 대한 이렇다 할 행동지침이 없어 보인다는 점이 우리를 더욱 우울케 하는 것 같다. 첫 단계는 무엇보다 먼저 '난 괜찮은데 남들이 문제' 증후군(I'm-ok-you're-not syndrome)에서 '남들은 괜찮은데 내가 문제' 로서의 의식전환이 이루어지지 않는다면 아무것도 기대할 수 없다는 말이다.

　　옛 날 어느 시골 고을의 원님이 어느 시골 마을에 행차했을 때 얘기다. 시골티가 몸에 밴 한 젊은이와 한 할머니가 머리를 땅에 붙인 채 사또를 맞았다. 사또가 말에서 내려 이들을 부축하여 일으키고는 생활에 어려움이 없느냐고 물었다. 그러자 젊은이가 대답한다. '원님이 부임하신 후 태평성대를 맞이하여 조금도 어려움은 없습니다. 다만 한 가지 절실히 아쉬웠던 점은 기력이 없어 거동을 못하시는 노모께서 이토록 훌륭하신 원님을 평생 한 번 뵙고 싶은 게 소원이어서 오늘 원님의 행차가 있다는 것을 알고 어머니를 이십 리 길 업고 와서 뵈옵게 된 것입니다' 그러자 원님이 그의 효심에 감복하여 비단 두 필을 상으로 주었다. 이 효심 깊은 젊은이와 한 마을에 살던 건달 친구가 어느 날 자신의 노모를 모시고 사또 행차를 맞았다. 그러자 그 속을 빤히 아는 한 관원이 원님에게. '저 불효막심한 놈은 원님에게 상을 받으려고 지난 번 그 젊은이의 흉내를 내고 있습니다.'하고 속삭였다. 그러자 사또가 빙그레 웃으며 효자인 체하는 그에게 비단 두 필을 상으로 주었다. 그리고는 크고 작은 행사 때 또는 행사가 없더라도 한 달에 한 번 꼴로 그를 동헌에 초청하여 노모에 대한 안부를 묻고 효행을 칭송해 주었다. 처음 한 두 번 까지는 건달 노릇을 못 고치고 지냈으나 차츰 양심 가책을 느낀 젊은이는 정말 본보기가 될 만한 효자가 되었다. 조선조 열일곱 번 째 왕인 효종의 행차에서 일어난 사건이라는 얘기도 있고, 사또가 이를 모방하여 행하였다는 얘기도 있다. 바른 길로 이끌어가는 방법은 구호나 명령이 아닌 실천을 통하여 보여주고, 인격존중을 기초로 선도함에 있음을 보여준다.

창조냐 파괴냐

　　미국의 어느 열차 안에서 일어난 일이다. 열차 안에서 손님 들에게 신문 배달 등 자잘한 허드렛일을 하는 한 소년의 얘기다. 소년이 일상적인 일을 하다가도 틈만 나면 열차의 어느 귀퉁이에 서 무슨 실험을 한답시고 자잘한 기구며 부품이며 약품 등을 늘어 놓고 혼자만의 연구며 실험에 몰두한다. 그러던 중 어느 날 그 실 험으로 인해 열차 안에서 불을 내게 된다. 그러자 화가 머리끝까 지 오른 차장이 부리나케 달려와 불을 끄고는 소년의 모든 실험도 구들을 차창 밖으로 내던지고는 소년마저 차창 밖으로 힘껏 차 내 어버린다. 처벌까지는 당하지 않았지만 그 알량한 일자리를 잃게 되었고, 설상가상으로 귀가 멀게 된다.

　　소년은 그 후에도 여전히 아무도 알아주지 않는 자신만의 연구에 열중한다. 전기, 축음기 등 삼천 여 종이 그의 손에서 발명 됨으로써 인류 문명의 발전에 전무후무할 정도의 결정적 기여를 하게 된다. 진문(珍聞)이랄 것 까지 못 되는 비교적 널리 알려진 발명왕 에디슨의 얘기다. 그의 명언으로 널리 알려진 99%의 노력 (인내)과 1%의 영감으로 일구어낸다는 성공, 흔히 세상에서 알고 있는 것과 같이 결정적 역할을 하는 것으로 보이는 99%의 노력 쪽에 무게를 둔 것이 아니고, '비록 99%의 노력으로 완성을 목전에 두었다 하더라도 100%를 채우기에 부족한 1%의 영감이 없다면 아무것도 안 된다' 는 그 1%에 초점을 두는 것이 에디슨의 진의였으나 언론 등에서 노력 쪽에 거의 모든 무게가 있는 것으로 해석하여 세상에 널리 알려버린 것이고, 이를 알고도 그냥 내버려 두었다는 얘기도 있다. 천 번 만 번의 시행착오마저 필생의 즐거움으로 승화시키면서 그제 서야 남아있는 하나의 길, 시행착오 없는 완성의 길 만을 인류에게 선사한 그에게 이 모든 성공의 동기 또는 배후의 원동력이 뭐냐는 물음에 대한 답이다. '소년 시절 열차에서 일 하다가 차장의 발길에 채어 귀가 멀게 되었고, 그 때부터는 세상에서 떠들어대는 소리를 외면한 채 하고 싶었던 연구에만 몰두할 수 있게 되었다는 데서, 그 차장 아저씨에게 최대의 감사를 표하고 모든 찬사를 그에게 돌리고 싶습니다.'

이제 이쯤에서 보잘것없는 이 필자의 짧은 얘기를 하나 덧붙일까 한다. 시골 고성군청에서 서울의 경제기획원으로 직장을 옮겨 얼마 되지 않았을 때다. 크리스마스 전 날인 12월 24일의 만원버스 퇴근길이다. 내년 달력과 크리스마스 선물 등을 한 손에 들고 다른 한 손으로는 천장의 가죽 끈을 붙들고 차가 요동칠 때마다 이리저리 쏠려가면서도, 내일 쯤 모처럼 가족들과 즐거운 시간을 가진다는 기대감으로 그 정도의 어려움 정도는 기꺼이 감당할 수 있었다. 하지만 그러한 행복감은 잠시일 뿐, 월급 지급 시 통장 제도가 없었던 당시, 양복 윗주머니에 들어있던 월급봉투가 송두리째 사라져버린 것을 알게 된 것은 버스를 내린 후였다. 그 때 막 새 아파트를 분양 받아 할부금이며 세금과 공과금 등을 내어야 하고, 당장 내일 먹을 쌀도 없는 상황인데 한 푼도 쓰지 않은 보너스가 포함된 전체가 소매치기 당한 것이다. 망연자실의 크리스마스 하루를 지낸 다음에야 퍼뜩 머리에 떠올라 스쳐가려는 한 마디를 붙들어 둘 수 있는 여유가 생겨났다. 세상에서 꼭 필요로 하는 사람이나, 세상 사람들의 이목을 끌어 모을 만한 멋쟁이가 있다면 절대로 타인에게 기대하지 말고 그 필요로 하는 그리고 그 멋이 넘치는 사람은 나 자신이어야 한다는 것이 그 여유에서 얻은 생각이다. 그 날 밤 이후 퇴근 후면 좁은 단칸방에서 밤낮이 없는 원고지와의 씨름이 시작한지 몇 년이 지나 오천 매 가까이 되는 원고지를 보따리에 싸 들고 영어 학습서 발간으로 정평 있는 '시사영어사'에 책의 출간을 타진하였으나 영어학도도 아니고 학력도 시원찮은 무명인 저자로서는 제작비는커녕 인쇄비도 건질 수 없다는 이유로 보기 좋게 퇴짜 맞은 다음, 어찌어찌하여 천 페이지 가까운 자신의 노작 'Word Origins and Vocabulary 77,000'이 세상에 나오게 된다. 고성에서 갓 서울로 올라와 길거리 판매대에서 파는 영자 신문을 보자니 한 줄 읽는데 무려 두세 번 정도 사전을 찾아야 하니 그 번거로움에 신문 읽기의 초점을 놓쳐버리기 일쑤였기에, 이번에는 한꺼번에 사전을 송두리째 외운 다음에야 이 신문을 읽으리라는 작은 결심을 굳혔고 이 일을 해낼 수 있는 최고의 멋쟁이 자리에 바로 내가 앉아 있어야 한다는 것이 이 노작의 완성을 밀어 준 원동력이었던 것이다. 발명왕으로서가 아니라 인격의 완성자라 할 만한 에디슨일지라도 열차에서 발길로 그를 차낸 차장에 대한 분노가 없었을 리 없을 것이고, 보잘 것 없는 필자 또한 그 소매치기에 대한 분노가 에디슨의 경우보다 더 했을 것이다. 문제는 이 분노의 처리가 될 것인데, 화산같이 폭발하는 파괴적 분노를 창조적 분노로 돌려놓고 끓어 오른 최고 품질인 이 분노의 땔감을 바로 그 창조적 분노에다 찌끼기 없이 다 쏟아 부었기에 일구어 낸 결과가 아니겠는가 싶다.

천재와 바보

　　인생살이의 과정에서 필요한 계명 또는 덕목으로 백행(百行)의 근본으로 삼는 효(孝)를 빼어놓는다는 것은 생각도 할 수 없는 일이다. 하지만 당장 먹을 것이 없는 상황이라면 효 보다 더한 덕목일지라도 지킬 수 없게 된다. 선조 때의 임진왜란이 끝나고 일본의 덕천막부(德川幕府)가 들어서면서 조,일 교류가 정상화되면서 수신사 교환 등의 대일(對日) 외교가 활기를 띠게 되는데, 수신사 대표 조엄은 일본 사람들이 먹는 덩이뿌리를 보고 어렵게 그 종자를 구해 와서 전국에 널리 보급하여 허기진 백성들의 배를 채우는데 큰 역할을 하게 된다. 오키나와 등 일본의 재배지에서는 이 식물로 인하여 노부모에 대한 효를 행할 수 있게 되었다 하여 효행의 일본식 발음 '쿄고(孝行)' 라 부르고 있었으므로, 조선에서도 그 이름 그대로 사용하되, 식물의 덩이줄기(뿌리)를 뜻하는 '마' 를 덧 붙여 '쿄고마' 라 하던 것이 오늘의 다이어트 식품 '고구마' 인 것이다. '마' 에 대한 얘기는 백제의 왕자 서동(맛둥방)이 신라에 가서 '마' 장사를 했던 데서 '맛(마)둥방' 이라 불리기도 하며 신라 진평왕의 막내 딸 선화공주와 혼인하여 나중에 서동이 왕(30대 무왕)이 되면서 공주는 왕비가 되기도 한다. 모든 생물이 그렇듯이 사람에게도 먹을거리(밥)가 바로 생명 그 자체이니 그 중요성이라면 여기에 더 이상 무엇을 갔다 붙일 설명이나 말이 필요 하겠는가.

부모의 눈으로 본다면 자기 아이만이 나이에 비해 신통하고 특별히 조숙하고 특출하게 영리한 것으로 보이니 이른바 영재교육이니 조기 외국어 학습이니 하고 소란을 피우는 일은 별로 새롭거나 새삼스러운 일이 아니다. 천재나 영재교육, 그것도 세계의 초일류 학원에서 초일류 전문가에게 훈련을 받아도 성이 차지 않을 마당인데, 이런 일을 '바보공장'에 넣어 '진짜 바보'를 생산하는 공장이라 한다면 발끈하지 않을 사람이 없을 것이다. 게다가 만약 자신과 자기 가족만을 천재 또는 특출한 사람인 것으로 믿고 있는 사람을 세상이 말하는 바보공장으로 밀어 넣는다면 아마 그들은 당장 그 공장을 때려 부셔야 한다고 펄펄 뛸 지도 모른다. 여기서 우리는 자신의 재능이 남들과 다른 특출한 사람으로 생각하는 '천재성' 또는 "영재성', 그리고 자신이 아닌 남들에게만 어울릴 것으로 생각하는 '바보'를 어떻게 구별해야 하는가를 생각해 보아야 할 것 같다. 사람은 누구나 일단 바보수준만 면한다면 보통 사람은 될 것이고 어쩌면 영재나 천재가 될 수도 있는 있을 터이니, 이제는 우선 무엇이 바보인가에 대해서만 생각해 보기로 하자. '바보'의 '보'는 옛 이야기에 나오는 흥보(부) 놀보(부)의 '보'자를 비롯하여 먹보, 울보, 잠보, 뚱보, 곰보, 느림보, 꾀보, 심술보 등에서 보는 모든 '보'가 사람을 가리킴을 말해준다. '바보'의 '바'는 '밥'에서 받침인 'ㅂ'이 없는 준말이니, 바보는 즉 '밥보'로 밥만 축내는 식충이라는 말이다. 아마 십년도 넘은 일이겠지만 서울시 전철조합의 파업 덕분에 지하철 승객 모두가 며칠간 계속하여 공차를 타던 일이 있다. 세상에 공짜란 없는 것이 상식인데 살다보니 희한한 일을 겪게 된 것이다.그 정도에서 파업이 끝났으니 망정이지 좀 더 계속 되었더라면 지하철공사는 망하고 말았을 것이고 국민경제를 포함한 총체적 난국으로 치닫게 될 수도 있었던 일이다. 일하지 않고 공차만 타는 바보들의 천국애서는 그 바보들이 고통받는 것이 아니라 그들을 먹여 살려야 하는 가족과 사회가 괴로움을 당하게 된다는 말이다. 우리는 흔히 '바보' 라 하면 머리가 잘 돌지 않는 사람쯤으로 여기면서 동정심을 보이거나, 하다못해 너그러움을 보인다거나 하는 태도로 미워할만한 대상도 사람도 못되는 것쯤으로 여기지 않은가 싶다. 상대가 누구이든 너그러운 마음에서 남의 입장을 이만큼이나마 이해하면서 살고 있다면 훈훈하고 살기 좋은 세상이라고나 하여야 좋을지도 모른다. 하지만 남의 어깨에 올라앉아 남을 짓누르면서 남의 몫을 가로채 먹고 살아가고 있는 사람이 바보라 는 원 뜻을 생각한다면 누가 바보인지 다시 생각하게 하는 대목으로 돌아가게 된다. 국어사전식 뜻풀이인 '멍청하고 어리석은 사람' 이 아니라 오히려 보통사람보다 머리가 뛰어난 두뇌를 가진 교활한 사회의 기생충이 바보라는 것을 우리가 잊고 있었다는 말이 될 것이다. 문제는 그 영리한 바보가 좀처럼 눈에 띄지도 않고 귀에 들리지도 않고 다른 오감으로도 감지되지 않는다는데 있다. 능력이나 두뇌가 모자라는 상식적인 개념상의 바보라면 그저 먹여 살리는 부담이 되는 정도에 그치겠지만 그 영리한 바보는 그 정도에 그치는 것이 아니라 사회가 감당하기 어려운 해악을 끼칠 수도 있다는 말이다. 개인의 입장으로 보면 더 없이 영리한 행동일지라도 사회 공동체의 입장에서 바보짓만 골라가며 하는 일에 대하여 우리는 너무 관대하거나 우리의 주의력이 못 미치고 있지 않은가 싶다. 사람은 누구에게나 얼마간의 편견을 지워버릴 수는 없다. 하지만 우리는 개인의 눈에 비치는 영상이 아니라 그 너머에 가려져 있는 내용까지 꿰뚫어보는 형안을 기르거나 적어도 그러한 노력만은 게을리 하지 말아야 할 것 같다. 아름다운 우리 사회가 모두 공차타기(free-riding)의 전쟁터인 바보공장으로 전락하고 있는데도 우리 모두의 무관심사가 되고 있다는 얘기다. 자신이 몸담아 살고 있는 사회에서 제대로 밥값을 하고 사는지 아니면 공차만 타는 바보놀음만 하고 있는지는 사회의 구성원인 각 개인이 자각적으로 판단할 문제이지만 가끔씩은 거울에 비치는 자신의 모습을 들여다보는 것도 나쁘지 않을 것 같다.

나아가기 전에 뒤를 돌아본다

　　19세기 중엽 영국에서 하층계급의 일가로 찌들게 가난에 허덕이며 손수레에 잡화를 싣고 다니면서 행상으로 연명하는 열한명의 자녀를 둔 어느 부부가 있었다. 이들 자녀 중에서도 열 번째 아들은 머리가 매우 비상하고 활력이 넘쳤다. 그러나 학교 성적이 너무 나빴고, 다른 학교로 전학시켜도 늘 성적이 밑바닥에서 헤어나지 못했다. 그 아이가 고등학교를 졸업했을 때 아버지는 아들에게 선물을 주었으니, 아시아로 가는 배의 3등편도 승선권 한 장이었다. 그는 인도, 말레이시아, 싱가포르를 거쳐 종점인 일본의 요코하마에 도착했다. 그는 이름 모를 어느 해안의 한 판잣집에서 며칠을 보냈다. 빈 판잣집이라 시비할 사람은 없었다. 그가 보니 일본인 어부들이 해변 가에서 열심히 모래를 파더니 모래 속에서 조개를 파고 있었다. 굉장히 아름다운 조개였다. 그는 열심히 조개를 줍기 시작하였다. 그는 조개를 가공해서 런던의 아버지에게 보내었고, 아버지는 그것을 손수레에 싣고 런던 거리에 팔러 다녔다. 이 때 런던에서는 동양에 대한 관심이 매우 높았으므로 이 조가비 가공품이 날게 돋친 듯이 팔려 나갔다. 조가비 장사로 크게 성공한 그는 인도네시아에서 석유 채굴에 눈을 돌려 탐사에 성공을 거두게 되고, 일본에 석유를 판매하게 된다. 그는 또 세계 최초로 석유 운반선인 유조선을 개발하게 된다. 그제 서야 그는 지나온 자신의 발자취를 회고한다. 지난 날 일본의 어느 해안에서 혼자 조개를 캐던 과거, 오늘의 백만장자 사무엘이 되돌아 본 발자국을 말이다. 지금은 세계를 주름잡는 석유 왕이지만, 잊지 못할 그 시발점인 조가비(shell)라는 데서 '셸(Shell)'이라는 상호가 붙게 된 것이다.

　　이제 위에 든 예와 같은 개인의 발자취 아닌 우리 겨레 또는 무리 민족이라는 집단의 뒤를 간략하게 뒤돌아보고자 한다. 우선 길고 긴 역사 속에 우리 민족의 주류 세력이 모여 오랫동안 살던 강역(疆域)을 돌아보자. 북경 근처에 있는 난하가 있고 이 강은 현재 중국의 찰합이성에서 시작하여, 열하성 승덕(承德) 근처를 지나 하북성 하봉구에서 만리장성을 뚫고, 하북성 노룡현 서쪽을 지나 발해바다로 흐른다. 이 난하의 동쪽에는 산해관이 있다. 이 지역은 옛날 왕위 계승권이 있던 백이(伯夷)와 숙제(叔劑)가 왕위를 서로 양보하며 떠나버렸던 고죽국(孤竹國)이자 후대의 지명인 북평(北平)이기도 하고, 위만의 손자 우거가 한 무제에게 망할 때의 도읍지이기도 한 낙랑이기도 하다. 이 산해관의 갈석산(碣石山)은 만리장성의 동 쪽 끝이고, 따라서 갈석산은 조선 강역 안에 있는 것이다. 우리 조선의 동 쪽은 지금 러시아 블라디부스독 동 쪽 바다, 북으로 흑룡강, 서쪽으로 북경, 남쪽으로는 현재 중국의 동 쪽 해안을 따라 대만에 이르는 연안지역이다. 이 강역을 기본으로 하여 때로는 늘어나기도 하고 때로는 약간 줄기도 하였으나 근원이 흔들릴 정도는 아니었다. 고조선을 이은 고구려와 발해는 물론 그 뒤를 이은 여진족의 금(金)이나 거란족의 요(遼), 그리고 몽골의 원(元), 만주족의 청(靑)에 이르기 까지, 여전히 그 명맥은 이어져오고 있었지만, 우리의 관념 속에는 발해의 멸망으로 만주 땅이 우리 손에서 멀어져 간 것으로 여기는 것은 좀 지나치다는 생각이 든다. 당연한 일이지만 수 천 수 만년을 이어온 발자취 속에는 화려한 영광만 있는 것은 물론 아니고 지워버리고 싶은 굴욕만 있는 것도 아닌 길고 긴 영욕으로 뒤엉켜 있다. 우리의 땅 뿐만 아니라 중국 땅 상당 부분을 속국으로 다스렸던 일도 있고, 수나라의 백만이 넘는 대군을 전멸시킨 을지문덕, 수차례에 걸친 거란군 침입을 멋지게 격파한 서희, 강감찬 등의 승전, 안중근 의사의 이등박문 사살 등 통쾌한 장면만이 아닌, 병자호란 때 삼전도에서 청나라에 대한 인조의 항복, 경술국치, 명성황후 시해, 경복궁에 조선 총독부 설치, 창경궁에 동물원 시설 등등이 그것이라는 말이다. 영욕이 엉켜있는 이들 사건 또한 수많은 사건들 중 몇 가지만 예를 들어 본 것뿐이다.

　　이쯤에서 어째서 화하족(華夏族 또는 漢族)과 조선족이 수천년동안 그토록 격렬하게 싸웠는가를 돌아본다. 누구나 힘이 좀 생기면 그 힘으로 패자가 되고 싶어 하거나 강토를 넓히는 등의 부국강병책이 정책의 최우선 과제였을 수도 있다. 하지만 다른 무엇보다 하늘의 뜻을 이어받아 백성들을 가르친다는 천명사상에 기본을 둔 우리 천손족이 세운 고조선(환국, 배달국, 단군조선)의 후예들, 지금의 중국 땅으로 흘러들어간 복희, 신농, 헌원, 순(舜) 등의 후예들이 저마다 단군의 후예로서의 대표성을 확보하려는 허황된 욕심이 다른 무엇보다 큰 전쟁의 원인이었음을 말해주고 있다.

고조선의 직계인 고구려가 천자를 자칭함은 당연한 일이나, 같은 단군의 후예 중 한 갈래인 선비족 출신 수문제, 당태종 등의 인물 또한 이에 굴하지 않고, 자신을 정점으로 하늘에 제사하고 하늘의 뜻으로 백성을 다스린다는 대표성을 확립하고자 하는 욕망에 더 큰 무게가 있었던 것이고, 사실은 지금도 그들은 자신들이 천자국임을 자칭하고 있다. '역사가 없으면 미래가 없다' 라는 신채호 님의 절규를 다시 한 번 소리 높이 외쳐본다.

말(言)의 미학(美學)

　　신체 부위를 두고 어느 것이 더 중요하냐. 덜 중요하냐를 따지다는 것 같이 부질없는 말장난일 때도 없을 것이다. 가령 생각에 골몰할 때라면 목 아래의 가슴, 배, 팔과 다리는 필요가 없고 머리만 있으면 된다. 또 걷거나 달리기를 할 때면 튼튼한 다리만 있으면 된다. 하지만 그래도 사람의 생각을 정리하고 행동으로 옮길 명령을 결정하는 머리의 중요성을 부인할 수는 없을 것 같다. 그래서 단순히 윗부분이라는 데서가 아니라 주요 부위라는 의미를 '머리'로 표현하는 경우도 많다. 서구인들도 우두머리라는 의미에서 머리의 중요성은 우리와 별로 다를 게 없고 가축 등 마리수를 셀 때도 '머리'의 일족인 '마리(머리 head)'를 사용하기도 한다, 또 사람의 생각이나 사실 등이 머리에 달린 입으로 표현될 때 역시 '머리'의 일족인 '말(言)'이라 한다. 가축의 우두머리이자 전쟁에서 중요한 역할을 한다는 데서 '머리(마리)'의 일족인 '말(馬)'이 되기도 한다. 사실 또는 나의 생각을 내 머리 안에 가두어 두지 않고 상대방에게 까지 늘어뜨려 전하는 것을 '늘이다'와 같은 계열의 옛 말 '니르다(이르다, 타이르다)'라 하고, 나아가 책 등을 '넓다(읽다)', '놀애(노래)하다'와 같이 표현한다.

모든 사람들이 한 자리에 모여 한 마음으로 기쁜 마음과 소원을 을 담은 놀애를 부를 때 신(神)이 '놀이(놀애)'에 동참하여 같이 즐기면서 사람들의 소원을 들어주기도 하는 그야말로 '신나는' '놀이'가 되기도 한다. 이와 같이 우리의 노래(놀애)는 생각 등을 소리라는 수단을 통하여 상대에게 '늘어뜨려' 전(말)하는 도구이자 모두가 한 마음으로 한 '자리'에서 행하는 것이기에 '노래' 한 '자리' 등으로 말하기도 한다. 서구인들에게 말 (speech or language)이란 우리와 같은 개념은 없고, 말로 이루어지는 논리(logic). 연결이란 의미의 연맹(league), 연결하여 얽어맨다는 합법성(legality), 옛 부터 있어 오던 풍습을 늘어뜨려 연장시킨다는 전설(legend)등이 동일 계열의 말이 될 정도이다.

고려조 후기 이후 자리 잡기 시작한 유학(儒學)이 조선조에 이르러 국가 기본 정책의 하나로 확고하게 자리 잡아 흔들림 없어 보이다가, 후반부에 이르러 새로운 이른바 실사구시(實事求是)의 학풍인 실학(實學)의 시대로 접어들면서 뒷전으로 나앉는 기색을 보이기 시작한다. 이 시대의 대표적 인물이 박지원, 박제가, 이덕무, 유득공 등이다. 유득공, 박제가, 이덕무는 모두 서출이고, 나이도 비슷하고 친한 친구간이며, 박지원은 양반이어서가 아니라 나이가 조금 많아 형 대접을 받았다는 점이 다를 뿐 네 사람 모두 매우 친한 사이였다. 서출이라는 신분 말고도 찢어지게 가난했던 이덕무는 눈에 띄거나 손에 닥치는 대로 책읽기를 좋아한 까닭에 집안 살림살이가 완전히 뒷전으로 나 앉게 됨은 자명한 일이다. 그가 나중에 지금의 국립도서관장에 해당하는 자리를 얻게 되어 책 속에 파묻혀 헤엄치게 되었으니, 비로소 물을 만난 물고기가 꿈에 그리던 행복의 절정을 맛보게 된 이덕무의 웃음 꽃 핀 그 얼굴이 안 보아도 눈에 선하다. 이들에게 공통점이라 해도 좋을 성격이 있었으니 남들이 보기에 벙어리인가 싶을 정도로 말이 없다는 점이다. 답답해서 다그쳐 물어야 겨우 '예', '아니요' 정도의 대답이 고작이다. 하지만 외부인들이 없는 이들만의 만남에서는 학문의 분야가 달랐던 이들이기에 서로에게 크게 유익한 질서 정연한 열띤 토론 또는 논쟁이 이루어지면서 상호 학문의 넓이와 깊이를 더해가면서 두터운 우정을 더욱 두텁게 쌓아간다. 이들이 아닌 외부인들과의 관계에 있어서도 성의를 다하여 간절히 청할 경우에 한하여 체계 있게 정리된 이론을 알기 쉽게, 설명해 준다. 말을 아끼면서도 상대가 알고 싶은 사항에 한하여 간결하고 논리 있게 대답해 준다는 것이 유학(儒學)의 기본적인 덕목이자 가르침이기에 이를 지키려는 데서 나온 것이 아니라, 보고 듣고 읽고 익힌 학문과 이론들을 체계 있게 머릿속에 정리 정돈하여, 또 다른 학문이 들어오는 통로 또는 곳간에 걸리지 않는 공간을 마련하는 데 여념이 없이 바빴을 터이니 이들에게 일상생활의 자잘한 일들이 비집고 들어 갈 틈이 없었을 것은 빤한 일이다.

말은 정신의 호흡이오, 사상의 옷이다. 말하는 사람은 조각하는 칼날과도 같다. 상대방과 때와 장소의 변화에 맞춰 간결하고 명확하게 구사하는 참된 말솜씨일 것이다. 일단 입을 연 이상 침묵보다 뛰어난 말이 나와야 할 일이 아니겠는가. 그러기에 벙어리 노릇이 장님노릇 보다 낫다고 하지 않았던가. 사실상 침묵 또는 말에 앞선 행동(실천) 자체가 무한한 힘이 실린 웅변(말)일 때도 많다. 말은 사용하는 사람의 지적 결정체이며, 외적인 품격표현이다. 말에서 꽃보다 더 진한 향기 또는 악취가 풍긴다는 말이다. 겉으로 임기응변이나 기교부린 말에서 무슨 향기가 피어나겠는가. 말의 간결성이야말로 깊은 지혜에서만 솟아나는 것이기에, 생각 없이 하는 말은 겨누지 않고 쏘는 총알처럼 많은 사람이 다치기 쉽다. 군자는 웃음마저 아낀다 했는데 하물며 말이겠는가. 당나라 때 관료의 선발 기준으로 했던 생김새, 말솜씨, 문장력, 판단력을 종합한 신언서판(身言書判)이라는 기준에서는 말솜씨를 문장력보다 높이 쳐주었다는 말이 있기는 하다. 글이란 고치고 또 고쳐 아름답게 꾸며낼 수 있지만 말은 한 번 입 밖에 나오고 나면 돌이킬 수 없다는 데서 일 것이다. 칼은 빼어서 쓰지 않고 칼집에 도로 넣을 수 있지만, 말은 칼이 아니어도 사람을 벨 수 있고, 잘 쓸 경우 한 마디로 천 냥 빚을 갚을 수도 있다. 다물었을 때 입 안에서 노예로 있던 혀일지라도, 일단 입을 벌린 이상 주인노릇을 하게 된다. 말의 아름다움을 가꾸는 일, 평생을 두고 쉬지 않고 갈고 닦고 다듬어야 할 일이다.

나이 들면 버려야 할 것들

"주위 사람들로부터 '점점 젊어지시네요.' 라는 말을 듣기 시작하면 벌써 노년기에 접어든 것이다. 좀 더 나이를 먹으면 화장실에서 나올 때 바지 지퍼를 올리는 것도 종종 잊어버린다. 더 늙으면 바지 지퍼 여는 것을 잊게 된다."(마빈토카이어 '탈무드 잠언집')탈무드는 또 인간의 생애를 7단계로 설명했다. 한 살은 임금님, 모든 사람들이 임금님 모시듯 비위를 맞춘다. 두 살은 돼지, 진흙탕 속을 마구 뒹군다. 열 살은 새끼 양, 웃고 떠들고 마음껏 뛰어다닌다. 열여덟 살은 말, 다 자라 자신의 힘을 자랑하고 싶어 한다. 결혼하면 당나귀, 가정이라는 무거운 짐을 지고 가야 한다. 중년은 개, 가족을 먹여 살리기 위해 사람들의 호의를 개처럼 구걸한다. 노년은 원숭이, 어린아이와 꼭 같아지지만 아무도 관심을 가져주지 않는다. 개처럼 살다 원숭이처럼 늙는 것은 서럽다. 그 서러움이 서운함 되고 서운함은 노여움 되고 소신은 아집이 된다. 마이크 잡아도 들어주는 사람이 없다. 말이 많아질수록 주위에 사람은 점점 줄어든다. 오죽하면 '나이를 먹을수록 입은 닫고 지갑은 열라' 고 했을까.

'논어' 자한 편에서 '공자는 4가지가 완전히 없었다(자잘사.子絶四).'고 했다. 4가지란 의(意), 필(必), 고(固), 아(我)다. 여기서 '의'는 근거 없는 억측이요, '필'은 무리하게 관철시키려는 자세요, '고'는 융통성 없는 완고함, '아'는 오직 나만이라는 집착으로 풀이된다. 이 4가지가 없어야 성인이라 하니, 범인으로서 이를 끊는 일이 또 얼마나 어려운지는 말할 것도 없다. 성인의 경지까지는 바라지도 않고 새해에는 '입을 닫는' 연습이라도 해볼 일이다.

나이 들면 버려야 할 것만 있는 게 아니다 배워야 할 것도 있다. 몇 년 전부터 유행한 건배사 중에 '껄껄껄'이 있다. 몇 개의 서로 다른 풀이가 전해지지만 '좀 더 사랑할걸, 좀 더 즐길걸, 좀 더 베풀걸.'이 으뜸이다. 여기에 하나 더 추가하자면 '참을걸'이다. '참으세, 베푸세, 즐기세'를 엮어 '인생은 껄껄껄, 다 함께 쎄쎄쎄'라고 외치기도 한다.

그렇다. 죽기 전에 '좀 더 열심히 일할걸.'이라고 후회하는 사람은 없다. 더 즐기고 사랑하지 못한 게 안타까울 뿐이다. 사람은 태어날 때 두 손을 꼭 쥐고 있지만, 죽을 때는 반대로 두 손을 편다. 태어날 때는 세상 모든 것을 움켜잡아 가지고 싶지만, 죽을 때는 가진 것을 다 내주어 빈손이기 때문이라고 한다. 한 살이라도 더 먹기 전에 사랑하는 법을 배우고, 즐기는 법을 배우고, 베푸는 법을 배워야 한다.

지금 이런 말들이 다 잔소리처럼 들리는 청춘도 있을 것이다. 바지 지퍼 올릴 힘조차 없거나 흘리는 게 많아 식탁 위가 지저분해질 때쯤에나 걱정할 이야기라고 코웃음 치는 이도 있을 것이다. 그러나 청춘과 노년의 경계는 누구에게나 똑같이 적용되는 게 아니다.

영국 '경영학의 구루'로 불리는 찰스 핸디가 BBC 라디오 프로그램을 진행할 때의 일이다. 당시 승승장구하던 럭비팀 감독에게 그가 물었다. "(팀을 이끌 때)가장 어려운 점이 무엇입니까?" 의외의 답이 돌아왔다. "혈기 넘치는 선수들에게 뛸 날이 서른 이전에 끝난다는 사실을 납득시키고, 다른 직업을 위한 재훈련을 받도록 유도하는 일입니다.(찰스 핸디 '포트폴리오 인생')" 하루라도 빨리 버릴 것은 버리고 배울 것은 배우는 게 청춘의 시간을 연장하는 일인지도 모른다. 한 살 더 먹으니 잔소리가 길어졌다.

친절과 시간이라는 상품

　　어린 시절 어른들에게 자주 들은 이야기, 당시의 어른들이
라면 일정시대를 맛 본 사람들이고 일본인들의 행태를 누구보다
잘 알기에 그들의 얘기 속에는 상당한 진실이 포함되어 있는 것이
사실이다. 그들이 본 일본인들은 '순사(경찰) 온다.' 하면 울던
아이도 울음을 그칠 정도로 무소불위의 권력을 휘둘렀던 못된 행
위를 제외한 일본인들의 장점으로 서슴없이 '정직과 친절'을 꼽
고 있고, 그것도 그냥이 아니라 침이 마르게 경탄과 찬사를 보내
는 모습도 수 없이 보아왔다. 수십 년이 지난 지금에 와서도 일본
인들을 접해 본 전후 세대에 이르기까지 모든 사람들의 뇌리에는
그들의 그 정직과 친절이 더욱 더 뚜렷이 각인되어 그들에 대한
존경과 우리들과의 비교에서 오는 열등의식마저 기탄없이 토로하
곤 하는 모습도 흔치 않게 볼 수 있곤 한다. 어울려 사는 사회생
활에서 정직과 친절은 알뜰히 가꾸어나가야 할 참으로 소중한 덕
목임은 예나 지금이나 다를 것 없다. 국제교류가 빈번해 진 오늘
에 우리의 모습을 들여다보면 비단 일본인 뿐 만이 아닌 다른 어
떤 외국인에 비하더라도 이 값비싼 상품 '정직과 친절'이라는
면에서 별로 내세울 것이 없음을 부끄럽게 여기고 있는 것이 현실
이다. 근래에 이르러 어느 직장이거나를 불문하고 '친절'을 대

단히 중시하고 있어 매우 고무적인 일이나, 눈에 잘 띄지 않는 '정직' 쪽은 아직도 매우 미흡한 것으로 평가할 수밖에 없다. 생업에 종사하는 평민들에 비해 많은 특권을 누렸던 일본의 칼잡이(사무라이)들의 자녀들이 혹시 남의 가게에서 떡을 훔쳐 먹었다 하여 욕을 먹게 되었을 때 아이의 아버지인 칼잡이는 가게 주인을 찾아가 그 앞에서 자기 아이의 배를 갈라 내장을 꺼내어 떡이 있으면 자기아이를 죽인 것으로 사건이 마무리되고, 떡이 안 나오면 가게 주인의 목숨을 거두는 끔직한 '정직' 놀음도 흔한 얘기다. 칼을 차고 다니면 그 칼로 누군가를 베고 싶고 권총을 차고 다니면 누군가를 쏘고 싶어지는 것이 사람의 마음이니, 총기사고가 끊이지 않는 미국이 이를 보여주고 있다. 오랜 세월 동안 칼잡이들의 일본도(日本刀)에 수많은 사람들이 희생되어왔다. 일본인 자신들은 물론, 아시아인들, 유럽인들, 미국인 등 참으로 많은 전쟁 포로 등의 목을 베고 배를 갈랐으며, 사지를 자르기도 한 한 많은 일본도이다. 칼잡이가 칼을 제대로 갈았는지 시험해 보려고 지나가는 농군이나 장사꾼을 가리지 않고 목을 베어 보기가 일쑤였고 그럴 때마다 억울함을 호소 하기는 커녕 더욱더 오그라들고 굽실거려야 목숨을 부지 하게 되니 목숨을 위한 굽실댐이 그들의 몸에 밴 '친절'로 발전한 것이라면 참으로 살이 떨리는 값비싼 상품이 그들의 친절이 아니겠는가. 이런 일본인들의 친절이 외국인들에게는 종종 간사하다는 평가절하를 받아온 것도 흔한 일이다. 일본인들의 친절은 상술의 하나일 뿐 속마음이 다르다는 것도 숨겨지지 않는 사실이기도 하기 때문이다. 이러한 얄팍한 친절 아닌 진심에서 나오는 친절이야말로 우리가 개발하고 발전시켜 사회를 밝게 해 줄 참 '침절' 임을 말해주고 있는 것이다.

오래 전 얘기지만 우리에게는 코리언 타임이라는 불명예스러운 말이 상식처럼 통했던 때가 있다. 지금은 시간 관념이 자리를 잡아가고 있어 사정이 많이 달라졌지만 아직도 남의 시간쯤 예사로 훔쳐가는 그 나쁜 버릇은 여전히 사라지지 않고 있는 모습도 부인할 수 없을 것 같다. 이번에는 정직과 친절을 목숨만큼이나 중히 여기는 일본인들의 시간관념의 한 단면을 보기로 한다. 도쿄의 어느 이름난 백화점에 젊고 유능한 일본인 홍보사원이 있었다. 그는 시찰조사와 시장조사를 겸해서 뉴욕을 들렀다. 업무를 마치고 뜻있는 시간을 보내려는 생각에서 뉴욕의 이름난 백화점을 찾아갔다. 그는 모처럼 뉴욕에 온 김에 그 백화점의 홍보부장을 만나보고 돌아갈 생각이었다. 안내원에게 홍보부장을 만나고 싶다고 하자 안내담당 여직원이 상냥하게 웃으며 대답했다. '몇 시로 약속 하였는지요 ?' '나는 일본의 백화점에서 근무하는 홍보부원입니다. 마침 뉴욕으로 시장조사차 왔던 길에 홍보부장을 만나고 싶습니다.' 하고 얘기가 진행되다가 '안 되겠습니다.' 하는 거절로 끝나고 만다. 같은 계열의 백화점에서 홍보부원이 시간을 쪼개어 스스로 동업자를 방문했다는 것은 일본의 경우라면 칭찬받아 마땅한 일이다. 사전약속 없이 면회를 신청한다는 것은 다소 무례한 행동이기는 하지만, 대개의 경우 '요즈음 젊은이답지 않게 일에 무척 열의가 있는 사람' 이라고 칭찬을 받았으면 받았지 몰상식하다고 비난 받지는 않았을 것이지만, '남의 시간을 훔치는 것은 남의 물건을 훔치는 것' 으로 아는 이 홍보부장에게는 안 통했다는 얘기다. '불의의 손님을 도둑으로 생각하라' 는 홍보부장의 머릿속으로 비집고 들어갈 틈이 없었던 것이다. 현대인에게 시간의 소중함은 새삼스럽게 강조할 필요조차 없다. 이 얘기에서 사실 한국인이라 해도 일본인과 별반 다를 게 없었을 것이며, 다른 외국인들의 경우도 크게 다르지 않았을 것이다. 정직과 친절, 그리고 타인의 시간을 소중히 여기는 마음, 이런 덕목들이 원동력이 되어 사회가 밝고 맑고 따뜻하고 신용 있고 활력 있게 돌아가고 있는 것 아닌가. 우리는 '정직, 친절, 배려' 등의 필수 덕목 밑에 가려서 잘 보이지 않는 잊어버리기 쉬운 진짜 중요한 것이 있으니, 그것이 바로 사그라져 가는 생명도 살려내는 '사랑'이고, 이 사랑이 빠진 정직이나 친절도 그저 허울일 수밖에 없다는 사실을 잊지 말자는 말이다.

늙지 않고 익어가는 인생

　　지금도 바람결에 귓결에 심심치 않게 지나가는 소리, 향수 어린 그리움으로 토로하는 소리가 있다. 박정희 시대가 좋았다느니 전두환 시대가 더 좋았다느니 하는 소리다. 정치고 사회질서가 표류하여 나라의 존망마저 위태로운 상황을 반전시키거나 굳건히 붙들어 낸 두 대통령의 공적으로 지금 이 나마의 대한민국이 있는 것으로 그 공로를 높이 찬양해 마땅하다는 얘기고, 심지어는 박대통령을 세종대왕보다 높이 평가해야 한다는 소리도 있다. 필자 또한 이에 동의할 뿐 아니라 이보다 더 한 찬사를 아낌없이 보내고 싶다. 그렇더라도 한 가지 덧붙일 말은 있다. 박 대통령이 닦아놓은 탄탄대로의 기반위에 북한 정도라면 제도상의 우위 뿐 만이 아닌 핵무기 개발 등의 국방력 우위를 확보하여 모든 분야에서 명실공히 세계의 강국으로의 도약에 전력투구해 나가지 못한 전 대통령에 대한 아쉬움은 지울 수 없다. 또 한 가지, 그래도 우리 모두, 그리고 박정희 대통령의 딸, 지금의 박근혜 대통령 까지도 잊어서는 안 될 일, 그 자리의 정통성이니, 공과 과를 섞어서도 안 되고, 그들의 공적에 대한 찬사를 아껴서도 안 될 일이다. 이제 지난날 그 번영의 기반 위에 튼튼히 자리했던 우리가 어찌하여 슬그머니 식은 냄비, 일찍 터뜨린 샴페인이 되어 그 뜨겁던 열정마저 식어

가는 느낌을 지울 수 없는 우리 자산들의 모습을 그냥 보고 있어야 한단 말인지 자문하고 싶다. 이제는 실패했다고 낙심하지도 말고 성공했다고 도취되지도 않을만한 성숙이 필요할 때가 된 것이다. 아무리 크고 강하더라도 반드시 무서운 존재일 수 없듯이 아무리 약하더라도 조건만 갖추어질 수 있다면 강함을 이길 수 있음을 잊지 말자는 말이다. 우리의 능력과 힘은 우리 자신을 믿는 데서 나옴을 잊지 말아야 할 일이다. 성공으로 가는 과정의 아픔을 실패라고 규정지어 아파하지도 말고, 그 때가 좋았다느니 하는 향수에 젖지도 말고, 최선을 다 했던가 못 했던가 만 우리의 머리에 남아있어야 할 것이다. 흐르는 물이 어찌 속을 보여 주겠는가. 흐름을 멈추었을 때 그 속을 숨김없이 보여준다. 사람도 가끔씩은 멈춘 물이 되어 자기 속을 들여다 볼 대 자신도 모르게 영글어 가는 자기 모습을 볼 수 있게 될 것이다. 언제까지고 속이 덜 되고 속이 비어 쿵쿵거리고 씩씩거리면서 멈출 자리를 모른 채 흘러가서는 안 될 일인 것이다. 천하를 다 속여도 사람의 마음을 속일 수는 없는 것이다. 또 아무리 큰 강도 비가 오지 않고 사흘만 지나도 물이 줄어든다는 것도 잊지 말아야 할 일이다. 폭풍이나 태풍은 아침나절에 끝나고 하루 종일 계속되지는 않는다. 졸지에 강해졌다가 어느새 쇠퇴하는 모습이야말로 우리가 가장 적으로 삼아야 할 일이다. 걱정은 번영할 징조, 기쁨은 망할 징조라는 말도 그냥 흘려듣기만 할 일은 아닌 듯하다. 슬기로운 승리로 가는 길에는 수많은 동반자와 조력자가 있을 것이고, 어리석은 패배로 가는 길에는 부모 형제 가족마저 등을 돌리기 십상일 것이다. 인간의 기나긴 역사 속에는 시대가 바뀌어도 변함없이 같은 일들이 겉모

양만 바뀐 채 얼마든지 반복될 수 있다는 것도 무시할 수 없는 일이다. 필요한 일이라면 그저 귀로 듣는 것만으로는 부족하고, 행함이 있어야 문제가 해결된다.

승리로 가는 길이 어디에 있는가? 라고 묻는다면 그 목적과 상황에 따라 천 가지 만 가지의 답이 있을 것이고 패배로 가는 길 또한 같을 것이다. 슬기로운 승리의 길로 가는 수많은 해법들이 있을 수 있겠지만 적을 알고 나를 알아야 한다거나, 유리할 때 싸움을 시작한다거나 하는 중요한 조건 외에 다른 무엇보다 우리에게 중요한 것이 있다면, 전 국민적 화합과 일치단결된 모습을 빼놓을 수 없다. 일찍이 고조선 때에 시작 된 만장일치 의결 제도인 화백제도는 신라시대 까지 이어졌고, 강요나 눈치 보기나 군중심리가 아닌 자발적 참여에 의한 자유로운 의결기관으로, 민주주의의 선구적 제도라 할 만하다. 사전에 항상 경계하고 조심하여 국방과 안보에 대한 준비와 실력을 축적해 나가야 할 일 또한 빼 놓을 수 없다. 아무런 준비 없이 안 치러도 좋을 호란(정묘호란, 병자호란)을 불러들여 놓고 왕이 적에게 항복하자 복수는커녕 비분강개만으로 분을 삭여야 했던 조선 인조 때의 참담하고 한심한 모습의 선비들이야말로 우리에게 좋은 사례가 될 것이고, 임진왜란에 대비하지 않은 채 허겁지겁 도성을 내어 준 선조 또한 같은 사례가 될 것이고, 어려운 가운데도 철저히 대비하여 적을 물리친 이순신 장군의 승전 또한 좋은 본보기가 될 것이다. 선과 악이 싸울 때 나중에는 항상 선의 승리로 끝나지만, 첫 싸움에는 늘 악이 승리하는 모습으로 보이는 것 또한 준비된 악이 방심한 선을 기습 선제공격하기 때문이 아니겠는가. '아직 하늘에서 비 오기 전에 뽕나무 뿌리를 벗겨다가 창(窓)과 문을 얽었으니, 이제 밑에 사는 사람들아 누가 감히 나를 없인 여길 수 있겠는가' 작은 새가 아직 흐리고 비가 오는 일이 있기 전에 미리 뽕나무 뿌리를 벗겨다가 새 둥우리의 창과 문을 잘 얽어매어 비바람에 흔들리거나 비에 몸이 젖는 일이 없도록 준비하여 놓았으니, 이 둥우리 밑에 사는 사람들아 네 누가 감히 나를 없인 여길 수 있겠느냐, 하고 비바람을 막을 준비태세를 준비한 새 자신이 자랑하는 노래이다. 현대인의 가정생활, 기업경영, 나아가 나라 운영에 있어서도 흘려버릴 수 없는 경고일 것이다. 앞서서도 거듭 강조하는 바이지만 국론 통일을 기반으로 하는 조국 통일, 나아가 수 천 수 만년 조상들이 살며 가꾸어 온 만주를 되찾기 까지 길고도 먼 긴장의 끈이 늦추어지지 않는 대비와 노력만이 그 답을 줄 것이다. 성숙해 간다는 것은 '옛날의 좋았던 그 때'의 향수를 자신이 나서는 '미리 대비함'으로 승화시켜 나가는 전 국민적 단합과 노력에서 찾아야 할 것 이다.

어떻게 벌고 어떻게 써야하나

　　지금 우리나라 경제는 움츠러들 대로 움츠러들어 장사도 잘 안 된다는 푸념마저 오래 전의 얘기다. 어떤 사람들은 '위기는 기회다' 또는 '불경기는 기회다' 든 등의 구호를 외치며 또 '불경기에 살아남는 방책이 무엇인가' '발상전환만이 위기탈출의 유일한 길이다' 등 열정과 활기를 도우는 구호들로 게거품을 내뿜기도 한다. 물론 이 모든 구호들은 당연히 힘을 도우는 훌륭한 구호들이다. 하지만 이를 실현할 구체적인 방법이 떠오르지 않는 가운데 차츰 그 구호들을 외쳐 댈 때의 그 열정과 용기가 어디로인지 슬그머니 식어진 자신의 모습을 발견하고 한다. '용을 잡는 기술을 배우고 왔다'고 큰소리치면서, 어떤 무기를 써야하며, 머리를 어떻게 눌러야하며, 배는 어떻게 가라야 하는지 등등 솜씨 자랑을 곁들여가며, 이제야말로 일확천금(jackpot or bonanza)을 손에 쥔 것처럼 떠들어대면서도, 어디로 가서 용을 잡아야 할지조차 알 수 없는 것과 크게 다를 것 같지 않아 보인다. 호경기 때 자신이 흥청망청 써 버리고는 노숙자로 전락하거나 비참한 모습으로 살아가는 모습도 흔치않게 볼 수 있는 모습이다. '이건 정부시책이 나빴기 때문이다', '정부와 사주들이 책임을 져라. 내 직장과 보너스를 돌려 달라' 등으로 모든 책임이 남에게 있는 것처럼 외치기도 한다. 사실 우리가 할 수 있는 산더미 같은 일이 한 쪽으로 제쳐지고 팽개쳐 져 있는데도 팔소매 걷고 일터로 나서기에 아직도 더 많은 시간이 필요하단 말인가 싶어진다. 하루에 여덟 시간을 조업해 왔다면 열 시간으로 늘리고, 그것도 안 된다면 심야 영업으로 늘리고, 그래도 안 되면 24시간으로 늘릴 수는 없단 말인가. 어째서 힘 든 일, 더러운 일이라면 모두 다 외국인 근로자들이 다 해야 한단 말인가.

　　　'자본주의' 란 말은 경제활동의 한 방식을 가리키므로 태고 적 부터 존재했다고 볼 수 있다. 부의 축적, 이자를 목적으로 하는 돈놀이. 투기, 전리품에 의한 부의 획득 등에서 볼 수 있는 자본주의는 태고 때부터 있었다는 말이다. 하지만 경제용어로서의 자본주의는 일정한 원리에 따라 더욱 많은 재화를 만들어 낸다는 데 쓰인다. 신분이 자유로운 사람들 간에 이루어지는 노동과 자본의 이동, 자유 시장, 국제 법, 계약상의 의무이행, 신용, 유통증권, 유통자산의 존재가 전제되어야 한다. 이로부터 현금 개래와 자급 자족을 넘어서서 '잉여재화' 를 만들어 내기 위해 신용과 유통증권을 포함한 원료 재화를 사용하는 방법을 경제적 자본주의라 할 수 있을 것이다. 더 이상 '채무가 있는 자는 본래의 채권자 이외의 사람에게는 지불할 의무가 없다' 등의 조항은 실효성이 없게 된 것이고, '부채는 그 지불을 요구하는 사람에게 지불하여야 한다.' 에게 자리를 물러주게 된 것이다. 이제 모든 정부는 국제 협정을 준수해야하고, 자유무역을 보호해야하며, 외국의 재산을 보호해야 하고, 그 쓰임새도 보호해야 할 것을 요건으로 한다. 이런 전제하에 모든 신용제도와 채무에 대한 책임이 확립되어 국가 상호간의 거래가 활발하게 이루어지고 국제적인 자본주의로 발전해 나가게 된 오늘에 이른 것이다. 누구나 자신의 판단과 책임 하에 마음껏 경제활동을 할 수 있게 되어 있다는 얘기다.

어떤 사람이 상당히 큰돈을 모으고는 죽음을 앞두게 되자 지금까지 벌어둔 돈을 쓰지도 못한 채 떠나야 한다는 안타까움에 괴로워하게 된다. 이제 자신이 할 수 있는 일이라고는 지옥 아닌 천당으로 가야 할 일만 남게 된다. 이름 높은 천주교의 신부님이 기도를 드린다면 틀림없이 천당으로 갈 것 같다는 생각에 미치자, 신부를 불러 간절한 기도를 부탁한다. 그리고는 헌금이라는 명목으로 일억을 내어준다. 하지만 그 일 만으로는 도무지 마음이 안 놓이자 이번에는 이름 높은 개신교 목사님을 초청하여 역시 장시간의 간절한 기도를 올리게 하고는 역시 같은 액수의 헌금을 내놓는다. 그래도 마음이 안 놓이자 이번에는 이름 높은 스님과, 나중에는 도사님에게 까지 같은 부탁을 하게 된다. 이제 얼굴 가득 평온한 미소를 머금은 채 네 천당 중 어느 천당인가를 조용히 오르려고 하면서 병상에서 숨을 거둘 것만 같았던 병자가 마지막으로 눈을 번쩍 뜨면서 '신부님, 목사님, 스님, 도사님, 이제 제겐 더 이상 나누어 주고 남은 재산이 없으니 각각 이천만원씩만 제 관 속에 넣어주지 않으시렵니까?' 한다. 이윽고 신부님, 목사님, 스님이 각각 이천만원씩을 관에 넣고 나자, 도사님이 주머니에서 수표책을 꺼내더니 관 속에 든 육천만원을 자기 주머니에 넣고 '팔천만원'이라 쓴 수표를 관 속에 넣는다. 이런 우화 말고도 돈에 얽힌 얘기는 수 없이 많다.

세상에 텅 빈 지갑보다 무거운 것이 어디 있으며, 빵빵하게 꽉 찬 지갑보다 더 가벼운 것이 어디 있겠는가. 아무리 불가사의한 마력을 지녔다 해도 인간이 돈의 주인임을 잊어서는 안 될 일이다. 쓸 수 있는 돈을 가지고 있다는 것은 좋은 일이 분명하지만, 올바르게 쓰는 법 까지 알고 있다면 얼마나 좋겠는가 싶다. 생활에서 균형을 잡아가는 것, 특히 돈에 대한 균형감각을 잡아가기란 쉽지 않을 것 같기는 하다. 세상 사람들의 모든 일이 황금을 쫓아다니는데 쏠려있는 것 같지만, 그보다 더 소중한 일들이 더 많다는 것을 잊지 말아야 할 일이다.

창과 방패, 어떤 것이 깨질까

　　세상에 어떤 것으로도 막을 수 없는 창으로 천하제일의 방패를 찌른다면 어떤 승부가 날 것인가. 인생을 살아가는 과정에서 알게 모르게 누구도 거짓말 한 번 안 해 본 사람은 거의 없을 것이고, 어떤 면에서는 '삶' 자체가 모순의 연속일지 모른다. '말보다 행동(言行一致 Actions speak louder than words = Better said than done)'을 소리 높이 외치는 사람들일수록 자기 모순에 빠져들고 있는 뒷모습을 남들에게 감추지 못한 채, 자기 혼자만 모른 채 또는 알면서도 무시하거나 모르는 척 하는 모습을 너무 흔하게 볼 수 있게 된다. '거짓말' 의 거짓이란 '굿(말)' 하다 와 같은 의미이니 '잠꼬대(말)', '가라사대(말)', '가로되(말)' 등과 동근어로 입과 말을 의미한다는 데서 '모르면 중간은 간다.' 거나 '침묵은 웅변보다 낫다' 등에서 보여주듯 말이 많을 때에는 말할 것도 없고 말수가 적더라도 어쩔 수 없이 거짓말을 피해 갈 수 없다는 말일 것이다. 또 '참말' 의 '참' 에서 ㅁ 과 ㅊ 의 자리를 바꾸면 '맞' 이 되고 이어 '맞' 이 되면서 '맞다', '맞춤', '마치' 처럼 쓰이는 용례를 보더라도 자신에게 딱 들어맞으면 그것으로 됐다는 만족감이자 좋다는 뜻이니 남들에게야 옳든 그르던 내 알바 아니니 참아 줄 수 있다는 뜻이 포함돼 있으니 그야말로 모순 그 자체가 아니겠는가.

　　지금으로서는 가장 강력한 무기가 핵무기인데 그 원리는 원자(핵)를 깨뜨리는 데서 나오는 강력한 폭발력을 무기화 한 것이다. 물질을 잘게 또 잘게 쪼개었을 때 더 이상 쪼갤 수 없을 정도로 작은 알맹이라는 데서 원자(atom)라 불렀고, 잘게 가루로 쪼갠다는 데서 분무기(atomizer)가 되기도 한다. 원자(atom)란 a(not or without할 수 없다)와 tom(cut 쪼개다)이니 '더 이상 쪼갤 수 없다'는 말이다. 따라서 생체를 쪼개는 해부(anatomy : ana=on, tom=cut), 땅을 쪼개거나 파서 만드는 터널(tunnel=cut), 세월이나 계절을 쪼개는 시간(time), 여러 권으로 쪼개진 것을 묶은 책(tome) 등 수 많은 '쪼갬(cut)'의 동근 어들이 이를 말해주고 있다. 이러한 분할(cut)이 불가능하다는 원자가 더 이상의 작은 파편 또는 입자로 분할됨으로써 비길 데 없이 강력한 무기의 출현을 보게 된 것이다. 따라서 쪼갤 수 없다는 의미의 atom이란 명명이야 말로 결과적으로 모순이자 거짓이라는데 멍에를 면할 수는 없게 된 모습이다.

　　기하학과 수학이 아니고도 많은 학문에서 기초를 닦아 불후의 업적을 남긴 피다고라스(Pythagoras)는 사모스 섬 사람이었으나 대부분의 생애를 크로톤에서 보냈다. 여행을 좋아했던 그는 이집트를 방문하여 사제들로부터 많은 학문을 배웠고, 페르샤와 칼데아의 마기족(승려계급)과 인도의 브라만(승려계급)을 방문하기도 한다. 그는 모나스(monas), 즉 1을 수(數)의 근원으로 잡는다. 따라서 우주의 모든 만물도 신성(神性)이라는 단일한 것에서 시작

되는 것으로 한다. 신들과 악마의 영웅은 그 최고의 것에서 생겨난다. 다음으로 인간의 영혼이 등장하는데, 영혼은 불멸이고 육체의 속박을 벗어나면 죽은 자의 거처로 가서 또다시 인간이나 동물의 신체 속에 살기 위해 이 세계로 돌아오기 까지 그 곳에 머문다. 그리고 완전히 정화되었을 때에는 마침내 최초에 출발한 근원으로 귀환한다. 이처럼 그는 수가 만물의 본질이며 구성요소이자 원리라고 생각했고, 수가 있음으로써 물체가 실제로 존재하게 된다고 믿는다. 우주의 여러 형태와 현상은 그 기초이며 본질로서의 수에 기인하는 것으로 보았다는 말이다. 이는 어떤 수치일지라고 더하고 빼고 곱하고 나눌 수 있다는 전제조건을 깔고 있다. 그러던 중 어느 날 도형의 크기와 분할을 연구하다가 나눗셈에서 큰 문제에 부딪치게 된다. 그의 지론으로는 모든 수치가 분할(나눔) 가능해야 하는데 소수점 아래가 자꾸만 반복적으로 나타나면서 끝없이 이어지고 무한대로 진행된다 해도 끝이 없는 무리수(無理數 irrational numbers)를 발견하기에 이른다. 이를 알게 된 그의 추종자(제자)들 또한 한 입으로 두 말을 해야 하는 학자적 양심이 허용치 않는 고뇌 속에서, 그들의 스승과 더불어 무덤에 이르기까지 입을 다물 수밖에 없게 된다.

앞에 토끼가 죽을힘을 다하여 도망치고 백 미터 뒤에 사냥개가 맹렬히 뒤쫓고 있다. 1초당 그 간격이 반으로 좁혀진다면 얼마 안 가서 잡힐 것은 빤한 일이다. 그러나 수학적으로 풀이한다면 쫓는 자와 쫓기는 자의 간격은 시간이 갈수록 점점 좁아져 거의 근접하지만 영원히 사냥개가 토끼를 잡거나 추월하지는 못한다는 계산이 나온다. 반(半 half)이라는 덫에 걸린 것이다. 수학 중에서도 고등수학으로 분류하는 미분학의 원리다.

　　미분학이 모순투성이라거나 피다고라스가 거짓말쟁이라고 꼬집기에는 그래도 좀 켕기는 구석이 있음을 인정해 주는 것이 보통 사람들의 심정일 것이다. 인간에게 본의든 아니든 거짓말도 모순도 완전히 피해 가기는 어렵겠지만, 상대의 거짓과 모순을 찾아내어 꼬집고 공격하는 무기로 삼을 일이 아니라, 자신의 모습과 행동에 비추어 내성하고 깨달음을 얻는데 요긴하게 쓸 수 있는 지혜를 기르는 도구로 바꿀 수 있다면 전혀 무의미한 것만은 아닐 것 같다. 입을 놀리지 않는 누에(silkworm)란 죽은 누에인 것 같이, 인간이 언제까지나 입을 다물고만 살 수는 없겠지만, 바다나 강물에 사는 물고기가 입으로 낚시를 물어 걸리듯 사람에게도 '말' 자체가 낚싯밥이 되어 결과적으로 거짓말, 거짓 행동, 모순 그 자체라는 데서 조심하고 신중을 기하는 것 밖에 다른 방법은 없을 것 같다.

한족(漢族)과 중국(中國)의 실체

　　우리는 수 천 수 만년 중국과 일본과 더불어 어깨를 맞대며 살아왔다. 앞으로도 좋던 싫던 수 천 수 만년을 서로 사이좋게 또는 서로 부대껴가며 살아가게 되어 있다. 따라서 중국과 일본의 실체를 제대로 파악하고 그 바탕 위에 우리가 그들에게 대처할 방책과 올바른 자세를 확립해 나갈 필요가 있을 것 같다. 우선 우리는 현재 중국 국민의 주류를 이루는 한족(漢族)을 우리 동이족(東夷族)과 같은 고유한 종족으로 잘못 이해하고 있다는 점을 지적해 두고 싶다. 먼저 한(漢)이라는 용어 자체가 우리 민족의 별칭 한(韓)을 본 따 '밝다' 또는 '환 하다' 는 데서 흉내 내어 생겨난 말이고, 유방이 세운 한(漢)나라 시대 이후 비로소 생겨난 말이라는 점이다. 우리 말 '한' 은 '하나', '크다', '제일', '밝음', '모두', '가장(最高)' 등 수 많은 뜻을 가진 말이고, 한자로 적는 데도 36 가지나 되며 이 중 하나가 '한(漢)' 인 것이다. 그러니까 '한족(漢族)' 이라는 독립적 원 종족은 존재하지 않고 우리 동이 겨레의 한 갈래에서 '환함' 의 뜻을 계승하여 별개의 집단이 있는 것처럼 후대에 와서 명명해 온 것임을 말해준다. 중국인들의 고유 종족을 흔히 춘추 이후 화하(華夏)라 하기도 하는 데, 먼저 화(華)의 실체를 보면, 지금 중국의 곤륜산(崑崙

山)의 '곤(崑)'이 우리 말 '꽃(花)'을 발음하기 위한 차음(遮音)에 불과함을 이 지역의 옛 이름 '화토(花土 꽃 땅)' 또는 '화산(華山)'이 말해주고 있는 것이다. 우리 민족의 출발지인 우랄 산 근처에서 이 곳 곤(꽃)륜산 근처에 오랫동안 모여 살면서 '화(花) 또는 화(華)'족이라는 별칭을 얻은 데서 생겨 난 이름이니, 우리나라의 성씨 본관이 생겨 난 것과 비슷한 지명에서 생겨 난 이름인 것이다. 하(夏) 또한 종족명이 아닌 어느 지역명 중 하나에 불과하다. 우리 동이계(東夷族) 출신 순(舜)이 요(堯)로부터 왕위를 선양 받은 후 우(禹)를 예주 땅 하남에 제후로 봉하고 이곳을 하(夏)라고 명명하였고, 이것이 화하(華夏)라는 종족 이름으로 부르게 된 계기가 되었다는 말이다.

　　옛날부터 가운데 땅 이라는 의미로 '중원(中原)'이라는 말이 자주 등장하기는 하였으나, 옛 문헌에는 도읍지 또는 수도를 가운데 땅 이라는 의미에서 '중국(중국(中國)'으로 부른 일은 있었으나 나라 이름으로 처음 선을 보인 일은 1911년 청(靑)의 계승자임을 천명한 손문(孫文)이 처음으로 사용한 데서 비롯되고, 이어 오늘의 중국 또는 중화민국이라는 국호가 되기에 이른 것이다. 따라서 '나라 말씀이 중국과 달라 서로 사 맛 디 아니할 새' 라는 세종대왕의 훈민정음을 우리 한글이 중국인들이 쓰는 한자와 다르다고 해석하거나 하는 오류가 발생하기도 한다. 그러기에 위 훈민정음 서문 해석은 '우리나라의 말이 여러 나라(國中) 말(특히 중국 한자)과 달라 문자(언어)간에 서로 뜻이 통하지 않으니'로 풀이해야 뜻이 통할 것 같다. 당시 중국은 명나라였고 '중국'이 국호로 쓰인 일은 없었기에 굳이 훈민정음에 중국이라는 용어를 국호의 의미로 썼을 리 없기 때문이다.

또한 우리가 아는 한자(漢子)도 과거에 없었던 글자를 한나라 시대에 만들었다는 의미가 아니라, 동이 사람이 태호 복희를 비롯하여 후대에 동이족이 세운 은(殷)나라에서 만든 글자들이 발전해 온 것을 한나라 시대에 와서 자신들의 글자로 채택한 것이고 그들 고유의 문자가 아닌 우리 동이족 고유의 문화유산 중 하나인 것이다.

이제 이쯤에서 역사가 보여주는 중국인이 아닌 현대의 동남아시아 등 외국에 흩어져 사는 중국인들의 행태에 대한 외국인들의 평가를 간추려 보기로 한다. '그들은 매우 총명하고, 그 총명함을 활용하여 원주민들을 착취해 왔고, 그 결과 원주민들이 이들에게 큰 적개심을 품고 있다. 이들에게 국가니 민족이니 하는 의식은 없고, 오로지 재산을 모으는 것 외에는 모르는 자들이다. 그들에게 개인적인 이익 보장 없이 협조를 기대 한다는 것은 거의 불가능하다. 또한 단순히 협박한다고 해서 이들이 우리와 같은 아시아인들의 형제들이라는 숭고한 신념을 갖게 한다는 것도 불가능하다는 것을 깊이 명심해야 한다. 화교와 유대인의 큰 공통점은 인종차별 태도다. 세계 어느 곳에 있는 화교든지 그들은 오로지 동족만을 전적으로 신임한다. 그들은 오로지 자기들의 이기적인 일만을 추구한다. 그들은 가능한 한 모든 재산을 모은 후 얼른 그 나라를 빠져나가는 것이다. 그들에게 의무감이란 것은 조금도 없다. 그들은 온갖 특권과 이권에 달려들면서도 어떠한 책임도 지려 하지 않는다. 그들에게 있어서 모든 인종은 사기, 약탈, 이용을 당해도 괜찮은 야만인들에 지나지 않는다. 그들이 중국 본토에 송금하는 이유는 사랑과 자비심 때문이 아니고 오로지 재산을 빼돌리기 위해서일 뿐이다. 나는 화교들을 한 편으로는 존경하고 한 편으로는 경멸한다. 그들은 세계에서 가장 부유하고 인내심이 강하고 활기에 넘친다. 그러나 폭력배들의 혹독한 차별대우 앞에서는 순종하고 아첨에 매우 능숙한 매우 타락된 인종이다.' 몽골의 중국 본토 침공으로 동남아 등지로 흩어져 사는 화교들에 대한 현지인들의 평가인 것이다. 이들이 동북공정이란 이름으로 우리 조상들의 본향인 만주를 삼킨 것만으로는 양이 차지 않아 북한, 그리고 우리까지 엿보는 것이 아닌가 하는 우려를 씻어내기 어려운 현실이다. 영원한 적도 영원한 우방도 없는 법이지만, 피할 수 없이 맞부딪쳐 가며 살아나가야 할 상대이고, 그들의 속마음은 알아야겠기에 그들의 근본과, 이미 우리가 감당하기에 벅차게 비대해 진지금 그들의 행태, 이에 대한 우리의 현명한 대처 방안이 무엇인지를 미리 생각해 두어야 옳을 일일 것이다.

역사가 우리에게 외치는 과제

　　우리는 흔히 '개 구석에 사는 촌놈'이라는 등 사람이 사는 지역을 비하하여 모욕을 주는 소리를 흔히 들어 볼 수 있다. 개 구석이라 함은 바닷가를 말함인데 우리 고성이야말로 동해면, 거류면, 고성읍, 삼산면, 하일면, 하이면, 회화면, 마암면 등 많은 지역이 바다를 접하고 있고 바다 그 자체가 생활의 터전이기도 하다. 동양의 스승으로 존경받던 공자님이 노년에 이르러 사람의 도리가 먹혀들지 않는 중원(中原) 사람들에게 실망한 나머지 뗏목을 만들어 타고 사람의 올바른 도(道)가 살아있는 발해(渤海) 바닷가로 가서 사람답게 살아보겠다는 간절한 소망을 토로한 바 있으나 노령으로 실현을 못 본 채 세상을 뜨게 된다. 발해로 일컬어지던 지금의 황해라는 개 구석이야말로 만주와 더불어 우리 조상들이 오랜 세월에 걸쳐 삶을 가꾸어 온 터전이자, 이 곳 '밝은 바다' '발해' 야 말로 경제적으로 풍족한 여유로움에서 자연스럽게 사람다운 삶의 도(道)를 마날 수 있는 곳이었다는 말이다. 한자(漢字)의 자전에 의하면 우리 동이(東夷)의 이(夷)를 오랑캐 이(夷)라고 풀이하고 있으나 이는 발해만 유역의 동이족에 대한 내심 부러움과 두려움에서 '개 구석 촌놈' 또는 '오랑캐'라 비아냥거릴 수밖에 없었음을 말해 준다. 원래의 자전에 이(夷)는 인(仁)과 같은 어질 이(夷)로 되어있고, '어진 사람들이 사는 죽지 않는 나라' 로 주석 되어 있다. 또한 배달. 동이 사람이 활을 맨 처음 만들어 잘 쏘고 또 큰 활(大弓)을 가졌다 하여 만들어진 글자이니 '동녘 어진이 "라는 뜻이었던 것을 후대에 나쁜 뜻인 것으로 고친 것이다.

사실을 사실대로 인식하고 잘 못 알고 있는 부분은 바르게 밝혀야 할 일이 우리의 과제이지만, 인간이기에 항상 지난 일을 잊기 쉬운 망각 증을 안고 살아간다. 또한 이러한 망각이 필요할 때도 있다. 또 망각 자체가 특별히 타락해 있다던 가 망각만으로 악행을 저지르고 있다고는 할 수가 없다. 오히려 성실한 일상생활이란 바로 이 망각 속에서 이루어지기도 한다. 성공하기 위해 어떤 일에 관련을 맺을 때는 다른 사람과의 비교가 끊임없이 숨겨져 진행된다. 그들과의 차별대우를 받고 싶다든가 그들에 비해 뒤 떨어져 있는 자신을 똑같은 수준으로까지 끌어올리고 싶다던가, 또는 다른 사람에 비해 월등히 앞서있는 자신을 계속해서 지속시키고 싶다든가 하는 것은 상대적 존재를 깨닫지 못하고 망각하고 있는 것이다. 인간으로서 산다는 것은 열등감의 틈바구니에서 마음을 들뜨게 혹은 침울하게 하고 산다는 말이다. 호기심이나 애매모호함 속에 인간은 자기를 잃기도 하지만, 이 호기심은 오랫동안 머물지 않는 특성도 있다. 아무리 그렇더라도 인간에게 '시간'이라는 자신의 존재근거를 제거할 수는 없는 것이다. 그러기에 '시간성' 곧 '역사성' 을 빼 버린 인간의 삶이란 없다. 오늘날과 같은 과학기술의 시대에는 인간이 좋든 싫든 간에 그 과학기술 속에서 살 수 밖에 없다. 기술에 의한 인간존재의 의미가 인간 본

연의 존재 의미를 잠식하고 있는 것도 사실이다. 인간이 본래적으로 역사적이 아니라면 역사학이란 아무런 의미가 없는 학문이 되고 말 것이다. 세상이라고 하는 부평초에 몸을 내맡기고 세상과 함께 침묵하는 인간에게 있어서 역사는 무의미한 것이 되고 만다. 인간 실존의 유한성에서 갖가지 형태로 유혹해 오는 안락, 쾌락, 도피 등 끝없는 요구로부터 나를 끌어내어 그 운명 속으로 던져 넣고 싶어진다. 운명이라는 것은 본래 현존자의 근원적 역사(시간)적 사건이고, 이러한 배경 하에 우리에게 주어진 과제가 무엇인지 생각 할 때다.

우리나라 역사의 과제는 세 마디로 요약할 수 있다. 하나는 통일정신이오 하나는 독립정신이오 또 하나는 신앙정신이다. 그리고 이 셋은 결국 하나다. 나는 우리 역사가 고난의 역사라고 보는데, 그렇게 보면 세계 어느 민족의 역사나 고난의 역사 아닌 것이 없고, 인류 역사가 결국 고난의 역사지만 그 중에서도 우리 역사는 고난 중에서도 주연(主演)으로 보는데, 그 고난의 까닭은 이세 가지 문제에 있다. 오천년 역사의 내리 밀림이 조선 오백년인데 그것은 그저 당파싸움으로 그쳤다. 아무도 이 당파싸움의 심리를 모르고는 우리나라 역사를 알 수 없을 것이다. 이 오백년의 참혹한 고난은 이 한 점에 몰린다. 그러므로 문제는 하나 되는데 있다. 민족으로 당하는 모든 고난, 그 잘못이 우리 잘못에 있든 남의 야심에 있든 그 작은 것은 버리고 크게 하나(大同)돼 봐라 하는 하느님의 교훈을 역사의 명령으로 알아야만 우리의 역사적 민족이 될 수 있다. 그러나 하나 되지 못하는 원인을 찾으면 독립하지 못하는 데, 제 노릇 못하는 데 있다. 하나 됨은 남의 인격을 존중해서만 될 수 있는 일인데 남의 인격을 아는 것은 내가 인격적으로 서고야 될 일이다. 정말 제 노릇 하는 사람은 제가 제 노릇을 할 뿐 아니라 남을 제 노릇 하도록 만든다. 거지에게도 자존심은 있다. 인격은 곧 자존(自尊)이다. 스스로 높임이 스스로 있음(自存)이다. 그러므로 우리에게 독립정신이 부족하다는 말은 스스로 비위에 거슬리는 말이지만, 남이 되어서 볼 때, 아니라 할 수 없는 사실이다. 재목은 숲에서야 나고 인물은 종교의 원시림에서야 얻을 수 있다. 그러면 우리의 역사적 과제는 이 한 점에 맺힌다. 깊은 종교를 낳자는 것, 생각하는 민족이 되자는 것, 철학하는 민족이 되자는 것이다. 그리하여 네가 되어라. 그래야 우리가 하나가 되리라. 필자의 절규로 다시 태어난 함석헌(咸錫憲)님의 애타는 외침을 되뇌어 본다.

최선의 자기만족

　　자기만족을 젖히고 그 윗자리에 앉을 수 있는 것이 있을까. 자기희생, 사랑, 헌신, 이타심 등 참으로 아름다운 말들이 더러 있지만 그 모든 일의 한 모서리에는 자기 판단에 기준할 때 모두 자기만족이 없이는 아무 의미가 없을 것 같다. 절벽에서 아래로 돌을 굴러 내릴 때, 공중으로 돌을 던질 때 그 돌은 처음 던져진 공중에 머물지는 않는다. 아무리 훌륭한 태도를 가지고 또 훌륭한 세계에 산다 하더라도 그가 행한 선악에 의하여 그가 원하는 본심이 드러난다는 사실 또한 명백한 사실이다. 악인도 자기가 범한 악이 탄로 나기까지는 행복감을 유지할 수도 있게 된다. 누구든 어떤 사건이든 자기와 관계없는 일이라 생각해서는 안 될 일이 우리를 둘러싸고 있는 일들이다. 한 방울 한 방울의 물이 모였을 때 비로소 물통이 가득 차고 개울을 이루고 가물을 이루고 바다를 이룬다. 조그만 악이 쌓이고 쌓이면 악의 소굴이 되는 것과 같다. 악은 바람에 날리는 먼지와 같이 악을 범한 본인에게도 돌아간다. 이 세상의 어느 곳에 숨더라도 인간은 자기가 범한 악에서 벗어날 수 없듯 선 또한 마찬가지다. 타인을 멸망시키려 할 때 자신이 멸망하는 것이 정의의 근원이다. 우리 행하는 선행을 충분히 행할 수 없다 하더라도 낙담하거나 절망할 일은 아니다. 자신이 높은 곳에서 추락한다면 다시 그 곳으로 올라가는 노력을 아껴서는 안 된다. 인생의 시련은 겸양으로 참아내어야 할 일이고, 항상 자기 자신의 근원으로 돌아갈 일이다. 자신의 생활 속에서 계속적인 성과를 거두는 사람이 있다면 마땅히 존경의 대상이 되어야 한다. 그는 무한하고 영원한 것을 향하고 나아가며, 칭찬 속에서가 아니라 곤란 속에서 자신의 진가를 발견해 내기 때문이다. 그는 특별히 빛나지 않으면서도 자기를 빛내려 하지 않는다. 그는 또 덕을 지키려 애쓰며 또 그것을 파괴하고자 그에게서 멀어진 모든 적들이 자기와 함께 협동할 수 있을만한 진리(길)를 찾아내고 있는 것이다.

다른 곳에서는 찾을 수 없는 자기만족, 그 어느 곳도 아닌 최고의 선을 행할 때 바로 그 곳이 자기만족이자 행복이 있는 곳일 것이다. 최고의 선이나 행복은 예건대 사물놀이 명인이라면 너른 광장에 꽉 찬 관중 앞에서 열광적인 환호 속에서 마음껏 기량을 뽐낼 때가 될 것이고, 피리를 부는 사람이나 그림을 그리는 사람, 그리고 그 밖의 기술자들에게 있어서도 타고난 재능을 최고도로 발휘하는 데 있을 것이다. 이런 점에서 본다면 모든 인간에게 있어서의 타고난 재능이라는 것이 행복과 불행을 분별하는 선(善)이 될 수 있게 된다. 그렇다고 인간의 행복이 그리 쉽게 이루어지기는 어려운 일이고, 행복의 근원이라 할 수 있는 자기의 재능을 발휘하는 일에서도 중요한 점은 현실상황에 맞게 결단하고, 베풀 줄 아는 사려(思慮)이며, 지나침을 아는 균형을 찾아야 한다는 점이다. 모든 악은 악대로 각기 연관성을 가지고 있다. 악은 또 하나의 악으로 발전한다. 조그마한 불만이 질투로 발전하고, 질투는 또한 남을 해하고 모함하는 것으로 발전한다. 마음에 깃드는 조그만 불만을 잘라 없애는 것은 큰 악의 뿌리를 뽑는 것과 같다. 조그마한 불만을 제대로 다스리는 일이 얼마나 중요한가를 말해준다. 불만에 속아 넘어가지 않을 때, 그것이 곧 행복으로 이끌어 가기도 한다. 많은 것을 탐내는 사람에게는 큰 불만을 피해 갈 수가 없다. 이미 자신이 가진 작은 것으로도 충분히 만족할 때 거기에 행복이 깃들어 있다. 자기가 가지고 있는 것에 대해 불만을 느끼고 있는 사람에게는 전 세계를 자기의 것으로 만든다 해도 자신이 불행하다고 느낄 것이다. 증오는 적극적인 불만이며, 질투가 곧 증오로 변해도 이상할 것이 하나도 없다. 사람들은 선한 행위보다도 사람의 단점이나 실수를 더 잘 기억한다, 선행은 곧잘 잊어지나 비방은 사람들의 머릿속에서 잘 떠나지 않기 때문이다. 참된 선은 우리들이 아무도 의식하지 않고 행할 때 이루어진다. 우리들이 남의 마음속에 살려면 자기 자신의 이익으로부터 멀리 벗어나 있어야 한다. 적극적으로 불행에서 벗어나기 위한 확실한 방법 중 하나는 남을 돕는 데 전심전력하는 일이다. 고뇌하는 사람에게 줄 수 있는 올바른 도움은 그 사람의 고통을 제거해 주는 것이 아니라 그 사람이 그것을 극복할 수 있도록 최상의 힘을 부러 일으켜주는 일이다. 현재의 모든 상태, 모든 시간은 무한한 가치를 갖는다. 바로 그 현재가 그 자체에 영원성도 가지고 있다. 가장 일반적인 착오는 지금이 결정적인 때가 아니라고 생각하는 것이다. 일평생을 통해서 그날그날이 가장 좋은 날이라는 사실을 마음 속 깊이 새겨둘 필요가 있다. 우리들이 지금 현재 하고 있는 일 이외에 더 소중한 일이란 없다. 그러기에 '옛날 조상이야말로 위대하였다' 란 말을 현재가 소중하지 않다는 말 밖에 안 된다. 과거의 기억으로 마음

아파 해서도 안 되고 또 미래에 일어 날 일을 생각하고 괴로워해서도 안 된다는 말이다. 생활이란 오직 현재 속에서만 존재한다는 것을 잊지 말자는 말이다. 생활의 목적을 정신의 완성에 두고 있는 인간에게 불만족이란 있을 수 없다. 그가 바라고 있는 것은 전부 그의 내부에 존재하고 있기 때문이다. 굳센 정신을 가진 사람이라면 외면 세계의 장애는 아무런 문제가 되지 않는다. 맹수들은 장애에 부딪치면 한층 더 사나워진다. 굳센 정신을 가지고 모든 일을 겪어 나가는 사람들에게 일체의 장애가 도리어 강한 힘을 더해 줄 뿐임을 잊지 말아야 할 것이다. 정신의 평화, 자기만족, 그리고 늘 즐겁게 살 때 행복이 찾아온다.

주(周) 문왕(文王)과 최명길(崔鳴吉)

　　주 문왕 서 백(西佰) 희창(熙昌)은 은(殷 또는 商)나라 말기 은의 주왕(紂王)때 최고의 지방관(地方官) 중 하나인 백(佰)의 작위를 받아 역사에 남아 칭송 받는 명군으로, 또 그의 사후에 칠백년 주(周)의 왕업의 기초를 닦은 인물이다. 여기서 백(佰)이라 함은 우리의 고대국가 백제(百濟)에서 볼 수 있듯이 '밝다'의 음가를 표기하기 위한 방법으로 쓰였듯이, '백' 또한 '밝다'의 뜻으로 쓰인 것 또한 우리 동이족이 세운 은나라의 지방관인데서 연유한다. 은의 서북부를 차지한 주(周)는 대대로 은(殷)나라에 충성하며 공물을 바쳐오고 있었다. 그는 아버지 시대에 제정한 법도에 따라 어진 정치를 베풀고 노인을 공경하고 어린이를 아끼고 유능한 선비를 예우했다. 주(周)의 영토는 그의 덕화에 힘입어 날로 늘어났고 주의 경내로 들어서는 백성들 중 농사짓는 사람들은 서로 밭고랑(경계)을 양보하고 길에서는 길을 양보하고 남녀가 길을 달리해서 다니고 짐 진 노인이 없었다. 서백(희창)과 더불어 삼공(三公) 중 한 사람인 구후(九候)의 아름다운 딸이 궁녀가 되어 궁으로 들어갔다. 그녀는 깨끗한 행실에다 음란함을 싫어하여 은의 주왕을 화나게 만들어 죽음을 맞게 되고 구후 또한 죽어서 고기젓으로 담궈 진다. 이에 또 다른 삼공 중 한 사람인 악

- 105 -

후(鄂候)가 주왕의 악행에 간언하다가 죽어서 육포를 뜨는 악형을 받게 된다. 그러자 주왕의 측근인 숭후호(崇候虎)가 '서백이 선행을 하면서 덕을 쌓아 제후들이 다투어 그에게 달려가고 있어 장차 큰 걱정거리가 될 것입니다' 라고 간언하자, 주왕은 주의 문왕을 잡아 유리(羑里 지금의 하남성)에 가두고서야 발을 뻗고 잘 수 있었고 이를 매우 기뻐하였다. 그러고도 마음이 안 놓인 주왕은 문왕의 큰 아들 백읍고(伯邑考)를 인질로 잡아 왕의 마부로 삼으면서 까지도 안심이 안 되던 중, 문왕이 성인인지 아닌지 시험해 본다면서 백읍고를 죽여 곰탕을 만들어 문왕에게 보낸다. 그 사실을 모를 리 없는 문왕은 울분을 삼키며 아들의 곰국을 다 먹고 나중에 다 토하지만, 주왕은 그 제서야 문왕이 성인이 아니라면서 안심을 하게 된다. 문왕의 신하 태전(太塡), 굉요(閎夭), 산의생(散,宜生,),남궁괄(南宮适) 등이 유리에 갇힌 문왕을 만나 그의 지시에 따라 미인과 준마, 진귀한 보물들을 뇌물로 바치고 감금에서 풀려나 후에 강태공을 만나 주(周)의 기초를 다지게 된다.

    병자호란 때 인조가 청 태종에게 무릎을 꿇은 다음 청의 장수 용골대가 척화파 김상헌에게 묻는다. '그대는 임금이 남한산성에서 삼전도로 내려올 때 왜 따르지 않았소?' '나는 늙고 병들어 걸을 수 없어 따르지 못했소.' '그러면 벼슬을 버리고 시골로 내려간 까닭이 무엇이며, 우리에게 군대를 보내지 말라고 한 연유가 무엇이오?' '늙고 병들어 조정에서 벼슬을 주지 않았소, 내가 파병하지 말라고 상소한 것은 사실이나 조정에서는 내 말을 듣지 않았으며, 임금과 신하가 나눈 얘기를 타국에서 따질 일이 아니오.' 그러자 청의 장수들은 '가장 다루기 어려운 노인'으로 생각하였다. 당시의 강화파 최명길은 매국노라 할 정도로 지탄 받던 인물이다. 하지만 그의 행동에는 나라를 위한다는 한 가지 생각 외 강대국 청나라를 위해서는 아무것도 협조한 일도 없었고, 청국이 모르게 명나라와 내통하였다는 혐의로 청의 심양에 투옥되어 있었다. 이리하여 척화파와 강화파의 두 거두가 같은 옥살이를 하게 된 것이다. 최명길의 아들 최후량이 심양으로 가서 금과 은 수 천 냥으로 청나라 신료들에게 뇌물로 썼다. 그리고는 김상헌을 먼저 찾았다. '대감, 와병중이라 들었습니다. 좀 어떠신지요?'

'따뜻한 곳으로 오니 한 결 낫구면.' '대감, 산의생(주 문왕 위해 뇌물 사용주도)이란 어떤 사람이 옵니까?' '옛날의 성인이지' 그러자 최후량은 청나라 역관 정명수에게 뇌물을 쓰는 한편 아버지(최명길)에게 김상헌과의 대화를 알려주었다. 어느날 밤, 김상헌의 옆방에서 똑똑 벽을 두드리는 소리가 들렸다. '뉘시오?'

'나 최명길이오.' '아니 지천(최명길의 호)이 옆방에 있었소?'

'이국만리에서 몹시 반갑구려.' '청음(김상헌의 호)이 내 옆방에 있다는 것을 내 아들을 통해서 알았소. 우리 문답이나 주고받으며 남아도는 시간을 보냅시다. 그리고 청음, 장차 정승의 자리에 덕과 공겹이 새롭기를 비오.' '지천도 나라를 위해 반드시 살아 돌아가야 하오. 우리 모두 오랑캐 땅에서 반드시 살아 돌아가야 하오.' 두 사람은 목이 메었다. 심양 감옥에서 두 사람의 화해 소식을 들은 이경여가 기뻐서 시를 지어 두 사람에게 보내 왔다.

　　　'두 어른 경(정상적인 행위)과 권(임시조치 권도) 각기 나라를 위한 것이거늘

하늘을 떠받드는 큰 절개요 한 때를 건져낸 큰 공적일세

이제야 원만한 마음 합치는 곳

두 늙은이 모두가 백발일세.'

청음(김상헌)이 남한산성에서 나와 바로 고향으로 돌아간 것도 비로 지조가 높다하나 지천(최명길)이 열어놓은 남한산성 문으로 나갔다. 아무 준비 없이 불필요한 전쟁을 끌어들인 결과가 빚은 참담한 시절, 왕족들이 피신했던 강화도마저 점령당하고 저항 능력을 잃은 절박한 상황 아래 일방적으로 욕을 먹어도 누군가 해야 했던 강화에 앞장서면서 항복문서 작성 등을 주도한 강화파 최명길 또한 나라를 위하는 일을 한 것으로 인정받은 척화파 김상헌과의 반갑고도 서글픈 만남을 통하여 우리 또한 이해하고 잊어서는 안 될 교훈을 얻어야 할 일이다.

황금보다 더 소중한 것

　　황금이 온 산과 들에 널려 있어 발길에 채이고 짐승의 발길에 짓밟혀도 거들떠보는 이 없는 시대, 이때가 황금시대인지, 아니면 풍요와 발전의 극치라 할 만한 오늘날이 황금시대인지 대답이 선뜻 나올 것 같지는 않다. 사람들은 처음 세상이 열렸을 때, 세상에 죄악이 없었을 때, 행복만이 가득했던 시대를 '황금시대' 라 부른다. 법과 규율에 얽매이지 않아도 진리와 정의가 행해졌고, 위협을 가하거나 벌을 주는 관리도 없었다. 그 무렵에는 집을 짓거나 배를 만들기 위해 나무가 벌채되는 일도 없었고, 사람들이 모여 사는 마을이나 도시 주변에 성곽을 쌓을 일은 더더구나 없었다. 칼이나 창, 투구 같은 것이 없었음은 말할 것도 없다. 대지는 인간이 밭을 갈고 씨를 뿌리지 않더라도 인간이 필요한 모든 것을 산출했다. 늘 안온한 봄날이 계속되어 씨를 뿌리지 않아도 꽃이 피어났으며, 냇물은 우유와 술이 더불어 흐르고 노란 꿀물이 상수리나무에서 흘러내리는 시대였다. 그 다음으로 '은의 시대' 가 왔다. 이 시대는 항상 봄을 맞이한 황금시대보다는 못하지만, 요 다음에 오는 '청동시대' 보다는 훨씬 더 나았다. 얼마 후 봄의 기간이 줄어들면서 한 해가 네 계절로 나뉘어졌다. 그 때부터 인간은 추위와 더위를 견뎌야 했으며, 비로소 집이 필요하게 되었다.

최초의 주거지는 둥글었으나 점차 숲속의 나뭇잎으로 덮었던 은신처가 이제 나뭇가지로 엮어 만든 오두막집으로 바꾸었다. 이제는 농작물도 재배하지 않으면 안 되었다. 씨를 뿌리고 소가 쟁기를 끌어야 하는 시대가 왔던 것이다. 다음에는 '청동시대'를 맞이하자 사람들의 성격이 앞의 전 시대보다 훨씬 거칠어졌고 걸핏하면 무기를 들고 싸우려했다. 그러나 아직은 그렇게 사악하지는 않았다. 인간이 가장 무섭고 악해진 시대는 '철(鐵)의 시대'였다. 이 시대는 죄악이 홍수처럼 넘쳐흘렀고 겸손과 진실과 명예도 헌신짝처럼 내던져졌다. 간사한 무리가 나타나 사기와 책략과 폭력을 일삼는가하면, 인간에게 사악하고 이기적인 욕심이 나타났다. 뱃사람들이 숲에서 나무를 벌채하여 바람에 돛을 달고 항해하면서 바다를 괴롭혔다. 이제까지 공동으로 경작되던 땅이 분할되어 사유재산이 형성되기 시작하였다. 사람들은 땅으로부터의 소출에 만족하지 않고 그 내부까지 파서 끄집어내기에 이르렀다. 당연한 일이지만 황금 또한 땅에서 꺼낸 중요한 품목 중 하나였다.

이 이야기는 역사적, 우화적, 자연 현상적 인간의 발전단계를 말해주고 있다. 인간 출현 당시 황금이 무엇인지 모르던 원시시대가 황금시대였다면, 철의 시대가 지나고 황금이 난무하는 컴퓨터 시대에 접어드는 오늘이야말로 점점 지옥으로 급히 달려가고 있는 시대가 아닌가 싶은 시대로 접어들고 있음을 말해주는 것 같다. 눈으로 볼 수 있고 손으로 만질 수 있는 황금보다 더 소중한 것이 있을까. 물론 있다. 인간이 평생 동안 쓸 수 있는 것 중 가장 귀중한 것은 다른 무엇과 비교할 수 없는 '시간'이라는 보물이다. 인간이 돈이나 부(황금)는 마음껏 손에 넣을 수 있으나, 일생에 주어진 시간은 한정되어있기 때문이다. 인간에게 한정되어 있는 것, 그것이 바로 생명이자 시간이라는 말이다. 그런데도 인간은 돈을 쓰는데 조심스럽고 인색하면서도 자신의 시간을 낭비하거나 가치 없게 만드는 것 쯤 예사로 하는 경우를 너무 흔하게 보게 된다. 특히 인간이 남의 돈을 맡아서 쓸 때는 매우 조심스러우면서도 시간을 낭비하는 것 쯤 대수롭지 않게 여긴다는 말이다. 그러면서도 약속시간에 늦거나 쓸데없는 일로 남의 시간을 뺏는 것 쯤 아무렇지도 않게 여긴다. 시간과 돈(황금), 그 어느 것도 소중하지 않는 것은 없다. 그러나 그 둘 중 무엇이 더 소중한가에 대한 구별을 잘 못 짓는 일이 일쑤라는 말이다. 시간의 부자, 시간의 가난뱅이, 이런 관념을 만들어 봄직하다는 얘기다. 금전적으로 가난한 사람이라 해서 시간적으로 가난해 져서는 안 될 일이다. 시간으로 돈을 살 수 있지만 돈으로 시간을 살 수는 없다는 점도 잊지 말아야 할 일이다. 우리의 주변에는 모두 자신이 반드시 남을 가르쳐야한다고 생각하고 남의 가르침(잔소리)에는 무시하거나 과민반응을 보이는 사람들이 너무 많은 것 같다. 따분한 사람, 바로 그가 남의 시간을 빼앗고 자신의 시간을 낭비하는 사람이지만 대부분 자신이 어떤 행동을 하고 있는지 모르고 있다. 교양, 학문 등이 따분함을 만들어 내는 것이 아니라, 남의 관심을 끌어내지 못하는 사람이 따분한 사람인 것이다. 장사 일에 열중하고 있는 사람에게 현재 상황이나 기분을 무시한 채, 일을 멈추게 하고 공자, 맹자, 석가, 예수, 소크라테스의 가르침을 논한다면 남과 어울릴 수 없는 사람이자 따분한 사람이 되고 말 것이다. 낚시에만 열중하고 있는

강태공에게 화학이니 물리학이니 미적분이니 하는 하루 종일 강의
했다면 짜증밖에 돌아올 것이 없을 것이다. 따분한 사람이 옆에
있다가 자리를 뜰 때 누군가 딴 사람이 내 곁에 다가와 앉아 내
일을 도와주는 느낌이 든다. 좋은 손님이란 집안에 들어서면서부
터 집안을 밝게 하고, 나쁜 손님은 집 밖으로 나가면서부터 집안
을 밝게 해 주는 것이 세상의 이치다. 이 소중한 보물인 시간으로
세상을 살아감에 있어서, 이루어 내려고 의도했던 목적지로 나아
갈 때 어디서나 막아서는 관문, 어느 한 관문이고 자동문이라곤
없으니 반드시 밀거나, 당기거나 치켜들었을 때에만 그 길이 트인
다는 것 또한 잊지 말아야 할 일 이다.

음악이 흐르는 곳

　　호파(瓠巴)라는 사람이 비파를 뜯으면 물속에 사는 물고기도 나와서 들었고 백아(伯牙)가 거문고를 타면 임금의 수레를 모는 여섯 필의 말들도 갑자기 고개를 들어 먹이를 씹으며 귀를 기울였다. 소리는 아무리 작아도 들리지 않음이 없고 숨겨도 드러나지 않음이 없음을 말해준다. 구슬이 산에 있으면 초목이 윤기가 나 보이고 진주가 잠겨있는 곳은 물가의 언덕이 마르지 않는다는 말이 있다. 특히 거문고의 명인 백아는 그 뛰어난 솜씨로 많은 사람들의 귀를 즐겁게 해 주기도 하였지만, 때로는 들어주는 사람들이 무덤덤하여 도무지 연주하고 싶은 흥이 안 나는 경우도 많았다. 그러던 중 백아의 연주를 진정으로 이해하고 즐기는 생면부지의 친구 종자기(鍾子期)를 만난 이후 그의 연주는 참으로 신기에 가까운 생동감이 넘쳐흐르게 된다. 그러나 어느 날 늘 객석에서 백아의 연주를 들어주고 격려해 주던 종자기의 모습을 볼 수 없게 된 백아가 나중 확인해 보니 그가 죽었다는 것이다. 실망에 찬 백아는 그 길로 거문고를 깨어 내버리고 이내 종자기를 따라 가게 된다. 자기를 알아주는 사람이 곧 생명줄임을 말해준다.

　　경주 남산 기슭에 끼니도 때우기 어렵고 옷을 백번도 더 기워 입어야 하는, 그래서 백결선생이란 별명이 붙은 사나이가 있었다. 젊은 시절에는 출세하여 보겠다고 나서 보기도 하였으나 이젠 집안에 틀어박혀 한가로운 나날을 보내면서 세상의 모든 시름을 거문고로 달래다 보니 어느덧 달인의 경지에 이르게 된다. 마을 여기저기에서 새해를 맞이하기 위해 요란하게 떡방아를 찧고 있었다. 섣달 그믐께가 되면 백성들이 조상의 제사를 지내고 새해를 맞이하기 위해 떡을 만들어 먹는 풍습이 이 때 벌써 자리 잡고 있었던 때다. 가난에 진절머리가 난 백결선생 아내의 부아에 백결선생은 그 눈길을 피하기에 바빴다. '당신 귀에도 저 소리는 들릴 것 아니오. 떡은 둘째 치고 내일 당장 끼니를 이을 양식이 없어요.' '인명이 재천인데 설마 굶어 죽기야 하겠소.' 백결선생의 목소리는 어린 아이 달래듯이 부드러웠다. 백결선생은 떡방아 찧는 소리를 음악으로 듣고 있었기에 그 소리가 듣기에 좋았던 것이다. 하지만 그의 아내는 떡을 만들지 못하는 형편이었으므로 그 떡방아 소리가 화를 돋운 것이다. 백결선생의 아내는 이내 부지런히 마당을 쓴 다음 빈 독을 깨끗이 씻어놓고 물동이를 이고 우물가로 가서 물을 긷기 시작했다. 집에서 별안간 떡방아 찧는 소리가 들려왔다. 백결선생의 아내는 다른 집에서 찧는 떡방아 소리로 알았다. 백결선생의 아내가 부랴부랴 물동이를 이고 돌아와 보니 떡방아 찧는 소리가 방 안에서 들려왔다. 백결선생이 거문고로 떡방아를 찧고 있었던 것이다. 백결선생의 아내는 마당에 서서 그 소리를 듣고 자기도 모르게 어깨를 들먹거리더니 나중에는 춤까지 추었다. 백결선생은 방 안에서 거문고로 떡방아를 찧고 그 아내는 마당에서 덩실덩실 어깨춤을 춘 것이다. 이 떡방아 연주가 신라

전국으로 퍼졌고 그의 명성 또한 높아갔다.

　　음악은 대부분 즐거움을 동반하는 경우가 많고, 즐거울 때
의 흥겨운 감정이 자연스럽게 감탄사 또는 노랫소리가 되어 입으
로 흘러나오게 되며 나아가 동작으로도 나타나게 된다. 이리하여
인간의 도리 또한 소리와 동작으로 나오기 쉽고 성정의 변화에 까
지 이르기도 한다.
　　인간은 즐겁지 않을 수 없고 그 즐거움이 흥겨운 감정을 겉
으로 드러내지 않을 수 없게 될 것이고 감정이 겉으로 드러날 때
이를 바르게 인도할 필요도 생기게 된다. 가늘고 날카로운 소리와
굵고 무딘 소리, 또 간간이 멎었다 들렸다 하는 소리 등이 절조에
맞아 이 모든 흥겨운 가락으로 하여금 사람들의 착한 마음을 감동
시킬 수 있도록 할 뿐 아니라, 사악하고 더러운 기운이 사람들의
마음 어느 한 구석에도 발붙일 터전을 확 쓸어내어 버리기도 한
다. 그러므로 음악은 사람의 마음을 감동시키는 소리를 자세하게
관찰하여 조화로운 소리를 붙들어 정리한 것이니, 여러 가지 악기
를 병용하여 그것으로 음절을 수식하며, 또 이미 잡혀진 음절을
합주하여 그것으로 음악의 훌륭한 문체를 이루게 된다. 하지만 그
음악이 요사스럽고 음흉하면 그 음악을 듣는 사람들이 방종하고
천박해지며, 방종하고 천박하면 문란하고 다투게 되며 문란하고
다투면 전 국민의 사기가 떨어지고 국민의 삶이 불안해지고 모두
가 모두에게 불만을 불러일으키기도 한다는 점을 잊어서도 안 될
일이다. 음악이 타락하면 국가가 위태롭고 심지어는 나라가 망하
기도 하는 치욕의 사례를 수 없이 보아 온 터다. 간사한 소리가

남을 감동시킨다면 반역의 기운이 돌고 그 반역의 기운이 뭉칠 때 혼란이 일어나며, 정당한 소리가 사람을 감동시키면 화순한 기운이 돌고 화순한 기운이 뭉칠 때 평화의 길로 이끌게 될 것이다. 북은 소리가 커서 많은 다른 소리가 여기에 따려오고, 좋은 소리가 충실하여 여러 소리를 거느리며, 경적소리는 딱딱 끊어져 마디가 분명하고, 쌍피리와 피리소리는 세차고 나팔소리는 뭉게구름 피어오르듯 짙은 음색이오, 비파소리는 온화하고 유순하고, 거문고소리는 정답고도 상냥하며, 노랫소리는 그지없이 청명하고, 춤추는 정신은 끝없이 순환하는 자연의 도(道)와 합치한다. 서로 즐기면서도 문란하지 않는, 길고 짧고, 크고 작고, 높고 낮게 전체를 조화시키는 음악, 자연의 이치에도 부합한다는 말이다. 그런데 어쩐 일인지 요 근래에는 남녀노소를 불문한 전 국민을 아우르는 '우리'의 음악이 점점 우리의 곁을 떠나버리는 것 같다. 세계화의 수준에 발맞춘다느니 하여 국제무대에서 이른바 '한류열풍'이니 하여 큰 호응을 얻고 있다는 것은 매우 바람직한 일이나 그 보다 앞서 안방에서 먼저 같이 즐기고 화합하는 음악을 만들어 그 기운이 전 세계로 뻗어가는 우리의 참 모습을 찾아내는 것이 더 시급한 일로 보인다.

우리 겨레의 본 고장

하늘땅이 생긴 뒤 한 사람이 생겨났는데 그 이름이 황로(黃老)다. 처음엔 원시(元始)가 생겨났는데 황로가 이 원시를 더불어 꼭 바른 하늘 푸른 동녘 푸른 하늘과 구름과 안개를 헤치고 동해(東海, 渤海, 倍達國, 朝鮮)의 신령스러운 땅을 향해 약수(弱水, 黑龍江)삼천리를 지나 삼신산(三神山)인 봉래산(蓬萊山)과 방장산(方丈山)과 영주산(瀛洲山)에 이르렀다. 이 삼신산에는 안 죽게 하는 불사약(不死藥)과 신선들이 많고 모든 물건들과 새, 짐승들이 모두 희고(其物禽獸皆白) 누른 금과 흰 은으로 궁궐들을 지어 두었으므로 멀리서 보면 눈(雪)과 같다. 청나라 강희(康熙) 임금 때 지은 역대신선통감(歷代神仙統鑑)에서 동이(東夷) 겨레에 대해 기술한 말이다. '숙신(肅愼) 나라는 동녘과 북녘이 바다요 남녘은 한밝산인데 이 산엔 새, 짐승들이 모두 희다' 라고 밝힌 사마천의 설명 또한 같은 맥이다. 조선인 숙신의 삼신산인 한밝산은 한 옛적(太古時) 동이의 모든 성인(聖人)들에게 신산(神山)이오 영산(靈山)이다. 북쪽 크고 넓은 더 커진 땅에 한밝산(不咸山, 太白山)이 있는데 이 땅이 곧 숙신 나라다. 이 숙신나라는 밝은 겨레나라(白民國)의 북쪽에 있고 이 나라의 한밝산에는 안 죽게 하는 나무들(不死樹, 不死草)이 있는데 이것을 한 옛적에 8대 임금들이 가져갔다. 그 임금들은 태호복희, 염재신농, 황제헌원, 소호금천, 전욱고양, 제곡고신, 당요, 우순이다. 조선인 숙신의 위치가 동아의 동북녘 이므로 이들을 동이(東夷) 또는 이(夷)라 한다. 요. 순 우(堯, 舜, 禹) 삼대에 걸쳐 어진 왕들을 도와 좋은 정사를 펼치는 데 공이 컸던 동이인 백익(伯益)이 그의 저서 산해경(山海經)을 통한 동이에 대한 설명이다. 오늘날 일반적으로 알려진 오랑캐이(夷)자는 한자가 생겨난 이후 오랜 후대인 한무제 때에 동이에 대한 두려움과 시새움에서 '오랑캐' 라는 의미의 가장 나쁜 말로 바꾸어 버린 것이다. 팔레스타인(Palestine)이 영광스럽다는 뜻이었지만 지금은 더럽고 천하다는 뜻으로 '더럽히다(defile file=pale=dirty), 더러운(foul)' 등으로 쓰이는 것과 같다. 또한 영광이라는 뜻의 슬라브(slav)가 외세의 침략에 굴복당한 후 종(slave)으로 전락한 것도 같은 언어적 사례이다. 산해경, 후한서, 설문해자, 강희자전, 한한 대사전(漢韓大辭典)드의 풀이에는 이(夷)자의 원 글자가 어질 '이' 자 였던 것으로 풀이한다. 중국의 여러 책들에서 '배달. 동이 사람들은 본래 어질어서 만물을 살리기를 좋아하고(東夷仁也, 夷者抵也), 어진 사람인 군자(君子) 죽지 않는 나라다.' 하고 있다. 배달. 동이 사람이 활을 맨 처음 잘 쏘고 또 큰 활을 가졌다 하여 큰 활이라는 데서 '동방 어진이' 라는 의미의 이(夷)로 된 것이다. 이제 우리 동이겨레가 살던 땅이 어디인가를 알아 볼 차례다. 우선 우리가 알고 있는 지금의 요하(遼河)의 옛 이름이 고구려하(高句麗河), 하수(河水), 거류하(巨流河)가 말해 주듯 고구려가 후대에 동쪽으로 밀렸을 때의 이름이고 고대의 요하는 지금의 북경 근처를 흐르는 난하(난河)라는데 주목

하여야 한다. 이 난하는 현재 찰합아성에서 시작하여 열하성 승덕 (承德) 근방을 지나 하북성 희봉구에서 만리장성을 뚫고 하북성 노룡현 서쪽을 지나 발해바다로 흐른다. 이 난하의 동쪽에는 산해 관이 있고, 이 지역이 북평지역이므로 낙랑군이고, 산해관의 갈석 산(碣石山)애서 만리장성이 시작하였고, 이 갈석산이 조선 땅 안 에 있다. 따라서 고조선 동녘은 바다(러시아 동녘바다), 북녘은 흑 룡강, 서남부 지역은 북경까지임을 말해준다.

하느님(환인)의 아들인 환웅이 땅으로 내려가서 인간 세상 을 구하겠다고 말하자 환인이 아들 환웅의 뜻을 헤아리고는, 천부 인 세 개를 주어 나라를 다스리게 하였다. 때는 기원전 2333년의 일이다. 어느 날 하늘나라의 임금인 환인이 여러 아들을 불러 놓 고 물어 보았다. '누가 인간 세상에 내려가서 나라를 다스려 보 겠느냐 ?' 그러자 환웅이 선뜻 나서서 말했다. '아버님, 소자가 내려가서 다스려 보겠습니다.' 마침내 환웅은 삼위태백(풍백, 운 사, 우사)과 그를 따르는 삼천명의 무리를 이끌고 태백산 꼭대기 신 단수 아래로 내려왔다. 이 때 신시에서 얼마 떨어지지 않은 곳에 웅 녀라는 처녀가 살고 있었는데 그녀는 곰을 수호신으로 섬기는 씨족 중에서 가장 아름다운 처녀였다. 웅녀의 착한 마음과 아름다운 모습 은 신시에까지도 잘 알려져 있었다. 환웅은 웅녀와 결혼했다. 환웅 과 웅녀 사이에서 태어난 아들이 바로 우리겨레의 시조인 단군이다. 단군은 기권 전 2333년에 아사달을 도읍으로 정하고 나라 이름을 '조선'이라 하였다. 그리고 인간 세상을 널리 이롭게 한다는 '홍 익인간'을 건국이념으로 삼았다. 단군조선의 시조인 단군성조는 일천 오백년 동안 나라를 잘 다스렸다. 그러다가 주나라 무왕이 즉위한 기묘년에 기자를 조선에 봉하므로 단군은 장당경으로 옮겼다가 뒤에 다시 아사달 산 속으로 들어가 산신이 되어 1,908세를 살았다고 한다. 이것이 이른바 단군신화라 부르는 태초의 우리 역사를 기술할 때 늘 써먹어 오는 상투적 역사 기술이다. 요즈음 역사를 알아야 한다느니 하는 요란한 반짝 구호가 이는 듯 하다가 언제 그랬느냐는 듯 사그라지곤 한다. 이 엉터리 역사기술에는 우리 대한민국 국민 모두의 뿌리와 밑둥치가 잘려 나가고 영혼이 썩어 문드러지는 독소들을 머금고 있다. 환인(7대)의 환국 3,301년, 환웅(18대)의 배달국 1,865년, 단군(47대)의 단군조선 2,096년을 마치 환인, 환웅, 단군의 3대처럼 기술하는가 하면 단군이 천구백 팔년을 살았다느니, 그뿐만이 아니라 기자를 조선에 봉했다느니 하는 터무니없는 소리 까지, 이 모든 것이 일제의 식민지 정책에서 비롯된 황국사관을 우리가 그대로 사용한데서 비롯된다. 도대체 인간(단군)이 어떻게 이천년을 살 수 있다는 것이며, 주 무왕이 기자를 조선후로 봉했다니 이 무슨 뚱딴지같은 소리인가. 사마천의 사기에는 없었던 내용을 후대 사람들이 끼워 넣은 것이고, 이것을 일본이 우리나라의 식민지 통치의 정당성을 미화하는 자료로 사용한 것이다. 위의 엉터리 역사 기술, 그리고 그 외에도 일일이 지적하기조차 지겨운 수많은 사례들이 모두 중국과 일본의 합작에 의한 역사왜곡이고, 그들은 그렇다 치더라도 우리 역사교과서가 그 장단에 놀아나고 있으니 참으로 통탄을 금할 길이 없다. 숨지는 날 까지 그리고 죽은 후에도 바른 역사의 외침이 영원한 메아리가 되어 우리 겨레의 바르게 나아갈 길을 소리높이 외쳐댈 것이다.

선비가 할 일

　　우리말에서 '선비' 라 하면 '어질고 지식 있는 사람' 정
도로 뜻풀이 한다. '선비' 의 '선' 이란 '산(솟은 아이, 좀 더
구체적으로 말하면 양 다리 사이가 '솟은' 아이인 남자 아이란
말이고 '솟 아이' 가 '산 아이' 로 되고 나아가 오늘의 '사나
이', '사내' 가 된 것이니 여자가 아닌 남자라는 뜻이자 '사
람', '살다', '사랑하다' 등과 동근어가 된다. 또 '선비' 의
'비' 또한 사람을 가리키는 말이어서 '바보', '흥보', '느
림보', '혹부리', '악바리', '비바리', '군(軍)바리',
'쪽 바리', 등에서 보여주는 '보, 비' 등이 사람을 가리키는
말이다. '사람아, 사람아, 사람이면 사람이냐, 사람다워야 사람이
지' 라는 말이 생각난다. 선비란 평생 독서와 자기성찰의 끈을 놓
지 않는 사람을 가리키는 말이기도 하다. 생명에 대한 욕심도 초
월할 만큼 무소유의 덕을 지닌 인격자일 뿐 아니라, 위태로움을
당하여 대의를 위해 생명을 바칠 줄 알고, 이익을 얻게 될 때에는
의로움을 생각하고, 일정한 생업이 없어도 마음에 흔들림이 없어
야하고, 자신이 살기 위하여 어진 덕을 해치지 않으며, 목숨을 버
려서라도 어진 덕을 이루어 내면서도, 때가 올 때 까지는 숨어 살
줄 아는 것이 선비의 길이 될 것이다. 그리하여 평생을 '배움'

과 깨달음으로만 살다가 때가 올 때 조용히 하늘의 부름에 따르는 것이 사람다운, 또 선비다운 삶이라는 말이다. '배움'의 '배'란 '부르다(呼)', '말발', '거짓부렁' 등에서 보여 주는 '배,비,부(말 旨)'이 보여 주듯 '말' 이란 뜻이고 사람으로서의 올바른 길도 '말' 을 통하여 전달되고 배우게 된다는 말이다. 선비로서의 출발에서 성인(聖人)으로 완성시켜 가는 과정에 조금이라도 게으름이나 중단 같은 것이 끼어들 여지를 주어서는 안 될 일이라는 뜻이기도 하다. 죽을 때 까지 잠시라도 포기할 수 없는 학문의 길이 사람의 갈 길인 이상, 이를 버린다면 곧 바로 금수(禽獸)의 길로 들어서고 있다는 말이기도 하다. 어느 면에서는 학문의 최고 극치가 예를 터득하고 실천하여 도덕의 극치로 나가는 단계이기도 하다. 학문의 길이란 귀로 들어 마음에 새기고 온 몸에 가득 퍼져 그의 행동에서 모든 것이 나타날 수밖에 없게 될 것이고, 그리하여 한 가지 거동이나 한 마디 말에도 절도가 있어 모든 사람에게 법칙으로 다가오는 길로 이끌게 될 것이다. 학문에 뜻이 없는 사람이라면 겨우 네 치 정도 밖에 안 되는 입과 귀 사이에 불과해서인지 귀로 들은 것이 곧 바로 '말' 이 되어 입 밖으로 나와 버리고 만다. 남에게 과시하기 위한 학문으로 변해 버리고 만다는 말이다. 배움의 자세에서 비롯된 학문이라면 그것으로 자신을 아름답게 꾸며주지만 배움의 자세가 안 된 학문은 그것으로 자신을 짐승으로 만들게 될 것이고, 남이 묻기도 전에 먼저 발설하니 이는 오만한 것이오, 남이 한 번 묻는데 두 가지를 대답하니 이는 수다스러운 것이다. 오만한 것도 수다스러운 것도 모두 좋은 일은 아니니, 함축성이 있되 질문에서 벗어나지 않는 귀를 즐겁게 해 주는 메아리가 되어야 한다는 말이다. 예의 없이 묻는 사람에게는 대답도 하지 말고, 예의 없이 말하는 자에게는 묻지도 말아야 할 일이다. 예의 없이 담론하는 자의 말도 듣지 말고 다투기를 잘 하는 사람과는 변론도 하지 말아야 할 일이다. 따라서 도(道)에 의거하여 행하는 것을 안후에야 접근할 것이오, 도에 합당하지 않으면 피해야 될 일인 것이다. 예와 공경함이 갖추어진 뒤에야 함께 도의 방법을 논할 수 있고, 말씨가 온순한 뒤에야 함께 도의 방법을 논할 수 있고, 말씨가 온순한 뒤에야 도의 원리를 말할 수 있으며, 표정이 공손한 뒤에야 함께 도의 극치를 말 할 단계로 나아갈 것이다. 함께 말할 상대가 못되는 것을 말하는 것을 오만하다하고, 더불어 말할만한 상대인데 말하지 않는 것을 음흉하다고 하며, 상대방의 기분을 아랑곳하지 않고 말하는 것을 눈뜬 장님이라 할 만한 일이다. 오만하지 않고 음흉스럽지 않고 눈뜬 장님이 아닌 선비의 길이란 '서두르지 않고 게으름도 없이 순리를 받아들일 줄 아는' 참 선비의 길을 이름일 것이다. 열 번 총을 쏘아 한 번이라고 과녁에서 빗나갔다면 결코 명사수라 할 일이 아니듯, 천 그램(천 gram)이 필요할 때 구백구십구 그램이 될지라도 부족함은 사실이다. 학문의 길과 예(禮)의 터득 또한 같은 것이어서 유추(類推)의 능력이 없어서는 그 밖의 사물에 통한다고 하기에는 부족하고 인의(仁義)를 하나로 꿰뚫지 못하고서는 학문을 잘했다고 하기에는 부족하고, 학문으로 나아가는 사사에 일관성과 통일성이 있어야 할 일이다. 학문의 길은 거듭 외우고 이를 꿰뚫어 사색으로 통달하고, 훌륭한 스승을 사사(師事)하고, 체험으로 터득하여, 학문의 장애를 제거하여 이를 보전하면서 더욱 더 길러 갈 일이다. 올바른 학문이 아니라면 눈으로 보려고 하지 말아야 할 일이고 귀로 들으려고 하지 말아야 할 일이고, 입으로 말하려 하지 말아야 할 일이며, 마음으로 생각하지 말아야 할 일이다. 학문의 길로 나아갈 때 눈은 오색(五色)을 보듯 기쁘고, 귀는 다섯 가지 소리를 듣는 듯이 즐거우며, 입은 다섯 가지 맛을 느끼는 듯 달고, 마음은 천하를 얻은 듯한 만족감으로 충만하게 될 것이다. 선(善)을 쌓으면 덕(德)이 이루어져 마음의 예지가 스스로 터득되면서 성스러움이 마음에 가득할 것이다. 반걸음이라도 발을 떼지 않고서는 천리 길을 가 닿을 수 없고 작은 여울이 모이지 않고서는 강이나 바다를 이룰 수 없다는 말이다. 잘 달리는 말도 한 번 뛰어 열 걸음을 갈 수 없겠지만 둔한 말이라도 열 걸음을 뗀다면 날랜 말을 따라 갈 수 있으니, 성공이란 중단하지 않는데 있음을 말해 주는 것 아니겠는가. 자르다 버려두면 썩은 나무라도 자를 수 없지만 다듬기를 중단하지 않으면 쇠나 돌이라도 아로새길 수 있다는 말이다. 정성스러운 마음과 뜻이 없는 사람에게 밝은 깨달음이 멀어져 가 듯, 묵묵히 한 마음으로 일하지 않고서는 아무런 성과를 기대할 수 없다는 말이다. 동시에 두 길을 가는 사람은 영원히 목적지에 도달할 수 없듯이 한 눈으로 두 가지 물건을 분명하고 똑똑하게 보기 어렵고, 두 가지 소리를 동시에 맑고 똑똑하게 듣기 어렵게 된다는 데서, 선비가 가야 할 학문의 길이란 단순 소박하면서도 구부러지거나 막힘없이 자신의 길로 나아가야 한다는 말이다.

일본이 한국여성에게 저지른 일

구한 말 고종황제 시절, 일본 구마모도 출신의 낭인들이 왕
궁을 덮쳐 일국의 황후를 살해한 명성황후 시해사건이 있다. 외국
인들이 궁으로 난입하여 무자비한 잔학 행위를 저지른 일은 세계
어느 역사에도 없는 인간의 탈을 쓰고는 있을 수 없는 극악무도한
만행이다. 궁에 난입한 낭인들은 황후를 찾아내어 옷을 벗기고는
일본도로 잔인하게 살해하고 증거인멸을 위하여 시신에 석유를 뿌
리고 태웠다. 연약한 여자를 수 십 명이 달려들어 살해한 것을 마
치 무슨 영웅이나 되는 것처럼 자랑하면서, 살해에 사용하였던 일
본도를 무슨 보도(寶刀)마냥 규슈의 어느 신사(神社)에 지금까지
도 보관하고 있다니 참으로 분노를 삭일 수 없는 일이다. 만일 일
정 시대에 우리나라 사람이 일본의 왕이나 왕비를 죽였다면 씨를
말리려 들었을 것이다. 러시아 왕자가 러,일 전쟁 전 일본을 방문
한 일이 있다. 그 때 한 일본인 괴한이 휘두른 칼에 황태자가 조
금 다친 사건이 발생하였는데 당시 일본 당국은 범인에게 즉각 사
형선고를 내리고 천황 이하 온 조정과 전 일본 국민들이 러시아에
사죄하느라 정신이 없었다. 강대국인 러시아가 전쟁이라도 벌이면
어쩌나 하고 마음을 졸였던 것이다. 그러나 약소국 조선의 국모를
시해한 범인들에 대한 재판은 유야무야 시간만 보내고 어물쩍 넘

어가 버렸다. 살인범들은 모두 일본에서 호의호식하며 호강하고 살다가 제명대로 죽었다.

　　이제 1920년 함경남도 풍산군 파발리에서 태어나 일본군에게 끌려간 정옥선 할머니의 이야기 차례다. 열 세 살 되던 어느 날 나는 밭에서 일하는 부모님의 점심을 준비하기 위해 물을 길으러 마을의 우물가로 갔다. 그 때 일본군이 트럭을 몰고 나타났다. 일본군은 나를 붙잡아서 막무가내로 트럭에 실었다. 나는 그 길로 경찰서로 끌려가 경찰관 여러 명에게 강간을 당했다. 나는 소리를 질렀다. 그들은 내 입에다 양말을 틀어넣고 번갈아가며 나를 계속 강간했다. 나는 울었다. 경찰 우두머리가 내 왼쪽 눈을 때렸다. 얼마나 세게 맞았는지 그 날 나는 왼쪽 눈의 시력을 잃고 말았다. 열흘쯤 지나서 혜산시의 일본 주둔군 막사로 끌려갔다. 그 곳에는 약 사 백 명의 내 또래 조선 소녀들이 있었다. 우리는 오천 명이나 되는 일본군의 성 노예로 혼자서 하루에 사십 명에 달하는 남자들을 상대해야 했다. 그 때마다 나는 반항을 해 보았지만 그들은 나를 때리거나 내 입속에 넝마 조각을 틀어넣고 억지로 강간을 했다. 나는 피투성이가 되었다. 한번은 나와 함께 있던 한 조선 소녀가 왜 우리가 그토록 많은 남자들을 받아야 하느냐고 항의를 했다. 이에 일본군 중대장인 야마모토가 부하에게 그녀를 칼로 두들겨 패라고 명령을 했다. 우리가 지켜보는 가운데 그녀는 한 번 옷이 벗겨지고 팔과 다리가 묶인 채 못이 박힌 판 위에 뉘어졌다. 그들은 그녀를 못 판 위에다 굴렸다. 살점들이 찢겨져 나가고 피가 판을 흥건하게 물들였다. 마침내 그들은 그녀의 목을 잘랐다. 또 다른 야마모토라는 일본인은 ‘너희들을 죽이는 것은 개를 죽이는 것 보다 더 쉽다'고 말했다. 또 '저 조선 년들이 못 먹어서 울고 있으니 죽은 사람의 살을 끓여서 먹게 하라'고 했다. 또한 번은 우리들 중 사십 명을 트럭에 태우더니 멀리 뱀이 차 있는 웅덩이로 데리고 갔다. 그들은 소녀들 몇 명을 때리고 물속으로 밀어 넣고는 흙으로 덮어서 산 채로 매장을 했다. 이것이 오늘의 일본인들이 강제성이 없었다고 발뺌하는 위안부 동원의 실상이다. 그들이 이 땅의 여자들을 끌고 갈 때 피복 공장이나 무기 공장 같은 시설에 취직시켜 준다는 감언이설로 끌고 가서는 그 길이 곧 위안부의 길이었던 것이다. 나중에는 인간사냥에 나서 닥치는 대로 잡아간 것이다. 당시 우리나라에서는 이를 피하기 위해 어린 나이에 딸들을 조혼시키는 경우도 허다했다. 그들 특유의 발뺌 작전, 문제 희석 작전은 늘 그대로다. 이처럼 아직도 많은 산 증인들이 있는 데 손바닥으로 하늘 가리기를 멈추지 않고 있는 것이다. 심지어 어떤 뻔뻔스러운 일본인은 군 위안부로 끌려 간 한국 여자, 대만 여자, 네덜란드 여자, 중국 여자들이 군 위안부 생활을 해서 많은 돈을 벌었다는 주장까지 한다. 세계의 어느 군대가 전쟁터에 그들의 성욕을 해소할 여자들을 끌고 다닌 일이 있었는가. 중국에서 일본군들의 강간사건이 하도 빈발하여 전투에 지장을 주니 이를 해소할 방안으로 내 놓은 것이 위안부 제도인 것이다. 위안부로 끌려가 돈을 벌기는커녕 병신이 되거나 살아서 돌아 온 것만 해도 다행인 셈이다. 옛날 일본이 먹고살기 힘들었을 때 수많은 일본 여자들이 외제에 나가서 몸을 판돈을 집에 부치곤 했다는 기록이 있지만, 적어도 한국의 부모라면 굶어 죽을지언정 그 따위 짓은 안 시킨다. 일본은 이제라도 여생이 얼마 남지 않은 일본 위안부 출신 할머니들의 망쳐버린 청춘에 대해서 진정한 사과와 함께 충분한 보상으로 위로해 주어야 마땅할 일이다.

참으로 몹쓸 고난이지만 이런 고난들이 헛된 일로 지나가 버린다면 참으로 허망하고 애달픈 일이다. 그래도 이런 고난을 있음으로써 넓고도 깊은 우주의 진리를 심도 있게 엿볼 수 있는 계기가 된다면 오히려 다행으로 여길 수도 있을 것 같다. 영혼을 진공으로 만들어 버릴만한 깨질 듯 한 고통의 삶을, 숨통을 무덥게 하는 충격적인 슬픔과 한숨소리가 마음의 스승이 되어주는 만신창이의 인생길을 걸어본 자만이 우주 대도의 법광(法光)의 충만을 엿볼 수 있다는 말이다. 더 이상 우리의 혼을 뺏기고 사고방식마저 우리의 것이 사라진 자리에 외래방식이 자리잡아가는 이런 상황이 계속 된다면 우리의 설 자리는 영영 사라지고 말 것이다. 우리의 피와 정기(精氣)가 흐르고 있는 본래의 정신세계로 되돌아가 우리 자신들의 모습을 되돌아 볼 때라는 말이다.

국민총생산(GNP = Gross National Product)

　　우리들이 곧잘 쓰는, 특히 어릴 때 잘 쓰는 말이 있다. '너를 하늘땅(우주)만큼 사랑 한다'거나 하는 말인데 하늘과 땅을 합한 크기나 우주의 크기라면 무한대라는 말일 것이다. 일반적으로 과학적 논리적, 수학적 사고에서는 반드시 필요할 때 한해서 '무한대'라는 말을 쓰기는 하나 그 무한대란 현실에서는 찾아보기 어려운 것이다. 인간생활에서는 모든 것을 논리화, 과학화하여 학문의 체계 속으로 포함시키려 하는 데, 이 논리가 '계량법(measurement)'이다. 물리적으로는 길이, 부피, 무게라는 세 가지 정도의 측정 기준이 있지만 '기분 좋음, 행복함, 맛 좋음, 보기 좋음, 불행함, 슬픔, 분함, 불쾌함' 같은 일을 만난다면 그 정도를 어찌 계량하며 표현할 것인가를 생각하지 않을 수 없게 된다. 우선 과학(science 科學)이라는 말도 벼 화(禾)와 말 두(斗)자의 합성으로 된 '과(科)'자는 수확한 벼를 말로 되(재)어 본다는 계량(計量)의 개념을 출발점으로 하는 논리적 사고의 학문으로의 과학(science= know)이란 앎을 추구하는 학문으로 skill(기술), conscience(양심) 등의 계열이다. 그리고 계량한다는 의미의 재다(measure)에서 미터(meter), 겸손한(modest 자로 재어 정도껏 행동한다는 '겸손'), 모델(model), 수정하다(modify), 달(moon

or month 한 '달'이라는 시간의 길이를 잰 단위), 기준
(barometer) 등에서 보여주는 계량이라는 개념에 기초한 어군이
다. 그리고 행복감, 불쾌함 같은 뜬구름 잡는 것 같은 추상적인 개
념에도 될 수 있는 범위 내에서 계량화 하려는 노력이 있었고 앞
으로는 이런 부문에 대한 연구와 노력은 계속 될 것이다.

　　　세계 각국의 경제적 국력을 평가해 보는 기준으로 흔히 외
래어 그대로 GNP라고도 쓰는 국민총생산이 있다. 참으로 방대하
고도 어려운 과정을 거쳐 만들어지는 통계자료 중 하나다. 또 국
적을 불문한 국내의 경제활동으로 한정할 때 국내 총 생산(Gross
Domestic Product)이라 부르기도 한다. 국민총생산이란 일 년 이
라는 기간 동안 전 국민이 경재활동에 참여하여 이루어 낸 총 생
산 활동의 결과(완제품 재화 및 용역)를 계량화하여 시장 가격으
로 판매한 가치를 말한다. 이 국민총생산이라는 결과를 얻기 위하
여 알기 쉽게 벼 40 kg를 생산하여 50,000원을 얻었다면 제 비
용을 공제한 잔여분이 국민소득으로 되겠지만, 기업체의 활동에는
경우에 따라 손익계산서나 재무회계 장부 등을 통하여 그 소득이
분배되거나 지출되는 항목을 포착해야 되는 경우도 있다. 예컨대
분배 소득에는 임금, 이자수입, 임대수입, 영업 이윤, 감가상각비
등 항목을 추려서 합산할 때 소득이 된다. 각 산업 또는 경제활동
의 특성에 따라 접근 방식을 달리 한다는 말이다. 따라서 이론적
으로 생산 활동에서 파악하는 '생산' 국민소득= '분배' 국민
소득= '지출' 국민소득 이라는 관계가 이루어진다. 이미 창출된
소득은 또한 바람직한 방향으로 분배될 때 건강한 국민경제를 이
끌어가는 힘이 되기도 한다. 그런 면에서 정부의 역할 또한 대단

히 중요하다. 빈익빈 부익부 현상을 적극적으로 완화하기 위한 유산자에 대한 누진과세와 빈곤선 이하 생활자에 대한 보조, 경제활동의 활성화 등이 그것이 될 것이다. 모든 활동력 있는 국민이라면 적극적으로 경제활동에 참여할 수 있는 분위기와 여건을 마련해 주는 것 또한 중요한 일이다. 화폐의 구매력만으로 국민소득을 평가해서는 피상적인 수박 겉핥기 일 수가 있다. 필자는 인도(India)에서 상당 기간 연수유학 한 일이 있다. 외세 침략 이전의 인도는 파키스탄, 스리랑카, 방글라데시, 인도 모두가 하나로 된 나라였기에 같은 뿌리문화를 가지고 있다. 이들에게 공통점이 있다면 모두 행복지수가 세계 어느 나라 보다 높다는 것이다. 돈이 많고, 기후가 좋고, 전쟁이 없고, 자원이 풍부하거나 이런 등등의 유리한 요건을 갖춘다면 또 모를 일이지만 이들 나라에는 그 어떤 것도 행복으로 이끌어 줄만한 요건이 없는데도 늘 세계 최상위의 행복지수를 자랑한다. 그들 또한 빈부격차가 크지만 남들이 돈 벌어 부자 되는 데 대한 부러움이나 시새움을 내보이는 것을 본 적이 없다. 주거를 위한 주택이라는 것이 달랑 기둥 네 개, 그리고 하늘에서 떨어지는 비를 막아줄 수 있는 지붕뿐인 집에서도 그들의 행복감은 끝이 없어 보였다. 인도 또한 우리나라처럼 길고 긴 해안선이 있고 수많은 어민들이 어업으로 생계를 이어가고 있는데, 이들은 대개 허리만 두를 정도의 팬티 비슷한 단벌 옷 만으로 고기를 잡을 때나, 잠을 잘 때, 집에 돌아와 다른 일을 할 때도 그 옷 한 벌로 해질 때 까지 입고 있는 모습도 보았다. 국민소득이라는 주제와는 아주 벗어난 얘기 같지만, 화폐 단위로 계량하는 국민소득과 사람의 마음으로 느끼는 행복감이 반드시 일치하지 않음을 말해준다. 우리들이 입는 일상적인 의복 비, 겨울의 난방비, 여름의 냉방 비, 휴대폰이나 자가용 사용 비용, 이런 등등의 비용은 그들에겐 생소하기만 할 뿐 없어도 좋은 지출 항목들이다. 한국전쟁 전 우리의 국민소득이 세계 최하위 수준이었지만 그 때 행복지수를 계측했다면 훨씬 높았을 것이다. 국민소득의 크기대로 행복지수가 자란다면 백배가 넘어야 할 것이지만 실상 우리의 행복지수는 거꾸로 자라기만 하는 것 같아 안타까움만 더 할 뿐이다. 외형으로 보여주는 국제간의 국민소득 비교가 어떤 면에서는 그 의미를 잃게 된다는 말이 된다. 국민소득이 자란만큼 또는 그 이상으로 정신문화 또한 자라야 할 일이다. 국민건강을 해칠 것이 빤한 유해 음식물을 만들거나, 부실공사를 예사로 하거나, 겉만 번지르르한 제품을 만들어 팔거나, 큰 이익을 남기려고 유해 약품 또는 물질을 외국에서 수입하여 아무렇지도 않은 듯 유통시키는 행위와 같이 이웃을 불안하게하고 이웃을 해치는 행위로는 아무리 국민소득이 높아도 국민의 불안만 높아지고 서로가 서로에게 원한과 원망만 쌓여갈 뿐이다. 어떤 사람이 생강 한 묶음을 천원에 팔았다. 생강의 시장 가격을 몰라 궁금하던 차에 시장에 들러 값을 알아보니 한 묶음에 육천 원이라 한다. 그 파는 사람을 보니 자기 자신에게서 생강을 사 갔던 사람이고 생강 묶음도 자기가 묶은 그대로다. 울컥 화가 치민 그는 생강 장사에게 '천원에 사서 육천 원에 파는 이 도둑놈아' 하고 시비를 걸고 나서자 생강장사의 대답 '그게 바로 장사랍니다.' 이다. 소득이란 무에서 유를 창조하는 새로운 부가가치의 창조가 모이고 쌓였을 때 이루어지는 것이지, 저 주머니에 있는 것을 이 주머니로 옮겨놓는 데서 생겨나는 것이 아니다. 서로가 서로에게 안정감과 행복감을 가져다주는 존재가 되어주는 정신적 성장이 뒤따라야 한다는 말이다. 단결에 의해 작은 나라는 번성하고 불화에 의해 큰 나라가 망하는 사례는 얼마든지 볼 수 있는 역사적 교훈이다. 요즈음 우리 사회는 활발한 경제활동에 대한 열기가 자꾸만 식어가는 느낌이 들고 우리 자신들의 모습에 스스로 실망하고 불만을 느끼지 않을 수 없는 세상인 것 같다. 이럴 때 필요한 것이 있다면 달팽이가 껍질 속으로 들어가듯 가만히 우리 자신의 내면으로 들어가 건강하고 활기찬 내일을 위한 숙면이 필요할 때인 것 같다.

만고의 영걸, 그 이름 을지문덕(乙支文德)

　　우리민족의 9,200 여 년에 걸친 시원 역사로 거슬러 올라가면 3.301 년의 환국(기원 전 7,197년), 1,565년의 배달국, 2,096년의 단군조선이라는 고조선 역사에 이어 천년 정도의 삼국시대, 그리고 고려와 조선을 합한 천년 정도, 그리고 오늘의 대한민국으로 이어져 오고 있음을 수 없이 거듭하여 밝힌 바 있다. 고조선이 와해되면서 여러 갈래로 분열되는 데 그 중 하나가 선비족이 있고 이들이 지금의 중국 땅(중원)으로 흘러 들어가면서 그 중원에서 큰 나라를 이루게 되는 데 그 대표적인 예로 우리 삼국시대의 후반기쯤에 양견이 세운 수나라가 있고 이어서 이연이 세운 당나라가 있다. 이들이 기어코 고구려를 굴복시키려 했던 이유는 고구려의 땅이 탐나거나 국방에 걸림돌이어서가 아니라 고조선의 황제들에게 계승되다가 고구려로 넘어간 하늘에 대한 제사장으로서의 천자라는 자리를 확보하려는 데 더 큰 목적이 있었던 것이다. 수 문제가 왕세적을 총수로 하여 삼십만 대군으로 고구려를 침공한 것이 그 시작이다.

　　그 첫 침공에서 임유관에 이르렀으나 보급이 떨어지고 유행병이 돌고 폭풍으로 많은 군선들이 침몰한데다 강이식 장군이 이끈 강력한 고구려 군에게 대패하여 돌아간다.

문제의 아들 양제 때에 와서 백만이 넘는 전투병과 보급 병 등을 합한 이백만 명으로 다시 고구려를 침공하게 된다. 을지문덕을 총수로 하는 고구려군은 간간히 기습을 가하면서 을지문덕 자신의 거짓항복을 포함하여 적을 평양성 까지 깊숙이 유인한 끝에 적을 최대한 지치고 굶주리게 만든다. '평양성만 함락하면 먹을 것이 많이 있을 것이다' 라는 적장 우중문의 독려 속에 고구려군은 도망가는 체 해 가면서 중요한 곳에 숨어 있다가 반격을 가한 것이다. 살수에서도 고구려군은 거짓으로 패하며 달아나기만 한다. 고구려군은 천천히 후퇴하여 평양성 안으로 들어가 성문을 굳게 닫고, 뒤따르던 수군은 성을 겹겹이 에워싼다. 성문 위에서는 지친 수나라 군사를 향하여 항복문서를 만들고 있다느니 항복 식 때 환영할 음식을 만들고 있다느니 하면서 공격을 지연시키면서 시간을 끌고 있다. 고구려가 항복하겠다는 것이 적장 우중문에게는 철군의 명분을 주게 된 것이고, 철군이 시작되자마자 바로 그 굶주리고 지친 적을 향하여 준비된 고구려군의 강력하고도 통쾌한 반격이 시작된다. 도망가던 수나라 군사들이 살수에 이르러 보니 다리가 모두 끊어지고 배는 한 척도 안 보인다. 이 때 스님들이 바짓가랑이를 걷어 올리고 강을 건너기 시작한다. 수나라 군들은 그것을 보자 모두 강물 속으로 뛰어들었다. 군사들이 모두 강 한복판에 다다랐을 때, 강 위 쪽에서 갑자기 거센 물결이 휘몰아쳐 내려온다. 고구려 군이 미리 막아놓았던 물을 터놓은 것이다. 수나라 군들이 강물에서 허우적거리자 고구려 군이 빗발치듯 화살을 날려 적을 거의 전멸시키면서 물속에 장사지낸다.

　　이것이 고구려 군을 이끌어 장쾌한 승리를 이끌어 낸 영양왕23년(612년)의 유명한 '살수대첩' 이다.

　　그 뒤에도 수양제는 두 번이나 더 고구려를 침략하였으나 거듭 패하여 마침내는 나라까지 망하고 말았다. 인류 문명의 종주국이자 천자국인 고구려를 후세인들이 찬양한 노래가 있다. '아아, 벌레처럼 꿈틀거리는 너희 한(漢)나라 아이들아! 요동을 향해 헛된 죽음의 노래를 부르지 말지라. 문무에 뛰어나신 우리 선조 환웅이 계셨고, 면면히 혈통 이은 자손, 영걸도 많으셨네. 고주몽성제, 태조무열제, 광개토 열제께서 사해에 위엄 떨치시어 공이 더할 나위 없네. 유유, 양만춘은 저들이 얼굴 빛 변하여 스스로 쓰러지게 하였네. 세계에서 우리 문명이 가장 오래고, 바깥 도적 쫓아 물리치며 평화를 지켜왔으니 저 유철(劉徹 한 무제), 양광(수양제), 이세민(당 태종)은 풍채만 보고도 무너져 망아지처럼 달아났구나. 광개토열제 공덕 새긴 비석 천자(尺)나 되고 온갖 깃발 한 색으로 태백산처럼 높이 나부끼누나.' 살수대첩 에 실낱같은 목숨만 건져 도망치던 양광(수양제)이 사신을 보내어 화평을 구걸하였으나, 을지문덕이 듣지 않았고, 열제(영양왕) 또한 추격 명령을 내렸다. 을지문덕이 여러 장수와 더불어 승리의 기세를 타고 곧바로 몰아붙여, 한 갈래는 현토(玄菟) 길로 태원(太原)에 이르고, 한 갈래는 낙랑(樂浪) 길로 유주(幽州)애 이르러, 그 곳의 주와 현에 들어가서 다스리고, 떠도는 백성을 불러 모아 안심하게 하였다.

　　'을지문덕' 하면 '살수대첩' 으로 외우고 초등학교에서부터 중학교 이상의 과정에서 늘 시험문제 또는 상식으로 알고 있는, 그러면서도 늘 가슴에 담아 자랑하고 싶은 빛나는 우리 조상들의 장쾌한 모습이기에 몇 백 몇 천 번이고 되풀이 자랑하고 외쳐보고 싶은 빛나는 역사의 한 장면이다. 바로 우리의 자랑스러운 역사가 중국의 '동북공정' 이란 거짓 탈 아래 중국의 역사로 둔갑술을 부리고 있는 가운데 일본은 구경꾼이 되어 박수치고 있고, 우리 자신은 그 뒤틀리고 거짓된 엉터리 장단에 맞추어 같이 춤을 추고 있는 꼴이니 이러고도 우리가 고구려, 신라, 백제의 후손이라고 할 수 있는지, 피를 토할 절규와 통탄 말고는 할 말을 잃을 뿐이다. 역사의 기록이 강자에 의해 얼마든지 뜯어고쳐진다는 것인 일반상식이고, 더더구나 악랄하기가 유례없는 일본인들이 멋대로 난도질해서 뜯어 고친 엉터리 역사가 주권국가인 대한민국의 역사인양 아직도 어린 후세대들에게 가르치고 있는 역사현장은 조상을 대하기가 부끄럽고 후손들에게 부끄러운 죄를 짓고 있는 일이니 즉시 교과서를 바로잡아 진실을 진실 되게 바로잡고, 바르게 가르쳐야 할 일이 우리의 과제인 것이다. 일본의 조선 식민지 역사에는 일본 역사가 2,600년이고 우리 역사는 한나라 한사군 설치인 식민지 통치를 시발로 한 2,000년 역사인 동시에 한강 남쪽으로는 일본이 통치하였고 1,300년 이후에야 삼국이 정립되고, 그 나마도 계속된 중국과 일본의 통치하에 있었기에 미개한 조선인들은 누군가가 통치해 주어야 한다는 요지인데, 태초부터 주체성이라고는 없고 남의 종노릇을 해야 옳다는 그 논리를 오늘에도 가르치고 있으니 어찌 통탄을 금할 수 있겠는가.

독립 운동가이자 역사학자인 신채호님은 '역사를 읽게 하되 어릴 때부터 읽게 할 것이며, 역사를 배우게 하되 늙어 죽을 때 가지 배우게 할 것이며, 남자뿐 아니라 여자도 배우게 할 것이며, 지배계급 뿐만 아니라 피지배 계급도 배우게 할 것이다' 라고 외쳤고, 그가 말한 역사는 국가와 민족을 소생시키고 인류의 참된 소망을 깨닫게 하는 정신이 살아있는 역사를 말한다. 오늘 우리의 삶이 과거 역사를 바탕으로 하여, 지금 우리의 발걸음에 따라 미래의 향방이 결정되는 일이기에 역사의 포기는 곧 삶의 포기인 것이다. 현재와 과거의 끊임 없는 대화인 '역사를 모르는 자, 역사에 휩쓸려 가리라'는 신채호 님의 한 맺힌 절규를 다시 한 번 소리 높여 외쳐본다.

안향(安珦)과 유학(儒學)

　　인간은 나면서부터 이익을 추구하게 마련이니 그대로 내버려 두면 서로 싸우고 빼앗고 하여 양보란 있을 수 없을 것이고, 또 나면서부터 남을 미워하고 시기하게 마련이므로 그대로 버려두면 남을 해치고 상하게 할 줄만 알 뿐 신의나 성실성은 없을 것이다. 또 귀로 아름다운 소리를 듣고 눈으로 아름다운 것을 보려는 감각적 욕망이 있으니, 그대로 두면 무절제해져서 사회규범으로 지켜야 할 형식적 규범의 절차인 문리(文理)는 없어질 것이다. 그러므로 타고난 성질이나 감정에 맡겨버린다면 반드시 서로 싸우고 빼앗아 사회의 질서를 파괴하고 사회를 혼란에 빠지게 할 것이니, 반드시 스승의 교화와 예의의 법도가 있어야 한다. 그리하여 남에게 사양할 줄도 알고 사회의 질서를 지킬 줄도 알아 세상의 평화가 유지될 것이다. 구부러진 나무는 반드시 불에 쬐어 바로잡아야 곧게 되고, 무딘 칼은 반드시 숫돌에 갈아야 날카로워지는 것처럼, 사람의 본성은 악인지라 바로잡히고 예의를 얻어야 다스려질 것이니, 스승이 없으면 편벽한 대로 기울어져 부정해질 것이고, 예의가 없으면 난폭해져서 다스리지 못할 지경에 이를 것이고, 예의를 일으키고 법도를 세워 성정을 교화하고 훈련함으로써 사회규범에 따르고 도리에 맞도록 교화해 나가야 한다. 스승의 감화를 받고 학문을 쌓아서 예의를 숭상하는 사람은 훌륭한 사회인이 될 것이고, 제 성정대로 하고 싶은 것만 하고 예의를 지키지 않는 사람은 소인이 되니 인위적인 선(善)을 필요로 한 이유가 여기 있다. 무릇 본성이란 타고난 대로를 말하는 것이니 배워서 되는 것도 아니고, 행동해서 되는 것도 아니다. 예의란 성현이 인위적으로 만든 것이지만 그대로 배우고 노력하면 누구나 따를 수 있다. 배우지 않고 행하지 않아도 그대로 있는 것을 본성이라 하며, 배우고 노력해야 되는 것을 인위라 하니, 이것이 성(性)과 위(爲)의 구별인 것이다. 이제 사람의 본성은 눈으로 보고 귀로 듣는 것이니, 볼 수 있는 밝은 눈을 떠나서 있을 수 없으므로, 눈이 밝고 귀가 밝은 것은 배워서 된 것이 아니라는 말이다. 공자님의 가르침에 기본을 두면서도 인간의 본성을 비관적으로 본 후대에 확대 해석한 내용 중 일부이다.

공자로부터 정립된 유학(儒學)이 남송 학자 주희(주자)에 의해 집대성하여 정리 된 이 학문은 이보다 앞선 정호, 정이, 주돈이 등이 내놓은 학문으로 정주학, 주자학 또는 성리학(性理學)으로 불리어지면서 후대의 명, 청에 이은 지금의 중국에 이어지는 학문으로 자리 잡아 가는 가운데, 우리나라 쪽으로 본다면 고려 말 무신 정권이 막을 내리고 왕정으로 복귀함과 동시, 신흥 강국 원(元)에게 굴복해야하는 어려운 정세 속에서 안향(安珦)이 인간으로서의 올바른 행동지침으로서의 주자학과 성리학을 고려로 가져와, 이를 근간으로 다시 재해석 정리하여 다음 정권인 조선의 통치 이념으로 자리 잡게 된다. 그의 올곧은 성품이 당시의 왕 원

종에게서 높이 인정받아 감찰어사를 제수 받게 된다. 지방관으로 내려간 그는 미심을 타파하고 풍속을 쇄신하는데 심혈을 기울인다. 충렬왕 원년(1275년) 상주판관으로 내려오니, 일반 백성들은 물론 고을의 수령들이 모두 미신에 현혹되어 무당을 떠받들고 있었다. 이 때 여자 무당 세 명이 요사한 귀신을 받들고 사람들을 유혹하여 여러 군. 현을 다니면서 이르는 곳 마다 거짓으로 공중에서 사람의 소리를 들려 꾸짖는 것처럼 들렸다. 그 소리를 들은 사람들은 달려가 앞 다투어 제사를 지냈다. 무당들이 상주에 왔다는 소식을 들은 안향은 곧 그들을 잡아들여 곤장을 치고 칼을 씌웠다. 이에 사람들이 모두 두려워하였으나, 처음부터 미신이라고 판단하고 처벌하려고 했던 안향은 전혀 동요하지 않았다. 며칠이 지나자 무당들이 뉘우치며 사정하였다. 그 후에 고을에는 요사한 마로서 백성들을 현혹시키는 무당들이 사라졌다. 그 후 안향은 사신으로 원나라에 들어가 처음으로 성리학을 접하게 된다. 당시의 정세로서는 유학에 기반을 두고 정치적, 종교적 사회체제의 변화에 따라 노불(老佛) 사상을 가미하여 이론적으로 심화되고 철학적으로 체계를 갖춘 성리학이 당연히 신선하게 다가올 수밖에 없었다. 이(理)외 기(氣)의 개념을 구사하면서 우주의 생성과 구조, 인간 생성의 구조, 사회에서의 인간의 자세 등에 관하여 깊이 사색함으로써 형이상학적, 내성적, 실천철학적인 여러 분야에서 새로운 유학사상을 수립한 내용으로 되어있다. 안향을 '주자전서'를 손수 베끼고 공자와 주자의 화상을 그려 돌아오면서 성리학 연구에 몰두한다. 안향에 의해 보급된 성리학은 그 후 성균관의 유학자들에게 수용되어 새로운 학풍을 이루게 된다. 이제 고려사에 실린 안향의 평가를 요약해 본다. '안향을 사람됨이 정중하며, 조용하고 침착하여 사람들이 모두 공경하였다. 재상으로 있을 때에는 정책을 잘 계획하고 판단하니, 동료들이 순하게 따르고 감히 다투지 않았다. 언제나 유학을 일으키고 선비를 양성함이 자신의 임무로 삼아 비록 사직하고 집에 있어도 늘 잊지 않았다. 빈객을 좋아하고 남에게 주기를 좋아하며, 문장은 맑고 굳센 것이 볼만하였다.'

도공(陶工)은 진흙을 주물러서 도자기를 만들어낸다. 그렇다면 그 도공은 그 도자기의 작위에서 나온 것이지 인간의 본성에서 나온 것은 아니다. 또 목공은 나무를 깎아서 여러 가지 기물(器物)을 만든다. 따라서 이 기물들은 목공의 작위에서 나온 것이지 인간의 본성에서 나온 것은 아니다. 마찬가지로 성인은 사려를 쌓고 인위적인 노력을 수없이 되풀이하여 여기서 예의와 법도를 만들어낸다. 그러므로 인간의 성정에 맡겨두면 형제간이라도 서로 다투게 되고 예의에 감화되면 남에게도 양보하게 된다. 어린 아이들을 타이르듯 한 단순 소박한 원리에서 인간의 본성을 깊이 있게 파악하여 체계 있게 바른 길로 이끌어야 함을 말해준다. 안향의 시대가 무신정권이 끝나고 원나라의 지배하에 들어가는 어려운 가운데서도 학문의 길을 바로 세워 가치 있는 인간으로 사는 길을 보여주려고 했던 그의 모습을 재조명 해 보았다.

국토를 넓혀라

고려의 태조 왕건이 나라를 세운 후 혜종, 정종의 뒤를 이어 광종 때에 이르러 국가 체제가 제대로 자리를 잡아가게 된다. 당시 중원 땅 후주의 개국에서 국가 체제 정비에 큰 역할을 했던 쌍기라는 인물이 사신으로 고려에 왔다가 병이 나서 돌아가지 못한 채 수도 개경(개성)에 머물고 있었다. 광종이 그를 불러 몇 가지 얘기를 나눈 후 크게 만족하여 후주의 세종에게 표문을 올려 그를 신하로 삼을 수 잇도록 청하여 그 허락이 떨어지자 쌍기를 원보 한림학사로 임명하였다. 그리고는 쌍기의 힘으로 노비안검법을 시행하고 과거제도를 실시하기에 이른다. 왕권 강화에 누구보다 집념이 강했던 광종은 공신과 호족들은 물론 자신의 혈육에 대해서도 늘 경계하고 한번 의심하면 살육도 주저하지 않았다. 또 광종은 중원에서 귀화한 인물들과 신진 관료 및 시위군을 우대하여 이들을 중심으로 정책을 펴 나감에 따라 많은 문제들이 생기기도 한다. 특히 쌍기를 비롯한 귀화인들을 지나치게 우대한 나머지 신하들의 집을 빼앗아 그들에게 준 것은 물론이고 여자를 골라주기까지 했다. 어느 날 광종의 재상 서필이 광종을 찾아가 자신의 집을 나라에 바치겠다고 했다. 광종이 깜짝 놀라 그 이유를 묻자 '신은 재상으로서 지금까지 아무런 불편 없이 살아 왔는데 어찌 자식들까지 재상의 집에서 살게 할 수 있겠습니까? 나라에서 주는 녹봉으로 작은 집이나마 새로 마련하여 자식들을 키우며 살겠습니다.' 그 후 광종은 두 번 다시 대신들의 집을 빼앗아 귀화인들에게 주는 일이 없어졌다. 서필의 아들 서희는 사신으로 가서 고려 조정에 반감을 품고 있던 송(宋)의 태조 조광윤에게 여진과 거란이 길을 막아 교류에 장애가 있었음을 설명하면서, 사리에 맞는 뛰어난 말솜씨와 예의바른 태도를 보여줌으로써 고려와 정식 외교 관계를 수립하기에 이르렀다. 고려 성종 12년 거란은 대장군 소손녕에게 팔십만 대군을 주어 고려로 침공하여 청천강 이북의 봉산군까지 내려와 고려군 선봉장 윤서안 등 많은 고려군을 사로잡은 뒤 안융진을 공격하다가 대도수, 유방 등이 분전한 고려군에 패하여 약간 주춤한 가운데 끈질기게 고려왕의 항복을 유구하기에 이른다. 당시 고려 조정의 분위기로는 땅을 떼어주자는 할지론(割地論)이 우세한 가운데 분연히 필자의 직계 조상이기도 한 중군사 서희가 항복 반대 이론으로 성종을 설득한 다음, 단신으로 거란 진영을 향했다. 서희가 거란 진영에 도착하자 소손녕은 거드름을 피우며 서희에게 단 아래에서 절할 것을 요구했다. 서희는 즉시 반격에 나섰다. '무릇 신하가 임금을 대할 때에는 뜰아래에서 절하는 것이 당연하지만 그대가 거란의 신하이듯 나 또한 고려의 신하로 양국의 대신이 만나는 데 어찌 군신의 예의를 갖추라는 것인가?' 마침내 두 사람은 뜰에서 상견례를 한 후 협상에 들어갔다. '그대 나라는 신라 땅에서 일어났고 고구려 땅은 예로부터 우리의 것이었다. 또한 고려는 우리 거란과 국경을 접하고 있으면서도 멀리 바다 건너 송나라를 섬기고 있기에 부득이 공격을 감행하게 되었다.' '우리 고려는 옛 고구려를 계승하였으므로 국호 또한 고려라 하고 평양을 도읍으로 삼은 것이다. 굳이 지리적인 경계를 따지자면 지금 그대 나라의 도읍인 동경도 실은 우리 고려의 땅이랄 수 있는데 어찌 침탈이라고 할 수 있는가? 그 뿐 아니라 압록강 안팎 역시 우리 영토인데 지금은 여진이 그 곳을 차지하고 있어 그대의 나라에 가는 것이 송나라에 가는 것 보다 더 어렵다. 결국 그대의 나라와 우리 고려가 국교를 맺지 못하는 것은 모두 여진 때문이다. 만약 여진을 쫓아내고 우리의 옛 땅을 회복한 뒤 성을 쌓고 길을 열면 어찌 국교를 열지 않겠는가?' 서희의 반박과 설득이 거란 군에게 철군의 명분을 준 것이다. 서희의 뛰어난 말솜씨와 높은 기개로 보아 어떤 위협으로도 그의 의지를 꺾을 수 없다는 사실을 깨달은 소손녕은 마침내 철군하기에 이른 것이다. 서희의 국제정세에 대한 정확한 통찰력, 당당한 태도, 논리 정연한 태도 등이 가져온 외교적 승리인 것이다. 거란과의 담판 결과 고려는 거란으로부터 고구려 계승권을 인정받고 압록강 동 쪽 이백팔십 리에 달하는 지역을 얻게 된 것이다. 이로써 고구려 멸망 이후 처음으로 국경이 압록강에 이르렀다. 거란은 고려와 송나라의 외교관계 단절이라는 명분상의 이익을 얻었기에 이것이 철군과 압록강 근처의 땅 할애에 대한 명분이 서게 된 셈이다. 그러나 거란이 압록강 동쪽을 고려의 영토로 인정하였다 하더라도 여진이 그 곳에 머무르고 있는 이상 아직 완전한 고려의 땅은 아니었다. 서희는 왕에게 주청하여 군사를 이끌고 나아가 여진을 몰아내고 장흥(태천 동쪽) 및 귀화의 두 진과 곽주(곽산)와 귀주(귀성)에 성을 쌓은 것을 시작으로 삼년에 걸쳐 흥화진(의주), 용주(용천), 철주(철산), 통주(선주)에 성을 쌓음으로써 강동육주를 완성하게 된 것이다.

　　기원전 7197년에 건국한 환인 천제의 환국 영토는 거의 아시아대륙 전체라 할 만한 큰 나라였고, 뒤 이은 환웅 천황의 배달국 때에 이르러 약간 동쪽으로 치우쳤지만 지금 러시아의 동쪽 해안과 바다, 한반도, 산동 반도에서 중국과 대만을 거쳐 베트남에 이르는 해안지역, 서북쪽의 북경 등을 포함한 광대한 나라였고, 삼국시대에 이르러 배달국의 강역에는 못 미쳤지만 상당 부분의 현 중국 땅이 우리 소유였던 것으로 고 사서들이 말해준다. 고려조 이후 조선조에 이르러 김종서, 최윤덕 등 유능한 인물들이 함경도와 그 이북 땅을 확보하기에 이른다. 조상들이 목숨 걸고 일군 이 땅, 한 치인들 소홀히 할 수 없는 소중한 땅이다.

정당한 대우

어느 마을에 한 노인이 한적한 시골 마을로 요양 차 이사를 왔다. 그는 주위가 고요한 이 마을이 썩 마음에 들었다. 하지만 언제가부터 마을 아이들이 집 주위에서 큰 소리로 떠들며 놀기 시작했다. 노인은 아이들 소리 때문에 낮잠조차 제대로 잘 수가 없었다. 몇 번이나 나가서 조용히 하라고 타일러 보았지만 소용이 없었다. 그러던 어느 날 노인이 동네 아이들을 불러 모았다. '오늘부터 내 앞에서 고함을 질러주지 않겠니? 소리가 큰 아이에게 더 많은 용돈을 주마.' 그러자 아이들이 신이 나서 있는 힘껏 소리를 질러댔다. 노인은 약속대로 소리의 크기에 따라 아이들에게 용돈을 나누어 주었다. 이리하여 3주가 지나가는 동안 아이들은 고함을 지르고 용돈을 받는 것이 습관이 되었다. 그런데 3주가 지난 이후부터 용돈이 줄어들기 시작했다. 몇 몇 아이들이 항의를 해보았지만 소용이 없었다. 실망스럽기는 했지만 아이들은 여전히 노인을 위해 고함을 질러주었다. 하지만 일주일이 더 지나 노인이 더 이상 용돈을 주지 못하겠다고 선포했다. 아이들은 자신들이 불공정한 대우를 받았다며 화를 내었다. '다시는 저 영감에게 고함을 질러주나 봐라. 우리가 얼마나 고마운 존재인지 똑똑히 알게 될 거야' 그 날 이후 아이들은 노인 집 근처에서 다시는 놀지 않앉으며 집 근처를 지나갈 때면 소리를 줄였다. 소리를 질러봤자 보상도 안 해주는 그 영감의 부당한 행위가 아이들의 괘씸죄에 걸린 것이고, 더 이상 소리를 안 질러 주는 것이 그 정당한 보복이라는 생각이었던 것이다.

사람에게는 자신의 잘못을 인정하기보다 자신의 행동을 늘 정당화하면서, 남들이 자신의 잘못을 지적이라도 하면 화부터 먼저 내는 습관이 있는 것 같다. 그래도 인간은 함께 어울려 살아야 하니 서로 서로 이해하며 양보할 수밖에 없음을 알아가게 된다. 나는 항상 옳기만 하고 다른 사람이 언제나 잘못되어 있다고 생각한다면 인간의 공동생활이란 있을 수 없다. 하여튼 우리 인간은 자기정당화의 위험에 늘 쉽게 빠져들기 쉽게 되어있다. 그러기에 우리는 이러한 위험한 생각을 극복하고 보다 나은 사회를 만들어 나가려는 노력에 조금도 게을리 할 수 없다. 위의 노인은 자기정당화의 보상심리를 이용한 것이다. 건전한 공동사회의 일원이라면 상대에게서 사과나 보상 그리고 겸손을 요구하거나 기대하기에 앞서 서로서로 겸손해하고 스스로의 잘못을 솔직하게 시인할 줄 알아야 함을 말해준다. 인간이란 행복하지 않으면 만족을 모른다. 위의 아이들에게는 노인에게 고함을 질러주지 않는 보복이 행복감으로 돌아왔을 것이다. 그러면 행복이란 무엇이며 어떠한 상태의 것인지, 그 크기를 무엇으로 어떻게 잴 것인가에 이르게 된다. 이 물음에 대한 대답은 사람마다 각기 다를 것이고 또한 선뜻 대답할 수 있는 사람도 드물 것이다. 행복을 얻음에 따라 생기는 크기를 잴 수 있는 방법이 있기는 있다. 그 하나로는 자신이 원하던 일을 이루어 내거나 손에 넣는 데 있다. 이럴 경우에도 자신이 이루어

내거나 얻은 것에 대한 나름대로의 정당성을 부여하면서 얻은 것으로 자위한다. 또 다른 하나가 있으니 어떤 소중한 것을 잃음에 따라 계측하는 방법이다. 우리들은 건강과 질병에서 보듯이 평소 건강할 때에는 건강에 따른 행복감을 모르지만 건강을 잃고 병마에 시달릴 때 비로소 건강을 되찾고자 몸부림 칠 때 건강의 고마움을 행복의 척도로 계산한 행복의 크기가 그것이다. 다시 말 해 병마는 몸으로 하여금 고통과 외로움을 안겨준다. 하지만 우리가 건강할 때는 아무 이상도 느끼지 못한다. 행복도 이와 마찬가지다. 우리가 행복에 취해 있을 때에는 느끼지 못하던 것을 이것을 잃었을 때 비로소 고통에 의해 그 소중함을 맛보게 되는 것이다.

　　　　흔히 '눈에는 눈, 이에는 이' 하면 잔 '인한 보복 '으로 이해하기 쉽지만 원래의 뜻은 그런 것이 아니다. 요즘 같이 자동차가 많은 세상에 접촉사고가 났을 때, 고급 차 주인이 낡은 차 주인에게 터무니없는 액수의 손해를 끼치는 일을 쾌감으로 여기는 사람도 흔치 않게 볼 수 있는 데 이것이 곧 과잉보상의 심리이지 ' 눈에는 눈 이에는 이 '와 거리가 먼 얘기가 된다. 가령 어떤 사람이 실수로 남의 쌀 한 말을 엎질러 못 쓰게 만들었다면 그 보상도 쌀 한 말로 그쳐야 한다는 뜻이지 더 이상의 요구가 있어서는 안 된다는 말이고, 오토바이 전조등(headlight) 한 개를 깨뜨렸는데 자동차 한 대를 요구해서는 안 된다는 말이다. 고대에는 이발사가 잘못하여 손님의 귀를 자르게 되면 손님이 이발사의 팔 하나를 요구하기도 하고, 밭의 올리브 나무가 하나 잘리게 되면 상대의 재산 전부를 빼앗으려는 일이 많았기에 배상이 타당해애 한다는 의미에서 한 말인 것이다.

자기 부정은 자유를 파괴하는 것이라고 잘못 생각하는 사람들이 많다. 사람들은 자기부정만이 사욕의 노예가 되는 길에서 우리들을 해방하고 참된 자유를 얻게 한다는 점을 쉽게 알지 못한다. 우리들의 정념이 가장 잔악한 폭군임을 잊고 있는 것이다. 그와 같은 예속에서 해방되어야 한다. 너무 교만한 자아는 위험하기 짝이 없다는 것, 그리고 어렵더라도 자기부정의 노력을 늦출 수 없기에 하는 말이다. 아이들은 자아와 더불어 양심의 가책을 알지 못한다. 이성이 성장해 감에 따라서 자아는 차츰 약해져 간다. 무엇에 의해서도 파괴되지 않는 자유, 이것이 평화다. 예속은 악 중에서도 가장 해로운 것이다. 이런 속에서 잊지 말아야 할 일이 있다. 자기 의견을 변경하게하고 자기 과오를 바로잡게 해 준 사람을 따르는 것은 자기 과오를 고집하는 것 보다 훨씬 자유에 가까운 것이라는 점을 말이다. 내가 타인에게서 정당한 대우를 받고 있는 가라는 한 쪽 면이 아닌, 자신이 남을 정당하게 대우하고 있는가에 대한 균형 잡힌 사고만이 원만하고 건강한 사회를 만들어 가는 원동력이 될 것이다.

도미노(Domino)의 위력

　　사람들이 미어져 터지게 복잡한 광장의 한 가운데에 자그마한 의자 하나가 놓여 있었다. 어떤 사람이 군중에게 떼밀리어 가다가 걸려 넘어지면서 다치게 되자 화가 나서 그 의자를 군중 속으로 집어던졌다. 그 의자에 얻어맞은 사람이 화가 나서 또 다른 곳으로 집어 던졌다. 그 의자는 또 던져지고 던져져 부서져 없어져서야 의자 던지기는 끝이 났지만 수많은 사람들이 멍들거나 피투성이가 되게 다치게 된다. 첫 번째의 사람이 가만히 그 의자를 치워버렸더라면 절대 그런 일은 없었을 것이다. 어디선가 많이 들어봤던 소리다. 싫던 좋던 연쇄효과가 일어난다는 말이다. 우리 동이(東夷) 겨레가 중원에 세운(湯王) 고대국가 은(殷) 나라에서는 재(灰)를 길가에 뿌리는 사람에게 사형을 선고하는 끔찍한 법이 있었다. 밥을 짓거나 난방을 할 때에 나무 밖에 없던 때이니 재가 생기는 것은 당연한 일이지만, 그 재를 농경지에 뿌릴 경우 안 그래도 너무 비옥한 토지인지라 농작물이 너무 웃자라 못 쓰게 되므로 부득이 남몰래 길에 뿌리기가 일쑤였기에 생겨난 법이다. 이렇게 가혹한 법이 생겨난 이유는 이렇다. 길가에 뿌려진 재는 공중에 날아오르면서 길가는 사람들의 코나 입으로 들어가 재채기나 기침을 일으키고 눈으로 들어가 앞이 잘 안 보이게 하여 짜증이

나게 되면서, 조그만 일에도 아무에게나 쉽게 화풀이를 하게 되고, 까닭 없이 화풀이를 당한 그 상대방 또한 화가 나서 또 다른 상대에게 더 크게 화풀이를 하게 되면서 이유 없는 화풀이가 눈덩이같이 커지게 되어 나중에는 살인까지 저지르게 된다는 데서 이를 원천적으로 막자는 것이 그 입법 취지였던 것이다. 수 백 년 후 어떤 사람이 이 가혹한 법에 대하여 공자님에게 의견을 물은 사람이 있었다. '그런 법도 없는 것 보다 낫다' 이것이 공자님의 대답이다. '그런 잔혹한 법을 만드는 사람도 인간이냐' 정도의 혹평을 기대했던 것과는 사뭇 딴 판일 뿐 아니라 오히려 그 법을 지지한다는 뜻이 되고 보니 어리둥절해질 수밖에 없다.

춘추전국시대에 초나라와 오나라가 국경을 접하고 있는 곳에 비량이라는 고을이 있었다. 이 고을 처녀들은 오나라의 국경마을 처녀들과 함께 들에서 뽕을 따기도 하고 여러 가지 놀이를 하며 친하게 지냈다. 하루는 오나라 처녀가 실수로 비량 고을의 처녀를 다치게 하는 일이 생겼다. 비량 고을 사람들은 오나라로 찾아가 항의를 하자, 오나라 사람 중 한 명이 무례하게 나오니 흥분한 초나라 사람들이 그를 죽이고 돌아왔다. 그러자 분개한 오나라 사람들은 초나라로 넘어가 살인을 한 그 사람은 물론 그 가족까지 모두 살해했다. 이 소식을 들은 비량 태수는 분노하여 군대를 몰고 오나라로 쳐들어가 비량을 완전히 도륙해 버렸다. 이렇게 해서 두 나라 사이에 전쟁이 벌어졌다. 오나라의 공자 공유가 이끄는 군대가 승리해 초나라의 많은 장수들을 포로잡고, 나아가 초나라 수도인 영도를 공격하여 초 평왕의 부인까지 포로로 잡아갔다. 놀다가 실수로 친구를 다치게 한 일이 살인, 대규모 전쟁, 수도의 함락 등의 과정이 보여주는 사건들이 마치 쇠사슬에 묶여 있는 것 같은 연쇄적 일련의 보복으로 이어진 것이다.

1849년 이탈리아의 한 전도사가 골패를 가지고 밀라노로 돌아가 그의 딸 도미노(Domino)에게 선물로 주었다. 도미노는 골패를 가지고 놀다가, 일정한 간격을 두고 패를 배열하였더니 잘못하면 앞에 세워두었던 패 까지 와르르 무너져 고도의 참을성을 필요로 했다. 도미노는 고급스러운 골패놀이를 모두가 즐길 수 있도록 하기 위해 나무를 이용해 대량으로 골패를 만들었다. 얼마 지나지 않아 목재 골패는 이탈리아 전역 및 유럽 전역으로 보급되어 유럽 귀족들의 놀이 중 하나로 자리 잡았다. 훗날 사람들은 유익한 놀이를 보급한 도미노에게 감사의 뜻을 표하기 위해 이와 같은 목재 골패 놀이를 '도미노' 로 부르기로 했고 이것이 국제용어로 되기에 이르렀다. 지금은 정치, 군사, 경제 사회를 막론하고 작은 사건이 일련의 연쇄반응을 불러일으키는 것을 가리켜 도미노 효과라고 부른다. 이처럼 작은 힘, 혹은 느끼지 못할 정도로 느리게 진행되는 작은 변화들이 때로는 엄청난 결과를 가져 올 수도 있다는 말이다. 도미노 효과의 물리적 원리라면, 먼저 패를 세로로 세울 때 중심이 높은 곳에 위치하게 되고, 그로 인해 패가 쓰러지면 중심도 함께 아래로 내려오게 되고, 이 과정에서 운동 에너지가 발생하게 되는 데 있다. 이 운동 에너지는 점점 빨라지고 힘이 더 붙게 된다. 이 도미노 현상이 앞서 오나라와 초나라간의 전쟁의 예에서 본 것 같은 악순환에서 선순환(善循環)으로 돌려놓을 수만 있다면 얼마나 좋을까 하는 생각을 하게 된다. 우린 인간은 아무리 노력해도 부족한 점이 많은 미완의 존재임을 스스로 잘 알고 있다. 우리들은 여러 가지 일들을 어쩌면 미완성의 상태이기 때문에 사랑하는 것인지도 모른다. 미완성이란 노력을 필요로 하며, 인간 정의의 법칙 속에는 자애가 필요하기에 인간의 힘을 초월한 신의 영역으로 들어가야 할지 모른다. 완성은 곧 신의 경지이지만 인간의 지혜가 자랄수록 신과 인간 사이에 한없는 차이가 있음을 자각하게 될 것이다. 또 위의 도미노 효과는 우리에게 말한다. 사람을 해치는 말은 아예 담지 말고 남의 결점을 말하지도 말라. 다른 이의 행위에서 나쁜 점을 발견하더라도 떠들고 다니지 말고, 어떤 사람이 남을 비난하는 것을 듣거든 그것을 막는 데 힘쓰라. 타인의 결점이 눈에 들어오는 것은 자기 자신을 잊어버렸을 때 일어나는 현상이다. 먼저 자기 자신을 바르게 살려고 노력하지 않는 사람은 쉽게 유혹에 빠지며, 못된 일을 본받기 쉬운 사람이다. 말하고 싶은 것이 있거든 말하기 전에 다시 한 번 생각해 보라. 누가 누구를 심판할 수 있겠는가를. 특히 심사가 사나울 때일수록 더욱 타인을 향한 말과 행동으로 인하여 죄를 범하고 있지 않은지를 생각해 둘 일이다. 선은 삶에 이바지하는 모든 것이고 악은 죽음에 이바지하는 모든 것이다. 선은 삶을 존중하며 삶의 기상을 드높이는 모든 것이다. 악은 삶을 질식시키고 삶을 옹색하게 만들며 삶을 조각나게 하는 모든 것이다. 음악은 우울한 사람에겐 선이지만 상중(喪中)에 있는 사람에게는 악이며, 귀머거리에겐 선도 악도 아니다. 악은 원래 선의 피부였다. 선의 핏줄과 위장을 감싼 그의 보호막이었다. 그러던 것이 선은 하루아침에 그 악의 귀찮은 시중듦에 싫증이 나 그의 피부인 악에서 도망친 것이다. 이제 그 선과 악이 옛날의 하나로 되돌아가야 할 때다. 바로 지금.

세상에 자기 혼자 왕 노릇하며 사는 모습을 그려 볼 때가
있다. 그 땐 예의고 사회성이고 뭐고 생각할 필요가 없는 세상이
다. 하지만 세상은 혼자가 아닌 둘 이상으로 된 큰 집단 속에서
서로 부대끼며 살아가게 되어있고, 그래서 예의, 도덕, 사회성이란
말이 인간의 그 집단적 삶에서 생겨날 수밖에 없다. 사람과 사람
사이에서 부대끼며 살 때 필요하다는 예의란 때론 번거롭게 느껴
지기도 하지만 때론 매우 유용한 규범이 되기도 한다. 사람에게는
나면서부터 욕망이 있고 욕망을 채우지 못하면 그 욕망을 추구하
지 않을 수 없고 추구하는 데 절제와 한계가 없으니 다투지 않을
수 없게 된다. 다투면 어지러워지고 어지러워지면 궁해진다. 선인
(先人)들은 그 어지러워짐을 싫어하여 예의(禮義)를 제정함으로써
이를 분별하게 하였고, 사람들의 욕망을 길들였으며 사람들이 구하
는 바를 공급해 주었다. 욕심을 내되 재물에 궁하지 않도록 하고 재
물이 욕망으로 인해 바닥나지 않게 하여서 이 양자를 조화 있게 견
지하도록 조정하였으니 이것이 예(禮)가 생겨야 할 이유가 된다. 그
러므로 예라는 것은 길러주는 것이니 갖가지 고기반찬과 밥으로 다
섯 가지 맛을 조화시키는 것은 입맛을 길들이기 위하여, 후추 등 향
기로운 양념은 코의 감각을 길들이기 위하여, 갈고 쪼고 새기며 무

늬와 수로 장식하는 것은 시각을 길들이기 위하여, 가야금, 비파, 피리는 귀를 길들이기 위한 예이니, 예란 길들이는 것이고 분별력을 키우는 것이고, 구차하게 생명에 대해 애착을 보일 때 반드시 그 생명을 잃게 될 것이고, 구차하게 이익만 추구할 때 오히려 잃게 될 것인 즉, 사람이 자기의 성정 가는대로 딸려 갈 것이 아니라 예로서 나아갈 때 모든 것을 얻게 됨을 말하고자 함이다.

　　　인도(India)의 서남부 지역에서 1920년에 한 목사가 늑대에게 길러진 두 여자 아이를 발견하였다. 그 중 큰 아이는 발견 당시 일곱 살이었고 발견 후 십년이 지난 열일곱 살 까지 살았다. 두 아이의 생리적 구조, 신체적 발육 상황과 외형이 일반인들의 것과는 약간 달랐다. 팔이 무릎 밑 까지 내려올 정도로 길었으며, 엄지발가락도 큰 편이었고, 손목 근육이 발달하고 골반이 평평했으며, 등뼈는 부드러운 편이었으나 허리와 무릎의 관절은 수축되어 유연성이 전혀 없었다. 그녀는 옷 입는 것을 싫어해 옷을 입혀주면 모두 찢어놓기 일쑤였다. 낮에는 어두운 곳에서 잠을 자고 밤이 깊으면 방에서 나와 늑대처럼 울부짖으며 숲으로 도망가려고 했다. 후각이 발달해 냄새로 음식을 찾았으며, 빛과 불, 물을 무서워하며, 고기를 날로 먹었다. 고기는 반드시 바닥에 던져주어야 먹었고, 손을 사용하지 않고 입으로 뜯어먹었으며, 채소는 절대로 먹지 않았다. 치아가 날카로웠으며 양 쪽 귀를 자기 마음대로 움직일 수가 있었다. 그녀가 일곱 살 때 지적 수준은 영아 6개월 수준이었다. 체계적인 훈련을 받은 지 4년 동안에 고작 여섯 개의 단어를 외우는데 그쳤다. 발견 후 6년이 되었을 때 직립을 하게 되었고 7년째 되던 해에는 45개의 단어를 구사할 수 있었다. 열일곱 살이 되자 그녀의 지적 수준은 세 살에서 네 살 정도의 유아 수준에 이르렀다. 이 사례는 사회가 인간의 발달심리에 얼마나 중요한 역할을 하는지를 잘 보여준다. 늑대 소녀의 이야기는 인간의 지식이 선천적인 것이 아니라 세월의 경험을 통해 쌓아 온 결과물임을 보여준다. 인간은 독립적인 존재가 아닌 고도로 사회화 된 존재임을 말해주고 있는 것이다. 만약 사회 혹은 집단에서 완전히 벗어난다면 개인의 고유한 특성도 형성되지 않음을 보여준다. 인간의 인식은 물질세계 발달의 산물이다. 객관적인 외부 환경과 사회적 경험이 있어야만 인식이 발달될 수 있음을 말해준다. 만약 어렸을 때 이러한 조건들이 상실하게 된다면 인류 고유의 지성이나 지성, 재능이 전혀 발달할 수 없게 된다. 마치 늑대 소녀들이 발견됐을 때처럼 입이 있되 말을 할 수 없고, 뇌는 있되 사고할 수 없는 상태가 된다는 말이다. 사회생활은 개인의 발달에 중요한 역할을 한다. 신체와 신경계통, 대뇌는 유전이 가능하지만 사유(思惟)의 사회성은 유전이 불가능하다는 말이다. 그렇기 때문에 중요한 발달 단계에서 사회와 격리될 경우 늑대 소녀들처럼 영원히 인류의 세계로 돌아올 수 없게 됨을 말해준다.. 위의 사례는 사회생활이 인간의 심리발달에 결정적인 역할을 한다는 것을 보여준다. 사회만이 인류의 진정한 활동무대임을 보여준다. 인간은 처음 태어날 때 모두 독립적이다. 하지만 부단히 사회화를 통해 조금씩 인류사회의 일원이 되어간다. 사회화는 영아 때 시작하여 중년, 노년에 이르기 까지 평생에 걸쳐 이루어진다. 사회화란 사회의 지식, 기술, 행위규범 등을 학습하여 적응해 나가는 과정을 일컫는다. 이와 같은 과정을 통해 사회의 요구에 부응함으로써, 사회 일원의 자격을 부여받게 된다. 모든 사회는 기본적인 도덕규범, 행위모델 및 행동 규칙을 가지고 있다. 개인은 반드시 이것들을 지켜야만 사회로부터 받아들여질 수 있게 된다. 아담스미스를 선두로 하는 경제학에서도 이러한 인간의 사회성에 기초하여 인간을 이성적 동물이라고 간주하였으며, 훗날 경영관리학도 경영의 최우선 전제를 인간의 이성으로 보았다. 하지만 그렇더라도 인간의 비이성적 특징을 모두 배제해 버리면 인간의 본 속성도 더 이상 존재하지 않게 된다. 인간의 사상이나 행동이 논리적 요인보다 감성적 요인의 영향을 더 많이 받는다는 사실을 입증함으로써 이성에 편중함에 무리가 있음을 지적하기도 한다. 어찌 보면 사회 일반의 통념에 맞추어 생활하는 것은 무척 쉬운 일이다. 그러나 혼자 있을 때에는 자기 생각대로 하는 수밖에 없다. 여러 사람들 틈에 있으면서 혼자 있을 때나 다름없는 자주성과 겸허한 마음을 지속해 나갈 수 있는 사람은 진실로 굳센 사람이다. 우리는 주변 사람들을 끊임없이 의식하고 그들의 영향을 받는 생활을 한다. 다른 사람들의 행동을 별다른 비판 없이 추종하며 정작 자신에 대한 관심에서 멀어진다면 무서운 결과를 초래하기도 한다. 모든 것이 암담해 보이고 사나운 심사가 들 때 자기 자신을 너무 의존하지 않는 것이 좋을 것이다. 사람들을 욕하고 거친 행동을 하는 것은 어리석은 일일 뿐이다. 주위의 모든 것에 대하여 또 자기 자신에 대해 불만을 느낄 때에는 달팽이가 껍질 속으로 들어가듯 가만히 자기의 내 면 속으로 들어가 숙면을 취할 필요가 있다. 친구의 친구, 친척의 친척, 사돈의 팔촌 쯤 된다면 남이 없다는 말이 있다. 인간은 자유로운 존재로 태어났지만 눈에 보이지 않는 쇠사슬에 묶여있는 존재이기도 하다. 누구에겐가 '주인'으로 불리는 사람도 실은 그 이상의 노예인 경우도 많다. 이러한 제한이 사람을 행복하게 하는 요인이 될 때도 많지만 인생의 무의미한 속박은 사람들을 극한적인 절망 상태까지 몰아가기도 한다. 머리가 깨질 것 만 같은 '사회성', 그리고 나 혼자가 아닌 '세상과의 소통'도 따지고 보면 자신의 작은 양보에서 비롯됨을 잊지 않을 때 비로소 그 시작이 될 것이다. 밥을 한 술 뜰 때, 아름다운 음악 한 소절이 귀에 들려 올 때 이 모든 것이 사회성이 아닌 것이 없다. 사회가 나를 위하듯, 나 또한 사회를 위한 존재일 때 비로소 건강한 사회의 일원임을 잊기 쉽다는 말이다.

대륙에 우뚝 선 우리겨레의 나라

이웃 일본과 중국이 지금의 땅 만으로 양이 안 차서 독도를 내 놓으라거나 북한을 삼키기 위한 동북공정을 만들어 놓고 거짓 역사를 자기들 마음대로 주무르고 있다는 것은 이미 어제 오늘의 일이 아니다. 끝없는 욕심에서 참이냐 거짓이냐가 아닌 욕심을 채울 수 있느냐 아니냐가 유일한 관심사인 그들과는 달리, 진실만을 밝혀서 이 진실이라는 바탕 위에 우리의 나아갈 길, 그리고 자손에게 남겨야 할 과제가 무엇인지 깊이 생각해 볼 계기가 되기를 간절히 기원해 본다. 역(국)사 시간이 되면 우리나라가 외세의 침입을 수 없이 받으면서도 이웃 나라를 침범해 본 일이 거의 없는 평화를 사랑하는 민족이라느니 하면서 가르치지만 이런 것은 약자의 변명 치고도 너무 궁색하고 도한 사실과도 맞지 않음을 잊고 있는 데서 온 말이다.

지금 보니 만주를 포함한 거대한 중국이 우리를 짓누르고 있음을 인정할 수밖에 없는 현실이지만 고조선 시대에는 우리 한반도와 광활한 만주 뿐 만 아니라 지금 중국의 북부, 러시아의 동부 해안 지역, 중국 요동반도와 산동 반도를 거쳐 베트남까지에 이르는 해안 지역 등 참으로 비옥하고 광활하고 웅대한 땅을 강역(疆域)으로 가졌고 한족(漢族 또는 華夏族)의 땅은 그리 대단한 것이 아니었다는 사실에 우리 국민들은 별로 관심을 안 가지는 것 같아 보인다. 화하족의 왕조라면 우(禹)가 순(舜)으로부터 선양(禪讓) 받아 세운 하(夏)나라 에 이어 동이족이 세운 은(殷 또는 商)나라를 계승한 주(周)나라 때에 와서야 제대로 된 중국다운 왕조라 하여 높이 떠받들고 있지만, 이 또한 통치능력과 덕(德)을 잃어버린 은(殷)을 벌하려던 단군조선의 승인과 지원이 있었기에 주(周)의 건국이 가능했던 것이다. 주나라가 중원 통일을 완료한 후 주 강왕 때에 숙신(조선)족이 중원으로 들어오고 서이(西夷)가 왕호를 일컫고 주나라를 쳤다. 당시의 단군조선에는 23세 아홀 단군(기원 전 1263년)시대로 단군이 중국 해안지역을 평정하고 서씨(徐氏)들의 나라인 서국(徐國)을 세우게 되는 계기가 된다. 이 서국의 전성시대가 서언왕(徐偃王)시대이며 그의 탄생 설화가 전해진다. '서군(徐君)의 궁인이 알을 낳았는데 상서롭지 못하다 하여 물가에 갖다 버렸다. 어떤 사람이 이것을 주워서 따뜻하게 감싸주었더니 아이가 나왔는데 이름을 언(偃)이라 했다. 궁인이 알에서 아이가 나왔다는 말을 듣고 달려가 다시 데려다가 대를 잇게 하여 서군을 삼았다.' 이를 보면 한민족(韓民族)고유의 설화유형인 난생설화다. 고구려 시조 주몽, 신라 시조 박혁거세의 설화와도 일치한다. 고대 순(舜)의 시대의 신하였던 백익(百益)후손이기도 한 서국의 왕들은 항상 주나라에 위협적 존재였고 서언왕 때에는 제후에게 조회를 받고 천하를 소유할 정도의 세력으로 부상하였다. 상국 고조선에 조공을 바쳐오던 주나라가 목왕 때에 이르러 단군에게 서국 정벌을 주청하자 단군이 이를 허락하여 결국 서국은 종말을 고하게 된다. 자신들이 단군조선의 제후국이면서 종주국인 단군조선의 뜻을 거스를 수가 없어 그냥 순순히 저항을 포기한 셈이다. 춘추전국시대의 오왕 합려가 당연한 왕위 계승자로 정해져 있던 숙부 계찰이 외국에서 돌아오기를 기다려 그에게 왕위를 넘겨주자 계찰이 극구 사양하여 합려가 중원의 패자로 부상하기도 한다. 이 계찰이 서국을 방문하여 자신이 가지고 있던 보검을 왕에게 바치고 싶은 생각이 들었지만 순행 길에 필요할 것 같아 얼마동안 가지고 있다가 후에 다시 와 보니 이미 왕은 죽고 없었다. 그래도 그는 자기 마음과의 약속이라며 보검을 왕의 묘소 옆 나무에 걸어놓고 떠난다. 세상 사람들이 그를 의인이라 부를 수밖에 없는 대목이자 그 계찰의 눈에도 인의가 통하는 서국(徐國)에 대한 경의를 표하고 싶은 심정을 금할 수 없었기 때문이리라. 후대의 진시황 때에 이르러 책들을 불태우고 선비들을 땅에다 생매장하는 분서갱유(焚書坑儒)가 동이족 숙청이자 종주국 고조선의 위용을 말해주는 역사서 말살운동인 것이다. 더불어 대대적인 동이족의 서국(徐國) 말살운동에 들어가자 이들은 동이족 신분 또는 서씨(徐氏)라는 신분을 숨기거나 버리고 그 집단성을 잃어가게 되었다. 순수 동이족(韓族 또는 東夷族)으로 중국 대륙에서 40개국의 제후로부터 조공을 받는 거대한 나라를 세운 것이다. 우리나라의 삼국시대에 이르러 백제 고이왕 때 진충(眞忠) 장군을 보내어 산동반도 근처의 땅을 점령하였고, 분서왕 때에도 그 지역을 공격하여 땅을 넓혔다. 왕이 너무 중원 땅(西土)에 집착하고 보니 분서왕(汾西王)으로 불리게 된 것이다. 그 곳 요서와 진평 등을 점령한 백제는 이어 중국 해안선을 따라 구석구석 식민지를 만들고 제해권을 장악하여 동성왕 때에 이르러 북경 지역과 산동성,

상해 양자강이남 지역 까지 중국 동부 지역과 황해바다 전체를 평정한 대 제국이 되었다. 유방이 세운 한(漢)에 이어 조조의 아들 조비의 위(魏), 손권의 오(吳), 유비의 촉(燭)이라는 세 나라로 된 삼국세대를 묘사한 삼국지(三國志)는 역사서라기보다 소설로서 널리 읽혀진다. 이야기의 중요 대목 중 유비의 의제 관우(관운장)가 위나라와 오나라의 공격을 받아 맥성이라는 아주 작은 성에 고립되어 탈출하다가 사로잡혀 종말을 맞게 되는 장면이 있다. 형주를 지키고 있던 관우는 먼저 공격해 온 위나라를 상대로 싸우고 있을 때 오나라의 수군제독 여몽이 병을 핑계로 사임하고 젊은 육손을 제독에 임명하자 관우는 애송이 육손 정도는 걱정할 일이 아니라며 위군과의 싸움에만 몰두한다. 관우를 안심시킨 여몽은 백제(百濟)의 상선으로 위장한 병사들을 거느리고 전쟁터에 나가있는 관우와의 통신수단인 봉화대를 급습하여 통신을 두절시키는 즉시 형주를 공격하여 탈취하고 관우마저 죽음으로 내몬 것이다. 여기서 백제의 상선이란 바다 건너 백제가 아니라 대륙에 있는 백제를 말함이며, 후에 유비가 관우의 원수를 갚기 위해 출병하였다가 패한 후 백제성(百濟城)에서 신하 제갈양(諸葛亮)을 불러 후사를 부탁한 것도 대륙 백제의 존재를 말해주는 것이다. 대륙 곳곳에는 이와 같은 우리 조상들의 존재가 지명으로 남아있는 곳이 많다.

고구려가 망한 이후 중국(당)으로 건너 간 유민 중 이정기(李正己)라는 인물이 있다. 그는 당(唐)의 현종 때 안록산의 난을 평정하는 데 큰 공을 세웠고, 심성이 강직하여 사람들의 신임을 받았다. 당(唐)의 절도사가 된 그가 가진 산동지역의 영토는 신라보다 넓고 인구도 더 많았다. 또한 소금과 철, 농산물이 풍부한 중원 경제의 심장부였다. 이정기는 부역과 세금을 균등히 하고 정령 (政令)을 엄히 하여 삽시간에 강국으로 만들었다. 이어 중원으로 물자를 수송하는 길목인 용교와 와구에서 대진국(大震國 또는 渤海)의 도움을 받은 이정기는 당군을 연속적으로 대파하고 물산 운송권을 확보하기도 한다. 이정기의 손자인 이사도(李師道) 때에 이르러 당나라는 대대적인 토벌군을 보내게 되는 데 선봉장이 신라의 해상 왕 장보고(張保皐)다. 이 모두가 원래 그 곳이 고조선의 영역이기에 가능했던 일이다. 진실을 진실임을 밝히는 일에 무엇 때문에 주저해야 하는지 자문하고 싶다. 현실적인 어려움은 차치하더라도 원래 우리의 땅이라는 사실만은 잊지 말고 언제라도 기회가 오면 되찾아야 한다는 그 일념만은 절대 버리지 말아야 할 일이다.

창의력은 어디에서

　　요즈음 우리의 경제적 역량이 시험대에 올라온 단계를 넘어서서 위기의 단계로 들어서고 있지 않은가 라는 우려감마저 지울 수 없는 국면인 것 같다. 장애물이나 위기란 늘 거기에 있는 것이지만 우리에게 난관을 돌파해 나갈 힘을 단련시키기 위한 훈련의 기회를 얻은 것이지 주저앉히려고 우리 앞을 막아 선 것은 아니다. 시험을 당할수록 또는 위기를 맞을수록 성급한 대책에 앞서 기본으로 되돌아가 재도약의 발판을 확인할 필요가 있을 것 같다. 한 나라의 국민이 일정 기간 경제활동을 한 결과를 계량화 한 결과를 국민 총 생산 또는 국민소득이라 할 때 그 소득의 발생과 소멸의 발자취는 무(無)에서 유(有)가 창조되어 국민에게 효용을 남기면서 소비되어가는 일련의 과정으로 풀이될 수 있지만, 그 핵심이 무의 단계로 창조되는 소득의 발생에서 그 본질이자 기본을 찾아야 할 일이다. 우리의 식탁에 오르는 김치만 해도 밭에서 길러서 수확한 채소가 유통과정을 포함한 여러 단계의 손질과 가공의 단계를 거치면서 식탁에 오른 것이다. 주목해야 할 일은 그 일련의 과정마다 효용 또는 부가가치가 늘어가는 단계적 활동이라는 점이고 이것이 바로 그 단계별 경제활동의 기여도이기도 하다.

소득은 본질상 무에서 유로 창출어가는 과정이기에 생산(production)이란 용어가 들어갈 자리에 창조(creation)가 들어가 있다는 것은 우리의 소득 속에 창의성(creativity)이 내포도어 있다는 말이니 단순히 돈이라는 계량 수단으로만 표현이 안 되는 진정한 의미의 효율성 있는 창조활동이어야 한다는 뜻이 될 것이다. '아직도 배고프다' 는 명언을 남기고 간 히딩크 축구 감독의 말처럼 우리 국민이 나눠먹을 빵 덩어리가 아직은 턱없이 작은 이 마당에 국민 모두가 합심한 창의력으로 고작 만 달러 또는 이만 달러에 불과한 지금의 빵 덩어리를 삼십만 또는 오십만 달러짜리 이상으로 키워놓고 볼 일이고, 소득의 균등 분배나 사회복지 등은 균형 있게 추진되어야 할 일이다.

곡마단에서 곡예를 보여주는 동물 중 코끼리가 끼어있다. 갓 난 새끼일 때부터 사람의 보호 속에 자라면서 훈련 받아왔기 때문에 가능한 것이다. 태어나서 일정 기간 마음대로 뛰어놀 수 있지만 곧 굴레와 고삐에 매이게 되는 코끼리에게는 자유를 뺏긴 고달픈 일생이 앞에 놓이게 된다. 늘 말뚝에 매어있는 것이 훈련된 과정이고 보니 서커스단의 무대에 올랐을 때 말뚝에 맨다는 시늉만으로도 멋대로 날뛰거나 도망친다는 생각을 안 한다. 머리나 지능이 좀 있다 해서 자신의 지식을 고정관념화 해서는 안 될 일이 많다. 백 마리의 파리와 백 마리의 꿀벌을 유리병에 넣고 병의 바닥을 창가 쪽으로 향하게 눕힌 다음 어느 곤충이 더 빨리 탈출하는지 지켜보았다. 꿀벌들은 병 바닥 쪽에서만 열심히 출구를 찾을 뿐 반대쪽으로는 날아갈 생각을 않더니 결국 병 안에서 모두 죽고 말았다. 반대로 파리는 2분도 채 안 되는 시간에 탈출구를 찾아 모두 날아가 버렸다. 평소 더럽고 인간에게 질병만 안겨 준다고 생각했던 파리가 꿀벌보다 지능이 높다는 말인가. 사실은 전혀 그렇지 않다. 꿀벌에게는 본래 빛을 좋아하는 성질이 있고, 지능이 높은 꿀벌이 밝은 곳에 출구가 있을 것으로 계산한 것이다. 꿀벌 나름대로는 상당히 논리적인 행동이었던 것이다. 자연계에서는 유리라는 물체가 없기 때문에 이성적으로 유리의 존재를 받아들일 수 없었기 때문이다. 이에 비하여 파리는 아무 생각이 없었다. 그래서 사방을 날아다니다 운 좋게 출구를 찾아낼 수 있었던 것이다. 가끔 이성이 통하지 않는 세계에서 파리와 같은 단순함이 오히려 통할 수도 있음을 보여준다. 눈에 보이지 않는 유리벽의 존재도 인정해야하고 혼란 속에서는 질서를 바로잡기 위한 노력도 있어야 한다. 끊임없이 변화하는 세계에서 때로는 마구잡이로 하는 행동이 정체된 논리보다 큰 효과를 발휘할 수도 있다는 말이다.

미국의 어느 농촌에 바네스라는 청년이 있었다. 우연한 기회에 신문에서 에디슨의 이야기를 접한 후 에디슨의 사업 동반자가 되어 그의 발명 성과를 세상에 전파하는 일을 하고 싶다는 생각이 들었다. 바네스는 곧바로 뉴저지로 가서 에디슨을 만났다. 하지만 에디슨이 느낀 바네스의 첫 인상은 거리의 유랑자였다. 얼마나 오래 입었는지 낡아빠진 옷에는 때가 꼬질꼬질했다. 바네스는 자신이 농촌 출신이라는 사실과 에디슨을 찾아오게 된 경위 등을 설명했다. '저는 학력도 짧고 부자도 아닙니다. 하지만 당신 사업 동업자가 되고 싶습니다. 당신의 발명 성과를 세상 모든 사람들이 누릴 수 있도록 세계에 전파하는 일을 하고 싶습니다. 그러기 위해 처음에는 이곳에서 일하면서 발명품들의 특성을 파악하고 싶습니다.' '성의는 감사합니다. 하지만 이런 일로 저를 찾아오는 사람은 하루에도 수십 명이나 됩니다. 실제 같이 일을 해 본 사람도 꽤 있고요. 제가 문제를 낼 테니 해결해 보시지요. 만약 완벽하게 해결하면 일을 해 보도록 하겠습니다.' '좋습니다.' '자, 저를 이 실험실에서 나가도록 한 번 해 보세요.' 바네스가 펄쩍 뛰며 화를 낸다. '처음부터 불가능한 문제를 내시는군요. 당신을 밖에서 안으로 들어오시게 하는 것이라면 몰라도 안에서 밖으로 내보내는 것은 도저히 불가능합니다. 너무 하시는군요' '그래요? 그러면 내가 밖으로 나갈 테니 안으로 들어오도록 만들어 보세요. 그러면 되겠지요?' 에디슨은 문 밖으로 나가 안쪽을 향해 몸을 돌렸다. 그리고 그 순간 에디슨은 그 자신이 졌다는 사실을 깨달았다. 이런 번뜩이는 기지 덕분에 바네스는 에디슨의 실험실에 머물게 되었다. 그 후 몇 년 동안 노력한 결과 에디슨과 계약을 체결하고 정식으로 영업을 시작하게 되었으며 그의 유연한 사고방식에 힘입어 빠른 시간 안에 미국에서 다섯 손가락 안에 꼽히는 대갑부로 성장하게 되었다. 독창성이 유연성을 만나 사람의 몸에 밴 습관적 사고방식으로 변할 때 비로소 높은 창조력이 발산함을 말해준다. 이를 통해 사물의 객관적인 본질을 파악할 수 있을 뿐 아니라 독창적인 사회적 의의가 있는 새로운 성과 창출의 길로 나아갈 수 있게 된다. 하지만 아무리 재주가 있고 의지가 불타오른다 할지라도 기초가 없고 노력하지 않으면서 가치 있는 창조물의 탄생을 기대한다면 가망 없는 일임을 일깨워 주기도 한다. 창조적 사유는 인류의 사고발달 수준을 가늠하는 지표가 되기도 한다. 사고는 언어를 통해 표출되며 언어는 사고를 자극한다. 창조란 원래 기존의 지식을 재조립하고 개조하는 과정을 통해 얻어진다. 또 창조적 사고를 가진 사람은 대체로 독립심이 강하고 모험을 좋아하며 강한 호기심을 가지고 있다. 또한 예술적 심미관이 있으며 취미와 관심분야가 다양하며 집중력을 보여주기도 한다. 눈에 보이는 것이 다 진실이 아니지만 우리의 감각은 때로 변덕스러우며 뜻밖의 환상을 만들어내기도 한다. 사람의 머릿속에는 온갖 힘과 재료가 들어 있으니 그 속에서 새로운 창조물이 탄생하기도 한다는 말이다. 이제 우리에게 , 요구되는 일은 눈곱만한 일일지라도 분열과 파멸로 이끄는 소모전적인 불필요한 일에서 돌아서서, '나'에게 필요한 일에 전념할 일이 아니라 '우리' 모두를 위한, 그것도 먼 장래까지 내다보는 통찰력과 창의력과 생산성 있는 일에 우리 자신들 모두의 몸을 내맡길 때가 온 것이다.

자아중독(自我中毒)

　　요즈음 눈만 뜨면 뉴스에서 보여주는 것이라고는 눈살 찌푸리게 하고 앞날이 걱정되고, 이 모든 것이 우리 자신들의 자화상이니 누구에게 침을 뱉기도, 어디 가서 하소연하거나 욕할 곳도 없는 세상이 되어가고 있는 것 같다. '네 덕이고 내 탓'이어야 할 세상사가 '네 탓이고 내 덕'인 세상이니 끝도 없는 악의 구덩이로 빠져들 수밖에 없는 우리 자신들의 모습을 볼 때 '망연자실' 말고는 달리 할 말도 없고 숨을 곳도 없는 세상이 되어가는 것 같다. 더 없이 혼란스러운 세상을 만들어 놓고는 자기를 비평하는 사람을 아주 싫어하고 자신은 아주 어리석기가 짝이 없이 머리가 텅 비어 있으면서도 다른 사람으로 부터는 어질고 현명하다는 말을 듣고 싶어 하며, 마음은 호랑이요 몸은 짐승 같은 데도 남이 자기를 나쁜 사람이라 하면 원수같이 미워하고 자기에게 아첨하는 자를 가까이 하며, 자기를 일깨워 주는 사람을 멀리하고 몸을 닦아 행실이 바른 사람을 비웃으며 충실한 사람을 적으로 여기니 세상이 혼탁해 지지 않다면 이상하다 할 것 같다. 과학시대에 사는 우리는 미세한 바이러스 또는 원자 보다 더 작은 단위의 물체들을 한 없이 크게 확대하여 현미경으로 자세히 관찰할 수도 있고, 한 없이 넓고 큰 우주를 관찰하거나 측정할 수도 있다. 하지

만 한 쪽 눈이 가려져 있거나 우물 안 개구리 같은 제한 된 공간
에서는 지금 눈에 보이는 것만이 세상의 전부인 것으로 여기고 있
는 우리들 자신을 발견하기도 한다. 그리스나 로마 신화에 나오는
나르시서스(Narcissus 수선화)가 그런 사람이다. 어느 날 나르시
서스가 숲을 거닐고 있을 때 산의 요정(Oread)인 에코우(Echo)
가 그를 보고 사랑에 빠져 그를 따르게 된다. 나르시서스는 자신
이 미행당하고 있다고 느끼고 '거기 누구냐 ?' 라고 소리쳤다.
에코우가 '거기 누구냐 ?' 라고 반복했다. 그녀는 마침내 자기
정체를 드러내며 그를 껴안고자 했다. 그는 물러나 그녀에게 혼자
두라고 했다. 그녀는 비탄에 젖어 남은 일생을 외딴 협곡에서 메
아리로 남게 되었다. 복수의 여신인 네메시스(Nemesis)가 이 이
야기를 알고 나르시서스를 벌주려고 결심했다. 그녀는 그를 자신
의 모습이 반사되어 있는 못으로 꾀어왔다. 그는 물에 비친 자신
의 모습이 단지 상(像)임을 깨닫지 못하고 자신의 그림자와 사랑
에 빠졌다. 그는 자기 영상의 사랑에 빠진 채 그 못에서 죽어갔다.
건전하고 정상적인 감각기능을 마비시켜버리는 것, 이것을 우리는
마약(narcotics)이라 부르는데, 나(르)카틱스(narcotics 마약)로
불리는 이 마약은 당연히 위의 나르시서스 에서 온 말이다. 이어
올가미란 의미의 스네어(snare올가미), 실(thread) 또는 밧줄
(rope)이라는 의미의 너(르)브(nerve 신경) 또한 마비시켜 사로
잡을 때 쓰는 밧줄(실, 끈)이라는 의미에서 전신에 실처럼 처져있
는 '신경(nerve)' 이란 의미가 되며 이들이 모두 같은 계열이다.
감각이 마비되고 밧줄에 묶여서 감옥에 가두니 볼 수 있는 것이라
고는 감옥의 벽(wall) 밖에 없게 된다는 말이다.

우리는 이제라도 자기 혼자만 사는 세상에서 벗어나야 할 일이다. 우리는 이미 태고 때부터 다른 사람들과 어울려 잘 살고 있는데 무슨 잔소리냐고 한다면 딱히 시원한 대답을 내놓기는 쉽지 않지만 지금의 이런 모습으로는 우리들의 삶을 제대로 된 '어울림의 삶'으로 떳떳하게 답할 수도 없을 것 같다. 선(善)을 보았을 때 몸가짐을 바로 하여 스스로 자신을 살피고, 악(惡)을 보았을 때에는 근심되고 두려운 마음으로 자신을 반성해 볼 여유를 가질 일이다. 선이 자기에게 있으면 견고하게 지키며 스스로 즐길 일이고, 악이 자기에게 있으면 더러운 것을 보듯이 스스로 혐오해야 할 일이다. 나를 비평하여 고쳐주는 이는 나의 스승이오, 나를 인정하고 나를 더욱 격려하는 이는 나의 벗이며, 내게 아첨하는 자는 나의 원수다. 선을 좋아하여 싫증내지 않으며 일깨워 주는 말을 달게 받아들여 경계할 일이다. 선으로써 남을 앞서서 인도하는 것을 가르침이라 하고, 악으로 남보다 앞서서 인도하는 것을 아첨이라 하고, 악으로 남과 화합하는 것 역시 아첨에 지나지 않는다. 옳은 것을 옳다하고 그른 것을 그르다고 하는 것을 지혜롭다고 하고, 그른 것을 옳다 하고 옳은 것을 그르다고 하는 것을 어리석다 할 일이다. 옳은 것을 옳다하고 그른 것을 그르다 할 때 이를 정직이라고도 할 수 있는데 남의 것을 훔치면 도둑질이라 하고 자기를 숨기려 하는 것을 기만이라 하며, 말을 이랬다저랬다 하는 것을 거짓이라 한다. 거짓, 어리석음, 아첨 이 모두를 우리는 경계해야 될 일이다. 더 이상의 독선과 자아중독은 우리 모두를 파멸로 이끌어 갈 뿐이다. 스스로를 옭아매는 올가미를 벗어나기를 원한다면 크게 각성한 달라진 새 사람으로 거듭 나야 할 일이다. 교만하고 방자한 것은 재앙을 자초하는 일이며 공손하고 검소함은 대부분의 재앙을 물리칠 수 있는 무기가 될 수 있다. 사람들과 어울림에 있어 착한 말은 비단보다 아늑하고 남을 중상하는 말은 창, 칼, 총알보다 더 깊은 상처를 준다. 지극히 통쾌하면서도 몸을 망치는 것은 노여움 때문이며, 지극히 자상하게 보살피면서도 해를 입는 것은 눈에 보이지 않게 남의 내면을 거스르기 때문일 때가 많고, 겉으로는 깨끗해 보이면서도 실제로 더욱 혼탁한 상황에 빠지는 것은 마음이 왜곡되어 있을 때가 많고, 아무리 말을 잘 해도 남이 이해하지 못하는 것은 남과 다투려는 마음을 버리지 못했기 때문일 것이며, 홀로 꿋꿋해도 남이 알아주지 않는 것은 남의 위에 서려는 마음을 안 버린 데서 나오기 쉽고, 청렴한 데도 사람들이 귀하게 여기지 않는 것은 자애로움이 결여된 데서일 것이며, 용감한데도 남이 어려워하지 않는 것은 이익을 탐하는 데서 일 것이며, 신실하면서도 남에게 존경을 받지 못하는 것은 독선적인 태도를 못 버렸을 때문일 것임을 잊기 쉽다는 말이다. 인생의 문이란 자신의 인식 여하에 따라 열리기도 닫히기도 한다. 인생이 우리가 도저히 찾을 수 없는 곳에 있는 것으로 인식한다면 큰 착오가 될 것이다. 인간은 자신이 무엇 때문에 살고 있는지 모르거나 잊을 때도 있지만 그래도 삶의 의미를 추구하지 않고서는 지낼 수가 없다. 자기가 하고 있는 부분적인 일에 대해서 그 목적을 모르는 사람도 있지만 정말 훌륭한 사회인이라면 자기가 하고 있는 일의 목적을 잘 알아야 할 일이다. 모든 존재는 자기의 존재 이유를 해명하고 싶어 하고 인간이기에 더욱 그러하다. 당연한 말이지만 떳떳이 자기의 존재 이유와 목적을 내놓을 수 있어야 할 일이다. 갇히고 닫힌 창문 안에서 근시안으로만 본다면 인생에 있어서 위대한 것이란 아예 눈에도 안 띠고 마음에도 떠오르지 않는다. 우리는 일상생활에 묻혀 잊기 쉽지만 우리가 모르는 사이에 위대한 행위나 거룩한 행위가 행해지고 고귀한 사상이 생겨나기도 한다. 흔히 우리는 '나는 착하게 대했는데도 그가 나를 악으로 대했다' 는 불평을 흔히 들을 수 있다. 우리가 괴로워하는 그 악업의 근원을 자신 속에서 찾아야 할 일이다. 그 악업이 우리 행위의 직접적인 결과일수도 있고, 때로는 그것이 돌도 돌아서 먼 시간을 지나 우리 자신에게 되돌아 올 수도 있다. 진정으로 상대를 사랑했다면 그가 우리를 통해 얻은 그 행복 속에 우리 자신이 보답 받은 셈이다.

오랑캐(五囊犬)

　　한국 전쟁, 또는 6.25 전쟁으로 불리는 처참한 전쟁 중 군인을 포함한 전 국민의 사기 진작을 위해 널리 불리던 '무찌르자 오랑캐'로 시작되는 '승리의 노래'가 있다. 오랑캐라는 말은 사람이 개와 더불어 가정을 이루어 그 개의 자손이 사람 모양으로 같이 섞여 살면서 때론 개(犬)의 본색을 드러내어 질서를 어지럽힌다는 데서 온 말이다. 좀 더 풀어보면 개가 사람과 부부 연을 맺어 살게 될 때 물어뜯는 주둥이와 발톱으로 할퀴는 네 발에 주머니(囊)를 채워야 하니 다섯(五) 개의 주머니(囊)를 찬 개(犬)라는 말이고, 이 세 글자를 합성한 오랑캐(五囊犬)라는 사람 축에 못 드는 짐승이라는 지독한 욕이 된다. 또 조선조 인조 때 정묘호란과 병자호란 두 번에 걸친 청나라의 내침 시, 용맹으로 이름난 의주부윤 임경업장군을 피해 도성으로 직행한 그들이 지금의 서울 돈암동(敦岩洞) 고개를 넘어서 쳐들어 왔다. 되놈들(만주인들)이 넘어 온 '되넘이' 고개라는 이름이 지금의 돈암동으로 된 것이다. 병자호란 후 '오랑캐' 나라 청나라를 쳐부수고 망해 없어졌지만 임진왜란 때 구원병을 보내 준 은혜로운 명나라를 우리 손으로 재건해야 한다고 떠들어대던 당시 조선 선비들의 행태는 참으로 어처구니없는 모습들만 우리에게 전해지고 있다. 맨주먹으로

막강한 청나라에 맞서겠다는 용기는 가상하다해야 할지 모르겠으나 바로 그 만주족이야말로 우리와 같은 뿌리의 민족인데 한족(漢族)의 편에 서서 그 '오랑캐'를 치겠다니 우리 자신을 치겠다는 말과 같은 것이니 하는 말이다. 만주족뿐만 아니라 조금 더 넓힌다면 돌궐(터키), 몽골, 헝가리, 핀란드, 이락(일한국) 등등이 모두 우리 고조선 후예들의 갈래이고 족보에도 없는 한족(漢族)은 그 가닥이 약간 다르다는 점을 내다버린 것이다. 애당초 명나라에 칭신하며 건국한 조선이기에 우리가 한족들이 말하는 오랑캐 무리에 들어있지 않다는 점에 높은 자부심을 가졌던 조선시대의 이른바 식자층의 분위기를 말해주고 있는 것이다. 우리나라 고대국가 중 염제 신농의 자손으로 이어지는 유웅국의 왕이 된 제곡이 '반호(槃瓠)'라고 부르는 개를 몹시 아껴 항상 곁에 두고 키우고 있었다. 당시 장강 유역의 여러 동이국 중에서 방이족(芳夷族)의 나라가 가장 강성하여 유웅국을 괴롭히고 있었다. 유웅국이 연전연패하자 왕이 '저 방왕의 목을 가져오는 자에게는 나의 딸을 주고 사위를 삼겠노라'라고 선포하는 다급한 상황에 이르렀다. 그로부터 며칠 후 왕의 애견 반호가 보이지 않았다. 반호는 방왕의 처소에 나타났고 반호의 당당한 모습이 마음에 든 방왕은 반호를 옆에 두고 아껴주었다. 어느 날 전쟁에 대승하여 뒤풀이로 연회를 열리고 방왕이 대취하여 잠이 들었고, 이를 지켜보던 반호는 방왕의 목을 물어뜯어 잘라서 제곡왕에게 바쳤다. 제곡은 크게 기뻐하며 설마 개가 자기 딸을 요구하지는 않을 것으로 여겨 안심을 하게 된다. 하지만 반호는 먹을 것도 마다하고 제곡의 딸(제녀)을 등에 업고 도망쳐버렸다. 그 후 반호는 산속 동굴에서 제녀와 가정을 이루어 자녀들을 낳게 되고, 따라온 제녀의 시녀도 아이들을 낳게 된다. 그 후 이들은 제곡의 궁에 들어가 살게 되었는데 반호와 제녀 사이에 낳은 왕자들은 반호가 애비인줄 모르고 반호와 함께 사냥을 나가곤 했다. 세월이 흘러 용맹스럽던 반호도 늙어서 사냥을 잘 못하게 되고 화가 난 왕자 중의 하나가 반호를 죽여 물에 빠뜨렸다. 궁에 돌아와 제녀에게 말하자 제녀는 반호가 애비임을 밝히게 되고 애비를 죽이게 된 왕자는 놀라서 반호를 업고 돌아오지만 반호는 죽고 그 피가 왕자의 목덜미에 흐르게 되었고 그것을 잊지 않기 위해 왕자의 후손은 목에 붉은 띠를 매게 되었다. 이런 종류의 중국 고대 신화는 '나는 양반 너는 상놈'을 말해줄 뿐 그 이상도 이하도 아니다. 그들은 거만하고 무례하게도 다른 나라 종족들을 나쁘게 또는 짐승의 명칭으로 적기가 예사여서 우리 배달 동이 겨레의 나라를 맥(오랑캐)이라 하는 것도 예사였고, 신라를 시라(尸羅 죽은 나라), 고구려를 개나라 또는 당나귀 나라로 낮춰 부르기 또한 예사였다.

지금 한자(漢字)의 자전에 동이(東夷)의 이(夷)를 '오랑캐 이'로 주석이 달려 있지만, 이는 후대에 우리 동이족의 강성함에 강한 질투심과 공포감에서 원 뜻을 뒤틀어 놓았을 뿐이고, 원래는 뿌리(根)라는 뜻일 뿐 아니라 '어질어서(仁) 낳고 살리기를 좋아하고 만물이 땅을 뿌리삼아 태어난다'는 의미가 담겨있다. 그러므로 '동이 사람들은 천성이 유순하고 도의로서 어거하기 쉬우며, 또 그 땅은 군자의 땅, 죽지 않는 사람들의 나라이다'라고 중국인들의 사서인 후한서(後漢書)가 풀이하고 있다. 동이(東夷)의 동(東또)은 동녘 동(東)으로서 우리의 옛 말 '새'인데, 그 보기로는 동녘 바람을 '샛' 바람이라 부르고 있고, 동명(東明)을 새 밝, 새벽, 샛별 등으로 쓰는 사례 또한 같은 이유에서이며, '새'는 또 날이 '새' 다, 물이 새다((漏水), '새 빨갛다, 새파랗다' 등에서도 그 용례를 보여준다. 회남자와 산해경에서 '동방에 군자 나라가 있다. 이 나라 사람들이 갓을 쓰고 칼을 차며, 고기를 먹고 또 항상 부리는 범 두 마리를 곁에 두고 있다. 그리고 그들은 서로 양보하며 다투지 아니 한다' 라고 하였다. 그들이 언제 왜 우리 동이를 '오랑캐' 로 폄하하기 시작했는지 살펴보면 그들(華夏族)의 조상들은 밖으로는 북쪽 흉노의 위협 아래 두려움에 떨었고, 안으로는 살기 좋은 조건을 갖춘 동쪽 황하유역에 자리 잡은 동이족을 상대로 삶의 터전을 차지하려는 쟁탈전을 벌여야 하는 고통 속에 살았다. 그러던 중 약 4,700년 전 쯤 우리 배달국의 제후국 중 하나인 유웅국의 왕 헌원이 배달국 천자가 되려는 야망을 품고 군사를 일으켜 배달국 14대 치우천황에게 도전하게 된다. 이 전쟁은 10년간 73회에 이르는 대 접전 끝에 마지막 탁록 대전에서 헌원을 사로잡아 항복을 받고 교통정리 후 제후의 직은 그대로 유지케 해 준다. 후대의 한족 사가인 사마천은 거꾸로 '신농씨의 나라가 쇠하여 제후들이 서로 다툴 뿐 아니라 백성들을 사납게 짓밟았으나 신농씨는 이를 휘어잡지 못했다. 이 때 헌원이 무력으로 제후들을 치니 모두 와서 복종하였다. 그러나 치우가 가장 사나워 칠 수가 없었다. 염제가 제후들을 침탈하려하자 제후들이 헌원에 귀의하였다. 이 때 치우가 복종하지 않고 난을 일으키므로 헌원은 여러 제후를 불러 모아 탁록의 들에서 치우와 싸웠다. 드디어 치우를 사로잡아 죽이고 제후들이 헌원을 높이므

로 신농씨를 대신하여 천자가 되었다'는 엉뚱한 역사기술은 남긴
다. 그들 입장에서는 애국심의 발로일지 모르지만 사실 자체를 뒤
집는 너무 심한 말도 안 되는 적반하장인 것이다. 치우환웅이 이
끄는 동이족에 패한 화하족(華夏族)들의 공포심과 적개심의 발로
인 것이다. 후기 중국 사회에서 흔히 말하는 동이(東夷), 서융(西
戎), 남만(南蠻), 북적(北狄)이 서로 다른 별개의 종족이 아니라
본래 동일한 하나의 이족(夷族)이 발전하여 사방의 사이(四夷)가
되었음을 보여준다. 동이는 원래 어느 한 지역에 국한된 것이 아
니라 전 중국에 걸쳐 사방에 골고루 분포되어 살았는데 나중에 화
하족이 등장하면서 그들이 사이(四夷)를 구분하여 부르게 된 것이
다. 대만의 사학자 서량지(徐亮之)는 말한다. '은나라, 주나라의
앞 시대부터 주나라가 망할 때 까지 동이족의 활동 영역이 지금의
산동성과 하북성의 발해연안, 하남성 동남지역, 강소성 서북지역,
안휘성의 중북부 지역, 호북성의 동부, 요령성의 요동반도 지역,
조선반도 등으로 광대하다.' 고대사회의 동이족은 중국에게 지배
를 받는 존재가 아니라 중국의 지배세력이었음을 말해 준다. 신석
기 시대 말기부터 동이족은 회수와 황하 유역, 산동반도에 걸쳐
중국 동해안 일대, 남만주, 발해만 일대, 한반도에 걸쳐 거주하면
서 고조선이라는 강대한 국가를 세워 동이문화권의 중심을 형성해
온 것이다. 환국에서 발원한 배달의 동이족은 고대 동북아의 문화
를 창조하고 꽃피운 주체세력이었음을 보여준다.

삼국사기가 남기고 간 상처

우리는 주변에서 흔히 이런 소리를 자주 듣게 된다. 아시아 대륙의 동쪽 끝 코딱지만 한 우리 대한민국이 어떻게 오천년이라는 장구한 세월을 거치면서 외부의 큰 세력에 병합되지 않고 버티어 왔는지 신통하다는 얘기가 그 하나이다. 또 한 가지는 고려 때 김부식이 쓴 삼국사기가 없었다면 우리 조상들이 쌓아 온 역사를 어떻게 알 수 있었겠느냐는 것이다. 그나마도 역사에 깊은 관심을 가졌다는 사람들이 하는 얘기다. 첫 번째 이야기에 답하기에도 긴 설명이 필요하겠지만 간단히 요약하면, 서기 전 7,197년(지금부터 약 9,300년 전)우리 조상이 세운 최초의 나라 환국(桓國)을 시작으로, 배달국, 단군조선, 북부여, 삼국, 고려, 조선, 대한민국으로 이어져 오는 긴 역사 속에서 아시아 대륙 반 이상을 다스렸던 환국, 배달국, 단군조선은 차치하더라도 다소 약해지기는 했지만 삼국과 고려까지도 황제의 나라로 군림한 강한 나라였음을 빼어 놓았을 때 바로 그 '기적 같은 대한민국의 존속' 이야기가 될 것이다. 그리고 이번에는 두 번째 이야기인 삼국사기에 대하여 좀 자세히 알아보고자 한다. 신라가 망할 때 경순왕의 아들 마의태자(麻衣太子)가 부왕(父王)인 경순왕에게 절대로 고려에 항복해서는 안 된다고 버티었으나 불가항력으로 나라를 들어 고려에 귀부하게 된다. 고려의 한반도 통일 후 마의태자는 경주에서 북쪽으로 올라가다가 지금 강원도의 인제군 등지에서 군사를 모아 저항운동을 펼쳤으나 대세를 거스를 수 없음을 절감하고 지금의 만주 땅으로 흘러들어 후일을 기약하게 된다. 만주로 들어간 마의태자의 후손 아골타(阿骨打)가 나라를 세우게 되니(1,115년) 나라 이름이 금(金)나라이다. 당시에 발해(大震國)을 멸한 강국 요(療)를 격파한 금나라는 남쪽으로 기수를 돌려 지금의 중국 본토인 송(宋)나라 땅의 절반 이상을 차지한 강국으로 부상한 시기가 고려 인종 때이다. 금나라는 고려에 '형제국의 관계를 맺고 화친하자'라고 나오더니 나중에는 군신관계를 강요하고 나섰다. 이 금나라가 수백 년 후 그들의 후손 누르하치의 후금(靑)으로 이어지게 된다. 이런 가운데 금나라에 사대를 해서라도 권력을 유지해 보자는 것이 김부식의 기반이었던 것이다. 고려 조정은 대대로 신라 왕족인 경주 김씨가 요직을 차지하고 있었고 그 중심에선 인물이 김부식이다. 한학자인 그다 남긴 업적 중에는 삼국사기 저술을 빼 놓을 수 없다. 귀중한 신라, 고구려, 백제 삼국의 역사를 정리하여 기록하고 있다는 점에서 그의 공적을 깎아내려서는 안 될 일이다. 하지만 유학자인 그는 자기 세력 유지를 위한 철저한 사대주의자였다는 데 변명의 여지가 없고, 이 삼국사기가 후대에 일인들의 식민지 침탈을 정당화하는 도구로 사용되었다는 점에서 우리겨레에게 씻어낼 수 없는 상처를 남기고 있다는 점을 잊어서는 안 될 일이다. 당시에도 우리 고려에도 수많은 역사서가 있었음에도 불구하고 전혀 참고하지 않았고, 중국인들의 침략근성을 드러내면서 자기네들 마음대로 적어둔 각종 사서만을 기초자료로 사용하였으며, 삼국을 하나의 완성된 국가로 보고 삼국 이전의 역사는 생략하고 사실상 고려가 신라를 계승하였다는 이유로 발해를 우리 역사에서 제외한 것 등이 그 대표적인 예라 할 것이다. 그는 신라가 사대를 하는 나라로서 독자적인 연호를 제정하여 사용한 것은 옳지 않았다고 지적하였으며, 고구려가 멸망한 원인이 수, 당에 대한 불손한 태도 때문으로 지적하였으며, 백제가 전쟁을 일삼아 대국에 거짓말을 하는 죄를 지었다고 지적하기도 한다. 또한 중국 중심의 세계관에 의해 우리 고유의 전통 문화를 배제하는 철저히 유교적 사관으로 일관하여 중국의 고전과 고사를 인용함으로써 자신의 박학을 과시하고 있다는 점을 지적하지 않을 수 없다. 북방을 다스리며 중국을 제압했던 고구려를 '진나라와 한나라 이후 중국의 동북에 끼어 있던 작은 나라'로 깎아내린 것도 삼국사기의 내용이다. 더나아가 '수, 당의 국경을 침범한 고구려 때문에 한민족이 그들의 원수가 되었다'라는 원망까지 늘어놓고 있다. 몇 해 전 '주몽'이란 제목의 연속 사극이 보여준 것 같이 백제를 세운 비류와 온조가 주몽의 친자가 아닌 것으로 주석을 달아 후세에 혼란을 안겨주기도 했다. 더구나 강렬한 자주정신으로 당나라에 씻을 수 없는 패배와 수치를 안겨 준 고구려 장수 연개소문을 '권력에 눈이 멀어 임금을 잔인하게 죽인 천고의 역적'으로 기술하기도 한다. '연개소문이 주군 영류제를 죽여 토막을 내서 구덩이에 묻었다'라고 기록한 것이다. 실은 고구려의 27대 영류제는 왕위에 오르기 전부터 당나라에 굴욕적인 자세로 일관하였다. 영류제는 선왕들의 법을 모두 버리고 당나라에서 도교를 수입하여 강론을 하였다. 연개소문이 만류하는 간언을 올리자 언짢게 여긴 영류제는 대신들과 짜고 연개소문을 변방으로 좌천시켜 죽이려 하였다. 이 소식을 미리 전해들은 연개소문은 대신들을 열병식에 초대하여 모두 제거하였다. 변고가 생기자 영류제는 변복을 하고 몰래 달아나다가 송양에 이르러 병사를 모집하였으나 한 사람도 따르지 않음에 수치심을 이기지 못하여 자결하기에 이른 것이다. 김부식은 연개소문을 극악무도한 죄인으로 만들면서 '고구려만 평정되지 않았으니 늙기 전에 취하려 한다.' 며 고구려를 침략한 당 태종을 '현명함이 세상에 드문 임금' 으로 극찬까지 늘어놓았다. 또 당 태종이 고구려를 침략한 이유를 '연개소문의 악행으로 고구려 백성들이 구원의 손길을 기다리기 때문' 이라고 하기까지 했다. 이 대목은 중국 사서의 기록을 그대로 옮긴 것이다. 중국에 대한 사대로 일관하고 보니 고조선에서 고구려로 이어지는 한민족 역사의 계승 맥을 전면 부정하여 국통 맥을 혼란에 빠뜨린 소국주의 사서이자 극치의 반도사관 역사서라는 점이다. 삼국이 건국되기 이전 칠천 여년의 역사의 밑둥치를 잘라낸 것으로도 양이 차지 않은 일인들은 고조선의 변방인 변한을 한 때 기습 강점한 도적 위만의 집권을 우리나라의 시원역사로 잡아놓았고 지금의 우리 교과서가 이를 그대로 후대들에게 가르치고 있으니 참으로 안타까운 일이 아닐 수 없다. 우리 역사의 기록이 외국인들의 손에 씌어져야 한다는 것 자체가 말이 안 되는 소리이니 잘못 되어 있는 대목은 즉시 바로잡아 놓아야 할 일이다. 일인들은 평양 이북의 땅을 한(漢)나라 통치하에 있었다고 기록하고 한강 이남의 땅을 '임나일본부' 라는 존재하지도 않은 이름을 붙여 일인들이 통치하였다 하니 많은 부분에서 '삼국사기' 를 최대한 활용한 것이다. 일정 때 맨 먼저 착수한 일이 기존의 이십 여만 권의 조선 역사서 색출과 소각이고 그 중 가장 식민지 정책에 이용하기 가장 좋은 사서로 삼국사기와 삼국 유사가 선택된 것이다. 일본 역사는 신화시대까지 억지로 잡아 늘 어뜨려도 2,600년 이상이 될 수 없고 보니 우리나라의 삼국시대 역사마저 '반기 역사는 믿을 것이 못 된다' 는 이유까지 붙여가 며 백제의 근초고왕이나 신라의 내물왕 때 나라를 세웠다느니 하 면서 우리 역사를 일본의 절반인 1,300년 정도로 잡아 주거나, 후 하게 2,000년으로 잡는다는 것이 앞서의 도적 위만시대에 이은 한사군 식민지 통치로 잡아주는 것이 일인들 멋대로의 역사서라는 말이다. 때늦었다는 바로 그 때가 가장 빠를 때라는 말이 있다. 지 금 당장 다른 무엇보다 먼저 사서를 바로잡아 후대들에게 9천 여 년 전 세계 최초의 문명국가로 태동했던 환국(桓國)을 시작으로 대한민국으로 이어져 오는 유구히 이어오는 빛나는 역사를 후대들 에게 자랑스럽게 가르쳐야 할 일이다.

해모수와 주몽

　　몇 년 전에 TV 방송 매체를 타고 크게 인기를 모았던 '주몽' 이란 제목의 사극이 있다. 극의 내용에 의하면 '해모수' 라는 이름의 청년이 한 무제가 세운 한사군에 대항하여 우리 땅을 되찾는다는 명분 아래 이른바 '다물' 군의 수장이 되어 맹활약을 하던 중 하백의 딸 유화와 열애하여 '주몽' 을 낳고 해모수는 동부여의 모략에 걸려 목숨을 잃은 것으로 되어있다. 이렇게 된다면 해모수와 주몽은 부자(父子) 관계가 되는 셈이다. 이보다 한 술 더 뜨는 엉터리가 있으니 이른바 '환인이 환웅을 낳고 환웅이 단군을 낳고 위만이 단군을 계승하고 삼국이 위만을 계승 한다' 라는 줄거리로 기술된 각 급 학교 역사교과서의 내용이다. 여기에 환웅이 단군을 낳은 대목에는 호랑이니 곰이니 하는 신화 이야기라는 양념까지 곁 들여 진다. 이 엉터리 중 엉터리가 교과서와 연속극에서 장단을 맞추어 춤을 추고 있는 것이다. 7세에 걸친 환인이 세운 나라인 환국이 기원전 7,197(9,200 여 년 전)년에 개국한 후 3,301년을 통치하고 18세에 걸친 환웅이 세운 배달국이 1,565년 이어지다가 이어 47세에 이르는 단군이 2,096년을 통치하다가 삼국시대로 이어지는 과도기라 할 만한 북부여가 200여 년 통치한 후 이어 고구려, 신라. 백제, 가야의 사국시대(四國時

代)로 이어지는 올바른 역사기술에 느닷없는 위만과 한사군이 끼어든 것이다. 부여라는 국호가 처음으로 우리 역사에 나타난 것은 기원 전 425년에 단군조선의 47세 황제 중 44세 째인 구물(丘勿)단군이 국호를 '부여'로 선포한데서 비롯된다. 얼마 후 단군조선이 막을 내리고 이를 계승한 강력한 계승자가 해모수(解慕漱) 단군이고(기원 전 239년) 이때부터의 국호 북부여(北夫餘)가 탄생한 것이다. 단군조선의 제후국 중 하나인 번조선(변한) 왕 기비(箕丕)가 해모수의 단군 즉위에 큰 기여를 했다. 해모수를 이어 6세 까지 계승되던 부여가 동부여라는 국호로 개칭되면서 해부루(기원 전 86년), 금와, 대소로 이어지다가 고구려의 대무신왕에게 패한 대소 왕을 끝으로 고구려에 병합되기에 이른 것이다. 해모수 단군의 둘째 아들 고진의 손자 불리지(弗離支 또는 高慕漱)가 하백녀 유화와의 사이에 아들을 두게 되니 그가 주몽인 것이다. 그러니 해모수단군의 고손자가 주몽이라는 말이다. 후대 중국의 각종 사서에 고구려의 연표를 900여년으로 기록하는 것은 해모수단군이 세운 북부여와 고구려를 동일 왕조로 보기 때문이다. 북부여에서 분리된 동부여를 제외한다면 고구려가 북부여의 정통 계승국인 것이다. 우리나라에 처음으로 불교가 도래한 이후 석가의 탄신일을 우리 해모수 단군의 탄신일로 설정하게 되기도 하였으니 우리가 아는 음력 4월 8일은 우리나라에만 있는 석탄일, 실은 해모수단군 탄신일인 것이다. 이제 동 시대에 있었던 위만과 한사군 쪽으로 다시 눈길을 돌려보자. 한고조 유방의 친구이자 한의 개국 공신이기도 한 노관(蘆綰)이 단군조선 서부 지역인 변한과 접한 연(燕)나라 왕으로 오게 되었다. 한고조 유방은 개국공신인 한신,

영포, 팽월 등을 모두 죽이고 난 후 유방 자신도 죽고, 유방의 일족이 아닌 제후들을 모두 숙청하기에 이르자 크게 불안을 느낀 노관은 왕위를 버린 채 흉노로 도망을 치고 그 아래 책임자였던 위만이 고조선의 일부인 변한으로 도망하기에 이른 것이다. 그가 한(漢)나라 군을 막겠다고 변한의 기준 왕에게 자청하고 나서자 왕의 신임을 얻은 위만이 기준 왕 몰래 군사를 조련하였다. 그리고는 때가 되자 한 나라 군이 쳐들어왔다는 헛소문을 퍼뜨리면서 갑자기 왕궁으로 들이닥쳐 기준 왕을 몰아내고 위만조선을 세우게 된 것이다. 위만의 손자 우거왕 때 한의 무제(유철)가 위만조선으로 쳐들어왔다가 이기지 못하고 패전의 책임을 물어 장수들을 처형하게 된다. 그 후 위만조선에 내분이 일어 우거왕이 죽고 비로소 왕검성을 점령하면서 그 곳에 사군(四郡)을 설치하려고 하였으나 단군조선 47세 고열간단군의 후손이 고두막한(高豆莫汗)의 맹반격에 막혀 한 치의 땅도 얻지 못한 채 물러갔다. 기준 왕과 위만이 통치했던 지역은 지금의 중국 갈석산 근처이니 산동 반도의 서북이자 요동반도의 서남쪽인 산해관의 훨씬 서쪽 지역이다. 우리 역사 교과서는 위만의 도읍지를 지금의 평양으로 설정하여 고대의 우리 땅 전체를 중국에게 헌납고도 부족하여, 한강 이남의 지역을 임나일본부라 부르는 일본의 통치하에 두는, 한 반도는 땅덩어리만 있고 통치기구가 없는, 식민지 통치를 기반으로 새롭게 생성된, 역사성이라고는 없는, 남의 종 된 일본인들이 비틀어놓은 기록을 역사라고 가르치는, 너무나도 원통한, 이것이 우리 역사 교과서의 현주소다. 정부가 역사를 중시하여 각종 입사시험의 필수 과목으로 해야 한다느니 하는 목소리도 있지만, 이에 앞서 역사를 사실대로 바르게 기술하는 것이 선행해야 할 일이고, 우리가 남의 종으로 출발하는 사실이 아닌 엉터리 역사부터 지워내고 사실을 사실대로 기록한 참 역사가 그 자리에 있어야 할 일이 먼저라는 얘기다.

　　이제 그 고구려의 창업주 주몽의 행적을 간략하게 더듬어 본다. 주몽이 성장하여 사방을 두루 살피다가 가섭원(동부여)을 택해 살면서 관가에서 말 기르는 일을 맡았다. 그러나 얼마 안 가 관가의 미움을 사게 되어 오이, 마리, 협보와 함께 도망하여 졸본에 이르렀다. 마침 부여 왕(북부여 6세 고무서 단군)이 대를 이을 아들이 없어, 주몽이 마침내 왕의 사위가 되어 대통을 이으시니 (기원 전 58년) 이 분이 곧 고구려의 시조이다. 고주몽성제 평락 (平樂) 11년 갑오년 10월 북옥저를 쳐서 멸하고 이듬해 을미년에 졸본에서 눌견(訥見)으로 도읍을 옮기셨다. 고주몽 성제께서 다음과 같은 조칙을 내리셨다. '하늘의 신(三神)이 만인을 한 모습으로 창조하고 삼진(三眞)을 고르게 부여하였느니라. 이에 사람은 하늘을 대행하여 능히 이 세상에 서게 되었다. 하물며 우리나라의 선조는 북부여에서 태어나신 천제의 아들이 아니더냐. 슬기로운 이는 마음을 비우고 고요하게 하며, 계율을 잘 지켜 삿된 기운을 영원히 끊나니, 그 마음이 편안하고 태평하면 저절로 세상 사람과 더불어 매사에 올바르게 행동하게 되느니라. 군사를 쓰는 것은 침략을 막기 위함이며, 형벌의 집행은 죄악의 뿌리를 뽑기 위함이니라. 그런고로 마음을 비움이 지극하면 고요함이 생겨나고, 고요함이 지극하면 지혜가 충만하고, 지혜가 지극하면 덕이 높아지느니

라. 따라서 마음을 비워 가르침을 듣고, 고요한 마음으로 사리를 판단하고, 지혜로 만물을 다스리고, 덕으로 사람을 건지느니라. 이것은 곧 신시 배달 시대에 사물의 이치를 깨닫고 인간의 마음을 연 인간의 방도이니, 천신을 위해 본성을 환히 밝히고, 뭇 창생을 위해 법을 세우고, 선왕을 위해 공덕을 완수하고, 천하 만세를 위해 지혜와 생명을 함께 닦아 교화를 이루느니라.' 다시 한 번 말하거니와 중국인들이 위만조선의 도읍지를 갈석산 근처라고 하는데도 우리 사학계가 평양이라고 부득부득 우기니 산해관에서 끝이 나 있는 만리장성이 한 없이 동진하여 압록강을 넘어 한반도로 그 발을 드리워 있고 한강 근처에는 일인들이 연고권을 주장하는 한심한 작태를 우리 스스로 만들고 있으니 이 어찌 통분하지 않을 수 있겠는가 말이다. 우리 땅을 강점하여 제 맘대로 했던 일인들이 물러 간지 오래 된 오늘 까지 이런 문제 하나 바로 잡지도 못하고 그다지 관심이 있어 보이지도 않는 우리 대한민국의 실체가 도대체 무엇이란 말인지 통탄을 금할 수 없다. 사실을 사실대로 말하고 적어두는 진실의 세계로 나아가고 나서 그 속에 살다가 뼈를 묻고 싶기에 바로 그 일관되게 외쳐온 진실을 피맺히게 절규하고 또 절규하고 있는 것이다.

미역국과 해산(解産.解散)

　　요즈음 중요한 시험을 치루는 날이면 으레 수험생에게 초콜 렛이나 엿을 사다 주며 합격하도록 격려의 덕담을 해 주는 것이 일상화 된지 오래다. 단 것을 먹으면 긴장도 풀리고 칼로리를 제 공해 주기도 하니 아마 긴장한 수험생들에게 도움은 될 것 같다. 이와는 달리 시험 보는 날 가장 금기시 되는 것이 있으니 바로 미 역이다. 국을 끓이면 미끌미끌하니 발을 헛디뎌 미끄러지기 쉽다 는 데서 '미역국' 하면 곧 '낙방' 또는 '실패'로 단정지어버 리는 것도 어제 오늘의 일이 아니다. 고래로부터 우리는 산모가 해산(解産)을 할 때 산후 조리기간 중 미역국을 먹으며 몸을 추스 르고 젖이 잘 나게 산모의 영양보충을 해 오는 전통을 지켜왔고, 지금도 그렇게 하고 있고 앞으로도 그럴 것이다. 세계의 다른 나 라에도 나름대로의 산후조리법이 있지만 미역국이야말로 가장 뛰 어난 산모의 섭생법이다. 뿐만 아니라 시험을 보게 되는 수험생에 게도 미역국은 혈행과 두뇌활동 도움을 주어 시험을 잘 치룰 수 있는 활력소가 될 수도 있는데 미끄럽다는 이유로 안 먹는다니 속 설 중에서도 잘 못된 속설이라 하겠다. 이렇게 되기까지에는 미끄 럽다는 것만이 아닌 진짜 이유가 있었으니 조선조 말기인 1882년 의 임오군란(壬午軍亂)으로 거슬러 올라가야 한다.

당시의 구 한국군은 일본식으로 훈련 받던 별기군과는 달리 급료가 너무 적고 대우가 나빠 모두 틈나는 대로 허드렛일을 하거나 장사를 해서 겨우 입에 풀칠을 해가며 살아가고 있었다. 그 알량한 급료마저 13개월이나 밀린 데 다 조금 나온 배급곡물에 모래가 섞여 나오자 격분한 군인들이 난을 일으키게 된다. 그러자 대원군이 개입하여 이들을 다독이고는 청(靑)나라 군에게 도움을 요청하자 이들은 대원군을 돕는 척 하면서 오히려 대원군을 청나라로 압송하는 사태로 이어지게 된다. 임오군란 얘기는 여기서 접고 미역국 얘기로 되돌아가 보자. 임오군란으로 군대가 해산(解散)되는 억울한 변을 당하자 이 '해산(解散)'과 발음이 똑 같은 여성들이 어린 애 낳는 '해산(解産)'으로 바꿔 쓰게 되면서 해산(解産)에는 당연히 미역국이 따라가게 마련이니, 이 미역국이 해산(解産)의 미역국이 아닌 해산(解散)의 미역국으로 쓰이면서 '낙방, 실패, 파산' 등의 엉뚱한 의미로 쓰이게 된 것이다. 우리는 흔히 또 음산하고 기분이 좋지 않은 분위기를 '을씨년스럽다'라고도 하는데, 이 또한 임오군란 후 을사년에 이르러 일본에 의해 강제로 채결된 '을사보호조약'으로 사실상의 국권이 일본으로 넘어가게 되자 그 울분과 통한을 담은 '을사년(乙巳年)스럽다'가 '을씨년스럽다'로 되어 오늘까지 쓰이고 있는 현실과 비슷한 이야기다. 이러한 개화기에 청국, 러시아, 일본, 영국, 미국, 프랑스 등 열강 사이에 끼어 시달림을 당하던 조정에서 강한 나라, 강한 군대를 과시하는 방법으로 사용하는 군악대를 조직하자는 움직임이 강하게 일었다. 동학혁명의 다음해인 1895년 조정에서는 러시아식 곡호대(曲號隊군악대)를 설치하고 21인조 1개 소대의 악단을 편성하여 18개 연대에 배치하였다. 군악은 언어나 문자 그 어떤 표현보다도 인간의 마음을 감동시키는 큰 위력을 가진다. 군악과 군가를 통하여 우리 군인들의 총화단결과 용맹성과 분발심을 발휘케 하여 충성심을 불러일으킨 것이다. 이 군악대는 군이나 조정의 행사는 물론이고 탑골공원의 팔각정에 나가 대중들을 상대로 하는 음악연주회를 열기도 하여 대단한 환영을 받았다. 을사보호조약(1905)에 이은 한일합방(1910)에 이르자 이 군악대도 유지관리의 명분 또는 예산사정 등으로 해산의 위기에 처하게 되었으나 순종황제의 지극한 배려로 1915년 까지 버티다 끝내 해산(解散)을 피할 수 없게 된다. 이들의 해산으로 민족의 울분을 노래한 레코드음악의 탄생을 가져오게 된다. 일인들의 끈질긴 우리민족 해체 또는 해산(解散) 공작은 계속해서 이어지기에 이르렀으니 조금이라도 애국심을 불러일으킬만한 노랫말이 있으면 철저히 찾아내어 '금지곡' 이란 딱지를 붙여 입을 봉해버리겠다는 일이 그것이다. 지금 쓰는 용어로 음악이지 당시에는 창가(唱歌)로 불리던 신판 음악의 태동을 가져 온 것이다.

　도산 안창호님이 중국으로 망명길에 오르면서 남긴 노래 거국가(去國歌)가 있다.
　간다 간다 나는 간다 너를 두고 나는 간다
　잠시 뜻을 얻었노라 까불대는 이 시운이
　나의 등을 내밀어서 너를 떠나가게 하니
　일로부터 여러 해를 너를 보지 못할지나
　나 간다고 슬퍼마라 나의 사랑 한반도야

또 표면적으로는 악단의 조직이 와해 또는 해산되고 일인들에게 조금이라도 거슬리는 곡이면 금지곡으로 지정하여 못 부르게 하였으나, 일제의 눈을 피하여 지하로 숨거나 소위 일제 기준의 양성단체로 위장하여 더욱 은밀하고 조직적인 방법으로 자연발생적으로 전개되면서 들불같이 퍼져간 '독립군가' 같은 노래들도 있다.

　　요동만주 넓은 들을 쳐서 파하고
　　청천강에 수 백 만 명 몰살 하옵던
　　동명왕과 을지문덕 용병법대로
　　우리들도 그와 같이 원수 쳐보세
　　나가서 전쟁장으로 나가세 전쟁장으로
　　검수역산 무릅쓰고 나아갈 때에
　　독립군아 용감력을 더욱 분발해
　　억 천 만 명 죽더라도 원수 쳐 보세

　　달 실은 마차다 해실은 마차다 청대콩 벌판위에 헤이 휘파람을 불며 저 언덕을 넘어서면 새 세상의 문이 있다 황색기층 대륙 길에 어서 가자 방울소리 울리며

　　백마를 달리던 고구려 쌈터다 파묻힌 성터위에 헤이 청노새는 간다 간다 저 언덕을 넘어서면 새 천지의 종이 운다 다함없는 대륙 길에 어서가자 방울소리 울리며(안영수 작사 이재호 작곡 백년설 노래 ; 만주가 원천적으로 우리 땅임을 주장한 노랫말)

　군대만이 아닌 나라까지 해체하고 해산하려 했던 일본의 억지에도 불구하고 우리 대한민국의 본 모습으로 되돌아왔지만, 그 처절한 질곡과 굴욕을 쉽게 잊고 만다면 또 다른 쓰라린 해산(解

散)의 소용돌이가 우리를 피해 갈 것이라곤 아무도 보증할 수 없다는 점을 뼛속 깊이 새겨 두어야 할 일이다. 영광의 역사를 되찾고 굴욕의 역사를 씻어내려는 노력에 너와 내가 따로 일수가 없다는 말이다. 모든 희망과 존재마저 와해되고 사라져 가는 것 같이 보이는 해산(解散)일지라도 또 다른 생명의 태동인 해산(解産)으로 영원히 이어져 갈 것이다. 하지만 영욕으로 뒤엉킨 기나긴 역사의 가르침을 외면해서는 모든 것을 잃게 된다는 경고를 깊이 새겨야 할 일이다. 우리가 원하는 일을 성취해 나가는데 필요한 국력은 땀 흘려 일하는 열정 있고 부지런한 국민의 수에 있다는 것 또한 명심할 일이 될 것이다.

귀를 잃어버린 세상

　　우리에게는 모두가 모두를 가르치려는 사람들만 있고, 남의 말이라면 전혀 들으려 하지 않는 세상에 살고 있는 것 같이 느껴질 때가 많다. 저 사람도 우리말을 할 것이고 나 또한 우리말을 하고 우리말을 들을 줄 아는 데 저 사람도 우리말을 하고 있는 것인가 라는 의심이 들 때도 있다. 잃어져가고 있는 귀가 있었던 자리에는 언제부터인지 모를 '고집' 이라는 별로 바람직하지 않은 손님이 자리 잡고 있음을 보게 된다. 인정하기 싫더라도 어느새 우리에게 다가와 있는 노령사회의 특징이라 할 만한 고집일지도 모른다. 어리거나 젊은이라 해서 예외라 할 수 없는 일도 있으니 누구라 할 것 없이 스마트폰에 빠져 누가 소리쳐 부르는 소리, 자동차 경적소리, 뒤에서 자동차가 오거나 말거나 어떠한 다른 것에도 관심이 없다는 듯한 행동이 벌써 예사로운 일이 되어버렸다. 또 누구에게나 있는 양심의 소리마저 외면해 버리는 우리들의 모습도 흔히 볼 수 있는 사회상이기도 하다. 진리의 길에서 벗어났을 때 더 큰 소리로 외쳐대는 바로 그 양심의 소리마저 등을 돌리는 모습 말이다. 인간은 자신의 생각 속에서 혹은 감정적인 미로에서 헤매고 있는지도 모른다. 영혼은 진리를 정확히 알고 있는데도 말이다. 정욕이 양심보다 강할 수도 있지만, 그 정욕의 부르짖음은 양심의 직설적인 어조와는 전연 다르다. 우리가 혼탁한 정욕에 지배되어 있을 때 나직한 양심의 소리에 마주치면 우리 자신이 갑자기 위축되고 있는 자신의 모습을 보게 된다. 양심의 소리는 이해를 초월 한데 있으며, 오직 우리의 노력에 의해서 얻을 수 있는 것만을 요구한다는 점이 다른 모든 소리와 구별된다 할 것이다. 또 남을 심판한다는 것도 입만 있고 귀를 막는 대표적 행동 중 하나가 될 것이다. 타인을 비방하고 싶을 때 그것이 우리들 자신의 영혼에 미치는 폐해를 생각해 봐야 할 일이다. 타인의 잘못은 찾아내기 쉬우나 자기 잘못을 깨닫기는 어렵다. 사람들은 타인의 과오에 대해서 말하기 좋아하나 자신의 과오는 기를 쓰고 감추려고 한다. 타인의 잘못을 찾기에 혈안 되어 있을 때에 그 분노는 더욱 커 갈 뿐이며 그 자신을 더욱 더 나쁜 상태로 떨어지게 할 뿐이다. 타인을 욕함으로써 우리 자신의 입이 더러워져서는 안 될 일이다. 그 돌아오는 폐해가 크면 클수록 또 더 심한 증오에 사로잡히기 쉽다는 점을 잊기 쉽다. 은(殷)나라를 멸한 주(周)나라가 초기에는 정치가 안정되어 국정이 원만하게 운영되고 있었으나, 여왕(厲王)때에 이르자 중앙정부의 세력이 쇠퇴하여 지면서 제후들이 왕명을 잘 따르지 않게 되었다. 여왕은 극악무도해서 백성들의 원성이 높았다. 그러자 왕이 많은 밀정들을 파견하여 왕을 비방하는 자를 닥치는 대로 처단했다. 그래서 백성들은 아무도 왕을 비방하지 못하고 서로 눈짓으로 이야기하게 되었다. 그러자 자연히 왕에 대한 여러 가지 말이 없어지게 되어 왕은 매우 기뻐했다. '이제야 나에 대한 백성들의 비방을 막게 되었구나.' 그 때 재상 소공(召公)이 왕에게 간했다. '그것이 아닙니다. 주군께서 막은 것이 아니라 백성들의 입이 막혀 진 것입니다. 백성들의 입을 막는 것은 물을 막는 것 보다 더 위험합니다. 만약 물을 막는다면 반드시 다른 곳에 돌파구를 찾아 흘러가게 마련이며, 홍수를 일으켜 인명을 상하거나 전답을 소실케 합니다. 백성도 이와 같습니다. 그러므로 물을 다스리는 자는 반드시 출구를 만들어 흘려보내고, 백성을 다스리는 왕은 백성들로 하여금 충분히 말을 하게 해야 합니다.' 그러나 왕은 듣지 않고 더욱 심하게 악행을 저지르고 밀정들을 파견하여 억눌렀다. 그러자 3년 뒤에 드디어 내란이 일어났다. 그래서 왕은 겨우 목숨만 건져 다른 나라로 망명하였다가 비참하게 죽고 말았다.

미국의 어느 쇼우 프로그람에서 초등학생을 초대해 인터뷰를 했다. '우리 어린이는 자라서 무슨 일을 하고 싶어요?' '파일럿(pilot=조종사)이오.' '만약 태평양 한 가운데를 지나가고 있는데 비행기 연료가 다 떨어지면 어떻게 하죠?' 아이는 잠시 생각하더니 대답했다. '비행기 안에 있는 사람들에게 안전벨트를 단단히 매라고 한 후에 저는 낙하산을 타고 밖으로 나올 거예요.' 순간 관중석이 웃음바다가 되었다. 방청객 중 어떤 사람은 허리를 부여잡고 눈물을 흘리며 웃었고 어떤 사람은 미간을 찡그리며 '아휴, 저런 나쁜 녀석' 하며 혀를 찼다. 사회자는 아이가 방청객들에게 커다란 반응을 얻어낸 것에 대해 의기양양해하고 있는지 살폈다. 하지만 뜻밖에도 아이의 눈에는 눈물이 그렁그렁 맺혀 금방이라도 떨어질 것 같았다. 그러자 사회자는 아이가 방청객들의 반응에 당황해하며 마음 아파하고 있음을 깨달았다. 사회자는 다정하게 아이에게 물었다. '왜 그렇게 하는 거죠?' 아이는 진지하게 대답했다. '연료를 구해 오려고요.' 그 대답에 방청객들은 아이의 천진함을 오해했다는 것을 깨달았다. 낙하산으로 혼자 탈출한다는 말은 얼른 들을 때 자기 목숨 하나 건지려고 남의 목숨 쯤 내버려도 상관없다는 '세월 호' 선장 같은 극도의 이기심이 발동한 것으로 들릴 수도 있었을 것이다. 타인의 말을 들을 때 우리 자신들은 정말 그 뜻을 이해하는지 자문해 볼 일이다. 혹시 자신의 생각을 상대방에게 투사하고 있지 않은가? 상대방의 생각을 다 알고 있다고 착각해서는 안 될 일이다. 말은 끝까지 잘 들어봐야 한다. 이것이 바로 듣기의 기술일 것이다. 사람들은 일상생활 속에서 자주 자신의 심리를 타인에게 적용하려는 경향이 있음을 볼 수 있다. 이 때문에 종종 다른 사람도 자신과 똑 같다고 생각하기 쉽다. 본인이 자주 거짓말을 하는 경우 상대방도 자신을 속이고 있다고 생각하게 되며, 자신에 대한 만족감이 높은 사람들의 경우에는 타인도 자신을 좋아할 것이라고 생각한다. 인간에게는 일정한 공통점이 있기 때문에 추측은 대부분 맞는 경우가 많다. 하지만 모든 사람이 같을 수는 없다. 추측이 빗나가는 경우도 당연히 있다는 말이다. 다른 사람들도 자신이 멋지다고 생각하는 사람을 좋아할 것이라고 추측해 괜한 질투를 한다거나 부모가 아이를 대신해 미래를 설계하고 학교 혹은 직업을 결정하는 것이 우리의 삶 속에서 많은 오해와 판단착오를 낳기도 함을 흔히 볼 수 있는 현상이다. 때로는 소리를 듣는 귀를 잃은 벽창호로 사는 것이 현명할 때도 있다. 재주가 능한 목수는 목수 일을 모르는 사람이 그의 재주를 칭찬해 주지 않는다고 슬퍼하지 않는다. 사람들이 그의 재주를 칭찬해 주지 않는다고 슬퍼할 필요도 없다. 감미로운 음악을 즐길 때에도 '나 홀로' 음악으로 마음껏 즐기는 것이 좋을 때가 훨씬 좋을 때가 많다. 누군가 나를 중상한다 하더라도 내 마음까지 상처 입힐 수 있는 사람은 아무도 없다. 나를 중상하고 내 마음에 못을 치려는 자에게는 초연함이 약이다. '나는 누구인가' 라는 의문을 품고 어디에다 물어보더라도 그 대답을 들을 수는 없을 것이다. 그것은 자기 자신에게 물어야 할 물음이자 그 대답도 자신에게서 나와야 할 대답이기 때문이다. 사람은 무엇보다 자기 자신을 알아야 할 일이다. 자기 자신 속에서만 세상에 있어서의 참된 사명을 다할 수 있는 힘을 찾아내게 될 것이다.

우리 겨레의 윤리와 도덕

우리나라에도 윤리도덕이 있을까 라는 통탄은 이미 오래 전에나 있었던 소리이고, 점점 사그라져 모기소리 같던 그 소리마저 잠잠해 가고 있는 현실에서 우리가 살고 있는 것 같다.

우리에게 윤리니 도덕이니 하는 것이 있었다면 으레 중국의 삼강오륜이니 예기, 논어, 소학, 채근담, 명신보감 등을 떠올리게 되고 간간히 불교에서 가르치는 불경, 그리고 근세에 이르러서는 기독교의 성경 등이 끼어 든 정도로 인식이 지배적 분위기 속에서 우리 겨레 고유의 윤리 도덕을 끄집어낸다면 '우리에게 그런 것이 있었던가?' 라고 되물을 사람도 적지 않을 것 같다. 하지만 우리에게도 윤리 도덕이 있었을 뿐 아니라 우리가 이는 중국의 도덕이나 불경이나 멀리 보면 성경까지도 우리 고대의 영향권에서 벗어나지 못한다고 한다면 지나친 과장이라고 할 사람도 많을 것 같다. 먼저 윤리와 도덕의 떳떳할 륜(倫)은 변하고 바뀌는 사람의 행위 속에서 그 변함과 바뀜이 없는 중심체라는 떳떳함과 순서(차례)가 있음을 이름이고, 거기에 또 법(法)이 있고 실끈(絲綬)으로 묶어주는 이치요 원리인 떳떳한 삶의 인륜(人倫)을 뜻한다. 사람이사는 모든 올바른 관계는 먼저 올바른 사람이 그 출발임을 말해준다. 도덕의 도(道)란 길을 가리키며 사람이 오가는 데는 반드시 길을 따라 가야 하듯이, 사람이 사람답게 산다는 것 또한 반드시 사람이 되는 길로 가야 함을 말한다. 우주의 운행이 질서 정연하듯 자연 만물의 움직임 또한 일정한 규칙에 따라 움직이는데, 하물며 다른 어떤 것에도 찾아 볼 수 없는 이성(理性)을 지닌 사람이라고 그러한 길이 없겠는가. 이러한 근원사상에서 우리겨레 최초의 나라 환국(桓國)의 가르침 다섯 가지가 있으니, 성실, 근면, 효도, 청렴, 겸손이 그것이다. 또 무엇보다 중요한 '사람을 크게 유익하게 하기(弘益人間)'의 가르침을 차세대 지도자인 환웅(桓雄)에게 전하기도 한다. 이 때 세상을 바르게 다스리기 위하여 모든 일들을 환인천황 혼자서 결정하지 않고 여러 사람이 의논해서 하나로 결정하는 화백(和白)으로 한 마음(共和之心)으로 이끌었다. 우리겨레 문화에서 소도(蘇塗)를 빼 놓을 수 없으니 환웅은 환인으로부터 물려받은 제도와 규범을 되살려 하늘에 제사지내는 단인 소도단(蘇塗壇)을 만들고 홍익인간을 가르치기 위한 강령을 선포하였으니 요약하면 사랑, 예절, 도리의 총체이니, 어버이와 자식이 사랑으로 맺어진 까닭에 이보다 더 크고 귀중한 사랑이 없으며, 임금과 백성은 예법으로서 맺어졌으니 이보다 더 크고 중한 예법이 없으며, 또 스승과 제자는 도리로서 맺어졌으니 이보다 더 크고 귀한 도리는 없다는 가르침이다. 또 소도단 옆에 집을 짓고 아이들에게 글 읽기, 활쏘기, 말 타기, 예절 배우기, 음악 배우기, 무예배우기 등을 가르치기도 하였다. 우리에게 윤리 도덕의 근간으로 알고 있는 유교는 우리 환국의 환인천황이 그 창시자이며 한웅, 단군을 거쳐 중시조로 볼 수 있는 순임금(虞舜)을 거쳐 이를 집대성 한 사람이 공자(孔子)이다. 단군왕검의 신하 고시(高矢)의

형이 고수(高叟)이고 고수의 아들이 순(舜)인데, 순이 단군조선의 서부지방 제후로 있다가 그 세력이 커져 화하족(華夏族)의 요(堯)가 다스리는 지역 백성들이 점점 순의 교화에 끌려 자꾸만 흡수되기에 이르자 자신의 딸(공주) 둘을 순에게 시집보낸 다음 순을 후계자로 하여 나라를 넘겨주게 된 것이다. 동이인(東夷人) 순은 본래 어질고 성스러우며 앎을 통하여 뭇 사물에 밝으며 인륜을 익히 알아 인의가 마음속에서 우러나 행하였다. 그는 묻기를 좋아하고 평범한 말이라도 살피기를 좋아했다. 악함을 숨기고 착함을 들추며 중(中庸)을 잡아 백성들에게 사용하였다. 순은 지극한 효성을 가졌고 덕은 성인이 되고 높기는 천자(天子)가 되었다. 순의 사도관(司徒官)으로 있다가 나중에 동이족 은(殷)나라의 시조가 된 설(契)이 다섯 가지 가르침을 폈으니, 부자유친(父子有親), 군신유의(君臣有義), 장유유서(長幼有序), 붕우유신(朋友有信)의 다섯 이다. 중용(中庸)이야말로 공자가 가르친 유학의 뿌리이자 알맹이인데, 이 중용을 후세들에게 전해 준 사람이 순이다. 순이 우(禹)에게 '사람의 마음은 위태롭고 도리에 대한 마음(道心)은 약하니 정밀히 생각해서 오직 하나인 중(中)을 잡아라' 하였다. 이 중용의 가르침 또한 앞서 단군조선 시대의 가르침과 크게 다를 것이 없으니, 어버이와 자식 사이, 임금과 신하 사이, 남편과 아내 사이, 형과 아우 사이, 친구들 사이를 규율하는 계명들이다. 공자가 이상사회의 모델로 삼은 주(周) 나라는 정치적 문화적으로 고조선의 영향을 강하게 받았다. 하, 상, 주 3대 왕조는 우리의 천손(天孫)사상의 신교(神敎) 문화권에 속하였고 상(商 또는 殷)나라 때의 갑골문(胛骨文)은 거북의 배나 동물의 어깨뼈를 부로 지져 그 뒷면이 터지는 모양으로 하늘의 뜻을 물어 점을 친 내용을 담고 있다. 상나라 초기에는 이미 갑골 점을 통해 하늘의 뜻을 헤아려 그 것을 왕에게 전달하는 전문가 집단인 정인(貞人 = 점술가)이 있었고, 후기에는 왕이 직접 정인 노릇을 하기도 하였다. 주나라의 왕들은 인간에게 천명을 내리고 인간이 덕을 잃으면 언제라도 그 천명을 거두고 재앙을 내리는 인격적인 존재로서의 하늘을 대하였다. 우리는 또 고구려의 소수림왕 때에 외래종교로 수입된 불교라고 가르치고 있으나 불교의 태두 석가 또한 천손 족 임을 자칭했다. 신라의 대 학자 최치원이 '석가불은 해 돋는 동이(東夷)의 빛나는 태양이다. 서토에서 드러났으나 동방에서 나왔다' 라 하였다, 나무 아미타불(南無 阿彌陀佛)의 남무란 남쪽에서 도를 구하려고 찾아보아도 '남 쪽에는 없다(南無)는 말이고, 사랑과 자비의 상징인 아미타가 없더라는 뜻으로 풀이하기도 한다. 그래서 석가는 도의 근원인 광명사상을 찾아 우리의 환웅(桓雄)에게서 그의 깨달음을 완성 하였기에 불교의 가르침 또한 자신의 창조물이 아님을 설파하기도 한다. 그러기에 우리문화와 동화되면서 불교 사찰의 본당에는 가르침을 받은 환웅을 받들고 기린다는 의미의 대웅전(大雄殿)으로 이름 지음은 당연한 것이며, 지금의 중국에도 모든 사찰의 본당을 대웅보전(大雄寶殿)이라 부른다. 우리나라의 고대 제후국 중 하나인 수밀이국(소머리 나라)이 서 쪽으로 이동하여 바빌로니아 문명을 꽃피운 그 자리인 갈데아 우르에 살던 아브라함이 그의 아버지 데라와 함께 4천 년 전 쯤 새로운 삶의 터전을 찾아 길을 떠난 것이 유대문화 탄생의 출발점이 된 것이다. 족장 아브라함은 무리를 이끌고 하란에서 잠시 살다가 다시 서남방으로 내려가 지중해 연안의 가나안 땅에 정착하였다. 아브라함의 아들인 이삭을 거쳐 다음 대인 야곱 때에 이르러 유대 역사가 이스라엘 역사로 바뀌게 된다. 수메르의 다신교 사상에서 자라난 아브라함이 가나안의 광야에 이르러 눈앞에 보이는 것이라고는 끝도 없는 모래사막이었고 여기서 하느님 야훼만을 신앙하는 유일신 사상을 확립한 것으로 추정하기도 한다. 이 모든 가르침이 신라의 대 학자 최치원이 남긴 가르침으로 정리한다.' 우리나라에는 신묘한 길이 있는데, 이것을 배달길이라 한다. 이 종교를 설치한 근원은 이미 선사(仙史)에 자세히 적혀 있는데, 진실로 3 종교들(유, 불, 선)을 포함한 것으로서, 뭇 삶을 접촉해 감화시킨다. 그리고 화랑들은 집에 돌아와선 어버이에게 효성하고, 나가선 나라에 충성하니, 이는 공자(孔子)의 취지요, 하염없이 일들을 처리하고 말 없이 가르침을 실행하니, 이는 노자(老子)의 종지(宗旨)요, 또 모든 악함을 짓지 않고 모든 착함을 받들어 행하니 이는 석가(釋迦)의 교화다. 세계화란 이미 고대에 이루어져 있었고 중요 문화의 원류가 우리 고조선이었음을 말해준다.

분풀이와 공감대

　　우리가 살고 있는 이 사회에는 언제부터인가 '상생(相生)'이나 '역지사지(易地思之)'라는 말이 자주 등장한지 벌써 오래 전 일이 되어버린 것 같다. 웬일인지 다 '내'가 아닌 '너'에게 항상 문제점이 따라 다니는 것처럼 말하는 데 벌써 이 골이 날대로 나 버린 우리 자신들의 모습을 부인할 수 없는 이 지경에 이르러서는 그 어디에도 하소연할 곳을 찾기가 어려운 현실에 이르고 있는 것 같다. 싫어하는 사람이나 사물, 일에 대해 생겨나는 배척과 혐오감을 일컫는 화(火)도 처음에는 작은 불씨에 불과한 원망이나 질책 정도에서 시작하여 분노나 욕설로 커지다가 파괴적 광태에서 살의에 이르기도 하는 끝 간 데 없는 결과에 이르는 모습도 심심치 않게 볼 수 있는 일이다. 화는 모든 평온을 깡그리 부숴버리고 즐거움이 생길 틈을 주지 않으며 초조감으로 잠을 이루지 못하게 하는 주범이 됨은 물론, 쉽게 화를 내는 사람은 고혈압, 심장병, 위장병, 우울증, 정신분열증 같은 병을 얻기도 쉽다. 이렇게 다스리기 어려운 화가 한 번 나면 억누르기 쉽지 않기에 무슨 수를 쓰더라도 풀어버려야 할 일이다. 당(唐) 나라 현종 때 양귀비의 정부(情夫) 안록산(安祿山)의 난을 평정하는 데 공이 컸던 곽자의(郭子儀)는 4대에 걸쳐 왕을 섬긴 원로로서 한 번도 불우한 일을 겪지 않고 바르게 살아간 사람이다. 한 번은 전쟁으로 어지러운 때에 적이 곽자의 조부의 묘를 파헤쳤다는 말을 듣고 대성통곡을 하였지만 그래도 화를 내거나 보복에 나서지는 않았다. '천하에 죽은 자가 적지 않지만 서로 원수가 되다보니 서로 조상의 묘를 파헤친 사람도 셀 수 없이 많다. 나는 군사를 거느린 장군이니 내 부하들은 또 얼마나 많은 적군의 무덤을 파헤쳤겠는가. 다만 이번엔 내 차례가 되어 나 곽자의가 만고의 불효자가 된 것 뿐이다.' 곽자의의 첫 반응으로는 난리 중에 원한으로 조상의 묘를 파헤치는 일을 보편적인 일로 보아 대범하게 넘겼다는 점이다. 다음으로는 이 일을 통해 자기 스스로를 반성한 것이니, 우리 군대도 남의 묘를 파헤치지 않았겠느냐는 상대방의 심중을 헤아렸다는 점이다. 또한 스스로를 죄인으로 자처하고 남을 탓하지 않는 자기수양이 있었다는 점이다. 세상에 절대적인악인은 없고 다만 '악'이 있을 뿐이니 그 악을 저지른 사람에게는 용서의 아량을 선물로 베풀어야 할 일이다. 또 우리는 어떤 일에 쓸데없이 번뇌하거나 그 일에 너무 집착하기 쉽다는 점에서 자신의 모습을 되돌아보며 정말 그것이 번뇌할 일인지, 또 번뇌로 문제가 해결 될 일인지 자신의 처음 생각을 되돌아보며, 집착에서 벗어나 조금은 너그러워져야 할 일일 것 같다. 만약 회복될 수 있는 일이라면 화를 낼 필요도 없고, 회복될 수 없는 일이라면 그 일에 화를 내어본들 무슨 소용이 있을까 라는 여유로움도 필요할 것이다. 타인을 무시하고 폭압 이외의 수단으로는 상대를 제어할 수 없다고 생각하는 사람은 말(馬)의 눈을 가리고 순순히 걷게 하려는 어리석은 마부와 같다. 사람들이 상대에게 화를 내거나 폭압으로 움직이게 한다면 참으로 잘못된 생각이다. 우매한 인간이 자기를 따르는 사람들에게 그 사람들의 천성을 배신하고 자신만을 따르게 강제하기 위하여 쓰는 무기가 폭력이다. 거대한 물줄기의 흐름을 바꿔 보려는 무모한 무기가 되는 이 폭력 행위는 그 무기의 기능을 잃음과 동시에 그 일의 결과 또한 파괴되고 만다는 사실을 잊고 있는 것이다.

청(靑) 나라의 건륭황제(1775년) 때에 '화신'이라고 하는 하급 벼슬 어전시위가 있었다. 건륭황제는 시를 짓고 읊는 것을 좋아했다. 화신은 이 점을 알고 황제의 시를 닥치는 대로 수집해 그가 좋아하는 인용문구, 시풍, 단어까지 완벽하게 숙지했다. 화신은 건륭의 시구에 화답까지 할 수 있는 수준이 되니 화신을 바라보는 황제의 눈빛이 달라지기 시작했다. 화신의 공감능력이 가장 빛을 발했을 때는 건륭황제의 모친상 때였다. 화신은 다른 왕족이나 대신들처럼 '이제 그만 슬픔을 거두시고 정사에 전념하시옵소서' 등의 틀에 박힌 충언의 말은 한 마디도 하지 않았다. 그는 묵묵히 황제를 모시고 며칠 동안 식음을 전폐하고 울기만 했다. 어찌나 슬픔이 깊었던지 며칠이 지나자 얼굴색이 마치 병자 같았다. 그는 황제의 감정을 완전히 자신의 것처럼 느낄 수 있었던 것이다. 건륭황제는 또 농담을 즐기는 유쾌한 사람이었다. 화신은 저잣거리에 떠도는 농담들을 모아 황제에게 들려주곤 했는데 이는 다른 대신들에게서는 찾아볼 수 없는 모습이었다. 화신은 중국 역사에서 손꼽히는 간신배이자 탐관오리였지만 영민하기로 유명한 건륭황제로 부터 20 동안이나 총애를 받은 인물이다. 그의 딴 속셈인 '출세와 부귀영화'가 근원적 동기였기에 훌륭한 인물 상과는 거리가 먼 얘기가 되겠지만, 공감대형성이라는 면에서는 좋은 본보기일 수 있는 일이고, 다만 공감대의 상대가 황제 한 사람이 아닌 만인이었다면 얼마나 좋았을까 라는 부질없는 생각도 지워버릴 수 없게 한다. 공감(共感)이란 상대방의 심리상태를 정확하게 읽어낼 때 이루어진다. 상대방이 생각하는 것과 똑같이 생각하고, 상대방이 화를 내면 똑같이 화가 나는 상태인 것이다. 공감은 동감이나 감정이입으로도 표현된다. 상대방의 입장을 느낄 수 있는 능력, 타인의 감정과 심리를 잘 이해하고 민감하게 반응할 수 있는 능력을 말한다. 공감력이 높을수록 상대방에 대한 감정이 더욱 정확하고 그 심도 또한 깊어진다. 이런 능력은 타인을 더 잘 이해할 수 있도록 만들 뿐 아니라 감정 상태를 잘 해결할 수 있게 하여 상대방과 더욱 깊은 교류를 할 수 있게 하고 더욱 끈끈한 인간관계를 형성할 수 있게 한다. 공감능력이 뛰어난 사람은 주위에 관심을 가지고 이해하려는 경향이 있음은 무론, 타인과 생각의 차이가 생겼을 때도 상대방의 의견을 존중하며, 차이를 인정하고 받아들인다. 또 타인과 마찰이 생겼을 때에도 원만하게 해결하여 이로 인해 생길 수 있는 심리적 부담을 덜어내기도 한다. 그로 인해 사람들이 더욱 쉽게 받아들여지고 존중받을 수 있다는 점을 잘 알고 있다. 공감능력이 떨어지는 사람은 다른 사람의 입장에서 생각하지 못하여 타인의 관점을 받아들이지 못한다. 또 언제나 자신의 생각을 강요하는 경향이 있다. 그래서 겉으로는 사람들이 이들을 정중하게 대하지만 마음속으로는 점점 거리를 두게 된다. 자신도 모르게 솟구쳐 오르는 화를 슬기롭게 참아낸다거나 상대방의 입장이 되어 공감대를 이루어 낸다는 것은 말로는 쉽지만 현실적으로는 참으로 어려운 일이다. 이 때 우리에게 다가오는 과제가 인생의 고뇌일 것이다. 고뇌, 그것이야 말로 성장의 촉진제이기에 고뇌 없는 인생이란 발전 없는 허무일 뿐이다. 고뇌로 마음이 괴로울 때면 아무에게도 그것을 말하거나 하소연해서는 안될 경우가 많다. 그 고뇌가 다른 사람에게로 옮겨가서 그를 괴롭힌다면 안 될 일이니 말이다.

역신(逆臣)의 충절(忠節)

　　역신이 충절을 바친다니 도무지 말이 안 되는 소리라 할 만
하다. 하지만 충신도 사정에 따라 씻을 수 없는 역신으로 기록되
는 경우도 있고 그 반대인 경우도 있다. 치세(治世)의 명신이오,
난세의 간웅으로 널리 회자되는 삼국지에 주요 인물 조조의 일대
기 또한 인간행태의 양면성을 말해주는 사례가 될 것 같다. 고려
조 초에 북방 거란족이 수차례에 걸쳐 쳐들어 왔을 때 적을 맞아
분전한 장수 가운데 '강조' 라는 인물은 고려사에 씻을 수 없는
오명을 입은 역신으로 기록되어 있지만, 그 나름대로의 사정이 있
었음을 이해하는 데는 약간 인색한 사가들의 모습을 지워 낼 수가
없게 해 준다. 강조의 가계나 출생에 대해 후세에 전해진 내용이
없지만 멸망 직전에 있던 발해의 유민으로 추정할 수 있을 것 같
다. 고려조 7대 목종의 신임을 받던 뛰어난 무장이던 강조는 중추
사우상시 서북 면 도순검사가 되어 서북 면 거란의 1차 침입 이후
가장 중요한 지역의 국방 책임자였다. 당시 목종이 병으로 자리에
눕자 그의 어머니 천추태후와 정부(情夫) 김치양은 자신들의 소생
을 왕으로 세우기 위한 음모를 꾸미고 있었고, 이에 대비하여 목
종이 이들의 변란에 대비하여 강조에게 수도 개경을 호위하라는
왕명을 하달한 것이다. 목종의 모후 천추태후는 그녀의 외척 김치

양과 추잡한 소문을 일으켜 김치양이 귀양 간 다음 목종 즉위 후 복위되어있었다. 이 때 부터 천추태후의 강력한 지원 아래 김치양은 권세를 누리고 있었다. 목종은 그를 내쫓고자 하였으나 모후의 마음을 상하는 것이 두려워 실행하지 못하고 있었다. 김치양과 천추태후 사이에 아들이 태어났고 그 아들을 왕으로 세우려는 음모가 진행되었다. 이 음모를 알게 된 목종은 병을 이유로 정사를 전폐한 채 그의 후계자로 대량원군을 옹립하라는 밀지를 내렸다. 목종은 만일의 사태에 대비하여 강조에게 왕실을 호위하도록 명한 것이다. 왕명을 받은 강조가 개경으로 향하다가 도중에서 '성상께서 위중하고 태후가 김치양과 모의하여 사직을 넘보고 있습니다. 그들이 공을 의심하여 왕명을 위조해 죽이려고 부른 것입니다' 라는 귀띔을 해주는 사람이 있었다. 이들은 왕에게 미움을 사쫓겨난 사람들로 거짓 정보를 흘린 것이다. 정확한 소식을 모르던 강조는 김치양 무리들이 이미 목종을 시해하고 정권을 탈취한 것으로 판단하여 서북 면으로 돌아갔다. 이 때 강조의 아버지가 종을 승려로 변장시켜 '왕은 이미 세상을 떠났고 간흉들이 권세를 잡았으니 군사를 거느리고 국난을 평정하라' 고 쓴 편지를 지팡이에 넣어 강조에게 전하게 했다. 그는 군사를 거느리고 개경으로 향하던 중 목종이 살아있다는 사실을 알게 되었다. 이제는 돌아가더라도 역모 죄를 피할 수 없게 되자 목종에게 '간적 김치양 무리들을 소탕 하겠습니다' 라는 장계를 올리면서 그들을 모두 처단한 다음 목종이 원하던 바와 같이 대량원군을 새로운 왕 현종을 옹립하였다. 강조는 나라를 혼란에 빠뜨린 유약한 목종을 대신해 좀 더 강력한 힘을 가진 왕을 원했던 것이다. 강조의 정변 이후 1

년 정도 됐을 무렵 거란의 성종이 '고려의 강조는 목종 왕을 죽이고 현종을 왕으로 세웠는데 이는 대역이다. 마땅히 군사를 일으켜 그 죄를 물어야겠다.' 면서 공공연히 고려에 대한 침략 의지를 드러내었다. 거란(요) 성종의 40만대군은 압록강을 건너 고려로 쳐들어왔다. 강조는 통주성 남쪽으로 나가 진을 치고 수차례에 걸쳐 큰 승리를 거두고는 자만에 빠지게 되고 방심을 틈탄 적의 맹공을 받아 사로잡히고 말았다. 요(거란)의 성종 앞으로 끌려 나간 강조는 끝까지 고려 신하로서의 충성심을 저버리지 않았다. 성종은 강조의 살을 찢으면서 까지 투항을 종용했으나 끝까지 저항했다. 끝내 강조의 마음을 돌이킬 수 없다고 판단한 성종은 강조의 목을 베었다.

진시황의 진(秦)이 망하고 항우와 패권 다툼에서 승리한 유방이 한(漢) 나라를 창업하자 신하들이 온갖 찬사를 늘어놓았다. 유방이 대꾸했다. '귀공들은 하나를 알고 둘을 모르는 소리요. 내 말을 들어 보시오. 나는 진영의 장막 안에서 작전을 세우고 천리 밖에서 승리를 다투는 일은 장량을 따르지 못하오. 내정의 충실, 백성의 안정, 군량미의 조달, 보급로의 확보를 도모한다는 일은 소하를 당하지 못하오. 백만 대군을 마음대로 지휘하여 승리하는 능력을 따질 때에는 한신에 비교되지 못하오. 짐은 이 호걸들을 뒤에서 조종할 수 있었소. 이 세 사람들이야 말로 정말 호걸들이오. 그러기에 짐이 천하를 얻은 것이오. 항우에게는 범증이라는 빼어난 인물이 있었으나 그는 그 한 사람조차 충분히 활용하지 못하였소. 그래서 나한테 진 것이오.' 라고 솔직한 심정을 토로했다. 이처럼 세 사람의 공로 중에서 우열을 논하기는 어렵지만 적어도 군사 면에서는 한신이 아니고서는 도저히 이루어 낼 수 없었던 천하통일이 이루어 진 것이다. 천하통일 전 한신이 여러 강력한 제후국들을 병탄하고 그의 책사 괴철과 독대하여 아래와 같은 대화가 오갔다. '장군의 관상을 보면 제후의 지위가 고작입니다. 그나마도 위태롭기 그지없습니다. 그런데 장군의 등을 보니 고귀하기 이를 데 없군요.' '무슨 뜻이요?' '천하가 어지러웠던 당초에는 영웅호걸들이 다투어 왕이라 칭했지만 오로지 진짜 근심은 어떻게 하면 진(秦) 나라를 멸망시키느냐 하는 것뿐이었습니다. 그러나 지금은 상황이 달라졌습니다.' '어떻게 달라졌죠?' '유방과 항우의 운명이 바로 장군의 손에 달려있다는 뜻이지요.' '나한테 ?' '장군께서 한(漢)나라를 위한다면 한 나라가 승리하고, 초(楚) 나라를 위한다면 초나라가 이긴다는 뜻입니다.' '그래서 나더러 어떻게 하라는 얘기요?' '결론적으로 말씀드려 한나라와 초나라가 서로 양분해 존립하고 또 장군께서 가세해 독립하게 되면 천하는 안정된 솥 밭처럼 삼등분 되게 됩니다. 이런 형세는 어느 누구도 감히 먼저 움직이지 못하게 되는 것입니다. 대개 하늘이 주는 것을 받지 않으면 도리어 벌을 받고, 때가 왔는데도 단행치 않으면 도리어 화를 입는다고 들었습니다.' '나더러 독립하라는 얘기요?' '한마디로 그렇습니다.' '한왕 유방께선 나를 매우 후하게 대접했으며 자신의 수레에 나를 태웠고, 자신의 옷을 내게 입혔으며, 자신의 식사로 내게 먹여주었소. 내가 듣기로는 남의 수레를 타는 자는 그의 걱정을 제 몸에 싣고, 남의 옷을 입는 자는 그의 걱정을 제 마음에 품으며, 남의 밥을 먹는 자는 그의 일을 위해 죽는다고 했습니다. 내 어떻게 나만의 이익을 바라고 의리를 저버릴 수 있겠소?' '용기와 지략이 군주를 떨게 하는 자는 몸이 위태롭고 공로가 천하를 덮을만한 자는 받을 상이 없다고 합니다. 지금 장군은 군주를 떨게 하는 위력을 지니시고 상을 받을 이상의 공로를 가지고 계시는 데다 명성은 천하에 드높으니 저는 장군께서 위험천만한 위치에 계신다는 것을 감히 말씀드리는 것입니다.' 한신은 괴철 나름대로의 충심어린 간언을 무시한 채 끝까지 유방에게 충성하여 대업을 이루자마자 역신으로 몰려 토사구팽(兎死狗烹) 당하면서 목숨을 잃었다. 충성심을 불러일으키는 데는 그만한 동기와 분위기가 있어야 함을 말해 주는 것 같다. 앞 수레가 넘어져야 뒤 수레가 경계하게 되어있다. 지금 우리 대한민국이야말로 극대의 충성심이 필요할 때가 온 것 같다.

일본인(日本人)들의 속마음

　　요즈음 국제사회에서 안하무인으로 따돌림과 고립을 자초하고 있는 아베정권이 일본의 내국인들에게는 인기 절정의 정치적 안정 세력을 구가하고 있는 참으로 이해할 수 없는 현상이 연출되고 있다. 그 오만의 발자취를 따라가 보면 1853년 미국 페리 제독의 군함과 이끄는 영국의 군함들이 잇따라 일본에 나타나 그 위력을 과시하며 겁을 주곤 했을 때 당시의 중앙정부인 막부가 전혀 대응을 못하고 속앓이만 했던 시절로 거슬러 더듬어 보아야 한다. 국가의 위기를 느낀 당시의 우국 사무라이들에게는 큰 위기감으로 다가왔고, 케케묵은 막부를 그대로 두고서는 안 되겠다는 분위기 속에 천황을 중심으로 한 강력한 국가체제를 만들어 과감한 개혁과 개방만이 일본의 살길이라는 결론에 이르게 되었다. 이러한 분위기에 힘입어 그들은 막부를 무력으로 해체시키고 명치유신을 성공작으로 이끌었다. 섬사람 일인들의 그 자기 위주의 폐쇄성이 어느새 명치유신과 더불어 유럽과 백인들에 대한 강렬한 동경심으로 바뀌면서 탈아입구(脫亞入歐)를 부르짖으면서 서구화에 몸이 달아올랐던 그들에게 유럽이 끼친 영향은 실로 대단한 것이었다.

　　당시의 일인들은 구미의 문명은 수입하되 일본의 영혼은 잘 지켜야 한다는 화혼양재(和魂洋才)를 주장했지만 실제로는 많은 부분에서 양혼양재(洋魂洋才)가 되고 말았다. 명치유신과 함께 많은 일본의 사절단, 유학생들이 구미로 뛰쳐나갔다. 유럽의 발달된 문명과 미국의 광대함에 그들은 기겁하게 놀랐고 그들은 모든 면에서 유럽을 모방하기 시작했다. 그 결과 일본은 '명예유럽'이라 불릴 정도로 단시간에 국제사회에 부상했다. 일본은 당시 유럽 각국의 장점만을 따르면서 '유럽 비빔밥'으로 변모해 간 것이다. 그러나 부국강병을 이룬 일인들이 구미에서 배운 것들 중에서 가장 못된 것이 있었으니 아시아 국가들을 침략한 '식민지 정책'이 그것이다. 그들의 논리란 '우리 일본이 이들 나라를 그대로 둔다면 구미 열강들의 식민지가 되고 말 것이다. 일본이 나서서 이들 국가들을 식민지로 만들어야 한다.' 라는 것이다. 그들의 잔인하고 호전적인 모습을 되돌아 볼 때 전쟁에는 반드시 이겨야 하지만 만약 진다면 국가의 멸망과 더불어 일가의 멸족을 의미하기에 일본의 소국가들은 영주를 위시한 사무라이들을 중심으로 부지런히 칼싸움 연습만 하고 있다가 일단 전쟁이 벌어지면 전투에 나가 용감무쌍하게 잘 싸우기만 하면 되는 그들이 그 배경이 된다. 수많은 전쟁을 통해 사무라이들의 위상은 점점 높아지고 일인들의 공격적인 기질 또한 높아만 간 것이다. 그것은 공격성, 잔인성, 단칼에 베어버리는 단호함, 강인함 등이니 우아한 문화 따위는 아예 담을 쌓았다는 얘기다. 심지어는 우리에게서 조차 '그 사람 약속은 칼 같이 지킨다.' 라 하여 정확성을 표현하기도 하는 데 한 칼에 잘라버리는 사무라이 문화의 전염인 것이다. 사무라이는 세습되었으며, 그들에게 가장 중요한 것은 영주에 대한 무제한의 충성심, 검소한 생활, 무사로서의 멋있는 태도와 책임감 등이었다.

그들이 모시는 영주에게 폐가 되는 일이 있었거나 실수가 있었을 때는 할복으로 실수를 대신할 만큼 목숨을 걸고 책임을 다하는 것이 사무라이로서의 도리였던 것이다. 사무라이들이 할복을 하고나면 모든 책임과 죄과가 면제되었다. 일본의 야쿠자들이 잘못한 경우에 손가락을 한 마디씩 잘라서 두목(오야봉)에게 바치는 것도 할복에 준한 벌칙이다. 그들은 새끼손가락의 미디부터 자르는 데 실수가 많은 야쿠자들은 점점 손가락 마디가 줄어들 수밖에 없었다. 사무라이와 칼의 문화, 이것이 일인들의 속마음이라는 말이다. 육군 항공대와 해군 항공대 조종사들이 긴 칼을 차고 가뜩이나 좁은 전투기의 조종석에 타던 가관인 그들의 모습을 지금은 보기 어렵게 되었지만 그들의 사무라이 정신만은 오늘도 그대로일 뿐이다. 현대전은 첨단 무기로 잘 무장된 군대만이 이길 수 있음을 그들이 더 잘 안다. 그들은 누구보다도 그러한 무기를 제조하는 데 있어서 앞장섰고, 지금도 그 노력은 중단 없이 이어지고 있다. 예리하고 잘 베어지던 일본도가 정밀하고 정확한 미사일로 바뀌고 있을 뿐이다. 과거 일인들은 중국과 우리나라에서 많은 것을 배웠고 근대에 들어서 주로 유럽에서 큰 물줄기의 문화를 송두리째 수입한 것이다. 우리나라 사람들이 일본에 가서 그들의 생활태도를 보며 칭찬하는 것들의 상당수는 유럽에서 들어온 생활습관이고, 일본이 아시아에 위치해 있지만 일본에서 유럽을 빼면 남는 게 없다.

사무라이 정신을 앞세운 그들의 조선(대한민국) 침략의 근저에는 '조선인은 예로부터 다른 나라의 식민지 백성으로 살아온 열등감과 자기비하에 빠진 민족으로 그들을 영원히 지배해야 한다.' 가 깔려있다. 이러한 식민지사관의 정립과 실현을 위하여 일제는 조선침략을 위한 군사적 준비와 더불어 자국의 사학자들을 동원하여 한국사를 연구하면서, 주로 정치적 필요에 초점을 맞추면서 한반도 지배를 위한 학문적 기반을 닦아나간 것이다. 그들은 우리겨레 뿌리 역사인 환국(3,301년 환인), 배달국(1,565년 환웅), 단군조선(2,096년 단군)으 찬란한 역사를 신화라 하여 잘라내어 버리고, 단군조선의 서쪽 변방 북경 근처 변한을 잠시 점령했던 위만의 정권을 우리의 원 뿌리라 칭하면서 위만의 손자 우거 때 한 무제의 침략을 받아 대동강 유역에 한사군이 설치됐다는 조작극을 만들어내기에 이르게 되었고, 더욱 통탄할 일인 일본이 물러간 지 오래 된 지금도 후세대들에게 이 식민지사관으로 오염시키고 있는 우리의 현실에 까지 이르고 있다. 1910년 한국을 강제 병탄한 일인들은 자국의 식민주의 사학자들을 대거 조선으로 데려와 1920년에 무단통치에서 유화적인 문화통치로 바꾸면서 조선사편수회를 만들었다. 이들이 날조한 내용대로라면 한반도의 북쪽이 한사군이라는 중국의 식민지였고, 남쪽은 임나일본부라는 일본의 식민지였다는 것이니 우리나라는 땅덩이리만 바다에 살짝 내민 반도로 존재했을 뿐 정치니 나라니 하는 것은 없고 원천적으로 식민지로서의 열등한 피지배 민족만 있었다는 천지가 공노할 날조가 그들의 일이었던 것이다. 일인 금서룡(今西龍)이란 자는 일연스님의 삼국유사 '일찍이 환국이 있었다(昔有桓國)' 라는 기록에서 '석유환인(昔有桓因)' 으로, 국(國)을 인(因)으로 날조해 고쳐놓으면서, 마치 환인이 환웅을 낳고, 환웅이 단군을 낳아 삼대에 걸쳐 통치한 것처럼 꾸며놓고, 그것도 모자라 호랑이와 곰까지 그러들인 신화라느니 하여 우리의 영혼마저 깡그리 잘라낸 것이다. 일제가 침략수단으로 날조하여 내세운 한사군설이 우리를 옥죄는 올무가 되면서, 이 황당한 엉터리 날조극을 우리 사학자들이 그대로 따르게 되고 우리는 지금 중국에게마저 역사를 빼앗기고 있고, 나아가 이 황당한 주장이 서계계각국의 세계사 교과서에 그대로 실려 있다. 중국의 동북공정을 무너뜨리려면 일제 식민사학의 잔재부터 청산하여야 한다. 일제의 식민사관, 중국의 동북공정, 그리고 우리의 이른바 주류 사학계 까지 합세하여 한국사의 뿌리를 뽑아내고 있으니 어찌 이를 그냥 보고만 있으란 말인가

하나밖에 없는 위대한 글

　　언어와 문자는 인류의 문화, 문명 일체를 이끌어 온 수레의 앞 뒤 바퀴이며 문명은 언어와 문자의 소산이다. 언어나 문자가 있기 이전에는 손짓, 몸짓을 간단한 의사소통을 할 수 있었겠지만 점점 생활이 복잡해지면서 사물의 인식, 논리적 사고체계 정립 등에서 그림이나 약속기호로 의사소통에 나서지 않을 수 없었을 것이다. 말이 한 사람의 입을 통하여 다른 사람의 귀로 전해지려면 두 사람이 같은 시간, 같은 공간에 있어야 한다. 두 사람이 시간과 공간을 같이하지 못한다면 말하는 사람의 기억에 의존하는 수밖에 없다. 청각에 의존하는 방식의 불편이 너무 크자 인간은 말을 시각화 할 수 있는 방안을 생각하지 않을 수 없고 그 결과물이 글이다. 다시 말해 글이란 인간의 사고를 시각화해서 생산, 저장, 유통시키는 도구인 것이다. 많은 문자들이 만들어졌다가 사라지기도 하였지만 대부분의 언어들은 경제활동에서 기인한 숫자계산, 거래, 재고파악 등의 내용이 주를 이루었다. 고대 문자로 지금까지 남아 있는 문자는 출현 순서대로 메소포타미아의 설형문자, 이집트의 상형문자, 중국의 갑골문자, 그리스 문자 등이다. 문자 체계의 진화는 대체로 그림문자, 뜻글자, 소리글자의 순으로 발전되어 왔다.

　　세상에는 수많은 언어가(6,000여 개) 있고 또 이 언어들을 기호 또는 문자로 표기할 수 있는 글(文字) 또한 많다(100여 개 정도). 그 중 유독 어느 언어만을 위대하다고 할 수 있을지는 몰라도, 하나밖에 없는 유일하다는 수식어 까지 붙인다면 언어 표현상의 모순성을 지적할 수도 있어 보인다. 하지만 적어도 특정 단어를 예로 든다면 어느 나라 말이든 외국어로 의미를 전달할 때 한 단어를 수많은 의미로 풀이해도 그 뜻풀이만으로 턱없이 부족한 경우가 많다. 그 한 예가 우리말의 '한'이고, 이 '한'에는 하나, 큰, 대략, 딱(딱 맞다 등), 정확히(한 가운데 등) 무려 서른 몇 가지의 의미가 있어서 한국인도 잘 못 쓰거나 의미를 잘 모르는 것이 많은데 외국인이야 더 말할 필요가 없다.

　　이 중에서 바로 그 크고 위대하다는 의미의 '큰(한)글'이 지금의 위대한 '한(큰)글'이라는 말이다. 우리 한글의 우수성은 헤아릴 수 없이 많으나 그 기본 특징은 입으로 발성할 수 있는 폭넓은 소리의 표현으로, 현존하는 문자 중 한글만큼 다양한 소리를 표현할 수 있는 글은 없다. 이는 한글이 창제될 당시 주변 나라들의 말, 즉 중국어, 일본어, 몽골어, 만주어 등 다양한 글들을 우리의 소리로 표현하는 것이 창제의 중요한 목적이었기 때문에 뜻이 아닌 소리에 치중한 결과다. 이처럼 한글은 세계에서 가장 독창적이고 과학적인 글자로 인정받아 유네스코에서 한글 창제자의 이름을 딴 상을 제정하여 문맹퇴치에 공헌한 사람에게 매년 '세종대왕 상'을 수여하기에 이르렀다. 또 언어만 있고 문자가 없는 곳에서는 한글로 그 소리(음가)를 적어 사용하는 곳도 있다고 한다. 창제 당시 최만리 등의 반대파들은 한자(漢字)로 된 문화와 예악, 학문 등이 한글로 풀이되면 그 품격이 천박해 진다는 논리였으나,

그 속내는 천민이든 누구든 쉽게 글을 배워 사대부들만의 특권이던 관계(官界) 진출을 두려워 한 것이고, 세종은 앞으로도 과거는 변함없이 한자로만 응시하게 될 것이라고 그들을 설득했다. 이 외에도 왕의 애민사상 또한 창제의 주요 목적이 되었으니, 진주(晉州)에 살던 김화 라는 백성이 자기 아버지를 죽인 친족살인사건이 그것이다. 왕은 이 사건이 자신에게 덕이 없어 일어났다고 한탄하며 효행록을 수정 증보한 '삼강향실도'를 편찬하고, 백성들이 알아보기 쉽도록 그림을 붙이고 쉬운 한문을 써서 편찬하여 백성들을 교화하는데 사용한 것이다. 결론적으로 창제의 목적은 한문음 등의 표준화, 음률의 용이한 해석, 풍속 바로 세우기 등으로 요약된다. 정음의 창제는 우수한 언어학자 수준의 실력자였던 세종이 주도했고, 집현전의 정인지, 신숙주, 성삼문, 박팽년, 이개, 최항, 이선로, 강희안 등이 이를 도왔다. 문종, 수양대군, 안평대군 등 왕실 가족들도 참여하였으며, 특히 딸인 정의공주가 한글로 구결을 표현하는 문제를 해결하기도 했다. 정음이 반포되자 유학자 출신의 문신들은 정음을 언문이라 천시하면서도 배우지 않으면 안 되었고 하급 관리들은 공문서에 이두를 쓰는 한 편 언문을 반드시 배워야 했다. 그래도 한문은 학문이나 증명을 삼을만한 것을 적을 때에는 필수였기 때문에 한문 쓰기 자체가 신분이나 권위를 의미하기도 했다. 정음이 반포되자 궁중의 여자들이 제일 먼저 언문을 배우기 시작했고, 이어 급속으로 민간으로 퍼져나갔다. 초기 언문 보급의 최고 공로자가 여성들이었고, 그 다음은 서민층 남자들이었다. 그 후 격문이나 금령 따위를 알릴 때에는 일반 백성들이 알아볼 수 있도록 언문으로 길거리에 방을 붙였다. 또 정음은 창제 때부터 단절되어 있던 지배층과 피 지배층의 언로소통에 큰 역할을 했다. 한글로 상소하거나, 한글로 대자보를 붙일 수 있어 백성들이 하고 싶은 말을 지배층에게 전달할 수 있는 길이 열렸고, 궁에서는 왕후나 대비들이 언문으로 신하들에게 교지를 내릴 수 잇게 된 것이다. 서당에서 천자문을 가르칠 때 한글로 음과 훈을 달아 가르쳤다. 또 서당 외에 한글 보급에 큰 역할을 한 통로가 허균의 홍길동전을 필두로 쏟아져 나오기 시작한 한글판 소설이었다. 언문은 연산군 때에 최초로 탄압을 받은 적이 있다. 연산군은 민간에서 자신에 대한 비난을 언문으로 적어 돌리거나 거리에 붙이는 일이 벌어지자 언문으로 엮은 책을 불태우라 명하고 한 동안 언문 사용을 금지시킨 것이다. 그러나 이 조치는 투서 범을 잡을 동안뿐이었고, 그 후의 연산군 치세 동안 한글 사용을 금하지 않았으며, 한글로 역사책을 번역하도록 했고, 제문을 번역하거나 악장을 한글로 인쇄하기도 했다. 연산군 치세 내내 한글 사용을 금한 것은 아니었던 것이다. 그러나 어떤 왕은 한문만 숭상하고 정음을 우습게 여겨 제대로 배우지 않은 경우도 있었다. 에를 들면 사극 등에 인현왕후전 또는 장희빈의 주인공인 숙종은 상소문이 한글로 올라오면 이를 읽지 못해 한문으로 번역한 후에야 읽었다 한다. 조선 말기에 이르러 천주교의 전래가 한글 보급에 큰 역할을 하게 된다. 최초의 천주교 교리서는 정약종의 '주교요지'였고, 대부분의 천주교인들이 한글로 된 천주교 교리서, 찬송가 등을 몇 권씩 가지고 있었다. 당시 천주교인들 중에는 평등을 부르짖는 중인, 서얼, 천민, 여성들이 특히 많았기 때문에 천주교 교리서는 대개 한글로 써져 있었던 것이다. 고종도 세종과 생각을 같이 한 대목은 법률 문에 대한 한문의 어려움을 덜어주고 싶었던 생각이고 그래서 나온 칙령이 있다(1,894,11월). '법률 칙령은 다 국문을 본으로 삼고 한문 번역을 붙이며, 또는 국한문을 혼용 한다.' 그 동안 정음이 상말이라는 격하된 의미의 언문, 언서, 언어에서 심지어는 암 클, 아래 글, 중 글, 절 글, 반절 등 온갖 천한 이름으로 대접 받아오던 한글이 고종 때에 이르러서야 당당한 '국문(國文)'로 제자리(이름)를 찾게 된 것이다. 이와 같은 분위기 속에서 서재필이 발간한 독립신문이 순 한글로 발간된 것이 획기적인 사건이었다. 창제 후 450년이 지나고서야 비로소 한글이 조선의 전면적 표기 수단으로 공인된 것이다.

부자(富者)가 가는 길

　　정계에 입문하여 큰 부를 모아 성공적으로 은퇴한 퇴역 정치인에게 물었다. '그처럼 부귀를 한 몸에 모으면서 성공으로 이끌어 나간 비결이 무엇입니까?' '간단합니다. 오줌을 눌 때 한쪽 다리를 들기만 하면 됩니다.' '그건 쉽군요. 어, 하지만 그건 개나 하는 천박한 짓 아닙니까?' '바로 그겁니다. 요즈음 개 같은 짓 안하고 돈 모으는 사람 봤습니까?' 정치인들 앞에서 이런 소릴 했을 때 어떤 표정을 지을지 궁금해지기도 하지만, 사람을 웃기기 위한 우스갯소리다. 어느 가난뱅이 청년이 만석꾼 부자에게 찾아 가 부자 되는 비결을 물었다. 그러자 부자는 청년을 데리고 우물가로 가더니 우물위에 드리워져 있는 나무 위로 올라가라고 한다. 그러자 청년이 나뭇가지가 거의 부러질 정도로 높은 데로 올라갈 때를 기다려 나무 위를 쳐다보던 부자가 말한다. '이제 거기서 한 손으로만 나무에 매달리시오.' 한다. 그러자 청년은 죽을힘을 다하여 한 손으로 가지에 매달렸다. 부자는 또 명령한다. '이제 매달린 손을 놓으시오.' 안 그래도 이마에 힘줄이 솟으면서 젖 먹던 힘으로 매달려 기진맥진하여 손을 놓칠 지경인데 그것도 모자라 죽으라는 말이냐는 부아통이 터지면서 서둘러 나무에서 내려왔다. '아니, 나무에 매달린 손을 놓으면 난 우물에 빠져 죽으란 말이요?' '바로 그거외다. 앞으로 한 푼의 돈을 쓰게 되더라도 이 돈 한 푼에 목숨이 걸린 것 같은 아까운 마음으로 쓰라는 말이 외다.' 어쩐 일인지 우리나라에서 '부자(富者)'라 하면 내심 그다지 존경받지 못하는 사회가 되어있다.

이와는 달리 우리나라가 아닌 모든 외국의 경우 부자에 대한 나쁜 관념은 별로 없다. 우리 자신들의 일반적인 정서인 남이 잘되는 데 대한 배 아픔에 탓을 돌리기도 하지만 부자 자신들의 도덕성 또는 사회성 결여가 더 큰 원인일 것이다. 서구인들의 관점에서 부(富 richness)란 정직하고 정의로운 것이기에 그들에게는 부자 될 권리가 당연히 주어지는 개념으로 이해하기에 부유한(rich)이 정의로운(right), 바르게 고치다(rectify=correct), 곧바른(direct), 왕의(royal), 정권(regime), 권리(rights)등과 같은 정당성과 그 정당성을 기본으로 하는 왕권(royal)에 이르는 어찌 보면 폭 넓은 관용을 베풀고 있다. 우리야 말로 부자가 존경받는 사회가 절실히 요망되는 현실이다.

춘추전국시대에 오왕 부차와 월왕 구천으로 인하여 생겨난 사자성어인 와신상담(臥薪嘗膽)이 있기까지에는 부차의 신하였던 손무(孫武), 오자서(伍子胥)와 구천의 신하였던 문종(文種), 범려(范蠡)의 조역이 큰 역할을 했다. 구천이 부차에게 묵은 빚을 갚고 이제 부귀영화를 누리는 것 외에 할 일이 일게 된 범려가 동료 문종에게 이런 글을 남기고 월나라를 떠나 제나라로 가버렸다. '비조(飛鳥)가 사라지니 양궁을 거두어 넣고, 교토(狡免)가 죽으니 주구(走狗)를 삶는다는 말이 있습니다. 월왕이 고생은 같이할 수 있어도 기쁨은 남과 나누지 못하는 인물입니다.' 또 다른 한 통의 서신은 구천에게 남겼다. '주군께서 괴로워하실 때는 분골 쇄신하며, 주군께서 모욕을 때는 생명을 내던지는 것이 곧 신하의 도리입니다. 왕께서 부차에게 치욕을 당하시는 것을 보면서도 살았던 것은 오로지 오나라에 보복하기 위해서였습니다. 그 목적을 다한 지금이야말로 그 죄를 보상받고 싶다고 여기나이다.' 범려는 제나라로 온 후 이름을 치이자피(鴟夷子皮)로 새로 지어 해변에서 자식들과 함께 땀 흘리며 밭을 갈아 재산을 모으는 데 힘써 큰 부를 이루었다. 그는 제나라에서 재상 자리에 대한 제안이 왔을 때 말했다. '들판에서 천금의 재산을 모으고 관가에서 재상 자리에 오른다면 그 이상의 영달은 없다. 하지만 영예가 길게 계속되면 오히려 화근이 된다.' 그리고는 재산을 친구와 마을 사람들에게 나누어 주고 몰래 마을을 떠나 도(陶) 지방으로 이사했다. 도 지방은 천하의 중심지로 물자의 유통이 활발한 요로였다. 경제 활동에는 이 이상 유리한 장소가 없었던 것이다. 그는 다시 이름을 도주공(陶朱公)으로 바꾸고 아들과 더불어 노 물가에 변동을 가져오는 물건들을 다루어 손쉽게 거만(巨萬)의 부를 이루었다. 그에게는 아들이 셋 있었는데 차남이 초나라에서 살인을 하여 붙잡혔다. 그는 막내아들에게 거금을 주어 초나라로 보내어 차남 구명공작을 하기로 하였으나, 장남이 강하게 나서는 바람에 책임은 그에게 돌아갔다. 장남은 아버지의 지인 장생(莊生)에게 천금의 돈을 내밀면서 아우의 구명을 부탁하고는 그것도 못미더워서 별도로 모든 초나라 실력자들에게 뇌물을 뿌렸다. 초 왕은 별자리를 살피다가 불길함을 느끼고 장생에게 대책을 묻자 왕이 덕을 베풀어야 한다는 데서 대사(大赦)를 선포하기로 한다. 이 소식을 들은 장남은 장생을 찾아갔다. '아우는 공의 손을 빌리지 않고도 사면이 결정 되었습니다' 하면서 맡겼던 돈을 찾아갔다. 장생은 차남의 사면 후 돌려주려고 했던 참이라 선 듯 내어 준 것이다. 그리고 장생은 왕을 찾아가 고했다. '대사(大赦)는 초나라 백성에게 골고루 돌아가야 하는데 도주공(陶朱公)이란 자가 그의 아들을 살리려고 돈을 뿌리면서 구명운동을 한다하니 이래서야 본래의 뜻에 어긋나는 것 아니겠습니까?' 그러자 화가 난 왕은 차남을 처형하고 장남은 아우의 시신을 안고 집으로 돌아갔으며, 일의 결말을 범려는 미리 예측하고 있었다. 어린 시절 아버지와 함께 고생하며 자란 장남은 돈에 대한 애착이 커서 이 일에 실패할 것이 뻔하고, 부자가 된 후에 태어난 막내라면 후하게 돈을 쓸 수 있어 성공을 확신할 수 있었던 것이다.

조선 말기 임상옥이란 거상이 있었다. 소설 또는 사극으로도 여러 번 방영되어 널리 알려진 인물이다. 어릴 적 역관이 목표였던 아버지가 거듭 낙방을 했지만 그 아버지 아래에서 중국어를 배우게 되어 장사에 큰 무기가 되었다. 역관도 못 되고 빚더미에 앉게 된 아버지는 아들에게 가난을 대물림으로 물려주었고 임상옥은 만상(상단 이름)의 집에 노비로 있다가 그의 재능을 알아 본 만상이 그에게 밀무역을 시키면서 장사의 길로 들어서게 된 것이다. 장사로 성공한 후 기민(饑民) 구제사업 등으로 천거 받아 곽산군수가 되고 의주 수재민을 구원한 동으로 구성부사에 발탁되었으나 비변사의 반대로 물러났다. 그 후 빈민 구제, 시, 술로 여생을 보냈다. 그가 후세 경영인들의 귀감이 되는 이유는 단순한 상재를 넘어 사람을 중시하는 장사꾼이라는 데 있다. 그는 거상임에도 불구하고 돈에 크게 연연하는 모습을 보이지 않고 철저히 신용 위주의 장사를 했다. 나중에는 전 재산을 처분하고 채소밭 하나를 일궈가며 조용히 살다 생을 마감했다. 그가 처음으로 중국에 갔을 때 한 청루에 묵을 때 자신을 붙들고 살려달라는 미인을 만났다. 사정을 들은 임상옥은 곰곰이 생각하다가 이내 그녀의 몸값을 지불하고 그녀를 청루에서 빼내주고 살아갈 수 있는 약간의 자금도 마련해 주었다. 여인이 눈물을 흘리며 이름이라도 알려달라고 청하자 그는 의주상인 '임상옥' 이라고만 알려주고 돌아왔다. 그후 십년이라는 고달픈 세월이 흐른 후 박종일 이라는 사람이 찾아와 북경의 최근 현황에 대해 알려주었다. 북경에서 제일 장사를 크게 하는 갑부가 임상옥을 찾는다는 이야기를 듣고 다시 중국 길에 오른 날 그는 그 곳에서 자신이 구하여 준 여인을 다시 만났는데, 그녀는 그 갑부의 측실로 들어간 후, 아들을 낳아 정실부인이 되었다. 그녀는 감사를 표하며 옛날 임상옥이 치른 돈 열배를 주었고 그 갑부와 독점 거래를 트게 해 주었으니 이 거금이 후에 임상옥이 거상으로 올라설 수 있는 발판이 되었다. 다시 한 번 말하거니와 부자가 존경받는 사회가 바람직한 우리의 모습이겠지만, 가진 사람들 중 혹시라도 '존경, 그런 거 필요 없소' 라고 한다면 우리 모두가 쓰러져도 괜찮다는 말임을 잊어서는 안 될 일이다.

은밀(隱密)과 배려(配慮)

　　인생을 살아갈 때에 만나는 것마다 험준한 높은 산이고 건너지 못한 깊은 강물로 느껴질 수 있다. 깊은 강물일수록 소리 없이 흐른다는 사실과 아무리 높은 산이라도 개의치 않고 슬며시 덮었다가 유유히 떠나가는 구름을 바라볼 틈도 없이 어느새 흘러가 버린 인생을 되돌아보기 십상이다. 그런 장애 쯤 쉽게 뛰어넘는 수양으로 단련된 심지 깊은 사람도 얼마든지 있다는 사실을 우리는 잊기 쉽다. 아무리 친한 사이일지라도 술은 무리하게 권할 일은 아니고 또한 무리하게 마시지 않음 속에서 즐거움을 찾아내며, 음율(音律)은 그 숙련성이 아닌 소리 그 자체에서 나 혼자만의 즐거움을 찾을 줄 알아야 할 일이다. 친지나 친구를 만날 때에도 약속 따위를 해서 피차 부담을 느낄 것이 아니라 우연히 만나는 것이 참 반가움이며, 손님이 오더라도 번거로운 송영(送迎) 따위는 던져버리고 자유롭게 해주는 것이 더 자연스러울 것이다. 조금이라도 관습이나 형식에 사로잡힐 때 풍아의 정(情)이 속세의 사교와 다를 게 없어지고 말 것이다. 자칫하면 본래의 의미를 상실하고 형식화, 형태화 되어 허례가 될 수도 있다는 말이다.

　　춘추전국시대에 초(楚)나라 장왕(莊王)이 전쟁에서 큰 승리를 거둔 다음, 공을 치하하기 위해 군신을 초대해 큰 연회를 베풀고 왕비로 하여금 모든 장군에게 술을 따르게 하였다. 흥이 저녁까지 이어져 왕은 촛불을 켜고 잔치를 즐겼다. 그러던 중 갑자기 돌풍이 불어 연회장의 촛불이 모두 꺼졌다. 이 칠 흙 같은 이 어둠을 틈타 한 장군이 왕비를 껴안고 희롱하였다. 요즈음 말로 성희롱을 한 것이다. 왕비는 목숨을 걸고 벗어나려 했고 순간적으로 그의 갓끈을 떼었다. 그리고는 왕에게 가서 갓끈을 보이며 누구의 소행인지 찾으라고 하소연 했다. 그 장군은 이 광경을 보고 술이 확 깨면서 두려움에 떨면서 처벌을 기다릴 수밖에 없었다. 그러자 뜻밖에도 왕이 이렇게 선포한다. '과인이 오늘 연회를 베푼 것은 모두가 흥겹게 놀자는 뜻이오. 여러분들의 흥이 끝나야만 연회도 끝날 것이오. 이 자리에 여러분은 모두 갓끈을 떼어내고 여흥을 즐기기 바라오.' 그리고는 다시 명하여 모두 갓끈을 떼어내는 걸 보고는 불을 켜 연회를 마저 즐겼다. 이 후에 초나라가 다른 나라와 전쟁을 하게 됐는데 장왕이 병사들을 이끌고 적진에 들어갔다가 적군에게 포위를 당하게 되었다. 곧 생포될 위기일발의 상황에서 한 장군이 용감무쌍하게 적진에 돌진하여 적군을 물리치고 장왕을 구해냈다. 장왕이 감격하여 장군의 이름을 물었을 때 그가 바로 얼마 전 연회장에서 갓끈 없는 장군이었음을 알게 되었다. 장왕의 너그러운 마음이 결국 스스로의 생명을 구한 셈이다. 자기를 용서하는 마음으로 다른 사람을 용서하면 사귀지 못할 친구가 없을 것이고 다른 사람을 꾸짖듯이 자신을 꾸짖는다면 자신의 허물이 확 줄어들 것이다.

언덕(阝)에 올라가 맨손(手. 爪)으로 일하는(工) 사람을 쳐다보며 얼마나 고통스러울까 라고 남몰래 마음(心)아파하는 사람이 있을 때 이들 글자들을 합성하여 숨을 은(隱)자가 된다. 이 은(隱)자는 시야에 가려져 안 보인다는 뜻이 아니라 만인에게 노출되는 언덕 빼기에서 일하는 사람을 보면서 안타까워하는 사람의 마음이 일하는 사람에게 들키지 않았다는 뜻인 것이다. 누구나 자신이 어떤 희생을 지불했거나 또 어떤 부담을 느끼면서도 남에게 무엇을 베풀었을 때 비록 그것이 자발적인 행위였더라도 은근히 유형무형의 보상을 기대하기 쉽다. 한편 내가 받은 은혜는 까맣게 잊고 또 어쩌다가 원망을 듣게 되면 그것은 그것을 잊지 못하는 것이 도한 인지상정이다. 우리는 자신이 은혜를 입은 사람에게 보은을 했는지 잊기 쉽다는 말이다. 집단 속에서 어떤 주제를 놓고 논의할 때 우리는 무의식 속에서 그 결론이 자신의 이해관계에 어떠한 영향을 줄 것인지를 계산하는 경우가 많다. 그리고 자신에게 가장 유리한 조건으로 끌고 가기 위해 보통 그럴듯한 논리를 찾으려고 하는 모습을 볼 수 있다. 이런 일은 큰 집단에서나 작은 집단에서나 예외가 없는 일로써 누구나 명심하면서 자신을 돌아보아야 할 일이다. 또 일단 결정이 나서 실천해 나갈 단계에 접어들면 그 일이 자신에게 유리한 결과라면 기꺼이 발을 벗고 앞장서지만 그렇지 못할 때는 손을 뺄 뿐 아니라 훼방까지 놓는 모습도 드문 일은 아니다. 이는 인간이 얼마나 교활하며 마음 약한 존재인지 말해주는 대목이기도 한 것 같다. 눈에 잘 안 띄는 사소한 일이라도 소홀히 하지 않고 삼가는 습관을 기른다면 보다 큰 문제에 부딪칠 경우 미혹되는 일 없이 올바르게 처리할 능력이 생긴다. 또 남을 보살펴 줄 경우 범인들은 반드시 상대방이 감사할 것을 은근히 기대한다. 이럴 경우 순수함을 잃어버린 상(商)행위와 같다고 해야 할 일이다. 보답을 기대하지 않는 선행이 되려면 도저히 보답할 능력이 없는 처지가 어려운 대상, 그 중에도 가장 처지가 어려운 사람을 골라야 할 일이다. 무의식중에라도 보답을 원하는 비열한 마음의 싹이 틀 온상이 없어져야 한다는 말이다. 때로는 타인을 이해하려는 노력이 새로운 편견으로 몰아갈 때도 있는데, 이는 작은 장애물을 보다 큰 장애물로 바꾸어 놓는 결과가 된다. 일반적으로 사람들은 지금까지의 습관적인 편견을 포기할 때 처음에는 자기의 갈 길을 잃은 것처럼 고독을 느끼기도 한다. 하지만 자신의 편견을 버릴 때 자신의 내면으로 더 깊이 파고들 수 있고, 더 정확한 자신의 모습을 대면할 수 있게 될 것이다. 내 마음이 남에게 들키지 않게 베푸는 선(善)의 다른 표현인 자선(慈善)은 그 베풂이 자신이 쏟아 부은 노고의 소산일 때 참다운 선이 된다.

땀 흘리지 않는 손은 물건을 더럽히고 땀 있는 손은 물건을 더럽히지 않는다. 일정 때부터 우리 겨레와 애환을 같이 해 오면서 전 국민적 사랑을 받아 왔던 '알뜰한 당신'의 가수 황금심님은 연탄이 시커멓게 묻은 광부들의 손을 덥석 잡으면서 '세상에 이런 아름다운 손이 어디 또 있겠습니까?' 하며 진심어린 격려를 아끼지 않았다는 얘기도 있다. 더러운 손이라서 손 내밀기를 주저하던 그들이 큰 용기를 얻어 힘 있게 일할 수 있게 되었음은 물론이다. 목마른 자에게 물을 주는 것, 이것이 자선이라는 말이다. 교통을 방해하는 길 가의 돌을 치우는 것이 자선이다. 인생에 있어서 위대한 것들은 대개 사람들의 눈에 잘 띠지 않는 일이 많다.

사람은 아무도 안 보는 혼자 있을 때 더 많은 죄를 짓는다. 많은 사람들이 있는 곳에서는 사람을 유혹하는 악마조차 무서워서인지 악행을 멈추게 된다. 사람은 혼자 있을 때 유혹과 절망에 빠지기 쉽다는 말이다. 고독을 사랑하는 마음은 자신의 좁은 생각에 갇혀 제멋대로 행동하기 쉽고 세상과 멀리 떨어져 선을 행함에 게을러질 수도 있다. 눈에 보이는 것이 모두 진실은 아니다. 감각이란 때로 변덕스러우며 필요시 어떤 환상까지도 만들어낸다. 사람의 머릿속에는 온갖 힘의 재료가 들어있으니 그 속에서 새로운 형상이 생겨나기도 한다는 말이다. 이미 들켜버린 배려나 자선이라면 과장이나 과식에 불과함을 잊지 말아야 할 일이다.

현대인에게 필요한 사회성

직위, 교양, 지식, 부(富) 등과 없이 얼굴을 보는 자체가 유
쾌해 지는 사람이 있는가 하면, 누군가를 만나면 따분하거나 불쾌
해 지기도 한다. 이야기가 풍부할 것 같이 박식한 사람도 지독하
게 따분한 사람도 많다. 사람을 따분하게 만드는 사람이란 남의
관심을 끌지 못하는 사람이라 해도 좋다. 남이 어떻게 느끼는지에
상관하지 않고 남의 기분을 살피려고 하지 않으므로 남과 어울릴
수 없는 사람을 따분한 사람이라 할 만 한 사람이다. 만유인력과
대수학의 달인인 뉴턴이 하일면 자란도에서 고기 잡는 어민에게
느닷없이 고급 수학을 가르친답시고 열심히 몇 시간이고 설명을
한다면 하나도 알아듣지 못할 소리가 끝나 뉴턴이 자리를 뜰 때
얼마나 시원함을 느낄 것인가는 빤 한 얘기다. 좋은 손님은 들어
서면서부터 집안을 밝게 하지만 나쁜 손님은 나가면서부터 집안을
밝게 하는 경우가 될 것이다. 위대한 학자가 구두 수선에는 무지
할 수밖에 없지만 누구에게나 나름대로의 사회성은 있어야 한다.
약속은 반드시 지켜야 하고, 필요 이상으로 자주 시계를 들여다보
면서 상대를 안절부절 못하게 해서도 안 될 것이고, 상대를 불안
하게 하거나 도전적이거나 술주정 등을 해서는 물론 안 될 일이
고, 밝고 유쾌한 우스개 또는 실패담 등 공동 화제가 될 만한 애

기를 꺼낼 것이며, 특수한 화제나 어두운 내용 또는 상대방을 긴장시키는 화제는 피해야 할 것이고, 상대방 말에 깊은 관심을 표정하거나 언동으로 보일 필요가 있고, 상대방 말을 늘 긍정과 웃음으로 받아들이고, 자연스럽고 담담하면서도 자신이 다소 멍청한 모습으로 상대를 안심시키는 것이 좋을 것이며, 상대를 노려보거나 둘레둘레 사방을 살피지 말아야 할 것이며, 무엇보다 조금이라도 찌푸린 얼굴이어선 안 될 일이다. 모두가 말로는 쉽고 또 어찌 보면 그런 것 모르는 사람이 어디 있겠느냐고 톡 소아 붙일만한 이야기들뿐이지만 자신의 모습을 들여다보면 늘 거기에 한심하거나 부족함이 도사리고 있음을 발견하게 될 것 같다. 상대방에게 안도감을 주는 하나 같이 하찮아 보이는 일인데도 말이다. 인간관계가 원만해서 어쩐지 마음이 내키게 하고 결과적으로 큰일을 해내는 사람, 이런 사람은 들키지도 않으면서 본인으로부터 풍겨나는 매력적인 분위기를 머금은 사람일 것이다. 무척 막연하기만 한 말 같지만 이런 사람은 나름대로의 힘을 가졌으면서도 전혀 그 힘을 과시하지 않고, 때로는 나약하게 보이고 심지어는 약간 바보스럽고 어느 면에서는 약간 비굴하게도 비쳐질 수 있으면서도 뛰어나 판단력과 통찰력이 그 속에 가려져 있을 때의 분위기 말이다. 말로 설명하기 어려운 인덕을 갖춘 이상한 힘을 가진 대인감각은 그래도 잘 안 보이는 원만한 인품과 성격, 바른 예절, 밝은 분위기, 사람을 꿰뚫어 보는 힘, 남의 의중을 포착하는 이해력, 세심한 배려, 정확한 판단력, 착안력, 전체를 파악하는 힘, 신속한 동작 등이 될 것이다. 인간관계의 달인이라면 먼저 호감이 가는 사람이어야 하겠지만 그저 호인이라는 소리를 듣는데 그친다면 알맹이가 쏙 빠진 껍데기뿐인 사람이 되고 말 것이다. '호인' 이라는 듣기 좋은 말 속에는 '무능한 사람, 약한 사람, 판단력이 흐리고 주관성이 없는 사람' 이라는 내심의 오명을 떨쳐버릴 수 없게 되면서 바보 취급을 받기가 십상이라는 말이다. 지금을 흔히 자기선전의 시대라고도 하지만 이로 인해 엉뚱한 오해를 불러오기 딱 좋은 일이니 오히려 상대방의 마음을 읽었을 때 그 순조로운 첫 걸음이 됨을 빠뜨리고 있는 것이다. 인간관계가 원만해 지기를 원한다면 자기를 선전하는 유능한 판매원이 된다는 말이기도 하지만, 바로 이 때 상대방의 상황을 충분히 알고 상대방의 입장에 서서 사물을 관찰 할 필요를 말해준다. 이유 없이 상대방이 자신에게 적대감을 보이면서 싫어하는 사람이 생길지라도 그 상황을 개선해서 반전의 계기를 만들어가면서 오히려 그런 사람이야말로 소중히 하면서 차분하고 끈기 있게 밀고 나갈 필요가 있다. 먼저 상대방이 안 보이는 곳에서 크게 칭찬할 일이다. 도무지 그 사람과는 한 자리에 앉고 싶지 않더라도 자신이 그 자리에 빠지거나 그 사람을 제외해서는 안 된다. 상대방의 취미에 적극적인 관심을 가질 필요도 있다. 상대방과 친한 사람을 사이에 두고 서서히 다가갈 필요도 있다. 상대방이 적의를 노출시켜도 그 적의에 개의치 않는다. 상대가 도전한다면 최대한 딴전을 피운다. 쟁점이 있을 때 감정을 개입시키지 말고 내용 자체에 근거하여 밀고 갈 필요가 있다. 상대방이 하는 일에 대가를 바라지 말고 담담한 심정으로 협력한다. 또 상대방이 안 보이는 곳에서 협력한다. 싫어하는 사람, 마음에 들지 않는 사람마저 자기편으로 끌어들일 수 있다면 유쾌한 인간관계 형성에 성공해 나가고 있는 것으로 자평해도 좋다. 여러 상대방이 있을 때 그 상대방의 주장을 균형 있게 받아들이는 자세를 요한다. 상대방과 나와의 거리감이 하나도 없기를 기대한다면 무리한 요구가 되겠지만 가능한 한 그 간격을 좁히는 것은 얼마든지 가능하다. 이 때 누구나 자기 자신을 가장 소중하게 여기고 있다는 사실을 잊어서는 안 될 일이고, 먼저 상대방을 존중하지 않으면 상대방도 나에게 호감을 보이지 않을 것임을 잊지 말아야 할 일이다. 누구를 막론하고 무시를 당하고 천대를 받으면 달갑지 않는 법이고, 상대방에게 관심을 보이고 상대방을 수용할 때 비로소 그 거리를 좁힐 수 있다는 말이다. 그렇더라도 일방적으로 상대방을 받아들이는 데 그쳐 인간관계의 주체인 자신의 중요성을 상실하면서 까지 나의 존재가 사라져서는 안 될 일이다. 따라서 상대방을 수용하면서도 자기주장은 잊지 말아야 할 일이다. 수용과 주장의 균형을 잃지 않는 것이 무엇보다도 주요하다는 말이다. 자신의 말을 주도하기보다는 의식적으로 듣는 입장에 설 줄 알아야 할 일이다. 상대방의 얘기를 듣는다는 것은 상대방을 소중히 여긴다는 신호가 될 것이고, 들으면 들을수록 상대방을 잘 파악할 수 있어 심리적으로 거리가 좁아지게 된다. 동시에 상대방은 자존심이 충만하여 흉금을 털어놓게 되고 거리감이 더욱 좁아들 것이다. 여러 가지를 한꺼번에 주장할 생각을 버리고 범위를 좁힐 일이다. 세부적인 일에 구애받지 말고 본질적인 측면에서 자기주장을 펴 나갈 필요가 있다. 감정대로 처신하지 말고 온당한 태도를 유지할 필요가 있다. 먼저 상대방을 치켜세운 다음 자기 주장을 펼 필요도 있다. 자기주장을 서둘지 말고 상대방이 흥미를 보였을 때 분명한 생각을 설명할 일이다. 사회성이란 이러저러한 기법을 배우거나 모방하기보다는 기본적인 마음을 바꾸어 나가는 과정으로 이어져야 할 일이다. 행동의 밑바닥에 있는 합리적 건전한 사고방식, 그 행동에 내 마음이 반영되어 있다면 그 속에 거짓이 비비고 들어갈 틈이 없다. 현명한 사람이라면 그러한 행동을 솔직히 받아들임은 물론 상대가 뜻하는 바를 정확히 이해하여 준다. 행동이 많은 것을 말하게 하고 말을 최소화하는 것도 사회성의 중요한 요소가 될 수 있다. 말과 행동 속에 이해관계라는 독소가 들어 있어서는 안 된다는 말이다.

자존심(自尊心 pride)

　　언젠가 태국 여행길에서 버스를 타고 가던 중 갑자기 폭우
가 쏟아지면서 빗물이 차오르자 차가 움직이지 않게 되었다. 그러
자 버스 안에 있던 한 미국인 청년이 신사복을 입은 채 차 밑으로
누워서 기어들어가더니 온 몸이 흙탕물과 기름 범벅이 된 채 기어
이 차를 고쳐 무사히 목적지에 갈 수 있었던 일이 있다. 박사 학
위를 가진 사람이 몇 만원 밖에 못 받는 더럽고 위험한 날품팔이
를 할 때, 혹시라도 남의 얼굴이 쳐다보이거나 '자존심 상하게'
라는 생각이 든다면 '자존심'이란 말 자체를 잘 못 쓰고 있는
것이다. 필자는 강원도 철원의 비무장 지대인 지피(Guard Post
=GP 哨所)에서 북한의 전방 기지인 오성산을 마주 보고 왼 편에
백마고지를 마주보는 지점에서 매일 인민군들과 마주보고 때로는
마주치기도 하면서 군(軍) 생활을 한 일이 있다. 1,964년이니 한
국전쟁이 종식된 지 10년 정도라 곳곳에 참전 용사들의 옷가지,
철모, 소총, 박격포, 탄알, 수류탄 등이 눈에 들어올 때 마다 선배
들이 피 흘려 싸우던 모습을 떠올리면서 하루해를 넘기는 하루하
루이기도 했다. 늘 실탄이 장전된 상태로 손가락으로 방아쇠만 당
기면 총알이 나갈 수 있게 준비 된 상황 하에서 캄캄한 밤중에 혹
산짐승이 부스럭거리기만 해도 신경이 곤두 서는 늦출 수 없는 긴

장감의 연속이었다. 24시간 내내 귀가 따가운 북한의 대남방송도 참아내야 했다. 방송의 내용이란 한국군 병사들에게 무기를 가지고 분계선을 넘어 오라는 것과, 미군들에게 성 추행 당하고 있는 너희 누나와 여동생들이 불쌍하지도 않느냐, 또는 미군정 하에서 착취당하고 있는 남한 백성들의 생활고로 인한 자살이 줄을 잇고 있다는 등등이다. 만약 전쟁이 일어난다면 제일 먼저 목숨을 버릴 수 있는 그 자리에 와 있는 이 순간이 내 생애 최고의 자랑이자 보람이라는 생각이 들었고 세월이 지난 지금도 변함이 없다.

자존심이 무슨 의미인지를 돌아보려면 1.982년의 포클랜드 (Falkland) 전쟁을 떠올리게 된다. 당시에 군정(軍政)으로 나라를 이끌어 가던 아르헨티나는 복잡한 내정을 다른 곳으로 돌리기 위해 포클랜드 섬을 일시 점령하였으나 수만리 밖에 있는 영국이 신속하게 전면전을 선포하면서 파병하자 싱겁게 영국의 승리로 끝나고 말았다. 당시 미국의 레이건 대통령은 열성적으로 영국을 도왔고 이웃나라 칠레가 영국을 도운 것도 전쟁에 큰 기여를 했다. 전쟁 후 갈티메리 아르헨티나 대통령을 실각하고 군정에서 민정으로 이양되는 계기가 되었다. 아르헨티나 군은 징병제인데 비해 영국은 희망자를 대상으로 하는 모병제이니 전투에 임하는 동기와 자세부터 달랐다. 또 무엇보다 영국의 지존이라 할 수 있는 왕족인 앤드루 왕자가 전투기를 몰고 직접 전투에 참전함으로써 '자존심' 이 무엇인지를 보여준 것이 결정적인 전투의 향방을 결정해주는 요소가 되었다. 우리 사회에 만연하고 있는 위험하고 더럽고 어려운 일에 나서지 않는 것이 자존심을 덜 상하게 한다는 사고와는 판이하게 다른 참 '자존심'을 앤드루 왕자가 보여 준 것이다. 우리가 흔히 쓰는 외래어인 프라이드(pride)란 pri(in front of 앞)와 de(be=exist 존재하다)의 합성어이니 위험하고 더럽고 어려운 일에 남에게 양보하지 않고 자신이 먼저 나선다는 뜻이다. 중동 전쟁이 났을 때 미국에 있던 아랍 유학생들과 이스라엘 유학생들 모두 같이 보따리를 쌌는데 아랍 학생들은 혹시라도 징병을 위한 소환이 무서워 피신하기 위해서이고 이스라엘 학생들은 전투에 참전하기 위해서 였으니 전쟁 시작도 전에 결과가 빤한 일이었던 것이다.

고대 단군조선 시절에 우리 동이족(東夷族)이 중원에 은(殷)나라를 세웠는데 당연히 시조 성탕(成湯) 자신이 우리 동이족이다. 탕왕이 하 왕조를 멸망시키고 은나라를 세운지 얼마 안 되어 큰 가뭄이 들었다. 기우제를 지냈건만 여전히 비 한 방울도 내리지 않자 사관이 말하였다. '사람을 제물로 바쳐야만 비가 내릴 것 같사옵니다.' 왕이 대답한다. '뭐야? 그리 해서는 안 된다. 비를 내리기를 기원하는 것은 백성들을 위해서다. 만일 사람을 제물로 바쳐야 한다면 나를 그 제물로 삼으라.' 이리하여 성대한 기우제를 지내는 날이 되자 성탕은 허름한 옷을 입고 머리는 풀어헤쳤으며, 몸에는 불에 잘 타는 흰 띠 풀을 묶은 채 눈처럼 희 수레 위에 올랐다. 흰 말이 끄는 수레는 은(殷) 민족의 사당이 있는 상림(桑林)으로 향했다. 세 발 달린 솥(鼎)을 짊어지고 깃발을 든 사람들이 음악에 맞추어 앞장서서 걸었고 탕왕이 탄 수레는 그 뒤를 느릿느릿 따라갔다. 무당(巫師)들이 목청을 돋우어 비가 내리기를 기원하는 축도문(祝禱文을 낭송하며 상림(桑林)으로 향했다. 신단 앞에는 장작이 산더미처럼 쌓여 있었고 화로에는 번화(燔火) 가 붉게 타오르는 가운데 무당(巫師)들 서너 명이 신단 앞에서 비 를 내려 달라고 제를 올리고 있었다. 탕왕이 신단 앞으로 나아가 무릎을 꿇고 엎드려 경건하게 신에게 기도했다. '제게 죄가 있다 면 그 죄로 인하여 백성들을 수고롭게 하지 마시고, 백성들에게 죄가 있다면 제가 그 죄를 받겠나이다.' 제사장이 다가와 소매 속에서 가위를 꺼내어 탕왕의 머리카락과 손톱을 깎아서 신단 옆 화로 속에 넣었다. 탕왕은 엄숙한 모습으로 눈을 감고 장작더미 위에 서서 무당들이 장작더미의 사방에 불을 붙일 때를 기다리고 있었다. 하늘에는 여전히 예전과 다름없이 이글거리는 태양이 걸 려 있었고 구름 한 점 없었다. 마침내 때가 되자 신호 나팔소리가 울리고 무당들은 시단 옆에 놓여있는 화로에서 타오르는 불꽃으로 횃불에 불을 당겼다. 그리고는 높이 쌓여있는 장작더미 둘레를 몇 바퀴 돌며 노래를 부르고 너울너울 춤을 추다가 횃불을 장작더미 에 던졌다. 불꽃이 혀를 날름거리듯 바싹 마른 장작더미를 핥으며 타올랐다. 불길은 삽시간에 번져 장작더미 위에서 비 오듯 땀을 흘리고 서 있는 탕왕을 에워쌌다. 탕왕의 몸에 묶은 하얀 띠 풀에 금세라도 불이 붙을 긴박한 상황이었다. 바로 이 때, 탕왕의 지극 한 정성이 하늘을 감동시켜서인지, 동북쪽에서 한 줄기 세찬 바람 이 먹장구름을 몰고 와 삽시간에 온 하늘을 뒤덮어 버리더니 콩알 만 한 빗방울이 후드득후드득 떨어지기 시작했다. 뒤 이어 번개와 천둥이 치더니 빗방울이 굵어지고 점점 비가 많이 내리기 시작했 다. 기쁨에 벅찬 사람들은 비를 맞으며 미친 듯이 펄쩍펄쩍 뛰며 환호성을 질렀다. 장작더미 위에 서 있던 성탕도 고개를 쳐들고 하늘을 우러러 보았다. 온 세상의 구름이 몰려 온 듯 사방 천리에 이르는 광활한 지역에 시원스레 비가 내렸고, 7년 동안의 큰 가뭄이 일시에 해갈되었다. 장작더미에 붙었던 불과 신단 앞 화로에 활활 타오르던 불꽃은 일찌감치 꺼져 버렸고, 몇 줄기 파란 연기만이 뭉게뭉게 솟아오르고 있었다. 환희에 가득 찬 사람들은 쏟아져 내리는 빗줄기 속에서 경건하게 탕왕을 찬양하는 노래를 목청껏 불렀다. 쏟아지는 빗소리와 환희에 찬 백성들의 찬가가 어우러진 가운데 무당들은 장작더미 위에서 백성들을 위해 자신의 희생을 감수하며 간절한 기도를 올렸던 자애로운 군주를 부축해 내려오고 있었다.

가난탈출과 걸림돌

　　근세의 조선 말기에 대원군을 빼 버리면 알맹이를 잃게 된다. 야인 시절 파락호 행세를 하며 상갓집 개꼴이 된 형편없는 몰골로 안동 김 씨들의 눈을 속여 가며 권좌에 오른 다음 강력하게 추진한 정책과제 중 하나가 '사치 방지법'이다. 빈부격차가 심해지고 만연한 사치풍조에 제동을 걸고 나선 것이다. 사치 금지령으로 의복 사치 제한뿐만 아니라 갓의 크기와 도포 소매의 폭, 그리고 담뱃대의 길이까지 규제했다. 당시 멍청한 양반들이 갓에 온갖 장식을 단데다가 양테가 양산만큼 넓은 갓을 쓰고 다녔는데 비가 올 때는 양 옆으로 두 사람이 들어설 수 있을 정도로 갓이 컸다. 거기다 도포 소매는 코끼리 넓적다리가 들어갈 만큼 넓은 것을 입어야 체면이 좀 서는 것으로 알았다. 담뱃대 길이도 길수록 대우받는 줄 알았고, 그것도 너무 길어서 자신이 담뱃불을 붙이지 못하고 종을 데리고 다니며 담배를 피워댔으니 그 모습으로 무슨 일을 할 수 있었겠는가 싶다. 양반이란 사람들은 이처럼 한심한 꼴로 손가락 하나 까딱 안 하면서 밥만 축내고 있었다는 말이다. 또 대원군은 상공인 보호정책을 펴는 한 편 모리배들을 가려내어 처벌했다. 지금도 시류에 편승하거나 정직치 못한 방법으로 돈을 벌어 고급품, 명품만 찾는 자칭 귀족들이 버젓이 활개 치며 다니기는 예나 지금이나 별반 다를 게 없어 보인다.

　　텔레비전 사극에 빠짐없이 등장하는 인물이 무소불위의 권력을 휘두르는 왕이다. 아무 것도 아쉬울 게 없는 왕이 지금의 한 서민 주택에 사는 보통의 한 주민보다 낫게 살았을지, 또는 바로 그 왕에게 행복지수라는 질문을 던졌을 때 어떤 답이 나왔을까 하는 종착 없는 생각이 들 때가 있다. 인간이라면 누구나 목마르게 추구하는 가난탈출의 기회란 늘 손에 잡힐 듯 말듯 한 감질 맛 나는(tantalizing) 신기루(蜃氣樓)로 끝나고 마는 일이 너무 많다. 가난을 구제한다는 과제는 인류에게 두고두고 지워졌던 과제이지만 안 되는 일이 없던 임금의 능력으로도, 고도로 발전된 오늘의 문명사회의 제도 또는 모든 가진 자들의 합심한 노력이 있다 하더라도 쉽게 해결하기 어려운 난제 중 난제이다. 1인당 국민소득 일천달러만 되면 천하에 부러울 게 없어 보였던 지난 세기 '5-60년대를 돌이켜 본다면 이만 달러가 넘는 지금 쯤 풍요가 넘쳐나야 할 일이련만 풍요로움을 차치하고라도 남과 나를 같은 저울대에 올려 보는 상대적 빈곤감과 박탈감의 깊은 골은 더욱더 메울 수 없게 깊어만 가는 느낌을 지울 수 없게 해 주는 현실이다. 모두가 가난했던 그 시절에는 불평등 따위가 우리의 뇌리에 들어 설 틈이 없었고 오직 경제성장의 열매를 거둘 때쯤이면 모두가 가난을 벗어나게 되리라는 부푼 기대감에서 웬만한 괴로움 쯤 대수롭지 않게 참아왔던 긴 긴 세월도 그렇게 오래 된 잊혀 져 간 옛 얘기만은 아닌 모든 사회계층간의 합의와 기대였다는 말이다. 사회계층이란 직업구조의 변화나 사회적 변동 등의 사회적 분화에 따른 사회적 인식이나 평가의 결과를 말한다. 따라서 사회의 위계적 체계

속에서 직업, 정치적 위치, 가족적 배경, 인종, 개인의 능력 및 기술 등이 불평등하게 배분된 가운데 서로 비슷한 위치에 있는 사회 집단을 말한다. 사회계층의 개념은 사회적 불평등을 전제할 때이며 선천적이며 생리적인 차이에 기인되지 않는 사회적 요인에 의해 설명된다. 사회계층은 사회적으로 결정될 뿐만 아니라 어떤 대가와 분배에서 나타나는 특징인 사회적 기준의 정당성 여부에 따라 결정된다. 사실 일반적인 사회적 현상으로는 사회 전체의 소득이 비약적으로 늘어날 때 그 소득의 분배 또한 상당히 평준화 되어가는 것이 상식인데 유독 우리의 경우 앞서 말한 상대적 박탈감이 지우기 어려운 상처로 우리에게 다가와 있는 것이 또한 우리의 현실이다. 또 시각을 달리 해 보면 요즈음 웬만한 사람이라도 옛날 임금님 보다 생활이 나아지고서도 가난으로 인한 고통이 사라지기는커녕 커져만 가고 있는 까닭을 알 수가 없다는 생각이 들수도 있다. 가난 퇴치는 허울 좋은 야단스럽게 외쳐대는 구호에만 그치지 않는, 진심으로 그 사회의 가장 못 사는 사람에게 가장 큰 몫을 돌려주는 이상적인 소득분배에 실질적인 노력을 쏟아 붓지 않는 한 여전히 우리의 요원한 꿈으로 남아있을 뿐이다. 소득의 분배에 있어서 모든 사람에게 이익이 되는 불평등, 모든 사람에게 가난 탈출의 기회가 골고루 돌아가는 불평등일 때 더 이상 불평등으로 몰아붙여서는 될 일이 아니다. 산술적 또는 물리적 기준만으로 그 본질이 설명되지 않는 이상적 소득분배는 전 국민이 합심하여 일궈야 할 과제라는 말이다. 분배적 정의란 정당한 권리, 공정성, 평등성이 공정하게 국민 개개인에게 돌아갈 때 이루어 질 수 있는 꿈이다. 경제적 불평등 앞에 서 있는 정치적 평등만으로는 그 의미를 잃게 된다. 다른 사람들의 노동, 다른 사람들의 삶에 대한 통제권마저 장악 당하고 있기 때문이다. 사람들의 삶이 더 이상 자유롭지도 않고 더 이상 자유는 존재하지도 않으며 행복도 더 이상 추구할 수도 없게 되어있다. 국민 대다수가 합의한 불균등 분배가 아닌 이유 없는 불균등 분배란 사회적 타살이라고 해도 과장된 말이 아님을 새겨 둘 일이다. 현재 우리가 살고 삶과 생명에 대한 성찰이 부족한 반 인권적 사회이며 사회 최상층이 전체 소득의 높은 부분을 독식하고 있는 승자독식의 사회임을 부인하기 어렵다는 데서 사태의 심각성이 커져만 가고 있다는 점이다. 기업 성장의 막대한 이윤이 근로자들에게 고루 돌아가지 않고 이윤이 사주들에게 독식 당하고 있다 해도 설득력 있는 설명을 내놓기 어려울 것이다. 소득 분배 부문에 중요한 일익을 담당하고 있는 정부가 요란하게 내세우고 있는 감세정책도 경제성장의 둔화, 불평등 수준의 심화, 국가 채무의 확대 등 참혹한 결과로 다가오고 있음을 간과할 일이 아니다. 적절한 재분배 정책을 통해 시장 소득의 불평등을 바로잡는 역할도 제대로 못하고 있다는 말이다. 난폭한 기업, 무능력한 정부, 그리고 신 자유주의적 자본주의가 소득 불평등과 사회적 타살의 주요 요인이 되고 있다는 점도 주목할 일이다. 우리가 살고 있는 사회는 이유 없이 일률적으로 못 가진 사람들에게 골고루 재산을 나누어 준다고 분배의 정의 이루어지는 것은 아니지만, '이유 있는 불균등분배' 라는 전 국민적 동의를 얻어내는 일이야말로 당연히 가진 사람들의 몫이 될 것이고, 이 일은 반드시 이루어져야 할 일이다. 가난한 사람들에게는 언제까지나 실의에 빠진 가난타령만 하고 있어서는 안 될 일이며 자신감 있게 치밀한 계획을 세워 그 소망을 이루어 내어야 할 책임이 주어져 있음을 잊지 말아야 할 일이다 . 적어도 뻐기는 이웃 부자 때문에 자신이 더욱 더 초라해 보이는 인위적 빈곤감으로 괴로워 하는 일은 절대로 없어야 할 일이다. 실제로 가지지 못한 절대적 빈곤, 마음의 가난에서 오는 상대적 빈곤, 그 어느 것이나 우리 모두의 마음 하나에 달려있다는 사실 또한 그냥 흘려보낼 수 있는 말이 아님을 잊지 말아야 할 일이다. 소를 잃었더라도 외양간은 고쳐야 하고 고치되 더욱 튼튼히 고칠 줄 아는 지혜가 그 어느 때 보다 절실히 우리에게 요구된다.

우리겨레가 만든 문자(文字)

　　우리겨레가 언제 우리 고유의 문자를 만들었느냐고 묻는다면 초등학교 학생들이라 하더라도 그 자리에서 '세종대왕'이 만든 한글이라고 답할 것이다. 완전히 엉터리 답이라고 까지 말 할 것 까지는 없지만 우리 문자의 기원(역사)을 제대로 모르는 답이 될 것이다. 또 한자(漢字)에 대한 관념은 삼국시대 혹은 그 이전에 중국에서 수입하여 사용하는 문자(文字)이고 이 한자의 수입으로 중국의 선진 문물이 수입된 것으로 이해하는 사람들이 대부분일 것이다. 바로 이 대목에서 우리 것을 하찮게 여기고 남(중국)의 것을 높이 보는 사대모화(事大慕華)의 독소에 자신도 모르게 중증으로 중독되어가고 있는 우리의 현주소를 적나라하게 보여주는 현장이기도 하다.

　　먼저 하나밖에 없는 위대한 글 '한글'은 조선조 세종대왕이 창제한 것은 맞지만, 이보다 3,800년 가까이 앞섰던 단군조선시대에(기원 전 2,181년) 단군왕검의 손자인 3세 가륵(嘉勒)단군으로 거슬러 올라가야 한다. 가륵 단군이 신하인 을보륵(乙普勒)에게 치국(治國0의 조언을 구하자 을보륵이 상주한다. '신(神)이 만물을 생겨나게 하여 각자 제 성품을 다하게 하는 것에 깊은 뜻이 있습니다. 천황은 그 덕과 의로서 세상을 다스려 그 삶을 편안하게 함에 바른 다스림이 있다 하겠습니다. 이러한 일은 아비 되려 하는 자는 아비답게 하고 임금 노릇 하고자 하는 이는 곧 임금답게 하며 스승이 되고자 하는 이는 곧 스승답게 하고, 아들, 신하, 제자가 되고자 하는 자도 역시 아들답고 신하답고 제자답게 해야 합니다. 신시개천(神市開天)의 도는 역시 신으로서 가르침을 베푼 것이니 나를 알고 홀로 있기를 구하며 나를 비게 한 다음 물건이 있게 함으로써 능히 복을 세상에 있게 합니다. 전황은 천신을 대신하여 도를 넓혀 널리 백성을 이롭게 해야 합니다.' 가륵단군이 신시(神市 수도권)내는 물론 거수국(제후국)간에 사투리가 많아 의사소통에 지장이 많음을 보고 을보륵에게 명하여 표준 문자를 만들게 하니 그보다 옛날 신지(神誌)가 만들었던 가림토(加臨土)를 다시 정리하여 38자로 된 가림토 정음을 만들었다. '가림토' 의 '가림' 이란 사물을 분별하여 가린다는 뜻이다. 이 후이 가림토가 어떻게 사용되어 왔으며 세종대왕의 한글 창제에 얼마나 도움이 되었는지는 알기 어려우나 가림토의 자형(字形)이 지금의 한글과 거의 같은 모양으로 되어있다.

한자(漢字)라는 말은 한(漢)나라의 글자라는 뜻이겠지만 실은 한나라가 생겨나기 2천년도 더 전에 만들어졌으며 한나라는 이 글자가 발전하는 과정에 나타난 한 단계에 지나지 않는다. 더구나 그 '한(漢)' 이라는 글자는 우리 겨레의 광명사상을 말해주는 '환함(韓)' 의 소리를 흉내 내어 그 '환(光明)함' 이라는 소리(音價)를 담아두기 위해 만들어 둔 화하족(華夏族글)의 글자인 것

이다. 자인. 우리 겨레가 만들어 그들이 가져 간 지금의 한자는 갑
골문(甲骨文), 전서(篆書), 예서(隷書), 해서(楷書)등 여러 단계를
거쳐 지금 우리가 쓰는 형태의 해서로 발전하게 된 과정의 하나라
는 말이다. 원래 한자 또한 우리겨레가 먼저 만들어서 교화되지
않은 거수국(제후국) 화하족(華夏族 중국인)들에게 가르쳐 준 문
자이고 그들이 자신들의 언어로 발음기호를 붙여 읽었고 나중에
그들이 세력이 커지자 문자를 포함한 우리문화의 근간마저 송두리
째 원천적으로 자기네들 고유의 것이라고 우기고 있는 것이 오늘
의 작태라는 말이다. 먼저 우리의 언어 체계로는 한 글자에 대하
여 하나의 음절로 발음하지만 중국의 경우 단음절 발음은 극히 드
물고 한 글자를 여러 음절로 발음하니 여기서 벌써 지금의 한자가
종주국(天子國)인 우리 겨레에게서 수입해 간 문자임을 말해준다.
이보다 더 중요한 요소가 각 글자가 가리키는 의미와 독음(讀音)
이다. 하늘을 가리키는 말로 천(天)이 있지만 옛 글로는 '천' 이
아닌 '텐' 이고 또 '탄' 이다. 우리와 같은 단군의 후예인 흉노
(匈奴)의 우두머리를 선우(禪于 또는 單于)라 하니 선(單 또는
禪)과 턴(天 또는 檀)과 마찬가지로 광대한 하늘을 가리키며, 흉
노 언어 탱려(撑藜는 天의 의미)이니 알타이어인 텡구리(tenguri
대가리=head or heaven)이듯이, 우리의 국조 단군(檀君) 또한
텡구리와 같은 의미인 하늘이자 우두머리(Tungus)라는 뜻이다.
다시 말해 천(天)은 지고무상(至高無上)을 뜻하며 천(天)과 단
(單)을 연결시킨 것은 하나(一)와 크다(大)와의 합성으로 이루어
진 글자다. 하늘의 ' 텐 '은 하늘에서 처음으로 해가 솟는 ' 동
(tong 東)과 음가에서 유사한 것도 무관한 일이 아니다. 하늘에

못지않게 중요한 의미를 지니는 지(地)는 우리 말 '땅((地)' 또는 양달 음달 등의 '달(地)'에서 '디' '토' 등의 유사 음으로 발전한 것이니 기와의 옛 말 '디'와 '가 흙(땅 地)'을 소재로 만들어졌기 때문이다. 시간을 말하는 시(時)는 우리말인 '그럴 적, 저럴 적' 등에서 보여주는 '적(때)'에서 '덕, 석, 식, 시'로의 변천 과정임을 말해준다. 활의 살(矢)은 '사르. 사, 시'로 변천된 과정이다. 왕(王)은 우리말에서는 원래 '간'으로 발음되었으니 신라의 왕을 가리키는 거서간(居西干), 마립간(麻立干) 등의 간(干)이 그것이고 징기스칸의 '칸' 또한 같은 것이다. 이 . '간'은 크다는 의미인 '한(大)'과 같은 의미이자 발음이고 왕(王) 된 자는 천.지.인(天 地 人)의 셋 모두 통하여 왕이 된다는 뜻이기도 하다. 제(帝) 또한 왕을 가리키지만 왕이 주로 지상의 절대자를 말하는 데 비해 제는 천상과 지상 모두를 두루 살피는 책임자라는 의미이다. 천(天)이 높음을 말해주듯 제(帝) 또한 높다는 뜻이니 '텐(天)'과 같은 의미인 높다는 뜻이기도 하고 우리 말 어원 '텐, 테르, 타르, 테그' 등에서 볼 수 있는 변형을 볼 수 있으며, 여기서 더 나아가 덕(德)의 음가를 더듬을 수 있게 된다. 여기서 지금의 예삿말인 '언덕(堰堤)'의 '덕(테그 데그 더그, 덕)'에서 보여주는 높다는 의미가 그것이다. 제(提) 또한 덕(德)과 마찬가지로 방죽과 같은 높은 제방을 가리키며 '덕, 젝, 제'의 독음화 과정을 말해준다. 일본인들의 다까가와(高川), 다떼모노(建物), 다까이(高) 등에서 보여주는 '다까(高)' 등도 우리말의 '언덕' 등에서 보여주는 높다는 의미가 일본 말의 모태가 된 예를 보여준다. 풍(風) 또는 봉(鳳)은 우리

말 '바람'에서 '바람, 불다, 붕, 풍 또는 봉'의 음운 발달 과정을 말해주고 있다.

　　이와 같이 문자를 통하여 그 문자의 형성과 자음 가운데 비화하적(非華夏的)인 것, 즉 한국어적인 요소의 편린을 간략하게 훑어보았다. 한자는 처음부터 언어음을 표기하기 위해 의도적으로 만들어진 문자가 아니다. 처음에는 단순히 기억을 방조하기 위한 수단으로서의 그림에서 출발한 것이다. 우리가 알고 있는 한자가 결코 중국인들의 것이 아닌 우리 조상들의 소중한 창작물임을 밝히고 나아가 우리의 자긍심고 주체성을 살려 나가는 일은 그 무엇과도 바꿀 수 없는 일이다.

역사가 우리에게 주는 의미

　　앞서 가는 수레가 기습을 받거나 장애물에 걸려 넘어질질 때 뒤따르던 수레는 재빨리 가든 길을 멈추고 적절히 대처한다. 한 개인의 생애는 연속된 경험의 축적이고, 인간은 그 경험을 통해 성장해 간다. 인간에게 있어서 역사란 항해하는 배의 꼬리 부분에 달린 등불과 같아서 지나간 자국(航跡)만 비추어 줄 뿐이다. 기나긴 세월에 걸쳐 많은 사람들이 엮어가는 생애의 묶음을 우리는 역사라 부른다. 앞으로 나아갈 길이 아득할지라도 지나간 시절의 즐거움을 떠올리면서 또 다른 역사를 만들어 간다. 이 시대를 살고 있는 우리들뿐만 아이라 앞선 세대의 모든 인간도 결점투성이였다는 것을 누구보다 잘 아는 인간은 역사에서 '인내'라는 값진 교훈을 얻기도 한다. 세월의 흐름에 떠밀려 가는 인생이 아닌 목표 있는 삶이란 '계획성'이 그 바탕이기에 정확한 정보에 의한 현명한 의사결정이 요구되기도 한다.

　　역사(歷史)에서 지날 역(曆)은 언덕(厂)에 잘 자라고 있는 벼(禾)가 태양(日)이 만들어 주는 절기에 따라 싹터서 자라고 익어가는 모습을 나타낸 것이고, 역사(歷史)의 사(史)는 가운데 중(中)과 손 수(手)가 합쳐진 글자로 한쪽으로 치우침이 없는 중도

(中道) 정신이니 있는 기대로 기술한 기록 자료라는 말이다. 서구인들의 역사(history)란 사실을 탐구한다는 의미이니 지나온 발자취, 지금 나아가고 있는 길, 앞으로 나아갈 길을 한 눈에 꿰뚫어 보는 통찰력(vision)을 가졌다는 데서 vis(look 보다)에서 his(look 보다)로 변한 것이다. 하느님의 가르침을 전하는 것을 사명으로 하는 교회에서 역사(history)를 풀이할 때 전지전능의 하느님이 천하고 죄 많은 인간의 육신을 입고 죄 많은 인간을 죄에서 구원하기 위해 오신 예수님(Jesus)을 통한 하느님의 사역(work)역사가 '역사(history)'이니 바로 그 하느님의(His) 이야기(story)라는 His+story=History or history)에서 보여 주듯 하느님에 대한 공경을 표하기 위해 일반 대명사인 his(그의)에서 첫 글자인 h를 대문자인 His(그의)로 써야 한다는 논리 등을 장황하게 설교하는 모습을 여러 번 들은 일이 있지만, 이는 원래의 의미를 비틀어놓고 있다는 점을 잊지 말아야 할 일이다. 따라서 역사란 과거의 진실을 탐구하는 학문이지만, 지난 과거사의 역사적 의미를 찾아내어 현재 삶의 최선책을 찾아내는데 최대한 활용해야 한다는 의미기기도 하다. 역사는 인간 정신활동의 결과물이자 산물이기에 인류의 삶에 필요한 가장 중요한 자산이자 지혜의 보고라는 말이다. '역사를 읽게 하되 어릴 때부터 읽게 할 것이며 남자 뿐 아니라 여자도 배워야 할 일이고, 지배계급뿐만 아니라 피지배 계급도 배우게 할 일이다. 정신이 없는 역사는 정신이 없는 민족을 낳고 정신이 없는 나라를 만든다.'는 신채호님의 절규를 잊어서는 안 될 일이다. 국가와 민족을 소생시키고 인류의 참된 소명을 깨닫게 하는 정신이 살아있는 역사를 절규한 것이다. 우리

가 역사를 반드시 알아야 하는 이유는 오늘의 우리 삶의 속에 과거 역사가 녹아있기 때문이며, 지금 우리의 발걸음에 따라 미래의 향방이 결정된다는 점을 잊지 말아야 할 일이다. 과거가 단절되거나 왜곡되어 있다면 과거의 소산인 현재의 역사의식도 뒤틀리고 미래를 보는 올바른 시각마저 상실할 것은 자명한 일이다. 과거는 죽은 과거가 아니라 현재 속에 살아있는 과거이니 역사란 과거와 현재의 끊임없는 대화임을 잊지 말아야 할 일이다. 과거와 현재가 소통될 때 비로소 우리에게 닥쳐오는 모든 변화에 대비할 수 있고 밝은 미래를 내다볼 수 있다는 말이다. 미래에 대한 의식이 없다면 역사는 아무런 의미도 없고 미래를 내다보거나 미래에 대한 올바른 설계가 있을 수도 없다는 말이다. '역사를 모르는 자, 역사에 휩쓸려 가리라' 이 한 마디는 역사교육의 필연성과 당위성을 말해준다.

이제 이토록 소중한 우리의 역사가 제대로 기록되고 제대로 후손들에게 전해지고 있는가를 돌아볼 때다. 우리의 주변이라면 중국과 일본을 빼 놓을 수 없다. 수천 년 동안 대립과 갈등으로 얼룩질 수밖에 없는 두 이웃이 우리 역사를 올바르게 기록할 리 없고 철저히 침략의 도구 또는 침략의 당위성을 내세우는 그들이기에 우리의 역사를 밑둥치부터 잘라내고 닥치는 대로 난도질 했으리라는 것 쯤 새삼스러울 것도 없다. 그들의 비양심적, 야만적 행동은 그들 나름대로의 애국심일 수도 있으나 그들의 장단에 덩달아 춤추면서 난도질당한 우리 역사를 바로 잡기는커녕, 우리 스스로가 더욱 더 난도질을 가하여 후대들에게 가르치고 있는 우리 역사교육의 현장은 양식 있는 사람들의 숨통마저 멎게 할 기막히고 기막힌 일이다. 역사왜곡의 첫 단계가 우리가 잘 아는 '삼국사기'와 '삼국유사'다. 삼국사기의 저자 김부식은 고려 중기의 유학자로 중화주의와 사대주의를 바탕으로 삼국사기를 기술하면서 북방을 다스리면서 중국을 제압해 오던 고구려를 '동북의 동북 모퉁이에 끼어 있으면서 중국의 국경을 침범하여 중국을 한민족의 원수로 만들게 한 적대국'으로 묘사했을 뿐 아니라, 이 후 고구려의 후신 대진국(大震國=渤海)은 아예 역사에서 제외해 버렸다. 신라 귀족의 후손인 김부식은 멸망한 신라를 한국사의 정통 계승 국가로 만들기 위해 발해를 뺀 것이다. 바로 이 김부식이 대륙의 웅대한 우리 역사를 한반도에 국한시킨 반 토막 역사의 주인공이라는 말이다. 환인(桓因)의 환국(桓國3,301년간 다스림), 환웅(桓雄)의 배달국(倍達國1,565)년, 단군(檀君)의 조선(朝鮮 2,096년) 등 칠천년이 넘는 상고사에 대하여는 한 마디의 언급도 없이 삼국시대만을 적은 기록으로는 한국의 대표사서가 될 수 없다는 말이다. 삼국사기와 쌍을 이루는 삼국유사 또한 몇 가지 문제점을 안고 있다. 삼국유사에 의하면, 아버지 환인(桓因)의 허락을 받은 환웅(桓雄)이 백두산으로 내려와 신사(神市)를 열어 세상을 다스렸는데 그 때 곰 한 마리와 호랑이 한 마리가 사람이 되고자 환웅을 찾았고, 백일 시험기간을 무사히 통과한 곰이 여자가 되어 환웅과 혼인하여 아들을 낳았는데, 그 아들이 단군왕검으로서 고조선을 세워 약 1,900년 동안 나라를 다스리다가 신선이 된 것으로 기록하고 있다. 이처럼 삼국유사에서는 환국, 배달국, 고조선의 7,000년에 이르는 상고사를 마치 환인, 환웅, 단군이라는 3대에 걸친 인물사인 것처럼 잘못 기록하고 있다. 또한 배달의 백성으로 귀화하고자 한 두 부족인 웅족(熊族)과 호족(虎族)을 사람 되기를 갈망한 두 마리 동물로 묘사한 것이다. 또한 마흔일곱 분 단군이 다스린 고조선을 단 한명의 단군이 다스린 것으로 오기하였고, 그 단군왕검도 신선이 되었다하여 고조선 전체 역사를 신화 속의 이야기로 만들어 버리고 있다는 점 등이다. 삼국사기와 삼국유사에서는 당시까지 남아있던 사서 중 유교사관과 불교사관에 어긋난 모든 사서가 배제됐다는 점이다. 그 후 고려를 이은 조선의 숭유정책과 조선을 무너뜨린 일제의 식민정책은 이 두 사서를 한국의 대표 사서로 남기게 된다. 이미 명나라에 대한 사대를 기본으로 하는 조선조에서 많은 고대의 사서들을 색출하여 폐기해 온데다가, 일제 강점기에 이르러 한민족의 역사와 문화를 말살하기 위해 20여년에 걸쳐 철저한 색출작업을 벌인 것이다. 그들은 식민지 정책에 이용하기 안성맞춤인 삼국사기와 삼국사기의 일부 내용을 변조하여 널리 보급하기에 이른 것이다. 바른 역사 인식, 바른 역시 기술, 바른 역사 교육이 그 무엇보다 소중한 우리의 과제가 되어야 할 일이다.

균형감각

경우에 따라 사람들은 겉으론 자신의 가난 자체가 남들에게 드러날까 봐 허세를 보이기도 하고, 때로는 겉으로만 요란하게 가난퇴치를 외쳐대는 사람들도 있다. 매우 구체성이 결여된 선언적 의미에 불과하게 들릴지 모르지만 한 사회의 빈곤 퇴치는 진심으로 그 사회에서 소외되고 가난한 사람들에게 가장 큰 몫을 돌려주려는 마음이 그 시작이고 그 실천이 뒤따라야 할 일이다. 어느 사회에서나 소득의 균등분배란 매우 바람직한 모습이지만, 모든 사람들에게 이익으로 돌아오는 불균등, 모든 사람들에게 가난탈출의 기회가 골고루 돌아가는 불평등일 때 그런 불평등이라면 좀 참아낼 수 있는 인내 또한 필요한 필수 덕목이 될 것이다. 산술적 또는 물리적 기준 만으로는 설명할 수 없는 균등 소득 분배란 전 국민적 공감 하에 이루어내어야 할 분배적 정의라는 말이다. 그 분배적 정의 속에는 정당한 권리, 공정성, 평등성 등을 말하며, 이유 있는 불균등분배 라는 전 국민적 동의를 얻어낼 일은 가진 자의 필수적 의무사항이어야 할 일이다. 못 가진 자 또한 언제까지나 신세타령에 빠져있을 일이 아님은 물론, 적어도 뻐기는 부자 이웃 때문에 자신이 더욱 초라해 보이는 인위적 빈곤감에는 절대로 빠지지 말아야 할 일이다.

천지는 영원하지만 인생은 두 번 다시 돌아오지 않는다. 다행히도 이 세상에 태어났으니 즐겁게 살기를 원할 뿐만이 아니라 인생을 헛되게 보내서도 안 된다는 두려움도 가져야 한다. 인생살이에서 무엇이고 줄여나간다면 점점 세속에서 빠져나오고 있는 자신을 발견하게 될 것이니, 교제를 줄이면 다툼이나 분쟁을 피할 수 있고, 말수를 줄일 때 비난을 덜 받을 수 있다. 이성에 치우치면 모가 나고 정(情)에 너무 기울면 많은 것을 잃기 쉽고, 의지(意志)에 기울면 경직되기 쉽다. 친절한 마음으로 한 일이 쓸데없는 참견으로 받아들여지거나 부주의하게 한 말이 상대방의 마음에 상처를 주거나 또는 믿고 있던 상대방에게 배신당하거나 하는 우리들의 일상생활 모두가 이런 고뇌로 싸여있고, 여기서 빠져 나오는 데는 한 발 물러섬 밖에는 약이 없다. 인정은 변하기 쉽고 처세의 길은 냉혹하지만 이런 험하고 어두운 곳에서는 한 발짝 물러서고 길을 양보하고 쉽게 지날 수 있는 곳이라도 작은 이해관계에서 남에게 양보하는 마음이 필요하다는 말이다. 한 발 물러서는 데에는 한 발 나아가기 위한 전제가 있어야 함은 물론이다. 인간관계에 있어서 가급적 관대함을 으뜸으로 하는 편이 좋은 결과로 이어지기 쉽고, 남을 위해 꾀한 일이 결국 자신의 이익으로 되돌아 올 때가 많다는 말이다. 실패의 책임은 공유해야 하지만 성공의 보수는 남에게 양보해야 할 일인즉, 그것까지 공유하려고 하면 결국 서로에게서 미운 감정이 생겨난다는 말이다. 남에게 은혜를 베풀 때에는 생색내듯 하거나 감사를 기대하는 것 같은 태도를 보여서는 물론 안 될 일이고, 남에게 이익을 줄 때에는 효과를 계산하거나 되받을 것을 기대해서도 안 될 일이다. 유해한 인간을 배제할 때에도 도망갈 길만은 남겨두어야 할 일이고, 궁한 쥐가 고양이를 물어뜯게 해서는 안 될 일이다. 상대가 잘 못 했을 때 무조건 야단치는 것 보다 상대방에게 약간의 이유를 인정해 주고 꾸짖는 방법이 설득 효과를 가져 오기도 할 것이다. 남의 결점은 가급적 감싸 주어야 할 일이고 함부로 파헤치는 것은 결점으로써 결점을 비난함과 같은 것으로 여기서 효과를 기대하기 어렵다. 완고한 사람에게는 참을성 있는 설득이 필요하고 감정적으로 대하는 것은 자신의 완고함을 가지고 상대의 완고함을 꺾으려는 태도이니 해결이 될 일도 안 되는 쪽으로 이끌 뿐이다. 남을 질책할 때에도 너무 엄한 태도여서는 안 될 일이니, 상대방이 받아 들일만 한 한도를 미리 생각해 두어야 할 일이라는 말이고, 남을 가르쳐서 인도할 때에는 너무 많은 것을 기대해서도 안 될 일이니, 상대방이 실행할 수 있는 범위 내에서 만족해야 할 일이다. 작은 과실은 책망해서도 안 될 일이고, 비밀을 폭로해서도 안 될 일이고 이전의 잘못은 모르는 일로 해야 할 일에 유의한다면 자신의 인격이 높아질 뿐 아니라 남의 원망을 받을 일이 없어질 것이다. 처세함에 있어서 너무 결벽해서도 안 될 일이니, 더러움, 불결, 추악함도 마음 속에 새겨둘 도량까지 갖출 필요가 있고, 인간관계에서 싫고 좋은 것을 지나치게 겉으로 나타내어서도 안 될 일이다. 어떤 형의 상대방도 받아들일 포용력을 기르라는 말이다. 너무 성급하게 사정이나 내용을 알려고 서두를 때 오히려 알기 어렵게 되는 수도 있다. 무리하게 독촉해서 상대방의 반감을 사기 보다는 유연한 자세로 자연스럽게 알게 되는 것이 유리할 때가 있다는 말이다. 위에 말한 것은 주로 상대방에 대한 관요에 대해서 이지만, 자신에 대해서는 자성적으로 엄한 태도로 임하는 것이 바람직한 태도다. 자신을 멋대로 내버려 두면 아무리 세월이 흘러도 인간으로서의 성장은 바랄 수 없다,

심호흡을 해서 묵은 공기를 토하고 새 공기를 들이마시며, 곰처럼 거꾸로 나무에 매달리고, 새처럼 몸을 펴서 장수하는 사람들도 있다. 마음을 수련하지 않아도 행동이 고상하고, 인의가 없어도 몸을 닦으며, 도(道)에 길들이지 않고도 오래 살 수 있다면, 모든 것을 잊어버리고도 잃은 것 하나 없고, 마음이 비어 끝이 없고, 모든 아름다움이 뒤따를 것이다. 지위가 너무 올라가면 함정이 기다리고 있고, 재능을 너무 발휘한다면 그 재능이 계속 이어지기 어렵다. 훌륭한 행동 또한 정도를 지킴이 좋을 일이니, 지나치면 오히려 비난과 중상이 뒤따를 수 있다는 말이다. 자신에게나 남에게나 세심하게 배려를 하고 어떤 일에도 빈틈이 없는 사람이 있는가 하면, 자신에게나 남에게나 친절하게 돌보지 않고 무슨 일에서나 담백한 태도를 잃지 않는 사람도 있다. 빈틈이 없어도 안 되고 지나치게 시원스러운 것도 안 된다. 균형 잡힌 태도를 관철하는 사람, 바로 그 사람이 훌륭한 인물이라는 말이다. 이상을 높게 가져야 하지만 어디가지나 현실에 입각해야 할 일이고 생각이 주도면밀해야 할 일이지만 지엽말단의 하찮은 일에 구애받아서는 안 될 일이다. 청렴하면서도 포용력이 있고, 사려가 있으면서도 결단력이 있고, 통찰력이 있으면서도 남의 흠을 찾지 않으며, 순수하면서도 과격함을 추구하지 않는 사람이라면 꿀(honey)을 쓰더라도 지나치게 달지 않게 할 것이고 소금을 쓰더라도 지나침이 없는 이상적인 모형이 될 것이다. 입에 맞는 모든 진미는 모두가 장(腸)

을 상하게 하고 뼈를 썩게 하는 독약임을 잊지 말라는 말이기도 하다. 술을 곤드레만드레가 되도록 마셔서는 오히려 흥이 깨지고 약간 얼큰할 정도에 머물렀을 때가 최고이듯, 홀짝 핀 꽃 보다는 반 쯤 꽃이 더 아름답게 보인다. 기쁨에 들떠 아무 일이나 떠맡아 서도 안 될 일이고, 술에 취한 핑계로 분노를 폭발시켜서도 안 될 일이며, 사업의 순조로움에 방심하여 손을 지나치게 넓혀서도 안 될 일이고, 피곤하다는 이유로 일을 대충 해서도 안 될 일이다. 이런 균형감각과 중용을 중히 여기는 인생 태도에는 끝없는 맛이 있고 인생의 본질을 철저히 규명한 달인의 메아리가 있다. 인정(人情)은 험하고 인생길은 냉혹하니 참고 견디는 것을 지주(支柱)로 삼고 살아가지 않을 때 금세 덤불에 빠져 길을 잃고 헤매다가 구덩이에 빠지기 쉬움을 잊지 말아야 할 일이다. 그렇다고 무한정 무턱대고 참으라는 것이 아니라 희망과 행복, 그리고 원대한 목표를 그 바탕에 두었을 때 관용, 인내, 균형감각 등이 늘 생명력을 발하면서 은은한 빛을 발산해 주고 있다는 말이다.

안중근(安重根)의사의 소망

　　'탕, 탕, 탕, 탕, 탕, 탕,' 드디어 민족의 숙적 이토오는 쓰러졌다. 하르빈 역두는 순식간에 수라장으로 빠져들었다. '범인을 잡어라' 하고 떠드는 사람들로 법석댔다. '대한독립 만세, 만세' 천지를 흔드는 것 같은 안중근의 만세소리가 터져 나왔다. '안동지. 성공하셨소. 축하하오.' '우덕순, 조도선, 유동하 세 동지 마침내 원흉을 넘어뜨렸소.' 시베리아의 세찬 바람이 휘몰아치는 초겨울의 하르빈 역두에는 이 겨레의 가슴에 피멍을 들게 한 원한의 총탄이 마침내 이토오의 가슴을 꿰뚫은 것이다. 한 방은 오른쪽 폐부에, 다른 한방을 복부에 명중시키면서 한국 침략의 원흉 이토오 히로부미가 드디어 쓰러진 것이다. 이토오는 하르빈에서 한국 병합문제에 대하여 러시아의 재무대신인 코코프체프(Kokovtsev)의 양해를 구하려고 하던 참이었다. 안중근에 대한 재판은 관동도독부 여순 지방법원에서 재판장 마나베쥬우조오(眞鍋十藏), 검찰관 미조부찌 다까오(溝淵孝雄) 주관하에 열렸다. '피고는 작년(1909년) 10월 26일 오전 아홉시 지나서 하르빈 정거장에서 추밀원 의장 이토오 히로부미공을 총기로 살해하고 그 수행원 총영사 다까가와 도시히코, 궁내대신비서 모리따이찌로오, 남만철도 이사 다나까 세이지로오를 부상시켰다는데 이 사실을 인정하는가?' '그렇다. 나는 그들을 저격했다.' '울라디부스톡 근처에서 3년간 있었다는데 시종 그 목적 때문이었나?' '울라디부스톡에 있을 때에는 민족적 사상을 고취하기 위하여 국권을 회복할 때 까지 농업이든 상업이든 각자 천부의 직업에 정진하여 어떤 노동이라도 기꺼이 참고 견뎌 국가를 위해 일해야만 한다고 동족간에 유세하며 다녔다.' '이토오공이 탄 열차가 하르빈 역에 도착할 때 어떻게 접근했는가?' '이토오는 기차역에서 많은 사람들에게 에워싸여 있었고 또 누가 이토오인지 알아차릴 수 없었다. 잘 살펴본 끝에 군복을 입은 사람이 아라사인이고 사복을 입은 사람이 이토오라고 생각했고 그가 군대 앞을 통과할 때 나도 그의 뒤를 따라가서 이토오가 다른 외국 영사단의 2,3인과 악수하고 막 돌아설 때 군대 사이에서 쏘았다.' 국내 조정에서 나라를 팔아먹으려는 반역자들이 엄청난 모의를 진행하고 있는 가운데 일어난 사건이었다. 일찍이 황해도 해주에서 나서 14세에 신천(信川)에 와 있던 프랑스 신부 밑에서 천주교 신자가 된 다음, 을사보호조약이 체결된 뒤엔 강원도에 들어가 의병으로 활약하다가 드디어 민족의 원흉 이토오 히로부미를 쓰러뜨린 것이다.

우리나라 사람처럼 밝고 맑고 깨끗한 것을 좋아하는 국민도 찾아보기 어려울 것이다. 조선(朝鮮), 고구려(高句麗), 신라(新羅), 백제(百濟), 발해(渤海 =大震國), 고려(高麗), 대한민국(大韓民國) 등 모든 국호가 모두 태양을 숭배하는 천손족(天孫族)임을 선언하고 있다는 데서도 역력히 나타나고 있다. '사랑'을 할 줄 아는 '사람'이라는 인간선언 또한 광명선언의 한 표현이고 남을 생각할 줄 알고 함께 어울려 살아가자는 '함께' 문화의 표상이라는 말이다. 태양과 같이 밝고 따뜻한 평화가 온 누리에 가득하기를 기원하면서 살아 온 것이 얼른 눈에 잘 들어오지 않는 생명의 끈이라는 말이다. 광대무변한 천지(天地)에 못지않게 크다는 것을 말할 때 우리는 온 '누리'라는 말을 자주 쓰는데, 이 또한 이 '누리'는 무한히 밖으로 뻗어나간다는 뜻이 아니라 온 천지 우주를 포근히 감싸 안아 준다는(內包) 의미이고 '둘레, 둘러앉다' 등과 같은 계열이기도 한 '누리'에서 'ㄴ'이 떨어져 나간 '울(fence), 우리(fold), 우리(we)와 같은 말은 우리가 모두 한 울타리 안에 갇혀서 함께 어울려 살아갈 수밖에 없다는 것을 말해 주고 있다. 외국인에게 '우리 집사람(my wife)'을 소개할 때 글자 그대로 '우리 집사람(our wife)' 했다면 아마 기절초풍하게 어리둥절할 것이다. 너의 집사람도 되고 나의 집사람도 되는 공동의(our) 집사람이 되는 셈이니 어리둥절할 수밖에. 바로 이를 위해 '우리'의 '울' 문화가 있는 것이고 너와 나는 분리된 따로가 아닌 '우리'라는 공동체 속에서 '우리 둘 중' '집사람'임을 이해하게 될 때 비로소 '우리'의 정의(定義)가 설명되고 있다는 말이다.

시키는 사람만 있고 직접 일을 하는 사람이 없는 사회(All chiefs and no Indians)는 자신은 물론 그가 몸담고 있는 울타리마저 망가뜨리고 있다는 사실은 잊고 있는 사람인 것이다. 세계의 다른 나라들처럼 우리 또한 각 분야의 엘리트(elite)들을 필요로하고 있고, 많은 사람들이 엘리트가 되기 위한 노력을 게을리 하지 않고 있다. 원래 엘리트란 '밖'이라는 뜻의 e(out))와 '가려 뽑다'는 뜻의 lect(choose or gather)가 결합된 말인 '선택하다(select), 선거하다(elect)' 등과 같은 계열임을 말해준다. 뽑힌 엘리트는 '우리의(our)'의 '우리(fold)'를 벗어나는 것이 아니라 그 '우리' 안에서 '우리'만의 이익을 생각하고 '우리'만을 위해서 무거운 짐을 진 사람이며, 남들이 하지 않거나 못하는 어렵고 궂은일을 자신의 손으로 해내겠다고 나선 사람인 것이다. 나아가 국제경쟁에서 이겨나가는 강력한 나라 건설을 위해 모든 분야의 기술향상을 통한 생산성 향상에 나서야 할 일이고, 이를 위해 모든 인력과 자원을 놀리지 않고 힘껏 가동할 일이다. 또한 일에 대한 충분한 이익이 보장 될 필요가 있다는 점도 빼 놓을 수 없다. 수많은 분야의 많은 우리의 엘리트들이라면 가장 열심히 일하는 사람의 표본 중 표본이어야 한다는 말이다. 아는 체 하면서 뒷짐 지고 게으른, 자칭 엘리트가 있다면 엘리트 자격은 고사하고 '우리의(our)' '울타리(fence or wall)' 속에서 같이 숨 쉬며 살아 갈 자격조차 없다는 말이다. 우리는 늘 게을러지려는 자신과는 절대로 타협하지 말 것이며, 노력 없는 지름길 따위는 생각도 맑아야 할 일이다. 온 누리의 우리국민 모두는 모두가 열성적인 한 가족의 '울타리' 안으로 끌어안을 때 까지 우리의 노력은 끊임없이 이어져가야 할 일이다. 남이 보건 안 보건, 하는 일이 크건 작건 간에 순리에 따라 행하며, 시행착오가 나더라도 항상 다시 우뚝 설 수 있는 그 엘리트 말이다. 말도 안도는 소리라고 할만한 '자신의 행복을 위한다면 남의 행복을 위해 노력하라'가 '우리'의 답임을 말해준다. 우리는 생활이 유지될 수 있는 안정된 수입과 자산으로 만족할 줄도 알아야 할 일이다. 이 때 비로소 어떤 어려움이 있어도 나쁜 곳으로 빠져들지 않을 수 있는 힘이 생긴다.

'각자 천부의 직업에 정진하여 어떤 노동이이라도 기꺼이 참고 견뎌 국가와 민족을 위해 일하라' 는 안중근 의사의 간절한 소망이자 우리민족에게 보내는 간곡한 당부는 우리에게 게으르지 말고 각자의 생업에 열중하라는 당부이다. 자신처럼 적을 쓰러뜨리는 애국투사가 되라고 외친 것이 아니다. 무엇이 우리자신을 위하고 나라를 위하는 길인지 생각하라는 그 고귀한 목숨을 건 당부라는 말이다.

중국의 삼국시대에 익주(지금의 사천성)를 중심으로 한 촉한(蜀漢)의 왕이 된 유비(劉備)에게는 유명한 도원결의(桃園結義)로 의형제로 맺은 의제 관우(關羽)와 장비(張飛)가 있었다. 동쪽 형주에서 서쪽 익주로 진출하여 새로운 나라의 기반을 닦기에 여념이 없던 유비는 믿음직한 의제 관우에게 형주를 맡기고 있었다. 동쪽의 오나라는 관우가 무서워 공격을 못하고 있다가 북쪽의 위나라와 촉한의 관우 사이에 전투가 벌어지면서 촉군(관우)이 발목이 잡혀있는 가운데 오나라에서는 수군도독 주유, 노숙에 이어 여몽이 도독으로 있었다. 여몽은 스스로 사직하고 육손이라는 젊은 이를 도독으로 추천한 뒤 물러난 것이다. 이를 알게 된 관우는 육손 쯤 대수롭지 않게 여기면서 위군과의 싸움에만 열중하면서 위군을 전멸시키고 적장 우금과 방덕을 사로잡아 기세를 올렸다. 이어 위군의 새로운 장수 서황을 맞아 싸우고 있던 중 후방에서 오군의 공격을 받아 형주를 뺏기게 되자 군을 철수하여 돌아가다가 곳곳의 매복에 걸려 목숨을 잃고 말았다. 관우가 굳게 믿은 것은 장강변의 곳곳에 설치된 봉화대인데 이 봉화대가 적(오군)의 기습을 받아 그들의 주중에 떨어지니 위급상황을 관우에게 전할 길이 끊긴 것이다. 오군의 수군도독이었던 여몽은 물러나는 체 하면서 실은 소형선들로 백제의 상선으로 위장하여 봉화대에 접근하자 봉화대 수비병들이 별로 의심하지 않고 경계를 늦춘 것이 사단이 된 것이다. 나관중의 삼국지에는 '백제(百濟)'라는 말을 슬쩍 빼어 버렸지만 여몽의 속임수는 '백제'였던 것이다. 당시의 백제는 단순히 중국과의 무역 대상으로가 아닌 양자강 일대를 장악한 해상 강국이었음을 말해주는 대목이다. 그 후 사랑하는 혈맹의 의제 관우를 잃은 유비가 관우의 원수를 갚는다는 명분으로 총동원령을 내려 오나라를 공격하려던 중 또 다른 의제 장비가 부하들의 손에 비명횡사하는 사건을 맞게 되었다. 제갈량, 조운 등 다른 신하들이 오나라와 동맹하고 위나라를 치자는 강력한 설득을 물리친 채 유비 자신이 대군을 이끌고 오나라로 쳐들어갔다. 기세가 오른 촉군은 관우와 장비의 원수들을 모두 죽이고 승세를 타면서 공격해 들어갔으나 오나라의 젊은 수군 도독 육손에게 대패하여 퇴각한 유비는 백제성(百濟城)에서 제갈량을 불러 후사를 부탁하고 숨을 거두게 된다. 이 백제성 또한 강력한 해상왕국 백제의 흔적을 말해주고 있는 것이다.

만년에 가까운 우리의 기록역사가 흘러 온 과정에 한 번이라고 바다를 제패한 해상왕국이 있었던가 하고 되돌아 볼 때 우리는 늘 신라의 장보고(張保皐)를 떠올리곤 한다. 실은 이보다 수백 년 전에 해상을 제패한 나라가 있었으니 우리나라 사서가 아닌 중국의 수많은 사서들이 한 결 같이 말해주는 '백가제해(百家濟海=百濟)'의 주인공 백제를 빼 놓을 수 없다. 지금의 만주를 거점으로 하는 강력한 고구려는 중국의 역대 왕조들과 싸워가며 국토를 넓혀 나가고 있을 때 백제는 호남. 충청 지역에 국한된 소국에 불과한 나라였던 것으로 교과서에 기록하고 있고 또 대부분 그렇게 믿고 있지만, 실은 지금의 산동 반도 이남의 넓고 알찬 지역, 우리나라 충청. 호남지역, 그리고 지금의 일본에 이르는 넓은 영토를 가진 강력한 해양국가 이었음을 빼놓고 하는 말이다. 백제13대 왕인 근초고왕 때 백제 내부는 물론 영토인 요서(지금의 중국)와 일본에 걸쳐 동원한 강력한 군사력으로 고구려 원정길에 올라 고구려의 남평양 전투에서 고구려 국왕인 고국원왕이 화살에 맞아 전사한 것이 이 강력한 해상왕국의 위용을 말해주고 있는 사실이기도 하다. 중국 삼국시대에 위나라 장수 관구검(毌丘儉)이 고구려를 침공할 때 백제 고이왕(246년)이 좌장(左將) 진충(眞忠)을 보내어 낙랑현을 공격하였고, 이어 분서왕 때에 낙랑현을 빼앗았다. 요서와 진평을 점령한 백제는 중국 해안선을 따라 구석구석 식민지를 만들고 제해권을 장악하여 동성왕(479-501년) 때에 북경 지역과 상동성, 상해와 양자강 이남까지, 중국 동부 지역과 황해바다 전체를 평정한 대제국을 이루어 내었다. 이들 왕 중 분서왕(汾西王)은 지금의 한반도 쪽에는 관심이 적은 반면 광활한 중국 영토를 모두 백제 땅으로 가지려는 야심에 불 타 있었기에 서토(西土=中國)의 '서(西)' 자가 붙은 분서왕이 된 것이기도 하다. 여기서 낙랑이란 교과서에서 가르치는 지금의 평양성이 아니고 지금 중국의 갈석산을 동부 경계로 한 중국 내부 지역임을 분명히 해 둘 필요가 있다. 경제대국이 된 백제는 일본을 위성국으로 다스렸는데, 일본 나라현 텐리(天里)시 이소노가미 신궁에는 백제 진지왕이 왜국의 진구(神功) 왕후에게 질지도(七支刀)를 하사한 일을 지금의 일인들은 이 칠지도를 백제왕이 진구왕후에게 바친 것으로 비틀어 적어놓고 있다. 이 칠지도는 세계수(世界樹)이자 태양을 뜻하는 왕권의 상징물이다. 당시 백제는 중국이나 고구려와는 별도로 자신들을 세계의 중심으로 생각하고 있었다. 중국의 삼국을 통일한 진(晉)은 허약하기 이를 데 없는 왕조였고 단명한 왕조들이 속출하는 가운데 남으로 밀린 동진이 백제의 힘을 빌려 북방을 수복하려는 생각에서 중국 동부 지역을 관장하는 백제의 장수와 관리들에게 명색뿐인 관직을 주기도 했는데 이는 한족과 토착인들을 통치할 명분이 되기도 했다. 백제 동성왕(489-490년) 때에 후위(後魏)의 기병 수십만이 백제의 대륙 점령지에 침공해 왔다가 대패하고 돌아간 일이 있다.

고구려와 백제가 망한 뒤 당나라 현종 때 안록산의 난이 일어나자 이를 진압하는데 큰 공을 세운 고구려 유민 장수가 이정기(李正己763-819년)다. 그는 반란 진압에서 얻은 세력을 기반으로 옛 백제의 중국 영토였던 산동 도 이남의 땅을 차지한 것이다. 국세가 기운 당나라의 절도사가 된 이정기는 소금과 철, 농산물이 풍부한 중원 경계부의 심장부를 차지한 것이다. 이정기는 부역과 세금을 균등히 하고 정령(政令)을 엄히 하면서 삽시간에 사실상의 독립국인 강국으로 성장한 것이다. 이정기의 십만 대군이 당시 당나라의 수도 낙양으로 가는 길목인 제음(濟陰)에 집결하자 이에 맞서는 당은 변주(卞州 =開封)에 성을 쌓고 대비하였다. 결전의 때가 되자 양측은 장안으로 물자를 수송하는 운하의 길목인 용교(埇橋 지금의 宿州)와 와구(窩口)에 군대를 보내의 일진일퇴의 공방을 벌였다. 이 때 대진국(발해) 문황제가 군을 보내어 이정기를 도왔다. 이에 힘입은 이정기는 당군을 연파하고 응교, 와구를 점령하여 당나라 운하의 물산 운수를 완전히 두절시켰다. 이 후 쇠퇴의 길로 들어선 이정기는 그의 손자 이사도 때에 이르러 당나라 편을 든 장보고 등의 공격을 받아 나라가 망하고 장보고에게 해상 왕국의 자리를 물려주기에 이르렀다. 환국, 배달국, 단군조선, 삼국시대에 이르는 우리의 손 안에 있던 지금의 황해바다가 통일신라 때에 이르러 '신라방'이란 초라한 이름만 남긴 채 사라져 간 것이다. 반드시 옛 주인인 우리가 되찾아야 할 바다임을 잊지 말아야 할 일이다.

어느 작은 출판사를 겸한 서점을 운영하는 사람이 있었다. 어느 날 그 서점에 어떤 신사가 찾던 책을 고르더니 책값을 물었다. '이 책을 얼마지?' '예, 이만 원입니다.' 그러자 그 손님이 책 값을 좀 깎아 달라고 했다. 점원은 한 푼도 깎아줄 수 없다고 했지만, 그 손님이 좀 비싸다고 생각했던지 사장을 만나게 해 달라고 청했다. 사장이 몹시 바쁜 줄을 알고 있는 점원은 신사에게 만나기 어려울 것이라 말했지만 잠깐이면 되니 만나게 해 달라고 간청하여 결국 사장을 만나게 되었다. '이 책값을 좀 깎아줄 수 있겠습니까?' '이만 오천 원 내어야하겠습니다.' 손님은 사장이 말을 잘못 알아들은 줄 알았으나 알고 보니 책값을 깎아주기커녕 부득부득 올린 값을 요구하니 화가 치밀 수밖에 없었다. '아니, 책값을 좀 깎아 달라고 하는 데 왜 점점 책값이 더 올라 갑니까?' '지금은 이만오천원에 팔아도 손해가 납니다.' '여보시오 농담 하십니까? 도대체 꼭 받아야 할 책값이 얼마요.' '지금은 삼만 원 받아야 하겠습니다.' '여보시오 같은 책을 가지고 값을 깎아달라는 데 자꾸만 오르기만 하니 어찌된 셈이오?' '손님, 시간은 돈보다 귀한 것인데 손님께서 자꾸 이렇게 시간을 허비하도록 하였으니 책값에 시간의 값을 계산하는 게 마땅하지 않

습니까?' 손님은 말뜻을 이해하고 삼만 원을 내밀자 사장은 받은
돈 중에서 만원을 돌려주며 이렇게 말했다. '저의 말을 알아주시
고 시간의 값을 계산하시니 감사의 뜻으로 책을 이만 원에 팔겠습
니다.' 이 서점의 주인은 미국의 정치가이자 사상가이고 피뢰침
을 발명한 과학자이기도 한 벤자민 프랭클린(Benjamin Franklin
1706-1790)이다.

　생물학자 다윈의 진화론은 생물체의 형질이 시간이라는 변수를
매개로 어떻게 변모해 가고 있는가를 설명해 주는 학설이다. 바로
그 진화가 오랜 시간을 두고 사람을 통해 나타나기도 한다. 진화
는 언제 어디서나 존재한다. 우리에게 참다운 진화를 가로막아버
리는 질서의 변화를 진화인 것으로 착각하는 과오가 우리 자신도
모르게 다가오기도 한다. 우리가 믿는 진화는 그 광명이 우리의
발길을 비추는 것이 아니라 머나먼 길 위에 불을 밝혀 준다는 사
실을 잊기 쉽다. 인간에게 오는 진화를 기술적, 과학적 혹은 예술
적인 것과 혼동해서는 안 된다. 인간에게 오는 이 진화는 앞으로
나아가는 길을 안내해 줄 뿐 한 군데 머물러 있는 것이 아님을 잊
지 말아야 할 일이다. 앞을 보고 나아가려는 인간에게는 오직 진
화가 있을 뿐이다. 변화이든 진화이든 인생항로 자체가 견딜 수
없는 고통으로 느껴질 때 우리는 상황이 바뀌기를 기대하게 된다.
그 중 가장 긴요하고 효과적인 변화, 즉 자기 자신의 태도를 바꿔
야 한다는 점에 생각이 미쳐야 할 일이다. 참된 변화란 외계의 물
질적인 변화가 아니라, 인간 내면의 관념이나 신념, 기대 등에 존
재하는 경우가 대부분이다. 인간이 살고 있는 사회는 한 순간도

가만있지 않고 온갖 요인에 의해 항상 변화하고 있음을 유의해야 할 일이다.

이렇게 소중한 시간이란 개념은 바로 코앞에 다가 와 있는 현재만이 우리 인간이 쓸 수 있는 시간이고 이 시간이 쌓이거나 흘러갈 때 이를 과거 또는 역사라 부르기도 한다. 개인에게도 누구나 과거의 업적이 쌓여 오늘의 내가 있게 해준다. 인간에게는 나의 좋았던 과거가 먼저 떠오르지만 다른 사람들은 좋지 않았던 나의 과거를 떠올리기 쉽다. 사람과 사람 사이에 자존심이라는 것이 작동하고 있기 때문일 것이다. 과거에 대한 업적과 경험에 대한 평가의 차이로 오늘의 나를 제대로 못 볼 수 있다는 말이다. 이 대목에서 되짚어 보아야 할 일은 사람의 과거가 경력이 아니라 현재의 능력으로 판단되어야 함을 잊고 있다는 점이다. 과거에 변변치 않았으나 피나는 노력으로 현재에 괄목할만한 발전과 성과를 이루어 내었다면 현재의 모습으로 바르게 평가해 주어야 할 일 말이다. 과거의 화려한 경력에 집착한 우월감에 젖어있는 사람은 현재의 형편이나 실력이 부족해도 그의 자존심이 오늘의 그를 쉽게 인정하려 들지 않기 쉽다는 말이다. 우리는 누구나 남에게 밝히고 싶지 않은 과거를 한 두 가지씩은 안고 살아간다. 창피했던 일, 거짓말 했던 일, 지금의 직위나 수준에 걸맞지 않는 행적 등 사소한 일에서부터 중대한 것 까지 다양한 모습의 과거사들이 문득문득 떠올라 혼자 쓴 웃음만 짓기도 한다. 하지만 과거는 과거일 뿐이고 달라진 내 모습이 이미 과거의 내가 아님을 말해주고 있다. 부끄러웠던 과거 때문에 오늘이 자유롭지 못하고 위축되어 사람들이 있는가 하면, 과거는 단지 과거로 간주해 버리고 적극적으로 오늘을 살아가는 사람들도 있다. 삶의 부족한 부분을 보완하기 위해 열심히 살아가는 모습은 아름답지만 과거에 사로잡혀 살아가는 것은 그저 안타깝기만 한 삶일 수밖에 없다. 과거에 좋았던 기억은 추억으로 남고 좋지 않았던 기억은 갚아야 할 빚으로 남겠지만, 과거에 집착한다는 것은 과거와 함께 보내는 시간이 많다는 뜻이기도 하고, 아무리 회상하고 떠올려도 그냥 과거일 뿐이다.

당연한 말이지만 과거가 오늘을 살아가는 거울이 되고 나침반이 되기도 하고, 선인들의 경험이나 지혜를 통해 보다 나은 내일을 설계하기도 한다. 하지만 우리의 과거는 지금 하고자 하는 일에 편견을 스며들게 할 수도 있다는 점을 경계해야 할 일이며, 과거를 불문한 현재 나의 길을 올바르게 잡아 나가는 것이 더욱 중요한 일이다. 과거사에 집착해서 오늘의 일에 장애가 되고 앞으로 나아갈 길에 암초가 되어서는 안 될 일이지만, 자신이 자주 저지르는 실수마저 그냥 흘려보내어서는 곤란한 일이다. 우리 자신이 자주 저지르는 실수는 항상 기억해야 할 일이듯, 우리 눈에 완벽해 보이는 사람에게도 그런 약점은 있다. 자신의 약점을 잘 알면서도 그것을 사랑한다면 곧 불행을 즐기는 태도일 뿐이다. 자신의 약점에 열정적으로 이끌린다면 타인에게는 혐오감만 더할 뿐이니 자신의 장점을 살리기 위해서라도 용감하게 벗어나야 할 일이다.

과거는 오늘의 거울이나 초석으로 매우 중요하지만 더 이상 오늘의 일이 아님을 분명히 해야 할 필요가 있다는 말이다. 오는 나에게 부족한 것이 있다면 그것을 채우기 위해 오늘은 살아야 하고, 마음에 갚아야 할 빚이 있다면 그 빚을 오늘을 살아야 할 일이다. 자신의 잘못된 과거는 스스로 용서하고 흐르는 세월 속에 흘려보내야 할 일이고, 잘못된 과거도 나의 인생이고 잘된 과거도 나의 인생임을 잊지 말아야 할 일이다.과거에 집착할 때 과거의 일이 투영되어 현재와 미래가 잘 보이지 않을 수 있다는 말이다. 더구나 어찌할 수 없는 상황에서 저질러진 아픈 과거나 명예롭지 못한 과거에 사로잡힌다면 앞으로 나아가는 데 큰 걸림돌이 될 뿐이다. 성공했던 과거에 집착하는 것도 오늘을 오늘이 자유롭지 못하게 될 것이며 불행했던 과거에 집착할 때 지금 쌓아가고 있는 성공을 허물어뜨릴 수도 있게 될 것이다. 상대방뿐만 아니라 내가 나를 용서할 수 있는 마음의 여유를 가질 때 과거의 일들이 아무것도 아닐 수 있다. 단지 내 마음에 스쳐지나가는 바람일 수 있고 그 바람 때문에 내가 이성을 잃고 폭풍우 속으로 나를 던져 나의 자존심을 난파시킬 필요가 없다.

현재 위치에서 최선을

　　현재의 지위와 입장에서 최선을 다하고 그 밖의 일은 염두에 두지 않으며 자신의 책임을 충실히 수행하는 데만 열중하는 사람, 바로 그런 사람이 우리가 필요로 하는 사람이다. 부귀(富貴)의 위치에서는 부귀하게 행동하고 빈천할 때에는 빈천에 맞게 행동하고 야만스러운 곳에서는 야만인처럼 행동하고 환란을 당하여 환란에 맞게 행동하면서, 나서거나 뽐내지 않기란 그리 쉬운 일은 아닌 듯하다. 돈도 있고 지위도 있을 때 자랑하거나 뽐내지 않고 자신의 위치(지위)에서 당연히 해야 할 의무를 성실히 수행하는 것을 말한다. 또한 가난하고 지위가 낮을 때에도 그 입장에 맞게 행동하며, 비굴해지거나 윗사람에게 아첨하지 말아야 한다는 말이기도 하다. 곤란과 역경에 처했을 때 당황하거나 소란을 피울 일이 아니라 조용히 실력을 키우며 때를 기다릴 일이라는 말이다. 사회의 구성원이든 직장의 경영자 또는 근로자이든 자신이 받거나 누리는 급여 또는 혜택에 걸맞지 않게 남들에게 편승하거나 그 조직이나 사회에 사실상 기생(寄生)하는 무리에 끼어 들 것이 아니라 사회와 조직의 유지 또는 발전에 도움이 되는 존재로 살아야 할 일이다. 누구에게나 최소한의 생활을 유지할 수 있는 안정된 수입과 자산은 필요하다. 도한 누구에게나 아무리 힘들에도 나쁜 곳으로 빠지지 않는 지조(志操 또는 恒心) 또는 부동심도 있어야 한다, 최소한 수입생활에 필요한 수입(恒産) 없이도 부동심(不動心)을 유지할 수 있다면 가장 이상적인 인간형일 수 있겠으나, 모든 사람에게 이 같은 경지를 요구하거나 기대하는 것은 무리일 것이다. 따라서 부동심 또는 항심을 찾으려면 먼저 견실한 생활설계가 전제되어야 할 것인즉, 현재의 생활을 물론 일선에서 물러났을 때까지의 생활까지도 가능하면 그 생활설계 속에 포함되어 있어야 할 일이다. 충분한 항산(恒産)을 가지고 있으면서도 이에 만족하지 않고 더 큰 이익을 추구하는 사람들도 있고, 생활에 여유가 있는데도 마음의 공허함을 어쩌지 못하고 방향을 잡지 못해 방황하는 사람들도 있다. 앞서의 건전한 생활설계란 단순히 경제적인 안정을 꾀하는 것만으로는 항심을 찾는 충분한 조건이 될 수 없고, 경제적 안정과 동시에 인생을 어떻게 살 것인가에 대한 목표를 설정하고 그 값진 목적을 향한 궤도에서 이탈하지 않을 때 항심이 따라온다는 말이다.

요즈음 쉽게 들을 수 있는 말이 하나 있다. '정치인들이 형편없는 사람들이다' 가 그것이다. 이 말을 전면적으로 부인할 수는 없는 일이지만 정치인들을 지켜주는 사람이 국민이고, 바로 그 정치인이 남도 아니고 우리들 중 한 사람 한 사람임을 잊고 하는 말일 경우가 많다. 정치인이 타락했다고 떠들어댄다면 두말할 필요 없이 그들을 뽑은 국민이 썩었다는 말이고 뽑은 다음 뒤늦게 후회해 봐야 아무 소용없는 일이다. 정치인들을 포함한 국민들의 타락은 가치 없는 정보를 받아들이고 그보다 훨씬 중요한 인간학과 세상을 사는 지혜를 배우는 데 소홀한 데서 갈수록 식견이 좁아지고 있음을 스스로 실토하고 있을 뿐이다. 올바르고 균형 잡힌 사회인이 되려면 옛 것을 성찰하여 새 것을 익혀 나가야 할 필요도 있다. 옛 것을 안다함은 자신의 행적을 되돌아보거나 역사가 남긴 인간의 경험을 자신의 것으로 소화할 필요가 있다. 역사란 바로 사례연구의 참고서일 것인즉, 역사를 통하여 선인들의 성공과 실패에 대한 다양한 경험담에서 많은 값진 교훈을 얻을 수 있다. 역사가 기록으로 남긴 무수한 사례들을 통해 스스로 흥망의 원리를 찾아야 한다는 말이다. 세계의 역사는 흥망의 기록이니, 나라의 조직이 어떻게 흥하고 망했는지에 대한 원리를 말해주고 있으니 현실 상황에 적용한다면 매우 유익한 의사결정의 지침이 될 수 있다. 충만하다는 것은 몰락이 코앞에 다가와 잇다는 말과 같으니 반드시 반길 일인 것만은 아닌 것 같다. 충분한 상태는 무엇인가 할쯤에 문제와 고민의 씨앗을 안고 있다고 보는 편이 낫다. 다른 사람이 인정해 주지 않는다고 괴로워할 필요는 없다. 오히려 자신에게 그 정도의 실력이 준비되어있지 못함을 걱정해야 할 일이다. 불운할 때야말로 자신을 돌보고 수양해야 할 때인 것이다.

어떤 나무든 훌륭하게 자라 달콤한 열매를 맺기 위해, 그리고 자신의 분신인 다음 세대를 위해 싹을 틔운다. 실패 따위는 안중에도 없는 자신을 믿는 불굴의 정신 앞에 그 어떤 것도 성공의 길을 가로막을 수는 없다. 성공으로 가는 길에는 판단력, 근면, 건강이라는 요소가 뒷받침 돼야 한다. 이 세 요소 중 특히 중요한 것은 마음의 작용에서 오는 판단력이다. 판단력이 뛰어날 때 의사

결정에 있어서 잘못이 줄어들 것이다. 가끔 올바른 판단을 방해하거나 바른 판단 자체를 못하게 하는 요인 중 하나로 자제를 못한다는 정신작용을 들 수 있다. 목표를 세워 성공의 열매를 수확하기에 이른다면 두말할 나위 없겠으나, 성공 후 실패 또는 자멸하는 경우의 요인으로는 풍족함에 빠져 그침을 몰랐기 때문이 많다. 매사에 흐름을 타는 경우가 많고, 좋은 흐름일 때 유리한 진행일 수 있고 흐름에 역행할 때 매우 불리한 진행을 만날 수밖에 없을 것이다. 전쟁에 승리하기 위해서는 군대가 강해야 함은 물론이지만 미리 적에 대해 알고 경계심을 갖추는 것이 더 중요하다. 앞으로 한 걸음 내디딜 때에는 언제나 한 걸음 물러설 것을 염두에 두어야 할 것인즉, 무턱대고 앞으로 나아가다가 뿔이 탱자나무 울타리에 박혀 빠져나오지 못하는 숫염소 꼴이 되어서는 안 될 일이라는 말이다. 어떤 일을 시작할 때 늘 손을 뺄 방법도 생각해 둠으로써 호랑이 등에 탄 다음 내리지도 오르지도 못하는 걱정 따위는 피할 수 있게 될 것이다. 어떤 일이든지 승승장구하여 발전만 계속하면서 탄탄대로만 걷다가는 물러설 줄 모르는 집념 때문에 역경에 부딪쳐 무너지기 쉽다. 큰 공을 이룬 사람들은 대개 한두 번쯤은 실패를 맛보았던 사람들이며 경우에 따라서는 물러설 줄도 아는 사람들이다. 인간에게는 끝없는 욕망이 있고 인간의 문명을 이만큼 발전시켜 온데는 바로 그 욕망이 원동력이기에 그 욕망을 버리고 지금 가진 것으로 만족하라는 말은 참으로 어려운 요구가 될 것이다. 그러기에 물질 욕, 권세욕, 재물 욕을 모두 다 버리라는 것이 아니지만 그런 것들의 노예가 되어서는 안 될 일이다. 부귀공명을 탐하는 것이 인간의 생득적 본능일 수도 있지만, 자신의 분수를 정하고 주어진 본분에 만족하는 이성적 판단이 뒤따라야 할 일이다. 어차피 다 채울 수 없는 욕심, 자심의 만족감으로 그 빈자리를 채워 나갈지언정, 평생을 두고 부족감만 가득한 채 번민과 갈등, 시기와 질투 같은 생지옥에서 한시 바삐 벗어나야 할 일이다.

많은 사람들이 후회 없는 삶을 위해 최선을 다한다. 자신이 처한 상황에 맞게 목표의식을 잊지 않으면서 집중력 있게 대처하면 살아가는 모습이다. 인생이란 순간순간이 모여 만들어지는 것이니 순간순간의 시간과 세월 속에서 집중하면서 최선을 다하는 습관을 길러 나간다는 말이다. 최선이란 각자의 마음속에서 좀처럼 밖으로 드러나지 않는 자존심으로 굳어져 가기도 한다. 당연히 최선이란 저마다 달성하기 어려운 가치기준이기에 대부분의 사람들은 자신이 최선을 다하며 살았다고 말하지 못 한다. 살아가면서 기회가 찾아왔을 때 최선을 다하겠다고 다짐하면서도 막상 지나고 보면 그렇지 못했다고 여겨지는 순간이 더 많다. 이 경우 최선의 다른 말일 수 있는 집중이란 우리 몸 안의 한정된 에너지를 효율을 극대화하여 최대한 활용함을 말한다. 즐거운 마음으로 요리를 할 때 그 음식이 맛있을 수밖에 없다. 공부할 때, 일할 때, 또는 놀 때에도 즐거운 마음일 때 훨씬 더 좋은 성과를 거둘 수 있다. 다음으로 중요한 것은 편한 마음을 유지할 일이니, 마음이 평화로워야 집중이 잘 되기 때문이다. 지금 하는 일에 최선을 다하기란 이처럼 생각보다 쉬운 일은 아니지만 궤도를 이탈할 때마다 점검하고 되돌아와야 할 일이다

위기와 기회

　　삼국지(三國志)에서 악의 화신이자 간웅(姦雄)으로 묘사되는 조조(曹操)의 이야기다. 조조가 북방에서 세력을 확장하고 있는 오환(烏桓)을 토벌하러 갔다, 그의 수하에 있는 대부분의 장수들이 무모한 일이라며 반대하였다. 그러나 조조는 장수들의 반대를 무릅쓰고 정벌을 강행했고, 어려운 사움 끝에 목적을 달성하고 귀환하였다. 성으로 돌아온 조조는 원정에 반대한 장군들에게 자신의 이름을 말하라고 명령했다. 장군들은 이제 처벌받을 것이라는 걱정으로 몸을 떨며 자세를 낮추었다. 그러나 조조는 그들에게 상을 내리며 말했다. '나는 어려울 때 나아가 요행을 바랐다. 이를 얻기 위해서는 하늘이 도와야 한다. 항상 이와 같을 수는 없다.' 이번 싸움은 위험한 도박으로서 요행을 기대했으며 하늘의 도움으로 일단 목적은 달성했지만 이런 방법이 언제나 성공할 수 없다는 뜻이다. 조조는 이어 '제군들의 계산이 맞았다. 그래서 상을 내리는 것이다. 앞으로도 거침없이 의견을 내주기 바란다.' 라고 말했다. 이처럼 조조는 요행으로 이기는 싸움을 좋아하지 않았다. 그는 면밀한 작전 계획을 세워 전투에 임했고, 이것이 그의 성품이었다. 싸움에 이겼다 해도 원칙에 어긋난 싸움이었을 때 철저히 반성하는 훌륭한 모습도 있었다.

인류 역사상 위인으로 일컬어지고 있는 사람들 중 90%가 능력이 뛰어나고 환경이 좋아서가 아니라, 능력이 다소 부족하더라도 뛰어난 의욕과 강인한 의지를 가진 사람들이었다. 강인한의지가 자신을 이기고 자기 꿈을 이루도록 이끈 것이다. 의지의 힘은 참으로 위대하다. 세상에 성공하지 못한 사람들은 많지만 성공의 가능성을 가지지 못한 사람은 없다. 어떤 악조건에서도 기어이 이겨내겠다는 의지만 있다면 누구나 성공할 수 있다는 말이다. 의지가 역한 사람에게는 앞이 꽉 막혀 가혹한 세상일 수밖에 없지만 의지가 강한 사람에게는 언제나 앞이 활짝 열려 있다. 사람이라면 누구나 마음 한 가운데에 밝은 불꽃을 가지고 태어난다. 세상의 시련과 역경에 무릎을 꿇어 마음의 이정표인 불꽃이 꺼지게 된다면 그 때부터 사람은 자신의 몸과 세상의 시련이 요구하는 뜻대로 따르면서 자신이 가야 할 길을 잃게 된다.

마음의 불이 꺼져 어둠 속에서 길을 잃고 방황하는 몸과 영혼은 때로 돌이킬 수 없는 어두운 수렁에 빠져 영영 돌아올 수 없는 길을 가곤 한다. 바로 이때에 내가 나를 이기는 극기(克己)가 들어설 자리를 얻게 되고, 극기를 통하여 사그라지려고 하는 마음의 불꽃을 다시 살려내게 된다. 다시 돌아오지 않는 우리 인생의 여행자들은 이제 다시 살아난 마음의 불꽃으로 시련과 역경과 타협하려는 약한 자신을 이겨 나가는 가운데 자신의 가치와 존엄성이 드러나게 되어있다. 그리하여 마침내 그 마음의 불꽃이 더 이상 나만의 불꽃이 아니라 세상의 등불이 될 것이다.

흔히 하는 말 가운데 우리는 하루에 여러 번 죽을 고비를 넘기면서 그리고 여러 번의 기회도 날려버리면서 살아간다는 말이 있다. 이처럼 기회와 위기는 늘 가까이 있지만 대부분이 모르고 지나쳐 버리기 쉽다. 같은 환경과 상황이 어떤 사람에게는 기회도 되지만 또 어떤 사람에게는 실패의 길이 되기도 한다. 다만 우리가 그것을 어떻게 맞이하는가에 따라 위기가 될 수도 있고 기회가 될 수도 있다. 좋은 기회지만 과욕과 우유부단으로 성공하지 못하는 사람이 있는가 하면 남들이 보기에 대수롭지 않으나 좋은 기회로 만들어 성공하는 사람들도 있다. 흔히 인생에서 큰 기회가 세 번 온다는 말이 있다. 그 세 번의 기회를 하나라도 잡느냐 못 잡느냐에 따라 인생이 달라질 수 있다. 그러나 이 세 번의 기회가 지나갔는지 어쨌는지 조차 모르고 그냥 보내버리는 사람들도 많다. 늘 준비되어있지 않은 사람의 눈을 그 기회는 피해 가 버린다.

기회는 늘 준비된 사람들에게만 모습을 드러낸다는 말이다. 그 기회는 마음으로 느껴야 하는 것이어서 평소에 주의 깊게 관심을 두지 않으면 잘 보이지 않는다. 또한 한 번 지나간 기회는 다시 오지 않는다. 그 순간이 지나가면 기회 또한 지나가 버린다. 그 순간이 지난 뒤에 오는 것은 다른 기회일 뿐이다. 작은 기회도 붙잡을 수 있는 능력이 있어야 절호의 기회가 왔을 때 그것을 내 것으로 만들 수 있다. 큰 기회는 자주 오지 않기 때문이다.

기회를 맞이할 태세는 못 갖춘 채 위기나 위험만을 앞세워 그것을 해결하는 데 급급한 사람들이라면 현상유자는 할 수 있겠지만 더 이상의 발전을 기대하기 어렵다. 위험 속에서도 새로운 기회를 찾아내어 목표를 세우고 이루어 낼 때 오늘보다 더 나은 내일이 보장될 것이다. 이처럼 기회와 위기는 늘 함께 온다는 것을 잊지 말아야 할 일이다. 그러기에 우리가 처한 상황을 어떻게 생각하느냐에 따라 기회가 되기도 하고 위기가 될 수도 있다는 말이다. 지금 처해있는 현실이 위기라면 위기일 수도 있고 또 기회일수도 있다. 같은 사안을 대하고도 위기로 여기는 사람이 있고 그 뒤에 숨은 기회를 찾아내어 새로운 목표를 세우고 새로운 성공을 이루어 내는 사람도 있다. 분명한 목표를 가지고 순간, 순간을 맞이하면서 기회를 기다릴 때 그 가능성이 매우 높아지게 되어있다. 늘 그렇듯 가장 중요한 시간은 이 순간이다. 이 순간에 만나는 사람, 지금 하고 있는 일이 바로 가장 소중한 기회가 될 수 있다. 기회는 내 자존심을 높여줄 수 있는 귀한 손님이다. 언제나 그 귀한 손님을 반갑게 맞이할 마음가짐으로 이 순간을 위기가 아닌 기회로 여기면서 슬기롭게 대처해 나갈 일이다.

첫 단추를 잘 못 끼우면 처음부터 문제가 비틀어지기 시작해서 결국에는 벽에 부딪쳐 움직일 수조차 없게 된다. 그 지경에 이르면 아무리 지혜가 뛰어난 사람이라도 해결하기 어려운 경우가 많다. 일이 틀어지기 전에 손을 쓸 필요가 있다는 말이다. 그 대처 방법 몇 가지를 보면, 먼저 일을 착수하기 전에 문제를 일일이 검토할 필요가 있고, 아무리 신중하게 진행시켜도 반드시 문제는 발생하게 되어 있다는 점을 고려해 둘 일이다. 일이 일어나기 전에 잠재된 문제점을 깊이 염두에 두라는 말이다. 위험하다고 느낄 때 일단 멈춤도 있어야 한다. 그리고는 일단 정황판단을 한 다음 이에 맞는 대책을 마련해야 한다. 어리석은 사람은 현재 일이 진행되고 있어도 모르고 지혜로운 사람은 작은 조짐으로도 파악한다. 지혜로운 사람은 이미 싹트지 않은 씨앗 단계에서도 미리 그 움직임을 간파하고 대책을 마련하여 실수가 없다. 어리석은 사람은 사물이 형태를 드러낸 다음에도 여전히 움직임을 알아차리지 못한 채 대응만 자꾸 늦어진다. 현명한 대처를 위해서는 정보에 대한 감도를 높이고 작은 변화도 놓치지 않는 세심한 주의력을 필요로 한다.

땡전 한 푼

　　부(富)의 뜻을 모르는 사람이 부유해져서는 사회 또는 공동체에 해가 될 뿐이다. 가난하여 원망 없기도 어렵고 부자가 되어 교만 없기도 어렵다. 재물이란 늘 오물(汚物)과 같으니, 이를 쌓아 둘 때 악취가 나지만, 이를 뿌릴 때 땅이 비옥해진다. 부귀하면 생판 모르는 사람들도 모여들고 빈천하면 가까운 친척마저 멀어질 뿐 아니라 가족마저 해체될 수도 있다. 돈이 공격할 수 없을 만큼 강한 요새는 없다는 말도 있다. 사실 돈 만큼 웅변적인 것은 없다. 강아지가 꼬리를 흔드는 것도 나에게 잘 보이려는 데서가 아니라 내 손에 쥐고 있는 빵 때문이다. 그래도 돈을 신처럼 숭배할 때 그 돈이 우리를 악마처럼 괴롭힐 것이다. 돈은 아주 좋은 하인이기도 하지만 아주 나쁜 주인이기도 하다. 그러니 돈은 지독한 주인이지만 멋진 종이라는 말이다. 그래도 돈이 있으면 걱정이고 없으면 슬퍼진다. 그러니 우리에게 돈이 있을 때 공포 속에 있고 돈이 없을 때 위험 속에 있을 때가 많다. 따라서 우리는 돈을 많이 가지고 가난한 사람처럼 살고 싶어질 것이다.

　　누구에게나 돈은 필요하지만 매 끼 끼니를 걱정해야 할 사람에게는 땡전 한 푼이 생명과 직결되니 절실히 필요할 것이지만, 인간으로서 최고의 권좌에 있는 왕 보다 위에 올라 마음대로 나라를 주무를 수 있는 극상의 부귀를 누리면서도 땡전 한 푼이라도 더 긁어모으려고 거의 목숨을 걸었던 사람이 흥선대원군(興宣大院君) 이하응(李昰應)이다. 사가들의 평가가 아니더라도 일반상식으로 우리는 흔히 많은 대원군의 개혁 중 다른 모든 그의 업적에 매우 높은 점수를 주면서도 옥 의 티로 쇄국정책과 경복궁 중건을 머리에 새겨놓고 있다.

아들(고종)이 왕이 되기 전 파락호를 자처하면 실없는 짓만 골라가면서 반 쯤 머리가 돈 인간쓰레기로 축생 같은 경멸 속에서야 왕족 혈통이라곤 닥치는 대로 역모에 몰려 죽는 가운데 겨우 목숨을 부지해 왔던 대원군이다. 세도가들을 찾아 가 돈도 뜯어내고 시정잡배들과 어울려 다니면서 술 마시고 돈이 떨어질 때 사기 도박판에 끼어들면서, 해어진 도포에다 떨어진 갓, 자그마하고 볼품없는 체격 등 어딜 봐도 싹수없는 상 건달로 목숨을 부지한 것이다. 그가 아들 고종의 섭정으로 10여 년간의 권좌에 있으면서 맨 먼저 한 일은, 입만 열면 문자만 늘어놓고 유식한 체 하는 문신들을 좋아하지 않았고, 무인과 군사들의 대우를 문신과 같게 하고 군영의 대장을 무신이 맡게 하는 등 그들의 체신을 한껏 높여주었다. 대원군이 섭정을 시작하자마자 안동김씨 일문들이 모두 밀려나고 그들 밑에서 지방 수령으로 재물을 긁어모으던 지방 수령들도 된서리를 맞았지만 김 씨들을 처형하지는 않았다. 1866년에 대원군은 평안도에서 정기 과거시험인 도과를 실시하도록 했고, 조선 개국이라 처음 있는 서북 면 출신 인물인 평양인 선우업을 발탁하여 동부승지로 임명했다. 또 개성 출신이자 고려 왕손인 왕 정양을 병조참의로 등용하는 등 지역차별을 타파했다. 양민이 군역을 면하는 대가로 납부하던 호포제를 양반에게도 부과하여 국고 수입을 늘리고 마을마다 사창(주민 자치제 쌀 창고)을 설치하면서 환곡제도의 문제점들을 해소해 나갔다. 또 사치를 막고 절약을 장려하는 정책을 꾸준히 펴 나갔으니, 빈부격차가 심해지고 사치풍조가 만연함에 대한 제동인 것이다. 이러한 사치 금지령에는 의복의 사치제한 뿐만 아니라 갓의 크기와 도포 소매의 폭, 담뱃대의 길이까지 규제했다. 또 꼭 필요한 소의 도축을 금하고 서양의 수입품목인 옥양목의 수입을 금하고 판매를 단속했다. 원래 서원은 학문과 덕행이 뛰어난 인물을 제향하고 유생의 교육을 담당한 사설 교육기관인데, 조정의 지원까지 있고 보니 마구 서원을 세우게 되면서, 서원에 딸린 토지는 면세였고 서원에서 일하는 사람들은 병역이 면제되었으며 유생들은 어느 서원이고 등을 대고 있어야 벼슬길에 나갈 수 있었으니 그 폐해가 보통이 아니었다. 당초의 훌륭한 교육기관이 점차 파벌 화 되어 당파 싸움의 온상이 되고 부패의 온상으로 개악해 간 것이다. 이에 대원군은 전국에 47개를 남기고 900 여 개의 서원을 헐어버린 대 개혁을 실시하였다. 경복궁 중건은 그에게 큰 실책이라는 단순논리를 갖다 붙이기 십상이지만 대원군의 입장에서 볼 때 그 기본정신마저 탓하기에는 이해가 부족하거나 좀 속 좁은 감이 들기도 한다. 원래의 정전인 경복궁이 임진왜란 때 타버린 다음 왕들이 창덕궁에서 정사를 보았다. 타 버린 지 300년이 되도록 방치되어 잡초가 우거지고 송충이가 우글거리는 가운데, 밤이면 살쾡이들이 나와 놀고 호랑이나 여우도 같이 놀았고, 무너진 담장에 판잣집이 다닥다닥 붙어있는 등 대궐 정전의 꼴이 말이 아니었던 것이다. 모든 역대 왕들이 경복궁 중건을 생각했으나 자금조달의 난점으로 미루어 오던 일이었다. 이 역대의 숙원사업을 과감히 밀어붙인 그에게 왕실의 체통이나 위엄을 세우겠다는 명분은 백번 옳았으나 조정의 재정 형편으로는 매우 무리한 사업이었다. 그 자금이 순전히 기부금 또는 편법으로 조달해야 하니 800만 냥(당시 쌀 250만석 가치)을 조달하기에는 부작용이 따를 수밖에 없었다. 준비 과정에서 공사장에 두 번이나 불이 나서 쌓아 둔 목재가 재로 변하자, 대원군은 이를 벌충하기 위해 원납전 징수를 강행하고 당백전을 발행하여 양반과 양민 모두에게서 원성을 사기에 이르렀다. 이전의 모든 개혁 정책에서 인기 절정에 있던 대원군이 이처럼 경복궁 중건과 더불어 서양의 침략에 대비한 군비확충 의도로 시행한 온갖 잡 세 신설과 원납전 징수가 그의 인기를 한 순간에 끌어내리게 되었다. 원납전이란 자진해서 내는 의연금이지만 누구도 마음내켜하지 않는 분위기 속에서, 대원군은 원납전을 많이 내는 양반이나 부호에게 명예직인 벼슬을 내려 달래기도 했다.

　이렇게 잡 세들을 신설하고 원납전을 강요하여 마련한 재원으로 경복궁 공사는 진행되었으나 그래도 재원이 부족했다. 이에 무리하게 당백전(當百錢) 주조라는 무리한 화폐정책을 들고 나왔으니, 이 당백전이란 당시 통용되던 상평통보 100배의 액면가를 지닌 돈으로 이 당백전은 금 본위 화폐와 같은 실질 가치는 없고, 조정에서는 원재료인 쇠 값과 주조비만 빼면 막대한 돈이 한꺼번에 국고로 들어오니 조정에 있던 구리와 쇠붙이만으로는 부족해서 전국에 징발령을 내리는 등 수선을 피워가며 주조하여 시중에 유통되기 시작하였다. 이 어마어마한 액수의 돈이 시중에 나돌자 물가가 뛰기 시작했고, 상인들은 당백전을 불신하여 상평통보와의 교환을 기피했으며, 상평통보를 창고에 보관하거나 독에 담아 땅을 파고 묻었다. 이렇게 되자 돈의 유통이 줄어들고 물물교환 현상이 되살아났다. 돈 많은 부호들이나 상인들은 어음을 사용했으니 당백전을 쓸 일이 없었고, 가난한 농민들은 액수가 너무 커서 쓰기가 불편했다. 유통질서가 무너지고 있는 판에 위조 당백전이 유통되기 시작했는데 위폐와 정품의 구별이 쉽지 않았다. 위폐범이 잡히면 사형이었으나 워낙 많이 남는 일이니 목숨을 걸고 위폐를 만들었다. 당백전의 가치는 점점 떨어졌고 당백전 기피현상도 두드러졌다. 발행 6개월 만에 통용 중지가 발표되자 당백전을 다량으로 가지고 있던 상인들은 모두 파산했고 빚 독촉에 자살하는 사람도 속출했다. 화폐제도를 이용한 경제 질서 확립의 한 단면을 보여준다.

이 가치 없는 '당(백)전'이 '땅전', '땡전'이 되어 지금은 버젓한 표준말이 되어 화폐로의 유통이 아닌 말(言)로만 쓰여 지고 있는 것이다.

보학(譜學)에 대하여

　　사람은 동서고금을 막론하고 누구나 동계(同系) 혈통(血通)을 상징하는 성씨를 가지고 태어난다. 이는 천륜이라는 엄연한 절대성의 바탕위에 조상으로부터 선택의 여지없이 계승된다는 말이다. 성이란 본시 자신의 태생과 혈통의 관계를 나타내기 위한 일종의 부호로서 동계혈통의 씨족중심을 벗어나 부족사회 또는 부족국가로 형성발전 되면서 서로의 가통을 호칭하기위한 방법이 되기도 한다. 오랜 모계사회를 거쳐 결혼 없이 동굴 같은 곳에 함께 모여 살다가 차츰 일부일처(一夫一妻)를 중심으로 하는 가정을 이루게 되면서 힘이 센 남자가 산업생산과 가정을 주도하면서 부자(父子)의 관계가 확실해지고 부권사회가 정착되면서 성씨가 확립되어왔다는 말이다. 모계사회의 여성 혈통을 가리키는 성이 생겨난 다음 후대 부족시회에서 부족국가로 발전하여 가부장제화 되면서 남성의 혈통을 가리키는 씨(氏)가 쓰이게 되고 그 후 성과 씨가 합하여 부자(父子) 계성(繼姓)하여 오늘에 이르고 있으며, 씨(氏)란 원래 신분의 귀천을 구별하는 데 사용되어 귀한 자는 씨(氏)가 있었으나 천한 자는 씨(氏)가 없고 이름만 있었다. 성씨제도는 대체로 처음에는 왕가에서만 사용하다가 차츰 귀족들과 일반 국민들도 사용하게 되었다. 우리나라에서는 고려조에 과거제가 시행될 무렵에 이르러 지도층 계급에 차츰 성이 보급되면서부터 보편화하여 조부로부터 계대하여 사용되어왔으며, 특별한 경우 왕으로부터 사성 받았을 때에는 성이 바뀌면서도 이를 영광으로 여기는 경우도 있었다.

성씨가 확대되면서 같은 성씨라도 계통이 다를 수 있어 근본을 구분하기 위하여 본관이라는 것이 생겨났다. 본관(本貫)의 관(貫)은 돈을 의미하고 뀈다는 말이므로 가운데에 구멍이 뚫린 엽전에 줄을 뀈 것과 같은 모양을 비유적으로 표현한 것이며, 이를 성씨의 고향이라 하여 관향(貫鄕)이라고도 한다. 각 성씨의 시조가 어느 한 고을에 벌족하고 오래 살았거나 명망을 얻었거나 벼슬을 했거나 유배를 당하는 등 연고가 있을 때 그 고을을 본관으로 삼았다. 문헌상 본관이 처음 나온 것은 신라 말 헌강왕 2년에 최치원이 지은 진감국사 탑 비문으로 관적(貫籍)이란 말이 나온다. 본관을 바꾸는 사례도 있어서 공훈에 대한 보답으로 왕이 본관을 내리는 사관(賜貫)이 있다. 고려 초의 충신 신숭겸(申崇謙)은 본래 곡산 신 씨였으나 태조 왕건에게서 평산 신 씨로 사관 받았다. 공 씨(孔氏)는 공자의 고향인 곡부(曲阜)를 사관하고 주 씨(朱氏)에게는 주자의 고향인 신안을 사관하기도 했다. 조선시대에는 4대조의 처(祖母)의 본관까지 기재하게 되어 있음은 얼마나 본관을 소중히 여겼는지를 말해주고 있다. 우리 조상들은 어디 사람이냐고 말할 때 지금 살고 있는 곳을 말하지 않고 본관을 말했다.

한 종족의 혈연관계를 부계(父系)를 중심으로 기록한 계보와 문벌기록, 선조의 행적, 묘비명 등을 정리한 씨족의 역사책인 족보는 중국 한나라 때부터 있어왔으며 남북조시대 제나라의 족보학자 가희경(賈希鏡)이 700권의 족보 책을 만든 일이 있고 우리 나라의 경우 고려 의종 때 김관의(金寬懿)의 왕대종록(王代宗錄) 과 임경숙(任景肅)의 선원록(璿源錄)을 효시로 하며, 본격적인 족보의 효시라면 조선 성종 7년(1476) 권근(權根)의 외손 서거정 (徐巨正)이 서문을 쓴 안동권씨의 성화보(成化譜)와 뒤 이은 문화 유씨의 가정보(嘉靖譜)라 할 수 있다. 족보의 종류로는 시조가 같으면서도 본이나 성을 달리 하게 될 때 이를 통합해서 만드는 대동보(大同譜) 또는 대보(大譜), 둘 이상의 종파가 서로 합해서 편찬하는 세보(世譜), 시조로부터 시작하여 한 계파의 혈연집단만을 중심으로 수록하는 파보(派譜), 시조부터 시작하여 본인 중심으로 직계존속과 비속을 망라하여 보첩하는 가승보(家乘譜), 한 가문의 혈연관계를 계통적 도표로 정리하는 계보(系譜) 또는 세습보(世系譜), 집안에 소장된 모든 보첩을 이르는 가첩(家牒) 또는 가보(家譜), 모든 성씨에서 큰 줄기를 추려내어 사전(辭典)형식으로 집성한 만성보(萬姓譜) 등이 있다.

4-5천년 이상 거슬러 올라가면 한 가지 성씨에서 후대에 여러 성씨들이 갈라져 나오고 또 성씨가 변하기도 한다. 만물이 끊임없이 운동하고 변화하지만 결국 그 근원으로 복귀하여 생명 본래의 상태로 회귀하게 됨을 아는 것이 참다운 지혜이며 밝음이라 할 것이니 인간으로 태어난 자신의 계보를 아는 일이 바로 첫걸음이자 근본이라 할 것이다. 어울려 사는 세상에서 타인들에게 조상을 자랑한다면 혹 자기자랑으로 비쳐질 수도 있겠으나, 이는 내가 서고자 할 때 남도 서게 할 수 있고(己立立人) 나를 완성하고 사물을 완성한다는(成己成物) 기본정신과 진심으로 자기(조상

포함)를 사랑할 줄 아는 사람만이 남도 사랑할 수 있다(愛己愛他)는 보편적 인간본성을 곡해하는 것이기에, 조상들이 남기고 간 발자취의 아름다운 향기를 회복하는 강렬한 구방심(求放心)이야말로 자손이 가야할 마땅한 길이 될 것이다. 언제나 수신(修身)이 먼저이고 제가(齊家)나 치국평천하(治國平天下)는 나중에 저절로 따라가는 것은 옛날이나 지금이나 변함이 없는 원리이고, 전 세계가 한 가족으로서의 사랑을 실현하자는 국제연합(UN)헌장의 바탕이 되고 있으며, 이 목표는 부모와 자식 간의 사랑을 바탕으로 한 효(孝)와 사회 협동적 인류애를 근간으로 한 인(仁)을 최고의 덕목으로 내걸고 있음이 또한 같은 의미가 될 것이다.

이번에는 족보에 나오는 일반 용어 중 몇 가지를 간추려 볼 차례인데 먼저 시조(始祖)는 여러 씨족 중 관 별(貫別) 단일종족의 창씨개성(創氏改姓)한 조상으로 기일세(起一世)하는 것이 원칙이나 계대의 실전 등으로 시조와 일세조(一世祖)를 달리하는 경우도 있다. 비조(鼻祖)는 시조 이전의 선대 조를 지칭하며 정중하게 호칭하는 방법으로 쓰인다. 중시조(中始祖)는 한미한 가문을 중흥시킨 선조로서 후대에 종중의 공론에 따라 추존한다. 선계(先系)는 시조 또는 중시조 이전의 계대를 이름이며 세계(世系)는 시조 또는 기일세조(起一世祖)이하의 계대차서(系代次序)를 말한다. 생존하신 어른의 자명(字名)을 지칭할 때 함자(銜字)라 하고 고인이 된 후 자명을 지칭할 때 휘자(諱字)라 한다.

위에서 보학에 대한 개요를 살펴봤듯 우리 개인의 혈연사인 족보의 수록 내용이 곧 민족사이다. 타인에게 우월감을 과시하기 위한 수단, 또는 때에 따라 은근슬쩍 배타성으로 흐를 수도 있으나, 자신의 정체성(identity)을 확인하여 기록하기 위한 수단일 뿐, 우리 모두가 뗄 수 없는 공동체이고, 조선시대에 그랬듯이 4대조의 외가라면 거의 모든 성씨가 혈연일수 있다. 인간이 집단으로 엮어가는 역사 속에 한 가닥이 되는 혈연의 기록 자료에 대한 학문인 보학 또한 역사서에 못 지 않게 중요함을 말해두고 싶다.

성군(聖君)의 애민정신(愛民精神)

　　화하(華夏)족의 통치자 중 늘 입에 달고 다니는 성군이라면 두 말 할여지 없이 요(堯). 순(舜)이다. 황제(黃帝)가 죽은 다음 얼마 후 요(堯)임금이 천자가 되어 나라 이름을 당(唐)이라 했고, 순(舜)임금이 요임금을 뒤를 이어 천자가 되고 나라 이름을 우(虞)라 했다. 이 두 황제는 검소하고 질박하였다. 요임금은 초가집에서 살았고 벽에는 석회를 바르지 않았으며 음식도 현미와 채소를 주식으로 하였다. 겨울에는 항장의 녹피(鹿皮)로 견디었고 의복이 너덜너덜 해지지 않으면 갈아입지 않았다. 단 한 사람이라도 기아에 허덕이거나 죄를 범한 사람이 있으면 이것이 모두 자신에게 잘못이 있기 때문이라고 요임금은 생각하였다. 그의 어짊은 하늘과 같았고 그의 지혜는 신과 같았다. 부귀하면서도 교만하지 않았다. 요임금의 뒤를 이은 순임금의 치세 때에도 태평성대를 구가하였으며 어진 신하들이 순임금을 도와 더욱 빛나는 정치를 실현하였다. 이상은 화하족들이 남겨 둔 사서의 일부이지만 여기에는 많은 거품으로 부풀려 포장된 모습을 드러내어 준다. 먼저 이들은 왕조가 이루어지기 이전 신화적 존재라는 단서 하에 요.순 시대를 시원(始原) 역사로 규정하고 있다는 점인데, 이는 우리의 왕조가 확립 된 환국(환인), 배달국(환웅) 만으로도 5천년이 넘고, 게다가 단군조선 역사만으로도 4,348년 전임을 잘 아는 그들이 이에 뒤질세라 급조해서 같은 시대로 잡는다는 것이 그들 왕조(禹의 夏나라)확립 이전인 요(堯)의 시대를 잡은 것이고 역사 이전의 신화의 세계로 치부한다면 얼마든지 미화할 수 있으니 요와 순에게 최고의 찬사를 바친 것이지만 그 허점은 이미 드러나 있는 사실이니, 요임금은 권력 쟁탈전 끝에 순임금에게 나라를 잃고 그의 아들 단주에게 왕위를 물려주지도 못한 채 쫓겨나 객사했으며, 순임금 또한 우(禹)를 중심으로 한 군부 세력에 밀려 황무지에 유배되었다가 죽었으니 그들이 말하는 선양(禪讓)이니 뭐니 하는 것이 모두 우스꽝스러운 소설이 불과한 것이다.

우리에게는 이런 꾸며 낸 이야기가 아닌 진짜 애민사상만을 가슴에 품은 군주가 있었으니 조선조 3대 태종의 셋째 아들로 태어나 4대 왕이 된 세종대왕이다. 고구려의 광개토대왕이 우리 영토를 가장 넓게 확장시킨 정복 군주였다면, 세종대왕은 역사상 가장 현명하고 창조적인 문화군주였다. 사실 군주로서 세종만큼 이 임무를 더 할 수 없이 잘한 왕은 세계사에서도 없다. 왕의 수많은 치적을 일일이 열거할 필요는 없지만 그래도 왕에게는 핵심적인 근간이 되는 기본정신이 있었으니 애민정신(愛民精神)이 그것이다. 세종 7년 가뭄이 들자 왕은 궁 밖으로 나가 근교를 돌아보며 농민들에게 작황을 물었다. 농사를 망쳤다는 대답을 들은 세종은 점심도 먹지 않고 궁으로 돌아왔다. 당시 먹고 사는 일이 농사에 달려 있었는데, 대부분의 논이 천수답이었고 기후까지 나빴던 데다, 농업기술이 낙후되어 농업 생산성이 말이 아니었다. 세종 시대에도 매년 가뭄이 들어 왕이 할 수 있는 일이라고는 기우제나 자주 올리는 것뿐이었다. 세종 즉위 이후 10여 년 간 단 한 번도 가뭄이 들지 않은 해가 없어서 백성들 중에는 흙을 파먹는 사람도 생겨났다. 세종 6년에는 심한 가뭄으로 강원도 전체 가구의 3분의 1이 사라지고 농토의 절반이 폐허가 되었을 정도로 백성들의 삶은 참혹했다. 세종은 백성들의 삶이 기근으로 피폐해지자 강녕전을 버리고 경회루 한 쪽에 초가집을 짓고 무려 2년을 살 만큼 백성들과 아픔을 같이 한 군주였다. 그러면서도 고뇌로 밤에 잠을 이루지 못해 무려 열하루 동안이나 잊은 채 밤을 지새우기도 했다. 세종은 정무를 볼 때도 언제나 대신들에게 날씨와 작황을 물은 다음 정무를 시작했다. 천문학상 이 시기에 태양활동이 매우 적고 일조량이 적어서 농사에 적합하지 않은 기후가 계속된 것이다. 정성을 다 해 기우제를 지내는 것만으로는 백성들을 사랑하는 애타는 마음을 달랠 길 없게 된 왕은 과학적 영농법에 진력하여 농업생산력을 높이는 데 전력을 다하기에 이른 것이다. 측우기를 만들어 전국에 보급하여 강우량 통계를 내어 농사에 적용토록 했고, 그동안 정확치 않았던 명나라의 달력 때문에 절기에 착오가 있던 것을 조선력(朝鮮曆)인 '칠정산'을 만들어 해결했으며, 물시계인 자격루를 만들어 하루 일과를 관리하여 농사일에 체계적으로 시행하려는 노력을 기울였다. 직파재배를 하던 그 전의 벼농사에 모를 옮겨 심는 이앙법을 적용하기 시작했으며, 농업 생산성을 높이기 위해 '농사직설'을 간행하여 각 지역에 맞는 작물과 농법을 선택하여 농사짓도록 했다. 농사직설은 조선의 독자적인 농업을 전국적으로 조사해서 만든 최초의 농서로 모든 농업을 망라하고 있을 뿐만 아니라 비료 만드는 방법까지 기술되어 있다. 이 농사직설은 전국에 반포되었으며 이러한 세종의 노력으로 작물생산이 크게 늘어 세종 때가 조선 시대를 통틀어 가장 높은 농업 생산성을 기록하게 되었다. 세종 20년이 지나자 더 이상 기근에 대한 기록이 사라졌으며 국가에 비축된 곡식이 500만석에 이르렀으니 선조 때 비축미 50만석의 열 배가 된다. 왕은 농업생산력 증진에만 애쓴 것이 아니라 백성들의 작은 어려움에도 마음을 썼다. 관비의 출산휴가를 7일에서 100일로 늘려주었고, 남편에게도 출산휴가를 주었다. 임신한 여인의 남편에게 출산휴가를 준 것은 세계 최초의 일이었다. 세종은 또 참으로 검소한 모습을 보였으니, 해동청을 기르는 것이 민폐를 끼친다 하여 매를 놓아 보냈고, 당뇨병에 양고기를 드시라는 권유에 양고기는 우리나라에서 나지 않는다며 먹지 않았다. 세종 12년(1439년) 동서양 역사를 통틀어서, 그리고 조선 초유인 전대미문의 사건이 있었으니, 농지 과세를 위한 공법 제정에 앞서 백성들을 대상으로 설문조사를 실시한 것이다. 반년이라는 기간 동안 전국 17만 명에 이르는 백성들에게 신법에 대한 찬반을 물은 것이다. 이 모든 것이 왕의 애민정신인 것이다.

　왕의 빛나는 치적 중 가장 빛나는 것은 한글 창제이다. 그 외에 화약무기 발전, 국토확장, 조선의 자체 달력 제정, 천문기기 제작 등의 천문학 발전, 공평조세를 위한 공법 시행, 법전 완비, 예악 완성, 인쇄술 발전, 대 국민 설문조사 등을 들 수 있다. 한글 창제와 더불어 큰 업적 중 하나가 여진족을 정벌하고 국토를 넓힌 일인데, 이 때 우리에게는 명나라의 기술은 능가할 정도의 화약무기 개발에 발전이 있었으니, 우리 자신도 모르고 있었던 세계 최강 전력을 가지고 있었다는 말이다. 세종 때에 쌍전화포, 천자포, 지자포, 등 사거리가 1,500m나 되는 포와 로켓포의 전신인 주화가 개발되었다. 당시 화약무기를 보유한 국가는 명과 조선뿐이었는데 조선의 화포가 명의 화포보다 성능이 뛰어났다. 이처럼 세종은 무기를 개발하고 전선을 건조하고 수군을 늘려나갔다. 일본에서 사신이 오거나 북방의 여진족 사신이 오면 조정에서는 성대한 불꽃놀이를 열었다. 단순한 불꽃놀이가 아니라 화약무기가 없던 일본이나 여진족에게 조선 화약의 우수성을 보여주어 기를 죽이기 위함이었다. 하지만 이 무력시위가 후대에 이르러 유비무환을 잊은 채 역동성을 잃게 되면서 나태와 무기력이 지배한 왕실에는 왕들의 오락물로 전락하고 말았다. 불꽃들이 유성처럼 하늘을 수놓고 우레 같은 소리를 내자 일본, 여진 사신들이 벌린 입을 다물 줄 몰랐다. 이 불꽃놀이를 가장 즐긴 왕이 성종이었다. 이러한 유비무환을 하늘에 날려버린 빈자리에 '임진왜란'과 '병자호란'이 들어섰다는 점은 오늘의 우리에게 소중한 교훈이 되어야 할 일이다.

스승의 가르침과 자기완성

　　하늘이 있고 땅이 있고 하늘과 땅 사이에 만물이 존재할 때 하늘과 땅 사이에는 의사소통의 수단이 필요할 것이다. 그래서 하늘과 땅 사이에 왔다 갔다 하며 인간에게 하늘의 뜻을 전해주고 땅 위의 인간이 하늘에게 자신의 소망을 전하게 하는 심부름꾼이 있으니 그 이름이 '새(鳥 bird)' 다. 하늘과 땅 '사이' 에 왔다 갔다 날아다니는 심부름꾼이니 이 '사이' 가 '사 +이=새' 로 되었다는 말이다. 태초의 우리 조상님들이 숭배한 상상의 동물인 봉황(鳳凰)이 바로 하늘과 땅 사이의 통신수단에서 심부름꾼으로 숭배 받은 새 이름인 것이다. 또 이 '사이' 와 같은 어근(語根)인 옛 글 '슷' 은 '소리' 와 동근어인 동시에 하늘의 뜻(말씀)이라는 의미에서 우린 인간에게 하늘의 이치를 깨우쳐 주는 '스승' 이 되고 나아가 말 '씀' 에서 보여주는 말(言 language)과 더 나아가 서구인들이 빌려 간 '샤먼(shaman 주술사)' 이 되기도 한다.

　　어느 초등학교에서 야외 학습을 겸한 소풍을 갔다. 이 소풍에는 학부모가 부부동반으로 같이 참여하여 선생님의 학습활동 보조역할을 겸했다. 귀여운 딸아이가 아빠의 손을 꼭 잡고 같이 즐기던 중 딸아이가 아빠의 손을 이끌고 어느 풀(식물) 앞으로 다가 가서 물었다. '이 풀이름이 뭐죠 ?' '글쎄다...' 생물학을 전공한 아빠가 그 풀이름을 모를 리 없지만 이렇게 답한다. '아빠도 무슨 풀인지 모르겠구나. 그러니 저기 선생님께 가서 여쭤보고 오렴.' 아이는 풀을 한 포기 꺾어서 선생님에게로 달려갔다. 선생님에게 풀을 들고 갔던 아이가 뾰로통한 표정으로 힘없이 돌아와 아빠에게 말했다. '아빠, 선생님도 모르시겠대요.' '그래? 오늘은 소풍날이라 정신 없으셔서 그러신가보다. 그럼 가지고 있다가 내일 선생님에게 다시 여쭤보도록 해라.' '지금 모르시는 데 내일이라고 아시겠어요?' '그럼, 너도 알고 있는 것을 곧잘 잊어버리고 그러잖니?' 아이는 못마땅한 표정으로 고개를 갸웃거리며 풀을 빈 도시락에 담았다. 다음날 이 생물학자는 아이가 등교하기 전에 미리 선생님에게 아이가 물었던 풀의 이름과 특징 등을 적은 메모를 전해 두었다.

아이들에게 지식을 전달하고 가슴에 길이 남을 삶의 지표를 주어 올바른 사람으로 이끄는 역할이 스승의 일이다. 아이들이 스승을 믿고 존경할 수 있어야 자신의 배움에 대한 확신이 서게 되고 장래 계획이나 역할에 대한 자신감이 생길 것이다. 나아가 우리 인간에게만 주어지는 고귀한 영혼까지 쉼 없이 갈고 닦을 필요가 있다. '너 자신을 알라' 는 남들을 향해 너 자신을 알라고 외칠 소리가 아닌, 소리 없이 자신을 향해 강렬하게 외치는 내면의 소리이니, '네 분수를 알아라, 네 죽을 곳을 알라' 의 외침인 것이다. 일상적으로 표출되고 있는 자기 자신이 아닌 진실한 '자기' 에게 눈을 뜨라는 말이다. 자신을 의문의 대상으로 몰고 간

다음 논변을 통하여 자신의 잘못을 깨우치고 올바른 판단으로 이끌어나가는 내성을 명하는 소리인 것이다. 이렇게 외친 지혜를 사랑하는 주인공 소크라테스는 당시의 청년들에게 정의, 절제, 용기, 경건 등을 가르쳐 큰 감화를 주었지만, '청소년들을 부패시키고 국가의 제신(諸神)을 믿지 않는 자' 라는 죄목으로 고소되어 사형을 당하였다. '교양이니 지혜니 하는 것은 좀 없어도 괜찮다. 지금은 돈이 모든 것을 해결하는 시대이니 부자가 되는 편이 차라리 낫다' 라고 한다면 '돼지로 태어나서 편안하기 보다는 차라리 사람으로 태어나서 슬퍼하라' 는 그의 외침은 귓등으로 흘러가고 말 것이다. 사랑하는 스승이 겪었던 부당하고 비극적인 죽음으로 인해 정치가로서의 꿈을 버리고 부정의가 자리 잡을 수 없는 국가관에 도달하기 위한 필생의 노력을 기울인 소크라테스의 제자 플라톤에 이르러 스승의 사상은 더욱 꽃피면서 불멸의 가르침으로 전 인류에게 다가와 있다. 그가 말한 국가를 개인의 확대로 볼 때 그 개인의 정욕이 농, 공, 상업에 종사하는 서민이며, 기개(氣槪)의 부분은 군인과 관리, 이성의 부분은 통치자이고, 반드시 선의 이데아(idea) 인식을 전제해야 하므로 철학자가 왕이 되어야 한다는 논리이니 공자의 천명사상과 상통하는 것 같다.

인생에 있어서 최대의 불행은 노년에 이르러서도 방황하는 것이다. 만년을 행복하게 보내고 싶다는 생각은 누구나 다 가지고 있는 소망이지만 노년을 행복하게 보내는 유일한 길이 젊을 때에 고생을 해 두는 일임을 알면서도 잊기 쉽다. 남에게서 질문을 받았을 때 아는 것을 안다고 대답하고 모르는 것을 모른다고 대답할 일이다. 모르는 것을 안다고 대답했다가 실제 그의 무지가 드러나 곤욕을 치루는 장면도 심심치 않게 볼 수 있다. 많은 것을 알아갈 수록 자기가 아는 지식세계가 극히 작은 일부분에 불과하며 또 우리 인간이 탐구할 지식세계가 무한히 널려있다는 것을 자각하게 될 것이다. 깊이 아는 자는 말하지 않고 말하는 자는 잘 알지 못한다는 모순된 말도 흔히 볼 수 있는 일이다. 또 무지를 두려워할 일이 아니라 엉터리 지식을 두려워할 필요가 있다. 어떤 전문적인 문제에 대하여 무지하다고 하여 부끄러워하거나 두려워할 일이 아니라 전문가에게 묻거나 책을 통하여 배우면 될 일이지만, 엉터리 지식이나 잘못된 지식이었을 때 이를 크게 부끄러워하고 두려워해야 할 일이다. 우리는 감정에 사로잡히거나 원초적 자기보호 본능인 이기심에서 벗어나기 위해서라도 교양을 갖추어야 하며, 자기완성을 위한 노력을 게을리 하지 말아야 할 일이다. 우리는 이 지상에서 인생행로를 잡아갈 때 본질적으로 정신적인 존재가 되어 있어야 한다. 그 정신적인 존재란 박애(博愛)가 그 바탕임을 말해준다. 이기심은 모든 생물이 가진 자기보존의 욕망에서 우러나지만 우리 인생의 목적과는 반대방향임을 잊기 쉽다. 인간에게 필요한 교양이란 사랑할 줄 아는 인간다운 인간으로 성장하는 기반이기 때문이다.

사회생활을 위하여 자신의 본래 욕구를 억제하면서 사회의 욕구와 타협할 수밖에 없지만 그렇더라도 사회와의 적응에만 전적으로 매달려 자신의 본래욕구, 감정, 목표까지 잃게 되는 과잉적응에 빠져서는 안 될 일이다. 나이를 먹어감에 따라 지위도 오르고 수입도 늘어나서 자리가 잡히면 모든 것이 좋은 상태로 될 것이라는 기대감은 누구에게나 있다. 그러다 어느 사이에 상승세가 꺾이면서 제자리걸음으로 들어가거나 하향세를 맞이하면서 늘 상승의 환상에만 익숙하게 젖어있던 사람도 상승정지 증후군으로 빠져들지 않을 수 없게 된다. 이 상승정지 증후군은 특정인이 아닌 모든 사람들이 맞아야 할 필수과정 이니 그럴수록 냉철하게 새로운 보람을 찾아 인생 계획을 재편성할 필요가 있다. 지금까지의 삶에 무리하게 매달릴 생각을 버리고 큰 전망에서 자신의 나머지 인생을 구상할 필요가 있다는 말이다. 이 내적인 방향전환이 제대로 될 때 그 어디에도 구애받지 않는, 참으로 자신에게 맞는 땅에 발을 붙인 원숙한 인생, 여유 있고 풍요한 인생길로 들어설 수 있을 것이다.

전쟁의 승패

　　인류의 역사에는 크고 작은 전쟁사를 빠짐없이 기록하여 후
세에 전하는 기록들이 많다. 불과 180명라는 작은 병력을 이끌고
7만 명을 거느리고 왔던 남미 잉카제국 왕 알타왈파를 사로잡은
스페인의 피사로는 국왕이 24톤이나 되는 금을 몸값으로 내어 놓
겠다 하자 그대로 약조하고 약속대로 금을 스페인군에게 인도하자
약속의 이행은커녕 곧바로 왕이 처형(1533년)됨으로써 잉카제국
의 찬란한 문화는 자취를 감추었다. 또 잉카의 본거지 페루와 가
까운 칠레는 수십 번에 걸쳐 이웃 강적 아르헨티나와 페루를 상대
로 싸움을 일으켜 거의 모든 싸움에서 승리함으로써 원래 아주 작
은 나라였던 칠레가 자꾸만 태평양 해안 북쪽 방향으로 뻗어나가
오늘처럼 매우 길 다란 국토를 가지게 되었다. 칠레와 멀지 않은
파라과이는 브라질, 아르헨티나, 우루과이 등 동맹국을 상대로 싸
움을 일으켜 중과부적으로 패하여 이과수 폭포를 포함한 국토의 3
분의 2 정도를 잃고, 분이 풀리지 않자 만만한 볼리비아를 상대로
싸움을 걸어 전 국민이 다 죽을 대 까지 싸우겠다는 불굴의 투지
앞에 굴복한 볼리비아가 현재 파라과이 영도의 절반 정도 크기가
될 정도를 양보했다. 또 그리 오래지 않는 일이지만 페루와 에콰
도르 간에 전쟁이 일어나 교전 끝에 단 두 명의 전사자를 낸 에콰

도르가 상대의 조건을 다 들어주면서 싱겁게 전쟁이 끝이 났으니 종전 영토에서 3분의 1을 넘겨 준 것이다.

중국 주(周)나라 때 각 제후국 중 제일 먼저 패자(覇者)로 등장한 제 환공(濟桓公)은 그의 장자인 소(昭)를 송(宋)의 양공(襄公)에게 인질이 아닌 유학을 보냈다. 제환공이 죽자 왕위 쟁탈전이 벌어지는 혼란 중 송양공은 자신이 맡았던 소(昭)를 제왕(濟王)을 올리기 위해 제나라를 공격했다. 힘이 약한 송나라였지만 제나라 군은 힘써 싸우려 하지 않았다. 군대도 장군도 한 낱 간신배들이 정권을 잡고 흔드는 꼴이 역겨워 힘써 싸우려 하지 않았으며, 간신들이 옹립한 무궤(無詭)를 위하여 싸울 필요가 없다고 생각한 것이다. 제나라 사람들은 침략군과 싸울 생각도 없이 즉위한 지 얼마 안 되는 무궤를 죽였다. 무궤가 죽자 소가 자동적으로 즉위할 것으로 보고 송양공은 귀국했다. 하지만 다시 왕자들 간에 왕위 쟁탈정리 벌어지면서 소가 다시 송나라로 망명하였다. 그러자 송양공은 다시 제나라를 공격하여 이기고 소를 제 나라 왕(효공)으로 즉위시켰다. 기세가 오른 송양공에게 패자가 되어보려던 꿈이 꿈틀거릴 무렵, 초나라와 송 나라간의 전쟁에 송이 패하고 송양공이 포로가 되어 억류된 일이 있어 그에게는 치욕에 대한 앙심이 남게 되었다. 그러던 중 이웃 정(鄭) 나라가 초나라에 항복을 하자 더욱 화가 난 송양공은 송나라의 영역에서 흐르는 홍수(泓水)를 사이에 두고 초나라와의 전쟁이 돌입하게 되었다. 초나라는 워낙 군사력이 강하여 송나라가 정면으로 대결했다가는 승산이 없었다. 이 점을 간파한 송나라는 홍수를 사이에 두고 대진하였던 것이다. 그러나 이 강의 도하작전에는 먼저 강을 건너는 쪽이 적의 저격을 당할 염려가 있어 불리하게 되어있다. 초나라는 원체 병력이 많은지라 이를 믿고 먼저 강을 건너기 시작하였다. 신하들이 송양공에게 적의 허점을 노려 공격하자고 강하게 주장하였으나 그는 공격 명령을 내리지 않았다. 그 사이 초나라 군사는 도강을 완료하여 대오를 정비하기 시작하였다. 양공은 이때에야 겨우 공격 명령을 내렸다. 승패는 이미 결정된 것이어서, 중과부적으로 송나라 군대는 대패하고 양공의 좌우에 호위하던 친위대 까지도 전멸하였다. 송나라 사람들이 양공을 원망하자 그는 이렇게 답했다. '군자는 부상자를 공격하지 않으며, 늙은이를 포로로 하지 않는 법이다. 좁은 길목이나 강 가운데서 이기려 하는 것은 옛어진 사람들의 취할 바가 아니다. 내 비록 망국 은(殷)나라의 후예지만 대오를 정비하기 전에 공격 명령을 내리는 그 따위 치사한 짓은 하지 않을 것이니라.' 그러자 신하들은 '병법은 이기는 것을 제일로 삼는다. 전쟁은 무조건 이겨야 한다. 군자는 부상자를 공격한다는 말을 믿는다면 애당초 전쟁을 벌일 필요가 어디에 있었겠는가' 라고 송양공을 원망했다. 양공은 초나라와의 싸움에서 입은 상처가 원인이 되어 다음해 여름에 세상을 떠났다. 그가 남긴 것이라고는 '송양(宋襄)의 인(仁)'이란 고사성어로 남은 쓸쓸한 비웃음뿐이었다.

되돌아보면 참으로 아무런 대책도 없고 어처구니없는 전쟁이 없는 치욕적 전쟁이 병자호란이다. 누구보다 국제정세에 밝았던 영민한 광해군이 폐위되지 않았다면 이런 허망한 전쟁이 나지도 않았을 것이고 설혹 전쟁이 났더라도 이렇게 무참히 당하지는 않았을 것이다. 서울 롯데호텔 뒤편에 석촌 호수가 있고 이 호수

뒤편 삼전동 방향으로 공원이 하나 있으며, 그 곳에 대리석으로 된 높이 395 cm의 돌 비석 하나가 있다. 이 비가 청 태종의 승전을 칭송한 이른바 '대청황제 공덕비'이다. 이 비는 여러 번 땅속에 묻혔다가 파내기도 한 우여곡절 끝에 그 자리에 서 있다. 호란의 바로 전에 있었던 임진왜란에서 적에게 끌려간 포로가 수 만 명 정도인데 비해 병자호란으로 청국에 끌려간 포로의 수는 60만에 이른다. 청은 포로들의 속환금을 받을 생각과 함께 만주의 인구를 늘리려는 목적으로 잡아간 것이다. 호송 도중 볼일을 보고 싶으면 남녀를 불문하고 아무 데서나 옷을 내리고 볼일을 봐야 했고, 가다가 병이 들거나 하면 가차 없이 버리고 가거나 죽이기가 예사였다. 도망치다가 잡히면 귀에 구멍을 뚫고 한데 묶어 끌고 갔다. 끌려간 포로 중에는 양반 집 가족들도 많았다. 돈 많은 양반들이나 벼슬아치들은 자기네 가족들을 속환하는 데 거금을 아끼지 않았다. 대표적인 예로 인조반정의 공신이자 영의정인 김 류는 첩의 딸이 끌려간 것을 알고 역관 정 명수 에게 1,000냥(쌀 200석 상당)을 바치고 돌아오게 하는 바람에 포로 값이 올라 숫한 포로들이 돌아오지 못하게 만들었다. 전쟁 직후의 몸값 10냥에 비해 100배로 오른 것이다. 나라의 공금으로 포로들을 속환한 일도 있으나 자유롭게 풀어주는 것이 아니라 공노비로 전락하였고, 오히려 청에서 살겠다고 자원할 정도였다고 하니 참으로 도무지 말이 안 나오는 패전의 참극이다. 20만이나 되는 여자 포로들은 대개 가난한 집의 딸들이라 돈을 주고 풀려난 경우는 별로 많지 않았다. 청에서 노예로 살다가 목숨을 걸고 탈출하여 고국 땅을 밟은 여인들은 남의 손가락질과 남편의 냉대와 멸시를 견디지 못해 우물에 몸을 던지거나 목매어 자살하는 일이 빈번했다. 자신의 여자 하나 지켜내지 못했던 조선이 무슨 염치로 환향녀들을 멸시해서 죽게까지 했는지 자문해 볼 일이다.

징기스칸은 몽골을 통일하기 전 세력이 미약했을 때 적 부족의 침입을 받고 처인 보르테를 놓아두고 도망친 일이 있었다. 당시 상황으로는 둘이 같이 도망쳤다간 둘 다 잡혀서 죽을 상황이었기 때문에 처인 보르테가 자청해서 남아 징기스칸이 도망칠 시간을 벌어 준 것이었다. 보르테는 잡혀가서 적 부족의 부족장 집안의 사내에게 주어져 살다보니 임신을 하게 되었다. 징기스칸이 겨우 동맹세력을 모아 적 부족을 격파하고 처를 되찾았을 때 임신한 그녀를 본 그는 울음을 터뜨렸지만 이내 위로의 말을 잊지 않았다. '그 아이가 누구의 자식이든 내 첫째 아들이 될 것이다'

병자호란의 패전에 따른 비참하고 우울한 사실은 잊고 싶은 비극이지만 그냥 잊기만 해서는 우리 자신들을 용납할 수 없는 일이고, 반드시 장래 우리들에게 뼈저린 삶의 교훈으로 다가와야 할 일임을 새기고 또 새겨야 할 일만 우리를 기다리고 있다.

진실만이 역사의 생명

　　우리의 참된 역사에 대하여는 이 란(column)을 통하여 수 없이 반복한 바와 같이 환인의 환국, 환웅의 배달국, 단군의 조선, (북)부여, 삼국, 고려, 조선, 대한민국의 순이다. 하지만 지금의 역 사 교과서에는 환인, 환웅, 단군이 모두 신화 속으로 묻혀버리고 부여는 그저 그림자만 살짝 비추는 듯싶더니 사라지고, 한 무제가 위만의 손자 우거를 죽인 다음 우리 땅 깊숙한 안방인 지금의 평 양 중심으로 한사군을 설치했다는 간악한 일인들이 비틀어놓은 있 지도 않은 사실을 가르치고 있는 것이 역사교육의 현장이다.

　　이번에는 구천 여년을 흐르고 있는 우리 역사의 물줄기에서 부여 편을 더듬어 보고자 한다. 먼저 부여의 계보를 보면 기원전 해모수단군(기원 전239년)의 건국에 이어, 모리수단군, 고해사단 군, 고우루단군, 고두막단군, 고무서단군에 이르는 6대 이후 고무 서단군의 사위이자 해모수단군의 고손자인 고주몽에 의한 고구려 로 이어지게 된다. 이 (북)부여와는 별도로 동 시대에 해부루 라 는 해모수단군의 한 지파가 동부여를 세우고 금와, 대소에 이르는 3대까지 이어지다가 고구려로 통합되었다. 해모수가 건국할 당시 단군조선의 47대 고열가단군 시대인데 나라가 어지러워 고열가단군 스스로 단군의 자리를 내어놓은 정권부재의 혼란기에 단군조선의 통합하여 계승한 인물이 해모수인 것이다. 해모수의 북부여가 고조선의 역사를 이어가고 있을 때, 고조선(단군조선)의 서방진출 교두보이자 외부 침략을 막는 방파제 구실을 하던 고조선의 일부 영역 번조선(변한) 땅은 춘추전국시대의 혼란을 피해 넘어 온 한족 난민으로 넘쳐났다. 이 난민 중에는 한고조 유방의 친구로서 연나라 왕이 된 노관의 부하 위만이 끼어 있었다. 변한의 기준 왕에게 환심을 산 위만은 몰래 세력을 길러 왕검성을 쳐서 기준 왕을 내쫓고 위만 정권을 세운 다음 그의 손자 우거왕 때에 이르러서 한 무제(漢武帝)의 침공을 받게 된다. 바다를 통해 침공한 양복(陽僕)도, 육로로 침공한 순체(荀彘)도, 제남태수 공손수(公孫遂)도 모두 패하여 처형 또는 처벌 받고 고전하던 중 위만정권의 내분을 틈타 위만정권을 무너뜨리고 니계상(尼谿相) 삼(參)을 홰청(澅淸) 지역의 제후로 삼는 등 단군조선 사람들을 제후로 삼았다. 이 왕검성이 있던 변한 지역이 지금 산해관의 서쪽 갈석산을 경계로 한 지역이니 지금의 평양은 말도 안 되는 소리다. 그리고 한무제가 봉했다는 제후들도 곧바로 부여군에게 패하여 사라졌으니 전쟁에 패한 그들이 요서, 요동 땅을 지배할 수 없었던 사실이 자명한데도 교과서가 말하는 '위만이 고조선 계승, 평양에 한사군 설치'라는 일제가 만들어 낸 엉터리 역사를 어린 후대들에게 가르치고 있으니 참으로 통탄할 일이다.

　　한 무제가 우거를 이긴 기세를 몰아 북부여로 침공하였다가 고두막한(高豆莫汗)에게 대패하였고, 이 고두막한이 북부여를 계승하여 졸본(卒本)부여가 된 것이다. '북부여가 고조선을 계승하였다'는 사실은 한국사의 국통 맥을 바로잡는 핵심이다. 그런데도 우리의 교과서는 일제 식민지사학의 각본대로 위만정권을 고조선의 계승자로 끼워 넣고 위만정권이 한나라에게 망한 후 고조선이 있던 그 자리에 한사군을 설치한 것으로 되어 있으니 진실의 연결고리(역사)인 단군조선의 계승자 북부여가 들어설 자리가 교과서에서 쫓겨나고 있다는 말이다. 또 교과서는 더 나아가 북부여 시조해모수를 고구려 시조인 주몽의 아버지로 단정하면서 '해모수와 유화부인 사이에 고주몽이 태어나 고구려를 열었다' 라는 엉터리까지 가르치고 있다. 북부여사가 난도질을 당하여 빠진 것은 한나라의 사가 사마천이 고두막한에게 대패한 한 무제의 치욕을 숨기고자 의도적으로 북부여의 실체를 빼어버린 것이 그 시작이고 일제가 마음대로 조작한 것이 그 결말이다.

사마천 이후의 사서인 후한서가 말해주는 부여의 기록 일부를 보기로 한다. '부여는 동이의 땅 중에서 가장 평평한 평야로 토양은 오곡이 잘 되고 명마와 붉은 옥, 담비 등이 난다. 큰 구슬은 대추만 하고 성책을 둥글게 하여 성을 쌓고, 궁실과 창고와 감옥이 있다. 그 사람들은 과격하고 크고 씩씩하고 용맹스러우며, 근실하고 인후해서 도둑질이나 노략질을 하지 않는다. 활과 화살, 칼, 창으로 병기를 삼는다. 여섯 가축으로 벼슬 이름을 지으니 마가, 우가, 구가 등이 있고, 읍락의 모든 군주는 모두 제가에 속한다.'

북부여 2세 모수리 단군 아우(高眞)에게 손자인 고모수(高慕漱)라는 황손이 하백의 딸인 유화 사이에 아들을 두게 되니 그 아들이 주몽이다. 그 유화부인이 주몽과 같이 동부여 궁에 있을 때 사람들이 금와 왕에게 '주몽은 나라에 이롭지 않으니 죽여야 합니다.' 라고 줄기차게 나서자, 위협을 느낀 주몽이 유화부인의 명에 따라 엄리대수(송화강)를 건너 졸본천에 이르러 나라를 열게 되니 고구려의 개국인 것이다.

이 부여는 나라 이름이 달라지기는 하였지만 기원전 5세기에서 기원 후 5세기에 이르는 천 년에 걸쳐 만주에 존속하였고, 마지막 부여의 분파인 고구려의 연나부(서부여)가 사라질(494년) 때 까지 존속하였다. 또 4세기 말 경 부여족의 일파가 중앙아시아의 카스피 해와 흑해 사이에 위치한 코카서스 지방으로 이주하여 5-7세기 초 까지 돈 강 유역과 북 코카서스 지역으로 이주하였다. 서양사에서 말하는 불가(Bulghar)족의 역사는 부여 역사의 계승이라는 말이다. 이들이 세운 나라가 불가리아이다. 아스파루흐(Asparukh)가 이끄는 일부는 발칸반도로 남하하여 당시 비잔틴제국(동로마)과의 결전을 앞두고 단군에게 승전을 기원하는 제천의식을 행하였으니, 환 , 단 이래로 동방 한민족이 일관되게 거행하여오던 제천 풍속을 서방으로 이주한 부여족이 그대로 따랐음을 보여준다. 이 불가(부여)족은 마침내 로마군을 물리치고 불가리아 제국을 건국하였고, 이 불가 족이 보야(Boyar)로 불리는 지배계층이 되어 슬라브족을 노예로 다스렸다. 황제 크룸(Krum) 때에 이르러 주변의 로마군 대부분을 추방하고 수도를 소비(우리말 '사비' 와 같은 말 Sophia)로 정하고 소비의 산에 올라 단군에게 제사를 올리고, 그 산 이름을 발칸으로 정하였다. 이 발칸산은 '밝안산', '밝산', '백산(白山)', '백두산' 등 우리말 지명과 동일하며 한민족은 고대로부터 '밝은 산' 에 올라 제천의식을 행하였다. 지금도 크룸 황제의 제천 유적이 일부 남아있는 이 발칸

산에서 발칸반도라는 이름이 붙게 된 것이다. 세월이 흐른 지금 이 불가 족은 슬라브족과의 혼혈로 그들의 생김새로 변하고 말았지만, 아직도 우리한민족의 체취는 그대로이며, 그 불가 족 (불가리아인) 만이 서방에서 유일하게 갓난아기의 엉덩이에 반점 (몽골반점) 이 있다는 것도 예사로 넘길 일이 아닌 듯하다.

엉터리 지식 보다는 무식이 훨씬 낫다. 일제의 침략을 정당화하기 위한 수단으로 사용한 우리의 민족문화 말살과 역사 비틀기가 광복 후 수 십 년이 지난 오늘도 진실을 밀어 낸 자리에 버젓이 자리 잡아 어린 후손들의 머리를 오염시키면서 세계사마저 똑 같이 오염되고 있는 현실을 절대로 그냥 넘겨서는 안 될 일이다.

인생에 주어진 사명과 책임

　　우리 인간이 무엇보다 소중한 우리 인생을 가꾸어 감에 있어서 생각할 기본 과제는 인생의 주체인 우리 자신의 정체가 무엇인가를 바르게 정립해 보는 일일 것이다. 한정된 인생행로를 나름대로 아름답게 장식해 나가기 위한 첫 걸음은 자신의 이 소중한 삶을 이끌어 가는 책임 관리자이자 왕으로서의 자리를 확고히 하는데 있다. 세상에 있는 모든 것들은 세상 사람들이 인생을 즐기는 데 사용하도록 미리 준비된 것 들 뿐이다. 우리는 이 순간을 깊이 인식하고 나 자신을 깨닫기 위해 산다는 것을 잊지 말아야 할 일이다. 깊은 철학이나 생각 그리고 올바른 선택만이 나를 거친 자연 상태에서 진정한 사람으로 재창조해 준다. 또 살아있는 다른 사람들과 섞여 살면서 세상의 좋은 것을 최대한으로 즐기며 살아야 할 일이다. 세상의 모든 것은 아름다움이나 선으로 채워진 것이 아니라 모든 풍요로운 사물 속에는 악과 추함도 곁들여져 있다. 이러한 복잡한 인생 여로를 헤쳐 가는 자신의 내면을 늘 눈여겨 들여다보기를 게을리 하지 말아야 할 일이고, 나아가 자신의 새롭고 성숙의 경지로 나아가는 달라진 삶을 끊임없이 설계하며 살아가야 할 일이다.

생명(生命)과 생존(生存)과 생활(生活)을 아우르는 우리의 '삶'은 우리 자신이 가꾸어 나가기에 달려있다. 생명이라 함은 무생물과 달리 생명체인 생물이 가지 본질적인 요소이고, 생존이란 그 생명체가 일정기간 동안 존속하는 것이고, 생활이란 일정기간 동안 활동하는 것을 가리킨다. 인간이 다른 동물과 구별되는 것 중, 동물이 단지 생존하는 것에 그치는 반면 인간에게는 자신에게 주어진 사명을 수행한다는 '생활'이라는 것이 있다는 점이다. 인간이 다른 어느 고등동물에 비해서도 여러 가지 우월한 점도 많지만, 단지 그 우월하다는 사실만으로 인간에게 특별한 가치와 의미가 있다고 할 수는 없는 일이니, 인간이 인간이라는 사실만으로는 아무것도 아니고 '일'을 한다는 사실이 인생의 전부인 것이다. 그 일이란 바로 인간이 인간으로서의 사명을 다하는 일이다. 그 일이 뜻있는 사명이었을 때 그 인생이 특별한 의미와 가치와 보람을 지니게 된다는 말이다. 인생의 첫 단계인 부모로부터 양육 받는 출생에 이은 유년기에는 자신의 사명이라는 개념이 잘 정립되지 않는다. 여기서 한 단계 나아간 배움의 과정에 이르러서야 사명이란 개념이 싹트기 시작한다. 초등학교로부터 대학에 이르는 긴 학업 기간은 앞으로의 사명 수행을 위한 중요한 준비단계가 된다. 학업 과정을 거쳐 일터로 나가 일할 때가 주된 사명을 수행하는 단계가 될 것이다.

　　모든 일에 졸속이 금물이 듯 교제에서도 우정에서도 순간적인 감정에 휘둘려서는 안 될 일이다. 매사에 시간을 적당히 나눠 쓸 때 자신에게 주어진 시간을 즐길 수 있다. 이 지혜로운 시간 쓰기가 아닌 한 순간의 생각에 도취된 나머지, 나중에 이르러 자신에게서 멀리 떠나버린 행운을 아쉬워하는 어리석음에 빠져들어서는 안 된다는 말이다. 즐기는 놀이는 천천히 그러나 주어진 일은 열성을 다 해 끝내려는 노력이 있어야 할 일이다. 별로 의미 없는 사소한 일에 기분이 상해서는 안 될 일이고, 기분의 노예로 놀아나서는 안 될 일이다. 또 자신이 만든 환상에 빠져 자기숭배의 우상을 만들어 거기에 도취되어 있어도 안 될 일이다. 이 세상에 완전한 사람은 한 사람도 없다는 점에서 매일 매일 인격을 닦는데 게을리 하지 말아야 할 일이다. 자신의 모든 능력을 완벽히 발휘하고 자신의 뛰어난 성품이 발전하여 자기완성에 도달할 때까지, 고상한 취미가 생기고 생각이 맑아지고 판단이 성숙해지고 의지가 순수해지는 자기완성이 이루어질 때 까지는 이러한 자기성찰의 노력에 멈춤이 있어서는 안 될 일이다. 주어진 사명의 수행에 있어서나 자기완성에 있어서 뭔가를 하는 척 하는 것으로 그쳐서는 아무것도 아니고 실제로 열심히 행함이 있어야 할 일이다. 남들이 보는 앞에서 뭔가 하는 것처럼 과시만 하고 내실이 없는 경우도 흔치 않게 많다. 작은 일을 하면서도 엄청나게 큰일을 하는 것처럼 과대포장해서도 안 될 일이다. 진정으로 지혜로운 사람이라면 자신이 세운 업적이나 장점을 드러내려고 하지는 않을 것이다. 남이 뭐라고 하든 내버려 두고 남이 모르게 행동하면서 남들에게 영웅으로 보이기보다는 정말 영웅이 되는 일에 노력을 아끼지 말아야 할 일이다.

책임감(責任感)이란 맡은 임무를 수행함에 있어서 스스로 꾸짖어 완수해 내겠다는 열정이다. 모두가 같은 일을 하다가 난관에 부딪쳤을 때 아무도 책임을 지지 않는다면 모두 같이 공멸하는 수밖에 없다. 군인이 적과 마주쳤을 때 자기 한 목숨이 아까워 뿔뿔이 흩어진다면 국민 모두가 같이 죽어야 하는 상상조차 하기 싫은 끔찍한 모습이 현실이 될 수도 있다. 자신의 몸을 바쳐 의로움을 실천한다는 것은 결코 아무나 할 수 있는 쉬운 일은 아니다. 하지만 공동체를 유지하기 위해서는 '책임'을 피해 갈 일이 아닌 기본적인 약속임을 잊지 말아야 할 일이다. 많은 구성원들을 가진 사회가 언뜻 보기에 하나 둘 빠져도 잘 돌아갈 수 있을 것 같아 보이지만 '나 하나 없어도'라는 생각이 머리에 스치는 순간 그 집단은 무너지기 시작한다는 것을 소홀히 하기 쉽다. 이처럼 책임이란 복잡한 기계의 부품과도 같아서 어느 하나가 잘 못되어도 안 될 일이다.

1920년 2월 26일, 유 청중 선장과 선원 22명을 태운 100톤급 소형 오징어잡이 어선 하나호가 만선의 꿈을 안고 남해안을 떠나 동 지나로 출항했다. 이윽고 최대풍속 18.2m되는 바람이 4-5m나 되는 파도를 몰고 뱃전을 때리며 금방이라도 하나 호를 삼켜버릴 듯 집채 같은 거센 파도가 휘몰아쳐 왔다. 조타실에서 키를 좌우로 돌리며 파도 사이를 조심스럽게 헤쳐 나가는 유 선장의 등에 진땀이 흘렀다. 아슬아슬한 곡예처럼 파도를 가까스로 타넘어 가던 순간, 커다란 파도가 배의 옆을 강타하자 엔진이 이상 징후를 보이기 시작했다. 얼마 후 쿵 하는 소리와 함께 배는 큰 충격을 받고 선미 부분에 차가운 바닷물이 쏟아져 들어오며 배가 침몰하기 시작했다. '배가 침몰한다. 빨리 탈출하라' 유 선장의 황급한 명령이 선원들에게 떨어졌다. 선원들은 다급한 상황에서 구명조끼를 착용할 겨를도 없이 바닷물로 뛰어들었다. 뒤이어 내려진 구명보트가 바다에 뜨자 물속에서 허우적거리던 선원들이 모두 보트에 올랐다. 선원들이 모두 구명보트에 오른 것을 확인한 선장은 침몰하고 있는 배에 남아 있다는 것을 알았다. 다급한 상황에서 자신의 목숨을 구하기도 벅찼던 선원들은 그제 서야 선장이 침몰하는 배에 남아 있다는 것을 알아차렸다. '선장님, 빨리 배를 포기하고 탈출 하세요' 선원들의 안타까운 외침은 나선형 소용돌이를 그리며 침몰하는 선체의 마지막 모습 위로 메아리만 남긴 채 사라져 갔다. 이렇게 하나 호는 유 선장과 함께 영원히 물속으로 사라져 갔다. 얼마 전에 있었던 세월 호 참사를 생각나게 하는 사건이다.

자기신뢰 없이 되는 일 없다

　　바다는 모든 물을 사양하지 않음으로써 그 거대함을 이룰 수 있고 산은 하찮은 양의 흙이라도 마다하지 않음으로써 그 높음을 이루게 된다. 끓는 물을 식히려고 찬 물을 더 부어봤자 끓는 것을 일시적으로 그치게 할 수는 있겠지만 멈추게 할 수는 없다. 진실로 그 근본을 생각한다면 솥 밑에서 불을 치워버리는 방법 밖에는 없다. 지엽과 근본, 원인과 결과를 함께 생각하자는 말이다. 사실 외부에서 일어나는 모든 일은 따지고 보면 지엽이고 근본과 원인은 자기 자신인 경우가 대부분이다. 그러니 그 무엇보다 자신이야 말로 가장 신뢰할 수 있는 존재가 되어야 함은 너무나 당연한 일이다. 어떤 나무든 훌륭하게 자라 달콤한 열매를 맺기 위해 싹을 틔울지언정 실패를 바라보면서 싹을 틔우지는 않는다. 자신을 믿는 것처럼 중요한 성공의 비결은 없다. 실제로 충분한 힘이나 능력이 없어서 스스로 능력을 발휘하지 못하게 된 사람은 얼마든지 많이 있다. 이러한 불행한 사람들, 이러한 중요한 것이 결여된 유형의 사람들이 늘 스스로를 방해하여 자신을 패배자의 길로 이끌고 있다는 사실을 모르고 있는 경우가 태반이다. 물론 그들은 스스로를 패배의 구렁텅이로 몰아넣고 있다는 사실을 자각하지 못하고 있다. 이런 사실을 깨닫는다면 그 행동을 당장 멈추겠지만 불행히도 이들은 자신을 패배자로 이끄는 사람들이 다른 이가 아닌 자신임을 모르고 있는 경우가 너무도 많다는 사실이다. 이런 사람들의 대부분은 자신감 결여가 핵심적 문제였음을 인식하지 못한 채 넘어가 버리는 경우가 많다. 사람은 다 똑 같다. 세상을 살아가는 많은 사람이 한 번 쯤 남들에게 손가락질도 당해보고, 경멸도 당해보고, 욕까지 얻어먹어가며 살아가게 되어 있다. 잘못을 저질러 욕이나 손가락질을 받으면 다시는 그 잘못을 저지르지 않으면 된다. 잘못이라는 것을 알면서도 저지르면 나쁜 사람이지만 자신도 모르는 사이에 그런 행동을 했다면 개선하면 된다. 자신을 바꿀 수 있는 용기는 다른 사람이 주는 것이 아니고 스스로 찾아내야 한다. 스스로 해결할 수 있다는 믿음을 가진 사람만이 그 문제를 해결할 수 있다. 자신의 힘을 믿는다는 것이 그리 쉬운 일이 아니지만 끝까지 믿어야 할 필요가 있다. 쉽지 않는 일이기에 그만큼 보람이 크고 해 볼만 한 가치 또한 그 속에 있다는 말이다. 사람은 자신이 뭔가 할 수 있다고 믿을 때 능력을 발휘한다. 그리고 굳은 신념으로 깨달음을 얻은 사람, 깊고 건전한 정신을 가지고 있는 사람은 전 인류의 보배이기도 하다. 그들의 폭발적인 동력 적 자질은 그것이 부족한 사람들에게 전이되어 도미노 적인 힘을 발휘할 수도 있기 때문이다. 할 수 있고, 성공할 수 있다는 자신감을 갖춘 다음 삶의 목표를 설정해야 한다. 이 목표는 반드시 이룰 수 있는 것이어야 한다. 또한 성공하고 승리하기 위해 모든 것을 바쳐야 할 일이다. 자신의 능력을 믿고 자신감을 가지고 전진해야 함은 늘 잊지 말아야 할 일이다. 자신감으로 무장한 사람에게 모든 장애물은 반드시 물러나게 되어있다. 자신의 삶에 방해가 되는 것에 당당하게 부딪치는 사람은 자신의 내부에 잠재해 있는 재능과 능력을 믿는 사람이다. 이런 믿음이 없다면 피하려고 하고, 도망치려는 마음이 앞서 아무 것도 할 수가 없다. 부딪쳐 이길 때 자신을 믿는 힘이 더욱 강해지고 앞길을 가로막는 어떤 어려움도 당당히 맞설 수 있다.

강한 신념을 가지고 있어도 행동이 수반되지 않으면 아무 것도 이룰 수 없다. 따라서 결의를 행동으로 옮기는 결단을 요한다. 스스로를 변모시킬 때 세상도 변한다. 세상을 변하게 하는 첫 번째 방법은 자신이 먼저 변하는 것이다. 아무리 어려운 상황을 만나더라도 자신의 마음가짐을 바꿀 수 있다면 상황이 바뀐다. 자신을 믿어야 한다. 자신에게 필요한 재능과 능력이 있다고 믿고, 정력적인 힘을 개발하고 길러야 한다. 또 어떤 일이든 어떻게 하는 것이 제일 좋을지를 잘 알아 둘 필요가 있다. 자신을 신뢰하고 자신을 이해할 수 있다면 이번에는 자신의 마음을 제어하는 방법을 알아두어야 한다. 생각의 힘은 실로 엄청난 힘을 발휘한다. 성공하고 싶지 않은 사람이라면 자신의 생각, 자신의 행동을 믿는다. 그리고 그 결과는 자신이 어떻게 했느냐에 따라 결정된다고 생각한다. 실패하는 사람들의 문제점 가운데는 잠재의식이 작용하여 항상 최악의 상태를 기다리고 있는 것과 같다는 점이다. 실패한 사람들은 실패의 장면을 떠올리려는 경향이 있으며, 실제로도 그렇게 되어버린다. 창조적인 예감을 창조해 내는 기술을 실천할 때 창조적인 일이 일어난다는 사실을 잊어버리기 쉽다는 말이다. 실패한 사람들의 사례를 보면 모든 일을 헛되게 만들어 버린다는 두려운 공포감을 안고 있다는 것이다. 결국 실패하는 사람은 자신도 모르는 사이에 성공보다는 실패를 염두에 두고 있다는 말이다. 성공을 꿈꾸면서 자신을 가지고 최선의 결과를 마음에 그리며 기대하는 방법을 배울 필요가 있다. 자신의 가능성을 믿는 창조적 예감을 스스로에게 가르쳐 줄 필요가 있다. 수없는 실패를 거듭하면서도 성공할 수 있다는 자신감을 가지고 미래를 생각하는 방법을 터득하여 좋은 결과가 일어나기를 기대하는 것이다. 누구나 창조적 예감의 법칙을 깨닫게 될 때 생각이 바뀔 것이고 생각이 바뀔 때 행동이 바뀔 것이다. 마음속에서 성취를 생각하는 사람이나 열성적인 연구나 꾸준한 노력을 높이 평가하는 사람은 그 목적을 향하여 전진한다. 사람이란 잊기 어려운 인상을 수없이 준 사건이나 이야기에 의해 움직인다. 선입견을 가지고 시작도 하기 전에 안된다고 생각을 하면서 미래에 대해 두려움을 갖는 사람은 차츰 움츠러들면서 아무 것도 못 하게 된다. 누구나 살다 보면 위기를 맞는다. 최악의 사태를 예감하면 움츠러들어 그 사태를 해결할 생각을 못 한다. 그러나 이 때 마음을 그 장애물 보다 높이 가질 때 극복의 길이 열리게 되어있다. 사람은 시행착오를 겪으며 배우고 성장한다. 영원히 실패하지 않는 사람은 없다. 누구나 성공을 통해 어떻게 해야 하는가를 배우듯이 실패를 통해 어떻게 하지 말아야 하는가를 배우게 된다. 그보다 중요한 일은 실패를 피하는 데에만 마음을 쓰다보면 성공의 길이 멀어진다는 사실을 잊기 쉽다는 말이다. 실패를 저지르는 용기는 그 실패를 딛고 일어설 수 있는 용기에 비례한다. 실패는 경험 부족에서 오는 경우도 있지만, 또다시 실수를 저지르는 잘 못된 사고방식에서 생기는 경우도 있다. 같은 실수를 되풀이 하는 사람은 실패할 경향이 있는 것으로 보아도 좋다. 실패를 해서 과오를 저질렀다 해서 재능이나 능력이 부족해서라고 할 수는 없다. 누구나 때로는 좌절하거나 크게 넘어진다. 일어난 일은 어쩔 수 없다. 깨끗이 잊어버리고 정신의 힘을 북돋우면서 자신감을 찾아서 다시 시작하면 된다. 시작하는 것만으로 반은 성공한 것이다. 신념도 없고, 자신감도 없는 사람에게는 장애물과 실패만이 앞을 가로막고 나설 뿐이다. 성공과 연결되는 기본 요인은 적극적인 사고방식이다. 하면 된다고 생각할 때 누구나 할 수 있다. 이러한 적극적인 사고를 바탕으로 자기가 되고 싶어 하는 모습을 마음속에 영상화 하고 그렇게 되도록 내면의 힘을 믿을 때 누구나 성공할 수 있다. 겨자씨만큼의 자신감과 용기만 있다면 불가능한 일은 아무 것도 없다. 진심으로 묻고 진심으로 실천하는 사람은 새로운 사람으로 태어나 목표를 실천할 수 있는 힘을 발휘하게 될 것이다. 큰 꿈을 이루기 위한 노력에 게으름이 끼어들어서는 절대 안 될 일이고, 어떤 일이든 할 수 있는 기회 자체에 대한 감사의 마음 또한 떠나지 말아야 할 일이다.

조상의 나라 고조선과 북방민족

　　우리 조상의 나라가 곧 우리나라다. 이미 수 없이 여러 번 반복해서 밝힌 바와 같이 우리(조상)나라 고조선(古朝鮮)은 왕권을 확립한 기원전 7197년 9환족 12개 분국(거수국)으로 된 7세에 이르는 환인(桓因)이 세운 가히 동서양을 통틀어 시원국가(始原國家)인 환국(桓國)을 건국하여 3,301년을 다스린 다음, 1,565년간 18세에 걸친 환웅(桓雄)의 배달국(倍達국國), 뒤 이어 2,096년간 47세에 걸쳐 다스린 조선(檀君朝鮮), 이어서 북부여(기원 전 239년南三韓 포함) 221년 까지를 통틀어 이른 것으로 정의할 수 있고, 이어 우리가 잘 아는 삼국시대로 접어든다. 위의 단군조선 47세 단군 중 3세 가륵 단군 6년(기원 전 2177년)에 열양 욕살 삭정(索靖)을 약수(弱手) 지방에 종신 유배시킨 일이 있다. 그리고는 후에 용서하여 그 땅의 제후로 봉하니 그가 흉노의 시조이다. 가륵 단군에 이은 4세 오사구 단군 재위 원년(기원 전 2137년)에 자신의 아우를 몽골리 한(干)으로 봉했다. 이어서 30세 내휴 단군 5년(기원 전 905년)에 흉노가 공물을 바쳤고, 32세 추밀단군 3년(기원 전 847년)에 선비산(鮮卑山)의 추장 문고가 공물을 바쳤다는 등의 기록이 있다. 몽골 고원에서 중앙아시아를 거쳐 남러시아와 동유럽에 이르는 일대에는 광대한 초원지대가 이어진다. 이들 지역은 유목생활을 하는 몽골계와 투르크계에 속하는 다양한 유목민족이 활동하는 공간이다. 동양사에는 중국 북방의 여러 유목민과 중국 간의 갈등이 늘 주요 쟁점 중 하나로 다루어지고 있다. 중국인들은 이들 북방민족을 융(戎), 적(狄), 호(胡)등 다양한 이름으로 부르면서 흉악한 오랑캐로 불렀다. 하지만 북방 민족을 오랑캐로 여긴 것은 중국인 자신들 만의 열등의식 또는 편견일 뿐, 북방 유목민들은 정착생활을 하는 농경민과는 생활방식이 다를 뿐 야만인이 아니었다. 흉노, 선비, 돌궐, 몽골 등 여러 북방민족들이 모두 고조선의 분국 또는 지류였다.

먼저 흉노 쪽은 그 수가 계속 늘어나 진(秦)나라 때 이미 오르도스와 몽골고원, 천산산맥 일대에 걸쳐 살았다. 흉노는 그 우두머리를 선우(單于)라 하였는데 한나라 초기 묵특 선우(기원 전 174년) 때 서쪽의 월지와 동쪽의 동호(東胡 번조선)를 격파하고 아시아 최초의 유목 대제국을 세웠다. 묵특 선우는 흉노제국을 종주국인 고조선과 같이 셋으로 나누어 다스렸다. 자신은 중앙을 통치하고, 동쪽은 좌현 왕이, 서쪽은 우현 왕이 통치하게 한 것이다. 흉노는 천지와 일월을 숭배하고 조상을 숭배하며 일 년에 세 번 하늘에 큰 제사를 지냈다. 진시황은 장군 몽염에게 삼십만 대군을 주어 흉노에 반격을 가하고 서쪽의 농서 군에서 동쪽의 갈석에 이르는 이른바 만리장성을 구축하였다. 하지만 만리장성 축조는 백성들에게 큰 부담을 주었고 결국 2세 황제 호해 때 진나라는 진승과 오광 등의 반란에서 유방과 항우 등의 봉기로 이어지면서 망하고 말았다. 진(秦)에 이어 유방이 세운 한(漢) 나라도 흉노의 공격에 시달렸고, 흉노를 제압하는 데 실패했다. 한 고조 유방은 흉

노와의 전쟁에서 포위당했다가 뇌물을 주고 가까스로 빠져나오기
도 하였다. 이 후 공주와 공납을 보내 굴욕적인 평화를 유지한 것
이다. 한 무제 때에 다시 흉노와 전쟁을 시작하였는데 이 전쟁이
50년 동안 계속되었지만 흉노를 굴복시키지 못하고 오히려 큰 손
해만 보았다. 흉노와의 전쟁은 한 나라 백성들의 생활을 곤궁하게
만들었고 국력을 약화시켰다. 이러한 흉노 공격에서 흉노 좌현왕
의 아들이 자기 어머니와 함께 한 나라의 포로가 되었다. 이로부
터 포로가 된 왕자 김일제(金日磾)는 궁의 말(馬)을 돌보는 일을
맡게 되었는데 품위 있는 거동과 성실함이 한 무제의 눈에 띄어
무제의 측근이 되었다. 김일제는 뒤에 망하라(莽何羅)의 반란을
막으면서 무제의 목숨을 구한 공으로 투후(秅候)로 봉하여졌다.
전한(前漢)을 무너뜨리고 신(新) 나라를 건국한 왕망(王 莽)이 김
일제의 현손(玄孫)이다. 왕망이 몰락한 후 위험을 느낀 김일제의
후손들이 한반도로 건너와 신라와 가야의 왕족이 된 것임을 문무
왕 비문 등이 말해주고 있다. 그 후 흉노는 내분으로 국력이 쇠약
해졌지만 아시아 북방의 기마민족이 동서 문화의 교류를 촉진한
것은 사실이고, 서구인들의 눈에 일방적으로 파괴와 약탈을 일삼
는 가공스러운 야만족으로 비춰진 훈(흉노)족이 비단길을 통한 문
화교류에 크게 기여한 것도 사실이다.

　　　북 흉노가 1세기 말 멀리 중앙아시아 초원으로 떠나버리자
흉노의 본거지이던 몽골고원은 일시적으로 공백지대가 되었다. 이
전에 흉노의 지배를 받던 여러 유목집단이 초원을 차지하기 위해
각축전을 벌인 끝에 선비족(鮮卑族)이 패권을 잡고 북방을 통일하
였다. 이 선비와 오환(烏桓)이 모두 동호(東胡 고조선이 분국 번

조선)의 후예이다. 이 선비족은 2세기 중반에 단석괴(檀石槐)라는 인물을 중심으로 여러 부족이 하나로 통합되었다. 선비제국은 흉노가 약화된 틈을 타 북으로 바이칼 호, 서쪽으로 신장의 이리강, 동쪽으로 만주 일대에 걸쳐 옛 흉노 지역을 차지하였다. 단석괴가 죽자 이들은 다시 분열되면서 동탁, 원소, 조조, 유비 등 군웅이 패권을 놓고 패권을 다투던 삼국시대와에 이은 허약한 위진(魏晉 220-317) 시대에 이르러 대거 북중국으로 밀고 들어가면서 5호 16국 시대를 열었다. 이들 선비족(양견)이 세운 나라가 수나라이고 연이은 당(이연) 나라 또한 이들 선비족인 세운 나라이다.

다시 단군조선의 3세 단군인 가륵 단군시대로 거슬러 올라가 단군의 명으로 지백특(支伯特 티벳)을 토벌한 이후, 18세 동엄단군 때에 이르기 까지 조공을 받은 기록도 있다. 몽골 계열 중 하나가 돌궐(突厥)인데 오늘날의 터키(Turkey)가 그 후신이다. 흉노족의 우두머리를 선(단)우(單于)라 하고 또는 탱리(撑犁 tengri)라고도 하는데 이는 우리말의 '대가리'와 같은 말이고 이것이 '돌궐'로 된 것이기도 하다. 돌궐족은 원래 알타이 지역에서 주로 야금 일에 종사하였다. 철광석을 제련하는 기술을 보유하고 금속가공에 뛰어난 솜씨를 보인 이들은 흉노가 붕괴된 지 500년 만에 초원의 유목민을 다시 통합하고 유라시아를 아우르는 제국을 세운 것이다.

이러한 흉노, 선비, 돌궐처럼 유럽과 서아시아를 지배했던 북방민족에게는 하나의 공통점이 있었으니 그것이 신교 삼신문화의 천신(天神) 사상이다. 흉노의 선우는 천신의 아들로서 그 뜻을 지상에 펴는 제사장이며 대리자였다. 흉노의 선우가 한 나라 황제에게 보내는 서한에서 자신을 '하늘이 세운 대 선우'로 칭하였다. 흉노인은 천신의 상을 만들었는데 금으로 된 큰 신상을 모시고 하늘에 제사를 지냈다. 선비나 돌궐족 또한 흉노사회의 특색을 잃지 않았다. 동북아의 중심이었던 고조선의 문화가 동북아의 북방에서 뻗어나간 유목민의 대이동을 통하여 유라시아 대륙의 역사를 크게 바꾸어 놓은 것이다. 남이라고 여기기 쉬운 이들 북방민족들이 모두 단군조선의 후예들이라는 말이다.

모순과 증오의 양면성

　　세상의 어떤 것도 꿰뚫을 수 있다는 날카로운 창과 어떤 날카로운 것으로도 뚫을 수 없다는 방패, 이 모순된 논리의 충돌에는 답을 구할 길은 없어 보인다. 삼국지의 후반에 이르러 제갈량과 사마의가 오장원(吳丈原)에서 최후의 결전을 치르게 되었다. 이 작전에서 사마의는 철저한 수비 작전을 펼쳐 촉 군이 군량 부족과 피로에 지쳐 철수하기를 기다렸고, 제갈량은 온갖 수단을 다하여 사마의를 넓은 벌판으로 끌어내어 건곤일척(乾坤一擲)의 승부를 겨룰 것인가에 안간힘을 쓰는 눈에 안 보이는 지모(智謀) 다툼을 벌이고 있었다. 제갈량은 사마의를 격동하기 위해 사신을 통해 여자 옷을 보내며 비웃는 내용의 서찰을 보냈다. '안방에서 꼼짝 않고 아녀자처럼 교태나 부리느라 수고가 많소. 한 번 나와 싸워 볼 생각은 없는지...' 여자 옷을 받고 게다가 조롱의 서신까지 받았으니 발끈할 것으로 여겼던 사마의가 웃으면서 사신에게 물었다. '제갈 승상께서는 재미나는 구상을 하셨구려. 몹시 심심한가 보오. 요즈음 승상은 어찌 지내십니까?' 사마의는 마치 한가하게 지내는 친구의 안부를 묻듯이 했다. '저희 승상께서는 아침 일찍 일어나시어 밤늦게 까지 작은 군무(軍務)라도 충실히 돌보십니다. 편히 식사하실 시간조차 없습니다.' '격무에 힘드시겠습니다.' 사마의는 안타깝다는 듯이 말했다. 사신이 돌아가자 사마의는 서둘러 부장(副將)들을 모이게 한 다음 은밀히 명령을 내렸다. '모두들 언제라도 출동할 수 있게 준비를 갖추어라. 곧 촉군을 섬멸할 좋은 기회가 올 것이다.' 장군들은 의아해 했다. '신중하기로 천하제일인 사마의가 제갈량의 잔꾀에 속다니.' 하고 수군거렸다. 사마의가 부하 장수들에게 말했다. '제갈량은 이미 나이가 쉰 넷이니 꽤 늙었다. 그런데다 식사를 못 할 만큼 격무에 시달린다니 오래 살지 못할 것이다.' 또 한편 촉진으로 돌아온 사신에게 제갈량은 사마의의 태도가 어쨌는지 등을 자세하게 물었다. '사마의가 매우 노하던가?' '웃으면서 승상께서 잘 지내는지 물었습니다. 그리고 또 격무에 힘드시겠다고 염려까지 했습니다.' 그러자 제갈량의 장탄식이 흘러나온다. '아아, 사마의가 내 수명까지를 계산하고 있구나.' 마침내 사마의의 예측처럼 얼마 안 가 제갈량은 죽었고 촉 군은 퇴각해야 했다. 이에 사마의가 군사를 휘몰아 추격하여 촉 군의 중군(中軍)을 막 덮치려는데, 병사들이 좌우로 갈라지면서 사륜거(四輪車)에 의젓이 앉은 제갈량이 미소를 띠고 있는 게 아닌 가? '아뿔싸, 계략에 걸렸구나. 전군 후퇴다.' 사마의는 기겁해서 후퇴했다. 실제로 제갈량은 죽었고 이때의 상(像)은 목각으로 만든 것 이었는데 사마의는 자신을 유인하려는 제갈량의 계략에 걸려들었다고 판단하고 허둥지둥 퇴각한 것이다. 신중한 성격의 사마의가 이런 낭패를 본 데에는 제갈량이 죽었다는 사실에 너무 흥분하여 제갈량이 살았을 때의 전략과 죽었을 때의 대응방안이라는 양면성을 미처 헤아리지 못한 잘못에 있었던 것이다.

제 2차 세계대전 중 나치 독인은 6백만 명 정도에 이르는 유대인을 학살하였고, 그것도 모자라 수많은 게르만 민족들을 죽였으니 학살당한 게르만 인들은 모두 장애인들과 부랑자들이었다. 부유한 가정에서 태어나고 자란 한 유대인 소년과 가난한 집안에서 나고 자란 한 게르만인 소년이 한 학교의 한 반에서 공부를 하게 되었다. 글도 모르는 농부였던 아버지와 그의 하녀였던 어머니 사이에서 태어난 게르만인 소년에게는 같은 반의 유대인 소년은 심한 질투의 대상이 되었다. 이리하여 중학교 시절 벌써 이 게르만인 아이는 급진적인 반 유대주의자로 자라 난 것이다. 이 게르만인 소년이 자라서 정권을 잡은 후 그의 사상이 이론으로 승화하여 '우등 종족 론'에 이르게 되니 이 소년이 히틀러이다. 그의 우등 종족이란 자신이 속한 게르만 인이고 열등 종족이 유대인이라는 것이니 선민은 게르만 인이지 유대인이 아니라는 주장이다. 그리고 우등 민족은 수적으로 빨리 늘어나야 하고 열등 민족은 빨리 없어져야 하니 학살해서 없애야 한다는 논리다. 또 한편 히틀러와 동문이었던 유대인소년이 비트겐슈타인으로 그는 열렬한 반 나치주의 운동을 벌이면서도 학살은 모면해 나갔다. 히틀러는 반 유대사상을 결집하여 선동하면서 전쟁 여론을 조성해 나갔다. 제 1차 세계대전에서 패한 독일의 경제가 당시 심각한 위기에 빠져 있었다. 히틀러는 막대한 군비확장을 위해 자금이 필요했고 유대인의 재산을 뺏는 것이 자금을 확보하는 지름길이기도 했다. 유대인은 정치적으로 멸시당하고 핍박 받았지만 경제적으로는 독일인보다 부유했던 것이다. 또 다른 이유로는 경제정책에 있어서 유대인인 마르크스에 반대한 이유도 한 몫 했다. 히틀러의 유대인에 대한 비난은 그들을 돈 밖에 모르는 고리대금업자로 본 것, 불경스러운 신자, 제사장 살인자, 하느님(예수님) 살해자, 도덕 기반 뿌리 뽑는 집단, 외국인 혐오 자, 인종 차별 자 등을 내세웠다. 예수님이 썼던 가시 면류관 따위는 쓰지 않을 것이며 십자가의 처형을 되돌려 주겠다는 것이다. 유대인들의 전통 종교축제인 유월절을 앞두고 벌어진 예수님의 유대인들에 대한 성전 질타의 정신을 계승한다는 것이다. 또 히틀러는 1차 대전에서 영국인에게서 상처를 입고 최면요법으로 치료받은 적이 있는데, 이 때 그는 환각 상태에서 어머니가 유대인 의사에게서 치료받다가 고통스럽게 죽어간 모습을 보고는 확실치도 않은 일로 유대인을 미워하기도 했다.

히틀러의 유대인 학살은 인간으로서는 절대로 있어서는 안 될 일이지만 진리(眞理)와 선(善)의 전당이어야 할 교회가 늘 히틀러의 만행 규탄이라는 참으로 좋은 설교제목을 두고두고 애용하면서도, 바로 그 교회가 히틀러의 반인륜적 유대인 학살행위를 열렬하게 환영하면서 지원까지 아끼지 않았던 과거의 사실이 늘 장막 아래에 덮여 있다는 사실은 인간 자신의 모순을 피해 갈 수 없음을 실토하고 있는 것만 같다.

애국(愛國)없는 나라는 나라가 아니다

　　'허허, 오늘은 풍색이 사납도다.' 포은은 큰 사발로 몇 잔을 마시고 친구의 집을 나왔다. 그 때 활을 메고 포은 앞을 지나가는 무사들이 있었다. 그들은 선죽교 쪽으로 곧장 달려갔다. 이때 뒤따라오는 녹사에게 말했다. '너는 뒤에 멀리 떨어져 오거라.' 녹사는 포은의 마음을 이미 헤아리고 있었다. '소인, 대감을 따르겠나이다. 어찌하여 물리치려 하시옵니까?' '너는 나를 따르면 안 되느니라.' '제 갈 길을 가게 해 주십시오.' 포은이 말렸으나 녹사는 기어이 따라왔다. 포은이 선죽교에서 방원이 보낸 조영규 등의 철퇴를 맞고 쓰러졌다. 녹사도 그들의 칼에 목숨을 잃었다. 세월이 흘러 성종 때 경상도 안찰사 손순효가 여러 고을을 순시하러 가던 중, 술에 취하여 말 위에서 졸다가 포은 촌을 지나게 되었다. 비몽사몽간에 머리털과 수염이 몹시 희고 외관이 점잖은 노인이 나타나 간곡히 부탁했다. '나는 포은이다. 내가 거처하고 있는 곳이 피폐하여 비바람을 막을 수 없도다.' 손순효가 놀라 잠을 깨어 초라해 진 포은의 사당을 깨끗이 단장한 다음 사당 벽에 글을 썼다. '자기의 한 몸을 잊고 인간의 기강을 확립했으니, 오직 이익만을 좇아 고금의 사람들이 분주한데, 오로지 공만이 청상 백설에 송백이 창창하듯 하였도다. 이제 한 칸의 집을 지어 드리오니, 이로써 바람을 막을 수 있을 것이외다. 공의 영혼이 편안해야 나의 마음도 편안 하옵니다.' 송도에는 포은의 옛 집이 있었다. 선조 때 이곳에 서원을 세우고 숭양 이라는 사액을 내렸다. 이 숭양서원에는 화담 서경덕을 함께 모셨다. 선조는 고려조의 충절을 훼손하고 싶지 않았고, 조선조의 관작으로 추존하기보다 그냥 '포은 선생'으로 부르기로 했다. 후에 조선조 선비들은 포은 선생의 충절을 폄하하려는 움직임마저 일자 퇴계 이황이 말했다. '사람은 마땅히 허물이 있는 가운데서 허물이 없기를 구해야 하고 허물이 없는 가운데서 허물이 있기를 구하는 것은 부당하다. 포은의 충절은 가히 천지에 떨치고 우주에 동량이 되느니라. 한데 덕을 좋아하지 않아서 이러쿵저러쿵 하기를 마다하지 않으며, 미덕의 말에 귀를 가리며 듣지 않으려 하느니라.' 또 정암 조광조는 이렇게 말했다. '우왕이 왕 씨의 후예가 아니냐의 여부를 당시의 사람들도 분명히 알지 못했다. 포은은 본디 우왕에게 공명과 부귀를 구한 분이 아니었다. 또한 그는 공양왕을 세우고, 뒤에 곧 죽음으로써 충절을 다했으니, 그 어짊을 미루어 짐작할 수 있다. 옛날 적인걸이 측천무후를 섬기다가 마침내 당나라의 황실로 회복했다. 포은이 적 인걸의 마음을 자기의 마음으로 삼았는지 어찌 알 것인가. 고려 500년의 종사가 한 사람의 몸에 달렸거늘 그 한 사람이 죽자 곧 종사가 망해버렸다. 어찌 감히 포은을 경솔하게 말할 수 있겠는가.' 조선을 개국한 이성계가 포은 정몽주의 친구인 김지수에게 사헌부 대사헌으로 임명하기 위해 불렀으나 칭병하면서 고사했다. 그 후 태종이 형조판서를 제수하여 조정에 나오기를 청하자, 그는 사당으로 들어가 조상께 이별을 고했다. '이 몸이 세상에서는 편히 쉴 곳이 없사옵니다. 불초 소자도 조상님들의 뒤를 따르겠사오니 용서하여 주시옵소서.' 김지수는 아들에게 초상 때 쓰는 흙구를 들려 뒤따라오라고 명했다. 부자는 길을 떠나 광주의 추령에 이르렀다. '애야, 여기가 내가 죽을 땅이다. 비록 여자일지라도 두 지아비를 섬기지 아니 하거늘, 하물며 나라의 신하가 되어 두 나라의 임금을 섬길 수 있겠느냐? 내 뜻은 이미 결정되었느니라. 너는 내 시신을 거두어 추령 근방에 매장해 다오. 그리고 절대로 비를 세우지 말고 초목과 함께 시신을 썩게 해 다오. 망국의 신하가 갈 길은 구차한 삶이 아니다.' 그가 남긴 짧은 글 '내 평생토록 충성하고 효도하는 뜻을 오늘에 와서 그 누가 알 일이 있으리오.' 가 잘 보여주고 있다.

식량이 족하고 병력이 족하고 국민이 믿도록 하는 것이 정치의 본질이다. 경제가 잘 되게 하고 국방을 튼튼히 하고 거기에 모든 국민이 정부와 정치권에 믿음을 가질 수 있게 하는 것이 정치의 목적이라는 말이다. 오늘의 현실은 그 어느 것도 제대로 굴러가고 있는 것 같지 않으니 불안한 채로 나아가고 있는 것 같다. 그 이유를 정치기구나 조직 같은 다른 곳에서 찾아서 될 일이 아니고 이 땅에 살고 있는 사람들, 우리 자신에게로 돌려야 할 일이고 바로 우리 자신들의 마음가짐에서 그 답을 찾아야 할 일이다. 우리 모든 국민에게 모두 필수요건이기도 하지만 특히 우리의 공인(公人) 또는 정치인들에게 더욱 더 요구되는 것이 두 말 할 여지없이 애국심이다. 이 나라사랑이 있을 때 정치인들은 부정부패가 사라질 것이고 나라의 바람직한 발전을 기할 수 있게 될 것이다. 나라사랑의 기반 없는 사람이라면 아무리 유능한 사람일지라도 그

능력이 오히려 국가에 해악이 될 수도 있다는 점에서 이미 공인이 될 기초가 없는 사람인 것이다. 나라사랑이 있어야 할 자리에 자가 사랑이 자리 잡거나 애국심이 자리 잡아야 할 자리에 이기심이 얼 씬거렸다가는 나라의 존망마저 걱정해야 한다는 말이다.

한 나라가 발전하고 번영함에는 나라의 온 국민이 한 마음으로 뭉치는 것이 기본이다. 온 국민의 마음을 하나로 뭉치는 데는 구 구심력 '나라사랑' 아니고는 없다. 그 하나의 방법으로 온 국민이 존경하는 인물의 정신을 받들어 국가적 유산의 구심점으로 할 것을 제안하고 싶다. 전 국민의 마음을 한 곳으로 모을 수 있는 인물, 애민사상(愛民思想)의 화신 세종대왕이 그 자리에 앉을 때 이의를 제기할 사람은 별로 없을 것 같다. 세종대왕은 훈민정음 창제 목적에 표명한 바와 같이 애민사상, 민본사상,, 민주사상이 그 근간이다. 절대 왕권을 가진 당시의 군왕으로서 그러한 사상을 가졌다는 것은 결코 범상한 일은 아니다. 해시계, 측우기, 혼천의 등을 만든 과학자이자, 아악을 정리한 음악가이자, 왕 자신이 실제 다재다능한 인물이기도 하다. 그의 수많은 업적 중에서도 가장 뛰어난 것이 훈민정음 창제이고 그 근간에 애민사상과 민본주의가 있었다는 데 우리의 구심점을 모으기에 충분한 근거가 될 수 있다는 말이다.

하늘이 내리는 불행은 피할 수 있어도 스스로 만드는 불행은 피할 수 없다. 덕(德)이란 눈에 보이는 것이 아니지만 늘 안 보이는 곳이 차곡차곡 쌓아가는 노력에는 게으름이 없어야 할 일이다. 사업을 일으키고 발전시켜 나가는 경영자에게 바로 그 덕이 기본 덕목이고 바로 그 덕을 잃게 되었을 때 그 경영 또한 오래

가지 못할 것이다. 세상을 살아가는 데는 해서 좋은 일과 하면 나쁜 일에 대한 경계가 있다. 경계를 벗어날 때 법률의 처벌을 피해 가더라도 세상의 비난을 피해 갈 수는 없다. 욕망이 시키는 대로 달려가서 한도를 넘어서서도 안 될 일이다. 욕망(慾望) 자체는 세상이 굴러가고 사회도 발전해 나가는 원동력인 엔진이다, 하지만 모든 사람들이 욕망이 시키는 대로만 행동한다면 결국 사회는 혼돈에 빠지고 언젠가는 그 대가를 치러야 할 때가 오고 말 것이다. 올바른 구심점, 그리고 바로 그 올바른 구심점으로 마음이 모일 때 나라의 번영이 약속될 것이다.

유학(儒學)이 우리에게 남긴 것

      무릇 사람의 성품이라는 것이 신(神)의 뿌리다. 그렇지만 신이 성품에 그 뿌리를 둔다고 해서 성품이 곧 신 그대로가 아닌 것이다. 기가 밝게 빛나면 어둡고 더럽지 않을 때 비로소 참 성품이라고 한다. 이로써 신은 기를 떠날 수 없으며 기도 또한 신을 떠날 수가 없는 것이다. 내 스스로가 갖추고 있는 신의 성품과 기가 잘 조화되어 합치면 나중에 스스로의 성품이나 삶을 알 수 있는 것이리라. 성품은 삶을 떠나서는 있을 수 없고 삶도 성품을 떠나서는 있을 수 없는 것이니, 스스로의 성품과 삶이 잘 어울린 후에야 이 몸이 신의 성품에서 비롯된 것이 아니고 기운 넘치는 삶에서 비롯된 것이 아님을 알게 될 것임이니라. 그렇기에 그 성품을 깨닫게 됨은 천신과 뿌리를 같이 함이고, 그 삶이 세상에 생겨나는 것은 자연과 그 정신을 같이함이니, 그 정신이 끝없이 이어진다는 것은 모든 목숨 있는 것들과 그 업을 같이하는 것이다. 하나를 알아 셋을 품고, 셋을 모아 하나로 돌아간다는 말은 바로 이런 뜻이다. 따라서 굳은 마음이 바뀌지 않을 때 '참 나'라고 하며, 신통하여 무엇으로도 바뀔 수 있을 때 신이라고 하나니 참된 나는 신이 머무르는 바른 곳이다. 이 참된 근원을 알고 올바르게 수련한다면 좋은 징조는 스스로 몰려오고 밝은 빛은 항상 비추리

라. 바로 하늘과 사람이 잘 어울렸을 때 이로부터 신의 성품을 배워 계율로서 맹세한다면 비로소 하나라는 것에 돌아올 수 있는 것이다. 따라서 성품과 정신이 잘 어울려서 하나와 같이 되어 우주 만물과 잘 어울린다.

유학의 어느 경전이나 가르침에서도 찾아볼 수 없는 이상한 소리로 들릴 수 있을 것이다. 우리는 흔히 이른바 식자들 간에 문화가 앞섰던 중국으로부터 모든 문물을 수입해서 그나마도 미개인 또는 오랑캐란 소리나 면하고 산다고 말하기기 예사고, 한자(漢字)도 유학도 중국에서 수입한 것으로 알지만, 그와는 정 반대라야 옳은 말인즉, 우리를 낳은 우리 조상의 손에서 이웃 미개했던 화하족(華夏族)에게 문명의 길을 열어주었던 것이 한 동안 그들의 품이 있다가 돌아 온, 그저 잠시 외출 나갔다가 되돌아 온 것이 유학임을 알아야 실마리가 풀려가게 되어있다. 실상 중국의 최초 고대왕조라고 하는 하, 은, 주 모두 당시의 상국인 단군조선에게 칭신하면서 조공을 바쳤고 또 왕조에 폭군이 생기거나 하면 상국인 조선의 승인을 받아 왕조를 바꾸기도 했던 것이 사실이다. 위의 글은 그 출발점이 되는 가르침인데 이는 우리 조상 태초의 나라 환국(桓國 B.C 7197년 건국 3301년간 존속), 배달국(倍達國 1565년 존속)의 두 왕조가 단군조선에게 물려준 가르침이자 단군조선의 통치이념이기도 한 홍익인간(弘益人間)의 이념이기도 한다. 유학의 태두라 할 수 있는 공자는 제요(帝堯), 제순(帝舜)에 이은 하, 은, 주의 3대 왕조에 걸친 역사를 정성들여 편찬한 춘추(春秋)를 집필하는 데 온갖 정성을 쏟았으며 다른 경전과는 달리 단 한 자의 자구도 다른 사람에게 자문을 구한 일도 없었다 한다.

주나라 말기 쯤 이른 그의 탄생 시기인 춘추전국시대는 무질서와 술수 또는 힘만 존재하는 난장판이었으니, 이를 개탄한 선각자 공자가 인간 삶을 기준을 바로 세우겠다고 나선 그 첫걸음이자 완성이 바로 춘추라는 말이다. 그가 생각한 인간상의 모델은 요, 순, 주문왕(희창), 주무왕(희발), 주공단(희단) 등이고 정치에 있어서는 약육강식이 아닌, 어진 임금의 정치를 갈망하는 왕도정치(王道政治)였지만 바로 그 왕도정치의 뿌리가 우리 단군조선이라는 점은 아무데도 드러나 있지 않다. 또 혼란스러웠던 시대에 온갖 선각자들이 저마다의 소리를 내는 백가쟁명(百家爭鳴)의 첫 주자가 바로 공자이기도 하다. 이처럼 공자는 덕치주의를 제창하여 인간의 윤리적 향상에 의해 사회의 혼란을 구하려 했다. 그는 널리 제자들을 모아 그 사상을 보급하고 교육하는 데 힘썼다. 여기에서 후일 유학이라고 불리는 중국 최초의 학파가 생겨난 것이다. 이어 이 유학의 비판자로서 묵자(墨子)가 나타나 묵가를 형성하였다. 이 유가와 묵가의 두 조류 속에서 도 여러 학파로 분화되기도 하였다.

우리나라에 공자의 유학이 들어 온 연대는 명시된 기록은 없으니 이미 삼국시대 이전에 들어와 있었던 것은 사실이나, 불교가 먼저 자리 잡고 있던 터전이어서 인지 일반 백성들의 생활 속에 자리 잡기보다는 오히려 행정의 기준으로 사용되는 경우가 많았다. 유가의 제 규칙의 엄격함과 이들 규칙과 국가법과 관습법간의 모순당착은 백성들을 새 교리로부터 멀어지게 하였다. 왕들도 이와 같은 분위기 속에 불교에 더 심취되어 있었던 것이다. 그러던 중에도 고려조에 이르러 이른 바 해동공자로 존경 받던 최중(崔冲)이 적극적으로 유학 전파에 나섰다. 그로부터 수백 년 후 안향이 적극적으로 유학 보급에 나섰으나 당시의 분위기로는 매우 어려움이 많았다. 불교 사찰에서 아편을 피우고 불교의 승려들이 타락한 생활을 하고 있을 때를 같이하여 공자의 사당이 몰락하고 있는 모습을 안향은 통탄하였다. 그런 어려움 속에서도 안향과 그의 제자들이 일구어 낸 유학 보급의 성과는 후세인 조선시대에 빛을 보게 된 밑거름이 되었다.

조선 왕조가 들어서자 이미 모든 지식계층 사이에 큰 힘을 발휘하기 시작했다. 이제는 유학을 실생활에 적용함에 있어서 추호의 의심이나 반발의 여지가 사라진 시대를 맞이한 것이다. 유학의 사회윤리 도덕의 체계는 국가 종교적 위치를 갖게 되었으며 이를 인정하지 않고서는 국가의 일원이 될 수 없는 정도에 까지 이른 것이다. 국가의 공직에 임명될 때에는 공자의 지식이 요구되었으며 도교나 불교 같은 부문은 거의 금기시 되어갔다. 또 지방마다 서원이 생겨 국가고시인 과거 준비와 더불어 유학을 심도 있게 배우는 도장으로서의 역할을 했다. 또 조정 내부에서는 이 유학을 꼬투리 삼한 당파사움이 일어나기도 했다. 이처럼 유학을 지향하던 조선이 나중에 힘없는 나라가 되고 고종황제 때에 이르러 명성황후가 일인 역도들에게 시해당하는 도저히 주권국가가 감당할 수 없는 치욕적 사건(1984년) 있은 얼마 후(1896년) 생명의 위협을 느낀 황제가 러시아 공관으로 파천하면서 울음을 터뜨린 비탄의 성명을 내 놓기에 이르렀다. '슬프도다! 슬프도다! 짐의 보잘 것 없는 그릇된 통치로 인하여 그릇된 자들이 날뛰고 현명한 자들이 물러났도다. 지난 10년간 한 때도 혼란 없이 지나 간 .때가 없었다. 이런 혼란들은 짐의 몸 한 부분과 같이 믿었던 사람들이나 집과 살과 피를 나눈 사람들이 일으켰다. 500년의 오랜 연륜을 지닌 우리 왕조가 이런 혼란의 결과로 여러 차례 위험에 빠졌고 수백만의 우리 백성이 점차로 궁핍하게 되었다. 이러한 상황은 짐으로 하여금 수치로 얼굴을 붉게 하며 열에 들뜨게 하였다. 짐의 편파성과 고집의 결과로 이런 혼란들이 나타난 것이며 이런 혼란들은 협잡의 근원이 되었을 것이고 짐의 실수는 불행을 초래하였다. 이 모든 것이 처음부터 끝까지 짐의 불찰이로다. 그러나 다행스럽게도 믿을만한 진정한 친구들이 있어 모리배들을 몰아내 주기를 원하고 있으니 이들 덕분에 우리는 여지껏의 실패가 국가를 강화시키고, 폭풍우가 지나면 평온이 온다는 희망을 가질 수 있다. 이는 인간의 본성이니, 오랜 시련 끝에 자유를 만끽하여 만물의 도리는 실패에서 이끌어진다는 법칙에 들어맞는 얘기다. <중략>'

    당파싸움이던 나라의 멸망이던 유학을 탓할 일은 절대로 아니고 모든 게 사람의 탓임을 자각한다면, 긴 우리 역사 속에는 중국과 일본을 속국으로 거느리었던 역사도 있고 조선 말기에 이어 얼마 남지 않은 땅마저 분단 된 오늘도 역사의 한 페이지에 불과하지만, 언제나 잊지 말아야 할 일은 우리가 바로 그 영욕이 뒤엉킨 역사의 주인임을 잊지 말아야 할 일이다.

우리가 걸어 온 길

　　필자가 어릴 때 우리 어머니는 잠이 없는 사람으로 알았다. 아침에 아무리 일찍 일어나 봐도 벌써 몇 가지 일은 해 치우고 다른 일을 하고 있는 것이다. 또 아무리 밤늦게 까지 잠을 안자고 있어 봐도 여전히 뭔가의 일을 하고 있는 것이다. 그러던 어머니가 열심히 재봉틀을 돌려 바느질을 하다가 잠깐 자리를 뜨셨다. 이제 때가 왔다고 생각한 나는 얼른 재봉틀에 다가가서 왼손을 꽂히는 자리에 얹은 채 오른손으로 재봉틀 손잡이를 돌리자 재봉틀 아래 꼭지에 달려있던 바늘이 왼손에 꽂히면서 피가 났다. 겁에 질린 나는 손을 빼 내려고 했지만 손의 상처만 커지고 피가 많이 나는 가운데 그래도 손을 뺀답시고 자꾸만 오른손으로 돌리니 더 깊이 바늘이 왼손으로 파고들자 이젠 '으앙' 하는 울음소리가 안 날 수가 없게 되었다. 누군가가 허겁지겁 달려와 문제는 간단히 해결 되었다. 누구에게나 경험이란 삶 그 자체이지만 늘 지나간 경험과 발자국은 뒤돌아보며 구경만 하라고 주어진 있는 것이 아니라 앞으로 나아갈 슬기로운 지표를 세우는 데 요긴하게 쓰이기 위해 그 흔적을 우리에게 보여주고 있는 것이다. 역사가 바로 그 것인데 그냥 지나 간 발자국만 열심히 더듬어 찾는다는 것만으로는 그 의미를 찾을 수가 없고 우리에게 앞으로의 삶에 대한 올바른 지표로서의 활용에 더욱 큰 의미를 두어야 함은 물론이다. 인간을 비롯한 모든 존재는 변화하며 인연과(因緣果) 원리에 의하는 역사적 존재이다. 인(因)은 직접적 주체적 원인을, 연(緣)은 객체나 간접적 원인이나 조건, 환경 등을 의미하고, 과(果)는 인과 연이 서로 관계를 맺은 결과이다. 그 결과는 또 새로운 연이 되고 다시 연을 만나 중중무진하게 전개하게 되어있다.

　　우리의 조상들이 살아왔던 발자취는 일제 강점기에 근년의 조선 역사 빼고는 뿌리째 말살되고 진실의 흔적도 찾아보기 어려운 가운데 그들이 맘대로 조작해 놓은 역사를 후세대들에게 그대로 가르치고 있으니 참으로 통탄을 금할 길이 없다. 일본의 초대 총독 대라우찌(寺內)에 이어 2대 총독 사이도(齊藤實) 총독이 이른 바 문화정치를 한답시고 그의 조선에 대한 역사교육 시책을 천명한 것이 있으니, '조선 사람들은 그들의 진정한 민족 역사를 알지 못하게 하라. 그렇게 함으로써 조선의 민족 혼, 민족정신 그리고 민족문화를 상실케 하라. 조선인 자신들의 조상들의 무능과 악행들을 폭로하라. 그렇게 함으로서 조상들에 대한 경시와 멸시의 감정을 유발하게 하고, 동시에 역사상의 인물이나 사적에 대한 부정적 역사지식을 유도하여 그들로 하여금 조상들에 대한 실망과 허탈감에 빠지도록 하라. 바로 이때에 일본 제국의 역사상의 사적, 문화 및 위대한 인물 등을 소개하면 이것이 조선 사람으로 하여금 반 일본인으로 만드는 동화정책이다.' 가 그것이다. 이 허위 역사 사업 편찬에 편수관으로 일본의 사학자 이마니시(今西龍)가 있었고 그를 도운 친일 사학자들이 대한민국 정부 수립 이후로도 그

맥을 이어 비틀어지고 일그러진 역사를 지금도 가르치고 있다는 말이다. 좀 더 그들이 어떻게 우리 역사를 엉터리로 날조했는지 보면, 신라통일 이후만을 조선의 역사시대로 하고 그 이전의 마고, 환인, 환웅, 단군, 부여로 이어지는 인류문명을 선도했던 대부분의 민족사를 역사에서 배제한 것이다. 이는 마치 땅 속에 있는 초목의 뿌리를 끊어 그 생명을 시들게 하는 행위로 민족의 유래를 잘라 없앰으로써 민족의 생명, 자각, 사명, 이상, 그리고 긍지의 근원을 없애버리고자 함이다. 또한 우리 민족사의 영역을 한반도에 국한시킴으로써 민족사를 대폭 축소하여 민족사를 조작한 것이다. 원래 우리겨레 상고 조선의 영역은 파미르고원, 천산산맥, 태백산, 알타이산맥 등의 광대한 유라시아 대륙사인데, 이 역사를 축소하여 왜소하고 협소한 반도사관으로 조작한 것이다. 게다가 민족사관을 말살하여 독립운동으로 확산되는 것을 역사교육으로 막아보자는 저의까지 깔려 있었다. 역사가 길다는 것이 반드시 자랑거리라 할 것 까지는 없지만 현존하는 각종 사서만으로도 명시되어 있는 역사를 식민지 통치 수단으로 일그러뜨린 역사를 얼마든지 바로잡을 수 있는 것을 그들 방식대로 짧게 잡아야 할 이유는 없다.

중국인들은 우리민족을 동이족(東夷族)이라 일컬었다. 동이는 동방의 대인으로 활을 잘 다루는 사람이라는 뜻에서 온다. 흔히는 동이의 이(夷)자를 오랑캐로 해석하여 동쪽 오랑캐로 이해하는 사람도 있지만 이는 모든 문명이 앞섰던 동이인들에 대한 중화인들의 시새움, 두려움, 적대감이 나중에는 경멸적 표현으로 까지 이른 것일 뿐이다. 상고시대의 동이는 그들에게 두려움의 대상이

- 351 -

었고, 중화족으로 섞여 살고 있었던 복희, 신농, 헌원, 치우, 공자, 백이, 숙제 등도 동이족이었음을 그들 중화족 스스로 밝히고 있다. 우리민족은 동이족의 한 갈래인 삼묘족(三苗族)으로 이어진다. 삼묘족은 우리민족의 조상이자 인류의 조상이다. 지금의 중국 돈황 지역 삼신산(三神山)이 그 출발지인데 험하고 거친 이 산이 인류의 발상지이기도 하다고. 삼묘족에서 갈라진 우리 조상은 파미르 고원에서 시베리아로 옮겼다가 바이칼 호수에 이르렀다. 우리민족이 처음으로 세운 나라가 환국(桓國)이고 그 통치자인 한님(桓因)은 하느님에 대한 호칭으로 우리민족 고유의 신칭(神稱)이고, 백성들은 그를 존경했으니 우리민족사를 여기서부터 잡아야 한다. 환국의 넓이가 남북이 5만리 동서가 2만리에 이르렀으니 거의 아시아 대륙 전체 넓이에 해당할 것이다. 이들이 열 두 개의 제후국으로 되어 있었으니 비리국(卑離國), 양운국(養雲國), 구막한국(寇莫汗國), 구다천국(句茶川國), 일군국(一群國), 우루국(虞婁國), 객현한국(客賢汗國), 구모액국(句牟額國), 매구여국(賣句餘國), 사납아국(斯納阿國), 선비국(鮮卑國), 수밀이국(須密爾國)이다. 이들은 정치적 집단으로서의 결속력은 약하지만 오히려 혈연적 씨족들의 생활공동체로서 이들 상호간의 협력관계가 수 만 년 간 계속되는 가운데 그 중에 우세한 어떤 공동체를 중심으로 유대가 점점 긴밀하게 이루어짐으로써 하나의 씨족 연합체로 규합되는 자연스러운 과정이 진행된 것이다. 이 환국은 최초 파미르 고원의 마고성에서 유인(有因)의 시대를 거쳐 환인의 시대로 이르기까지에는 68,182년 또는 3,301년인데 이는 마고성 시대의 모계사회가 유인 시대의 부계사회를 거치는 과정이 6만여 년이고 인류 최초의 국가이자 왕권이 확립된 환인의 환국시대(기원 전 7197년)가 3,301년이고 이어 배달나라인 환인의 시대로 넘어간다는 말이고, 아직은 씨족 사회의 틀 안에 있던 사회였다. 환한 나라, 광명의 나라, 하느님 나라 환국은 광명의 힘(斯白力)에 찬 하느님이 계셨는데 홀로 신이 되어 우주를 비췄다. 세상에서 우주를 만물을 낳아 오래 살면서 언제나 즐겁게 지내게 했다. 이에 백성들은 부유하고 수도 많았다. 하늘에 계신 신이 주신(主神)이 환인이고 그 밑에 많은 신들을 거느렸다. 환인이란 대 생명이며 하느님이며 광명 본원을 의미하고 사랑과 자비를 뜻하는 최초의 신선이었다.

태고의 조상 또는 지도자를 높이 받들어 존경함은 지금보다 옛날이 더했을 것이니 신선 또는 신이라거나 하느님 등으로 높인다 해서 이를 신화의 세계라 치부해서는 안 될 일이지만, 그래도 뚜렷한 건국 또는 통치이념은 광명(光明) 사상임은 분명히 밝히고 있음은 분명한 사실이다. 바로 이 환국이 우리의 출발점이니 이를 놓치고서는 그 어디에도 우리의 뿌리는 더듬어 찾을 수 없음을 분명히 해야 할 것이다.

다물(多勿)의 중심에 누가 설 것인가

조국을 지키겠다는 투철한 정신이 없이는 아무리 훌륭한 무기와 경제력을 가지고 있다고 하더라도 전쟁에 승리할 수 없다. 해어진 운동화를 신은 월맹군이 고성능 무기를 보유한 월남군을 이겼다. 북한은 핵무기와 생화학 무기를 보유하고 있다. 북한이 가난하다가 퍼주기만 하다가 큰코다칠 일만 생겼다. 이들은 해방 이후 적화통일만 외치며 지금도 배를 곯아가며 남한을 괴롭히고 있다. 6.25를 모르는 젊은 사람들에게 전쟁의 경험을 아는 세대들이 나라가 망할 때 어찌 된다는 것을 꼭 알게 해 주어야 한다. 전쟁이 두려워 공산화를 원하는 한국 국민은 없을 것이다. 전쟁이 두려워 도망가면 살 것 같지만 전쟁으로 패망한 월남 사람들이 미국으로 도망 가 정처 없이 국적 없이 떠도는 신세가 되어 있음을 수없이 보아왔다.

이상은 샤프 주한 미군 총 사령관의 걱정스러운 한국의 안보태세에 보내는 충언의 권고이다. 어찌 보면 자신들에게는 아무 상관이 없을 수도 있는, 구경꾼일 수밖에 없는 나그네의 우려라고나 할 만 한 남의 일 걱정으로 돌릴 수 있는 일이 바로 우리들의 생명에 관한 일이라는 말이다.

조상이 남겨 준 땅을 되찾을 때 우리는 다부(도로) 물려받는다고 말한다. 경상도 사투리로만 생각하는 '다부(도로, 되, 다시)'가 우리 자신들의 생명줄을 이어간다는 뜻임을 말해주는 대목이기도 하다. 이 '다부'의 '다'와 '물리다'의 '물'이 합성되어 '다물'이 되고 전국 곳곳에 다물의 흔적이 음가가 비슷한 지명으로 남이 있는 곳도 있으니, 그 하나가 삼산면 두포리의 '두모' 마을이다. 그렇다면 땅을 물려준 조상은 누구이며 그 땅을 되찾겠다고 나선 자손은 누구인가인데, 물려 준 조상의 나라가 고조선이고 그 땅을 원래의 주인이 되찾겠다고 나선 자손이 고구려의 창업자 '주몽'이 소리높이 외친 '다물' 정신이 그 시작이 된다. 주몽의 정신이 고구려의 상무정신으로 이어지면서 광개토대왕 같은 위대한 인물을 비롯하여, 을지문덕, 연개소문 등으로 계승되고 있었다는 말이다. 이어 고려조에 이르러 서희. 강감찬, 윤관, 공민왕, 최영 등으로 이어져 온 다음, 조선조에 이르러 세종, 김종서, 최윤덕, 권율, 김시민, 이순신 등으로 이어진 다음 일정 때의 독립운동, 6.25 전쟁의 애국용사들로 면면이 이어져 온 우리의 다물 정신, 이제는 우리에게로 그 다물 정신의 공이 넘어와 있다는 말이다.

우리가 언 듯 머리에 떠 올릴 수 있는 다물의 중심에 섰던 인물이라면 주몽, 광개토 대왕, 을지문덕, 서희, 강감찬, 김종서, 이순신 등의 인물일 테지만 아마도 쉽게 잊혀 지면서 넘어가 버리기 쉬운 인물이 고려조의 31대 왕인 공민왕과 그의 충신 최영일 것이다. 이제 잠시 고려조의 그 당시로 돌아가 그가 이루어 놓은 다물의 업적을 돌아보기로 한다. 공민왕이 즉위할 당시 고려는 이미 국권을 잃은 원(元)의 속국이 되어 있었고 중국 본토의 홍건적 봉기로 어수선한 가운데 고려 역시 정국의 불안정과 왜구의 잦은 침입으로 민생이 피폐한 지극히 어려운 사정이었다. 공민왕은 이 같은 난국을 타개하기 위해 강력한 개혁정책을 실시하여 국가 기강을 바로잡는 한 편, 적극적인 배원 정책으로 국권을 회복하고, 잃었던 국토를 되찾기 위해 노력했다. 이를 위하여 사회 전반에 퍼져있던 몽고 풍속을 없애고 친원 세력을 제거하는 동시에 문종 시대에 실시한 관제를 회복하였다. 무신정권 이후 왕은 허수아비였고 원나라 복속체제 아래에서는 겨우 서무 결재권만 가졌던 왕에서 완전한 주권국가의 왕권을 회복한 것이다. 왕은 거기에 만족하지 않고 각 부서의 중요 안건을 직접 챙기며, 관계와 민생 전반에 대한 통치 기반을 확립한 것이다. 또 원나라 왕실에 의지하여 권세를 부리던 기왕후의 오빠 기철을 숙청하고 이 자춘(이성계의 아버지)의 내조에 힘입어 원나라 내조 이후 백년간 존속해 온 쌍성총관부를 없애고 원나라에 뺏겼던 서북 면 및 동북 면 일대의 영토를 회복하였다. 이어 수차례에 걸친 홍건적의 침입과 연이은 왜구의 침입으로 도성이 점령당하는 등 온갖 어려움 속에서도 끝내 다물의 정신을 잃지 않았으니 후면에는 원 나라에서 고려로 시집 온 노국공주의 내조 또한 빼 놓을 수 없다.

공민왕과 그 이후 우왕, 창왕에 이르기 까지 한결같은 고려 왕조에 충성을 바친 신하에 최영이 대표적 인물이다. '황금을 보기를 돌 같이 하라' 최영의 부친 최원직이 아들에게 남긴 유언이다. 그는 이 유언대로 청렴하게 살았다. 공을 세울 때 마다 국가에서 내려주는 전답을 그대로 백성들에게 나누어 주었고 좁은 집에서 아주 청빈하게 살다 죽었다. 무관으로서 가장 출세했던 그는 사는 집이 누추했으나 이에 만족하였고, 음식이나 의복이 검소함은 물론이고 끼니를 끓일 쌀이 없는 때도 흔했다. 최영은 살찐 말을 타고 좋은 음식을 먹는 벼슬아치들을 보면 그들을 개나 돼지 보듯 멸시했다. 그는 전쟁에서 명장인데다 정치에서도 사심이나 욕심이 없으니 길게 연명할 수도 있게 된 것이다. 그는 자라면서 체구가 우람하고 힘이 장사였다. 사람들은 최영의 얼굴을 봉의 눈, 범의 걸음걸이를 지녔다 했고 한 번도 전쟁에 패한 적이 없으니 삼국지의 관우와 비슷하다고나 할 만하다. 최영은 군문에 들어가 왕의 시위가 되었다가 공민왕 때 조일신의 난을 평정하는 데 공을 세워 대호군이 되었다. 원 말기에 중국에서 반란군이 여기저기에서 봉기하자 원은 고려에 원군 파견을 요청하였다. 여기에 파견된 최영은 용감히 사원 큰 공을 세웠고 중국에서 본 원 나라의 실상을 왕에게 상세히 보고했다. 공민왕 8년 원의 공격에 몰린 홍건적 4만이 고려로 침입하자 반격에 몰려났고, 공민왕 10년에는 다시 홍건적 10만이 내침했을 때 정세운, 안우, 김득배, 이방실 등과 최영이 합세하여 물리쳤다. 그 후 왜구들이 수 없이 내침하자 최영은 이성계와 더불어 혼신의 힘을 다하여 그들을 격퇴하였으며, 그 중 가장 빛나는 전투는 우왕 때 부여에서 있었던 홍산 전투였다. 당시 중국 쪽으로는 홍건적의 뒤를 이은 신흥세력 주원장이 이끄는 명나라가 강성해 지면서 요동에 웅거하던 원의 추장 나하추의 항복을 받아내고 나하추를 후원하던 탈고사첩목아를 달리박 근처에서 격파함으로써 요동으로 진출하기에 이르렀다. 명은 또 고려의 철령 이북의 땅이 원에 속했던 땅이니 명에 구속시켜야 한다는 해괴한 주장으로 땅을 강점하려고 했다. 놀란 고려 조정은 온갖 수단을 동원하여 명을 설득하려 하였으나 실패하게 되자 우왕의 요동정벌 결심에 이르게 된다. 요동정벌의 선두에 섰던 이성계가 압록강의 위화도에서 회군하여 최영을 죽이고 고려 왕실마저 폐하고 자신이 조선이라는 나라를 세우기에 이른다. 고려사를 쓴 조선조의 사가들이나 조선조의 사가들은 한 결 같이 우왕과 최영의 요동정벌이 터무니없이 위험하고 무모한 모험이었다고 평가하고 있으나 이는 승자(이성계) 또는 후손들이 자신들을 정당화하기 위한 변명일 뿐, 바로 그 때야 말로 우리의 다물 정신을 폭발시킬 때였음을 한 쪽으로 밀쳐버리고 하는 말이다. 당시 요동 정벌군의 총수였던 최영이 전투 지휘에 적극 나서려 하였으나 국내 사정이 불안하여 우왕이 장인이기도 했던 최영을 전선에 못 나가게 붙들어 지휘관 부재의 원정군이 회군하기에 이른 것이다. 이성계의 요동정벌 반대론인 우려는 실제로는 공허한 억지 불가론이었고, 당시 명나라는 아직도 강성하게 잔존해 있던 북원을 소탕하는 데 전력을 다해야 하는 상황에 고려군이 요동을 친다 해도 전 국력을 동원할 겨를이 없었던 사정이었으니, 고려가 승리한다면 고구려의 옛 땅을 찾을 수 있는 그 때야 말로 절호의 기회였던 것이다.

자기 땅과 생명을 자기가 지킨다는 다물 정신은 영원히 이 땅의 정신으로 살아 있어야 할 일이자 자손들에게도 영원히 물려주어야 할 유산이기도 하다.

나라의 존망

필자는 십 수 년 전에 이탈리아의 로마에 들른 일이 있다. 나를 제외한 우리 일행들은 눈이 똥그래지면서 연신 벌어진 입을 다물지 못한 채 감탄의 탄성을 내어지르기가 바빴다. 하루도 빠짐 없이 세계 각국에서 구름같이 몰려드는 관광객들을 보고는 이탈리아 사람들이 손쉬운 돈벌이를 하는 것 같아 속마음으로 은근한 부러움이 솟아난 건 사실이다. 나중에 구경을 마치고 우리 끼리 자리를 하였을 때 또 그 감탄의 연속 상영, 게다가 이들이 이렇게 위대한 유산을 남길 때 우리 조상들은 뭘 했느냐는 원망 까지 섞어가는 연장전이 시작 되었다. 그러더니 그 감탄사에 한 마디도 보태지 않는 나에게 따지듯 감상을 물어왔다. 나도 그 분위기는 이해하면서 또 그 분위기를 깨고 싶지는 않았기에 일단은 그들의 말과 같이 감탄스럽다는 동의를 한 다음, '하지만 이 원형경기장에서 피 흘리며 죽어간 수많은 이민족 검투사들, 사자의 밥으로 죽어간 수많은 이방인 노예들, 이 거대한 시설물들을 만드는 데 동원된 수많은 인력, 또 이 구경을 보고 즐기는 데 들었던 비용 등을 생각하면, 이런 일 자체를 생각하지도 않은 우리 조상들이 이들보다 인간적으로 나은 것 아니겠는가' 라고 덧붙이지 않을 수 없었다. 그럼에도 불구하고 우리 일행은 내 답답하고 재미없고, 무덤덤한 감각 쪽에만 초점이 쏠려 내 말을 그다지 진지하게, 들어주는 것 같지 않아 보였다.

　　기원 전 8세기 경 아리아인의 자손이 티베르 강 근처에 있는 일곱 개의 언덕에 마을을 세워 이것이 서서히 성장하여 하나의 도시로 형성되었고, 이 도시가 발전하여 그 세력이 전 이탈리아에 뻗치고 나중에는 시실리 섬 까지 수중에 넣게 되니 이것이 곧 로마의 건국이다. 로마는 그리스의 도시국가들을 포함한 이웃 부족들을 쳐부수고 점점 세력을 넓혀갔으니 이제는 더 이상 도시국가라고 부를 수 없는 큰 나라가 된 것이다. 그들의 초기 통치에는 황제도 국왕도 없었지만 오늘과 같은 공화정치도 아니었다. 정권은 방대한 토지를 소유하고 있던 소수의 귀족에게 있었고 실제로 나라 일은 원로원에서 처리하였으며, 이 원로원 의원은 선거로 뽑힌 두 사람의 집정관으로부터 오랫동안 귀족인 사람 중에서 임명을 받았다. 그러자니 지배층인 귀족과 평민 계급으로 된 두 계급 간에는 끊임없는 갈등으로 이어져갔고, 전쟁 포로인 이방인들은 노예가 되어 상품으로 취급되었다. 광대한 점령지의 모든 국민들 모두가 투표에 참여할 수 있는 것도 아니고 로마에 사는 시민들로만 이루어진 투표로 집정관을 선정하고 보니 집권자들은 로마 시민들에게 잘 보이려고 온갖 선심을 쓰게 된 것은 당연한 일이다. 로마의 승리와 정복은 나라의 부강과 국민생활의 사치를 가져왔다. 부자는 더욱 더 부자가 되고 가난뱅이는 더욱 더 가난뱅이가 되어 간 것이다. 노예의 수는 증가하고 사치와 빈곤이 병행하였으니 분쟁이 끊이지 않은 것은 당연한 일이다. 부유층에서는 흥행의 승부로 빈민의 관심을 다른 데로 돌리려고 하였으니, 검투사 노예들은 흥겨워하는 관객들 앞에서 서로 칼질을 하며 목숨을 주고받는 피비린내 나는 오락은 연일 이어졌다. 로마의 질서도 무너지면서 폭력, 학살, 투표권 매수, 그 밖에 온갖 부정과 불법이 줄을 이었다. 이어 로마가 메소포타미아에게 대패하여 어려움에 처했을 때 줄리어스 시저가 영국과 프랑스, 이집트 등을 정복하고 실력자로 개선하였지만 브루터스에게 암살당하였다. 그의 양아들인 아우구스투스가 첫 황제가 되어 질서를 잡는 것 같았지만 깊이 밴 부정과 부패를 막을 수는 없었다. 황제가 세습되면서 점점 사납고 포악하여지자 점점 군부가 세력을 길러 황제의 폐립까지 마음대로 하기에 이르니, 황제가 이들에게 뇌물을 써야 했고, 이를 충당하기 위해 일반 서민이나 정복한 지역에서 탈취해 왔다. 또한 노예무역이 되어 동방에서는 로마 군대에 의한 정규적인 노예포획이 성행하였다. 원형극장(콜로세움)에서는 하루에 1,200명이 넘는 노예 검투사들이 황제와 귀족들의 심심풀이 대상으로 목숨을 던져주어야 했다. 로마 사람들은 점점 전투 능력을 잃어갔고 농민들은 어깨의 짐이 너무 무거워 날로 비참하게 되어갔고, 도시라고 해도 크게 다를 것은 없었지만 황제는 그들을 쓰다듬어 주어야 했기에 로마 시민에게 무료로 빵을 배급해 주고 무료 서커스를 보여주기도 했으니, 그 대가로 밀가루 공급국인 이집트와 같은 다른 나라의 노예들은 굶어야 하는 참상은 연출하였다. 껍데기만 남은 로마는 이방인들을 징집하여 군을 편성하였지만 그들이 힘써 로마를 위해 목숨을 내놓고 싸워 줄 리도 없게 되었으니 자멸의 길로 들어서게 된 것이다. 후에 신성 로마 제국, 동, 서 로마 제국 등 꼬리 잘려 나간 도마뱀처럼 명줄만 이어가던 로마가 소멸하고 만 것이다. 이것이 세계사를 화려하게 장식하는 로마의 약사이다.

세계사에 유례가 없이 수명이 길었던 나라를 로마로 꼽지만 우리에게도 태고 적의 고대사를 제외한 고대 국가 중에 천년을 지켜 온 신라가 있었으니, 우리가 익히 잘 아는 일이라 하더라도 조상의 나라 신라가 어떻게 망해 갔는가를 위 로마의 경우와 되짚으며 비교해 볼 필요가 있는 것 같다. 신라의 49대 경문왕의 딸인 51대 진성여왕이 왕위에 오른 후 왕의 숙부이자 실질적 남편이기도 했던 위홍이 죽고, 이어 젊은이들을 궁실에 불러들여 난잡한 행동을 서 슴 치 않는 가운데 나라의 기강이 무너지고 백성들은 도탄에 빠지고, 도처에서 반란이 일어났으나 중앙 정부에서 이를 진압할 능력을 잃어갔다. 조정이 통제력을 잃어가자 나라에 세금을 낼 이유가 없다고 생각한 호족들이 조세 납부를 거부하기에 이르러 국고가 텅 비게 되었다. 다급해진 왕이 조세 징수를 독촉하자 오히려 반란을 부추기는 결과가 되어 곳곳에서 반기를 들게 된 것이다. 조정의 군사력이 너무 미약하고 보니 반란군의 정벌은 꿈도 꾸지 못하고 수도권의 치안 유지에 급급할 정도에 이르자 반란군들은 그들 간에 서로 세력다툼으로 들어가기에 이르렀다. 많은 군웅들이 서로 죽고 죽이는 쟁투 끝에 서쪽의 견훤과 북쪽의 궁예의 두 세력이 군소 세력들을 모두 정리하였고, 이어 궁예의 신하였던 왕건이 궁예의 뒤를 잇게 되었다. 신라 55대 경애왕에 이르러 왕이 북쪽 왕건의 고려를 적극 지원하면서 서쪽 견훤의 후백제를 심히 적대시하자 견훤이 불시에 경주로 쳐들어 와 왕을 죽이고 56대 경순왕을 세우고 돌아갔다. 후백제에 견훤의 장자 신검과 견훤과의 후계 왕위 계승 갈등으로 신검이 정변을 일으켜 부왕 견훤을 내쫓고 왕이 되자 견훤이 고려로 탈출하기에 이르렀다. 이어 신라의 경순왕이 고려 태조 왕건에게 귀순함으로써 천년 사직의 막을 내렸다. 허점투성이 인간이 하는 일이기에 개인의 흥망은 말할 것도 없고, 왕조를 창업하거나 유지하는 일에 늘 흥망이 따라다니는 일이니, 나라를 몇 만 년이고 지켜 나갈 수는 도저히 없을 것 같지만, 인간사의 실패 사례 또는 망해가는 모습을 되돌아 비추어 볼 때, 그 거울 속에서 무엇을 어떻게 해야 옳은 일이었던가를 생각하게 한다.

민초들을 포근히 감싸줄 때 생명력이

　　뿌리 깊은 우리 고유의 민요에서 일정시대의 암흑기로 접어
들면서 저항과 투쟁의 표출구로 사용되기도 해 오던 음악, 그 중
에서도 서양 음악은 고급음악, 우리 것은 비천한 것으로, 또 대중
들이 부르는 이른바 '유행가'를 가장 비천한 것으로 여기던 분
위기 속에서 해방을 맞았다. 지금의 일간지 문화면에 해당하는 식
민지 시대의 학예란은 말할 것도 없고 광복 후에 20 여년이 지난
60년대에도 한국의 대중음악은 학예나 오락의 대접도 변변히 받
지 못했다. 고작해야 스타들의 근황이나 스캔들, 혹은 음반 시장의
동향이 간혹 실려 눈길을 끌 정도이었다. 한국 대중음악에 대한
이와 같은 전반적인 백안시 경향은 이른 바 '클래식(classic)'
또는 '팝송((pop song)' 으로 불리는 국적불명(일본 용어) 용
어로 지칭해 온 서구 대중음악에 대한 지속적인 관심에 비한다면
참으로 가슴 아픈 일이다. 이와는 달리 똑 같은 대중문화의 산물
인 영화에 대하여는 그래도 '예술'로서의 대접을 아끼지 않았던
점을 생각한다면 영화와 더불어 20세기의 양대 산맥을 이루어 온
우리의 대중음악에 관한 대중매체와 학계의 외면은 이해하기 어려
운 대목이다. 한국의 대중음악이 전통적인 음악문화와 단절된 식
민지 시대 하층계급의 문화였다는 점, 그리고 새로운 식민지적 근

대의 음악 엘리트층은 일본 혹은 일본 이상의 모델이었던 서구에 대한 일방적인 문화 예술 사대주의로 매몰되었다는 점, 그리고 이와 같은 성격이 해방과 분단을 경험하면서 확대 재생산되었다는 것이 한국의 대중음악을 표면에 드러나지 못하게 한 원인들일 것이다. 이렇게 되기에는 먼저 자료의 열악함을 들 수 있겠는데 문화적 자원으로서의 음반과 악보의 보존, 분류에 대한 정책적 배려나 관심이 단 한 번도 없었다는 점을 그 한 예로 들 수 있다. 또한 대중음악을 오락 중에서도 민초들이나 즐기는 비천한 오락으로 보던 분위기 속에서 정부나 사회의 관심에서 떠나 있었으니 누구하나 비평을 가하는 사람조차 없었다. 그러자니 1920년 이후 대중 속에 깊이 파고 든 실체는 있는데도 그 정체성에 대한 규명도 이루어지지 않은 눈앞의 유령과도 같은 존재로만 있으면서 자신의 이름조차 갖지 못한 모습으로 존속해 온 것이다. 사실 대중가요를 구성하는 가장 중요한 요소는 역시 단속(斷續)적인 저급성이라는 변치 않은 믿음이 '유행가' 라는 딱지 속에 표출된 것이다. 이어 1930년대에 이르러 한국음악 자체가 고급 혹은 저급이라는 이분법의 적용을 받기에 이르면서, '성악가' 하면 해외로 유학 가서 정규적인 음악 교육을 받고 '고상한' 예술가곡을 부르는 층의 몫이 되어갔고, 출세하고 싶어 상경하는 대중음악의 주역들에겐 '유행가 가수' 라는 덤덤한 호칭이 주어진 게 그나마 이었던 것이다. '유행' 이란 말 속에는 대중문화의 한 측면이 있기는 하지만 그래도 획일적이고 무 정향적인 의미가 강조됨으로써 그 '유행가' 는 대중(민초)에 대한 지식인들의 혐오를, 식민지 시대 지식인의 역할에 대한 대중들의 체념을 생산하는 데 주요한 역할을 담당했을 뿐이다. 이러한 대중음악 본류에는 늘 이른 바 두 박자로 된 트로트가 자리하고 있었고 바로 그 트로트를 이해하는 것이 대중음악의 본질과 역사를 이해하는 첫 관문이기도 하다. 그 속에는 저질과 왜색, 그리고 애상이라는 비판적 혐오의 딱지에도 아랑곳 하지 않고 묵묵하게 자신의 영역이 저인망식으로 퍼져나가면서 대중들의 음악적 무의식을 일깨워 삶의 반려로 이끌어 온 그 힘의 원천을 이해하여야 한다는 말이다. 크나큰 격동의 시회와 산업 발전과 삶을 같이 해 온 이 대중음악 권은 자신들에 대한 지식인층의 무시를 무시하는 것으로 응수했다. 이들은 이미 광범위한 대중의 기반을 확보하고 있었으므로 고작해야 한 줌밖에 안 되는 지식층의 태도를 유념할 필요가 없었던 것이다. 이어 이난영과 남인수로 대표되는 스타 시스템의 총아들이 등장함에 따라 대중음악은 전국적인 지배력을 확고히 하기에 이르렀고, 1930년대 중 후반 '목포의 눈물' 과 '애수의 소야곡' 은 그야말로 전 국민의 애창곡이 되어간 것이다.

　　호남평야의 곡창을 뒤에 업고 서해와 남해의 각종 생선들이 포구로 모여들던 목포는 일제가 강점하기 이전에는 인심 후하고 인정 뜨거웠던 항도(港都)였다. 유달산이 북풍을 막고 고하도와 화원반도가 풍랑을 막고 있는 청호 목포 앞 바다는 그 옛날 여인들이 밥을 짓다가 찬거리가 없으면 국수 조리나 바구니를 들고 나가 고기를 퍼내어 집에 가져와서 생선국을 끓였다는 황금어장이었다. 더욱이 시와 노래로 전해오는 삼학도(三鶴島)는 마치 세 마리의 학이 바다에 앉은 모양과 흡사하다고 하여 이름이 붙은 곳이다. 달빛이 교교히 흐르는 밤이면 시객(詩客)들이 유달산에 올라 사람들의 마음을 끝없이 유혹하는 은파연월(銀波煙月)을 바라보며 저마다의 시상을 고르기도 하였고, 달빛과 정답게 속삭이며 한 밤을 보내기도 하였다. 호남평야를 굽이굽이 누비며 청호로 흘러드는 영산강 물결 위에 꽃구름이 비끼던 봄날과 단풍이 곱게 물들어 수면에 어리던 가을의 풍광은 또 비길 데 없이 아름다움을 선사한다.

사공의 뱃노래 가물거리며 삼학도 파도깊이 스며드는데
부두의 새악시 아롱 젖는 옷자락 이별의 눈물이냐 목포의 설움
삼백년 원한 품은 노적봉 밑에 님 자취 완연하다 애달픈 정조
유달산 바람도 영산강을 안으니 님 그려 우는 마음 목포의 노래
깊은 밤 조각달은 흘러가는 데 어쩌다 옛 상처가 새로워진다.
못 오는 님 이면 이마음도 보낼 것을 항구에 맺은 절개 목포의 사랑
목포의 눈물 : 문일석 작사, 손목인 작곡, 이난영 노래

가사에서 보여 주 듯 사공의 뱃노래가 파도 깊이 스며들고 이별의 눈물이 옷자락을 적시는 부두, 삼백년 원한 품은 노적봉과 영산강을 안고 도는 유달산 바람, 떠나간 님을 안타까이 기다리는 여인의 사연과 그리운 추억 속에 다시 못 올 님 이라면 이 마음도 보낼 것이라고 애탄 하는 연정비가이다. 일제 침략자들의 등쌀에 못 이겨 못 이 땅에서는 살래야 살 수가 없어 가냘픈 조각배에 운명을 걸고 현해탄을 건너 간 사람들은 그 얼마 이어이었으며, 황해의 푸른 물결을 넘어 상해와 만주, 동남아로 정처 없이 떠나간 겨레는 그 얼마였는지 헤아릴 길 없다. 목포항 부두에는 정든 땅

을 뒤에 두고 떠나가는 사람들과 서로 부둥켜안고 목 놓아 우는 이별의 눈물이 그칠 새 없었으니, 목포는 이 노래의 곡명이 말해 주듯 설움과 눈물의 대명사가 된 것이다. 그러기에 웃으며 왔다가 울면서 간다는 눈물의 항도가 목포였으며, 한 가닥 삶의 희망을 안고 찾아왔다가 살 길이 막혀 방랑의 걸인이 된다는 탄식의 목포 였기 때문이다.

예술에서 슬픔이 숭고한 감정으로 승화될 수 있거나 그러한 바탕이 이루어 질 때 문학이나 예술의 근저를 이루기도 한다. 그 렇다 하더라도 음악에서의 무의미한 슬픔은 사람들의 정서적 감정 에도 맞지 않거니와 공감대를 이끌어 낼 수도 없다. 민초들과 같 이 호흡하면서 그 민초들을 따뜻이 감싸 안아 줄 때 거기에 예술 의 필요성이 생겨나고, 또 생명성이 거기서 싹트고, 또 거기서 그 민초들과 함께 할 때 그 생명성은 영원히 번영할 것이다.

한국인에게 고함

　　일정시대에 태어나 '50' 년의 한국전쟁(6.25)을 격고 지금 생존하고 있는 노년층은 점점 줄어들어 희귀 연령층이 되어가고 있다. 이 바쁜 세상에 무슨 좋은 일이라고 하고 한 날 케케묵은, 별로 듣고 싶지도 않은 옛 얘기나 하고 있자는 건 아니지만, 우리는 우리의 삶에 매우 소중한 교훈들을 무시한 채 살아가고 있다는 생각을 지울 수 없게 한다. 과거의 연장선에서 벗어날 수 없는 현재 또는 미래란 늘 '불확실' 이라는 사실 말고, '확실' 이라고는 그 어디에도 찾을 길이 없지만, 그 현재와 미래를 헤쳐 갈 때 눈앞에 '확실' 을 보장해 줄 수는 없더라도, 불확실과 그 불확실에서 오는 불안감을 최소한으로 줄여나갈 수 있는 길이 있다면 바로 제각기 현재 자신의 모습을 거울에 비추어 보거나 자신의 지나온 인생경험을 되돌아보고 나라의 역사를 되돌아보는 일을 빼고는 없을 것이다. 화려했거나 되돌아 가 보고 싶은 과거도 있고 영원히 기억 또는 기록 자료에서 지워버리고 싶은 이 모든 것들, 이 어느 것 하나도 그냥 버릴 일이 아니라 거기서 반드시 보배를 건져 올려 이 땅에 살고 있는 우리 모두는 연령과 계층에 상관없이 공유해야 할 일이라고 생각한다.

　　일어나지 않아도 좋을 전쟁, '전쟁' 이란 이름을 붙이기도 민망하고 창피한 전쟁, 그것이 조선 인조 때의 병자호란이다. 전쟁 후 청에서는 궁중의 시녀로 조선의 처녀를 요구했다. 조선은 매년 백 명의 처녀를 청으로 보냈으며, 청은 그 일부를 시녀로 쓰고 나머지는 신료들에게 나누어 주었다. 이렇게 보낸 처녀가 십년간 수천 명에 이르렀다. 청의 명을 받은 조정은 처녀를 조달하지 못해 관기, 기생, 천민들을 보냈으나 이를 알아차린 청이 호통을 치며 이들을 돌려보냈다. 포도청에서는 아무나 눈에 뜨인 처녀들을 잡아 보내니 전국이 곡성으로 뒤덮였다. 처녀들은 안 잡혀 가려고 머리를 깎거나 얼굴에 상처를 내거나 서둘러 조혼을 했다. 처녀들 외에도 무려 육십만이나 되는 포르를 데려 갔고, 은과 돈, 곡식은 물론 젊은 유부녀 까지 끌고 갔다. 그들이 이십만 명이 넘는 여자들을 끌고 간 데는 여자 포로들의 부모에게서 몸값을 받아내기 위함이었지만 대부분 가난한 집안의 딸들이라 속환 금을 내고 풀려난 경우는 별로 많지 않고, 노예로 살다가 목숨을 걸고 청에서 탈출하여 고국 땅을 밟은 여인들은 몸을 더럽혔다며 손가락질하는 가문과 남편들의 반대와 멸시를 견디지 못해 우물에 몸을 던지거나 목을 매는 일이 빈번했다. 이를 막기 우해 조정에서는 홍제동(弘濟洞 널리 구제하는 동네) 개울에서 더럽혀진 몸을 씻는 것으로 과거사를 묻지 않겠다고 했다니 참으로 어처구니없는 이들 환향녀(還鄕女)들에 대한 대접이다.

　　고종 때 조선 조정이 친일파들을 제거하고 친러 세력 이 정권을 잡자 일본은 직접 러시아와 사우기 보다 친 러 세력의 중심에 선 명성황후를 제거하기로 작당하였다. 그 명분이 궁색하자 대원군을 내세워 자기들은 슬쩍 빠져 있는 것처럼 위장하기로 했다.

조선의 궁 안으로 난입한 일인들은 군내대신 이경직을 죽이고 가지고 간 사진을 대조하여 명성황후를 찾아낸 뒤 황후와 궁녀들을 모두 살해했다. 일본 공사 미우라는 증거인멸을 위해 황후의 시체를 태웠다. 숱한 정치적 역경을 치르면서도 능수능란하게 여기까지 헤쳐 온 여걸이 참혹한 최후를 맞은 것이다.

　　　<중략> 위안부들이 고기가 먹고 싶어 운다며 죽은 여성의 머리를 가마에 넣어 삶았다. 그리고 그녀들에게 마시도록 했다. 그 수비대의 대대장이 니시하라 중대장은 야마모토 소대장은 가네야마이었으며 위안소 감독은 조선인 박이었다고 한다. 매독 감염을 숨겼다고 달군 철봉을 자궁에.... 그리하여 1933년 12월 1일 한 여성이 죽었다. 다음해 2월에는 매독을 신고하지 않아 장교에게 병을 옮겼다는 이유로 한 여성이 피살되었다. 여자를 즉사시킨 달군 쇠막대에는 살점이 달려 나왔다. '맨 처음 도망치자고 제안한 자를 가르쳐주면 주모자 이외에는 모두 살려 주마'고 했으나 아무도 고해바치지 않았다. 정씨는 철봉으로 머리를 세차게 얻어맞았다. 이때의 상처는 지금도 남아있다. 다음에는 물고문을 당했다. 고무호스를 입에 넣고 물을 틀어댔다. 부풀어 오른 배 위에 판자를 올려놓고 군인들이 올라서서 널뛰기를 하듯 뛰었고, 입에서 물이 뿜어져 나왔다. 그런 일이 몇 번인가 되풀이 되면서 기절하고 말았다. 그리고 더욱 잔인한 행위를 했다. 함경남도 풍산 출신 정옥순('20년생 鄭玉順) 할머니의 증언 중 일부이다.

　　　애국할 줄 모르고 나라 지킬 줄 모르는 결과가 무엇인지를 말해준다. 절대로 잊어서는 안 될 일을 우리가 너무 쉽게 고 있는 것 같아 차마 입에 담거나 필설로 표현하기 조가 끔직하고 치가

떨리는 수치스러운 일을 사실대로 몇 가지 열거한 것이다. 자신의 목숨을 끊기 직전에 흘린 성완종의 눈물에 무슨 뜻이 담겨 있으며, 국회의원 후보 낙천에 흘린 눈물 속에 한 방울이라도 나라 생각이 포함되어 있었는지 궁금해진다. 집안에서 밥그릇 놓고 싸우면서 애국 없는 나라가 어떻게 남의 종이 아닌 나라로 존속할 수 있겠는가 말이다. 나에게도 영국의 의회정치 활동을 살펴 볼 기회가 있었는데, 지방의회 의원이나 국회의원 모두 월급(세비)제도 같은 것은 없고 회의가 열리는 날 당일 차비와 일당 정도가 지급되는 것이 고작이었다. 따라서 주민들 중 좀 괜찮게 사는 사람 중 교양 있고 존경할만한 사람의 등을 떠다 밀어 각급 의원이 되는 것이니, 그들에게는 주민들을 위한 공무에 헌신했다는 영예가 주어질 뿐 돈이나 생계와는 무관했고, 유럽의 다른 나라들도 마찬가지라 하니 우리라고 그러지 못해야 할 이유가 무엇인가 싶다.

우리 인류에게 올바른 가르침을 주고 구원의 기로 이끌어 온 큰 종교의 창시자들은 세계가 낳은 최고의 인물로 받들어 질 훌륭한 인물들임에 틀림없지만, 그들의 제자나 신도들은 때대로 위대하다거나 선량하다는 존경의 대상이 되기에는 너무나 거리가 먼 사람들이 많음을 인정하지 않을 수 없다. 우리에게는 두 가지의 큰 종교인 불교와 기독교가 있어 그냥 대충 인구의 절반이 넘는 이천만 이상이 종교인구인 것으로 파악되고 있다. 역사의 기록으로는 인간의 마음을 고결하게 해 주어야 할 종교가 사람들을 마치 동물처럼 취급한 예를 자주 찾아볼 수 있다. 이렇게 종교는 인간에게 깨달음을 주는 게 아니라 암흑 속으로 인도하려고 하였으며 그들의 마음을 열어주기는커녕 오히려 옹졸하게 만들어 타인에게 관대하지 못한 경우도 많았다. 여러 가지 일들이 종교의 이름으로 행하여졌지만 도리어 종교의 이름으로 수천만 명의 사람들이 살해되고 테러 등 온갖 죄악이 자행되었다.

　　이런 일들이 남의 일 아닌 우리의 현실이기도 하니 이런 일을 바로잡아나가자는 얘기로 들어갈 수밖에 없다. 우선 불교계는 자정(自淨)과 선(禪)에 집중하여 세간에 난무하는 '땡땡이'라는 비아냥을 잠재워야 한다. 더불어 난장판 중에서도 난장판인 정치에 간여하고 정치인들에게 표를 볼모로 하는 위협수단을 행사하거나 범법자들을 보호하는, 보기에 꼴사나운 짓은 당장 그리고 영원히 그만 두어야 한다. 시골 도시 할 것 없이 난무하고 있는 만자(卍字=swastika) 붙은 점집도 사라져야 한다. 액막이나 점술이 문제가 아니라 불교의 이름으로 행한다는 데 문제가 있다는 말이다.

　　기독교라 해서 별로 예외일 것도 없다. 고액 헌금을 권장하거나, 헌금의 액수가 마치 신앙의 척도라도 되는 것처럼 신도들의 신앙 자체에 점수를 매기는 성직자들이 없지 않다는 얘기다. 하느님이 신도를 찾아와 하느님의 복음을 전한다는 교회(ecclesia)의 본질을 잊지 않고 있다면, 교회라는 곳이 교회 건물을 의미하는 것이 아닐진대, 사실상의 세력 확장과 교회 재산 늘리기 작전이라는 비난을 피할 수 없는 으리으리한 교회(성당)의 건물이며 세월과 더불어 더욱 더 늘이는 데만 기를 쓰고 있는 모습에서 누구에게 무엇을 가르칠 수 있다는 건지 묻고 싶다. 나는 공직의 현직 재직 시 불교의 사찰, 성당, 교회, 변호사, 의사 들을 방문하여 이들을 대상으로 서비스업 부문의 소득을 추계하려고 무척이나 정성을 들여 접촉을 해 보았으나 모두 실패였다. 이들이 아닌 농민, 근로자, 가정주부, 사업체, 공장주, 시장 상인, 학생 등 어느 계층의 누구에게도 응답을 거절당해 본 일이 없던 일이기에, 이른 바 사회의 가장 식자층이라고 할 만한 이들이 가장 암적인 존재로 보일 수밖에 없었다. 그들의 말대로 소득이 생기지 않는 것이 사실이라면 그들의 입에 밥은 어떻게 들어가며, 자녀들의 학비는 무엇으로 대는지, 이렇게 양심이라곤 없는 사람들이 무슨 낯으로 많은 사람들 앞에서 기술 자문을 하며, 말재주로 돈을 벌고, 불법(佛法)을 독송하고 가르치며, 강단에서 설교 하는지 그 속이 궁금하다는 생각을 지울 수 없었다.

이제 우리 모든 국민 쪽을 돌아본다면 어찌된 일인지 무조건 반대하고 반항하고 떼쓰고 피 흘리는 폭력시위에 너무 잘 길들여진 우리 모두의 모습에서, 때로는 그 억울함을 확실하게 들어주어야 할 일도 적지 않겠지만, 그냥 막무가내 생떼인 경우가 너무 많은 모습에서 주인정신이 사라져버린 우리의 한심한 자화상을 통탄하지 않을 수 없다. 자신이 주인이라는 생각이 조금이라도 든다면 정말 이러지는 않을 것이란 생각이 든다. 또 사회보장제도가 잘 된 나라일수록 국가경제가 파탄에 이르고 재기불능의 상태로 망해가는 속출하는 모습들을 보면서도 정치인, 일반국민 모두 세금을 내기보다는 한 푼이라도 더 비틀어 짜내려고 온갖 행태의 합법을 가장한 온갖 비열한 행동을 서슴지 않는 일은 너무나 일상화된 불감증으로 치닫고 있다.

우리나라를 제외한 어느 나라에도 부자들이 존경받지 못하는 사회는 없다. 정승같이 살기 위해 개같이 긁어모을 때 인심을 잃어서인지 아니면 부자 된 후에 구두쇠 노릇을 해서인지 모르지만 말이다. 서구인들의 부(riches)란 왕의(royal), 바른(right), 권리(rights), 바르게 하다(rectify), 규칙(regulation), 합법적인(regal), 정권(regime) 등 동 계열(同 系列) 어군이 말해주듯 올바르다는 뜻에서 권위와 권력, 합법, 그리고 왕(정)권으로 까지 존경의 대상이 본질이고, 그것이 언어 속에 녹아 있다. 거기에 비해 우리들의 부자란 그 부자 되기 까지 과정만이 아니라 영원히 그 부를 놓치기 싫어 온갖 수단을 동원해 그 부를 대물림 하는 것이 이미 상식화 된 일이고, 정치인들 또한 이들 부류에 들어가니 끼리끼리 못된 짓만 서로 돕는 공생관계가 형성되면서 못사는 사람에게는 디디고 일어 설 기회조차 주지 않는 매정한 세상으로 몰아가고 있는 게 또한 상식화 되어있는 우리 사회다. 외국인들이 다 할 줄 아는 더불어 살기가 안 되는 우리사회가 부자를 존경할 수 없는 사회임을 인정한다면 '부자 존경'은 바로 그 부자들의 몫임을 잊지 말아야 할 일이다. 민주주의 또는 자본주의에서 어느 정도 빈부격차란 어쩌면 당연하다고 할 수는 있으나, 그래도 그 밑바닥에는 늘 가장 어려운 사람에게 가장 큰 몫을 안겨주겠다는 의지가 자리 잡아야 할 자리에 '빈익빈 부익부'가 요지부동으로 차지하고 있기에 하는 말이다.

사람에게 건강보다 더 중요한 것이 없다는 것은 당연한 일이고, 가정, 각종 모임, 대중 매체 등 어디로 가나 '건강' 이야기가 떠나지 않는 것은 충분히 이해할 수 있다, 그렇더라도 그 건강을 지키는 일 보다 더 중요한 일이 있으니, 그렇게 잘 지켜낸 건강한 몸으로 자신의 존재 자체가 모든 타인에게 도움을 주고 행복을 주는 존재가 되지 못한다면 사회의 짐 덩어리에 불과하다는 점도 잊어서는 안 될 일이다.

　　이렇게 이기심만 가득한 채 애국할 줄 모르고, 혈안이 되어 재산이나 긁어모으고, 생떼나 쓰고, 못된 짓 하고도 부처님이나 예수님에게 가끔씩 빌면 그만이라는 바탕의 엉터리 종교행위며, 이런 저런 병폐들에 고발이 없다면 국민이 아니다.

◈ 편저 서 재 순 ◈

▌前 통계청(경제기획원 조사국) 국제통계자료담당사무관
▌前 통계청 대전사무소 근무
▌前 통계청 수원사무소 과장 역임
▌前 통계청 서기관
▌저서 : 뿌리부터 알아가는 Vocabulary & Idiom, 영어명문·용례대사전,
　　　숙어란 무엇인가 외 다수

한국인이여 생각하며 살자	定價 14,000원

2016年 6月 10日 인쇄
2016年 6月 15日 발행
　편　저 : 서 재 순
　발행인 : 김 현 호
　발행처 : 법문 북스
　공급처 : 법률미디어

152-050
서울 구로구 경인로 54길4(구로동 636-62)
TEL : 2636-2911~3, FAX : 2636~3012
등록 : 1979년 8월 27일 제5-22호
Home : www.lawb.co.kr

▌ISBN 978-89-7535-353-6 03800
▌이 도서의 국립중앙도서관 출판예정도서목록(CIP)은 서지정보유통지원
　시스템 홈페이지(http://seoji.nl.go.kr)와 국가자료공동목록시스템
　(http://www.nl.go.kr/kolisnet)에서 이용하실 수 있습니다.(CIP제어
　번호: CIP2016011420)

자신의 모습을 거울에 비추어 보거나 지나 온 발자취를 더듬어 볼 때
거기에는 반드시 '나' 라는 개인의 입장을 넘어 '우리'라는 공동체의 모습이
비쳐질 것이고 거기에는 애타게 주인의 손길을 기다리며 절규하고 있는
소중한 그 무엇이 눈에 들어오고 있는데도 우리가 애써 외면하고 있다는
생각을 지울 수 없다.
아름답고 환한 나라 대한민국 국민의 한 사람인 개인으로서의
나 자신이 이러한 감정을 담아 어느 지역의 언론사에 기고한 이 작은 외침을
모아 또 그 소리를 크게 외쳐보고자 한다.

03800

9 788975 353536
ISBN 978-89-7535-353-6

14,000원